WILLIAM KIRBY

William Kirby est né à Kingston-upon-Hull, dans le Yorkshire, en Angleterre, en 1817. Son père, tanneur, émigra aux États-Unis en 1832. William Kirby fit ses études dans l'Ohio mais, attiré par le Canada, il vint s'établir, en 1839, à Niagara où il publia le Niagara Mail. *En 1865, Kirby fit un séjour d'affaires à Québec. Il fut fasciné par l'histoire du Chien d'Or. Encouragé par des amis québécois à en faire un roman, il consacra 12 années de sa vie à cette œuvre. Le Chien d'Or a été réédité des douzaines de fois en Amérique et en Europe. Pamphile Le May en fit une traduction si personnelle que* Le Chien d'Or *appartient aussi à la littérature québécoise.*

LE CHIEN D'OR
(Tome 1)

Ce roman est un superbe hommage rendu aux ancêtres des Canadiens français, et d'autant plus précieux qu'il vient d'un homme appartenant par le sang et les croyances à une nation qui fut l'ennemie séculaire de notre race.

«Quelles sources d'inspiration poétique, quelle mine précieuse de faits et d'aventures chevaleresques l'histoire du Canada ne met-elle pas à leur disposition! Quelle richesse inépuisable de matériaux il y a là pour édifier une littérature canadienne égale, sinon supérieure, à celle de tout autre peuple!» (*Pamphile Le May, traducteur, 1884.*)

D1116034

La collection Québec 10/10 *est publiée*
sous la direction de Roch Carrier.

Éditeur: Éditions internationales Alain Stanké ltée

Illustration de la page couverture: Olivier Lasser

Données de catalogage avant publication (Canada)
Kirby, William, 1817-1906.
  [The golden dog. Français]
  Le Chien d'Or
  (Québec 10/10; 111, 112).
  Traduction de: The golden dog.
  Éd. originale: Montréal: L'Étendard, 1884.
  ISBN 2-7604-0332-7 (v. 1)
        2-7604-0333-5 (v. 2)
  I. Titre.   II. Titre: The golden dog. Français.
III. Collection.
PS8471.I72G6414 1988   C813'.4   C88-096517-7
PS9471.I72G6414 1988
PR9199.:.K57G6414 1988

ISBN 2-7604-0332-7

Dépôt légal: premier trimestre 1989

IMPRIMÉ AU CANADA

William Kirby
Le Chien d'Or

Stanké roman

PRÉFACE

ROGER LEMELIN RELIT *LE CHIEN D'OR*

J'ai entrevu le paradis de l'imaginaire pour la première fois lorsque, à l'école primaire, le frère enseignant nous a lu, par tranches quotidiennes de 15 minutes, *Le Chien d'Or*, roman de William Kirby traduit en français par Pamphile Le May. Voici que cette œuvre rejoint les rangs de la collection *Québec 10/10*. Bravo!

Qui aurait cru qu'un jour je préfacerais ce roman célèbre! Je me souvenais très bien du rôle odieux de l'intendant Bigot dans *Le Chien d'Or*, mais j'ai été frappé, au cours d'une relecture plus récente, par l'ampleur du projet de l'auteur, par la puissante portée de sa saga historique inspirée par les soubresauts de la fin du Régime français en Amérique du Nord.

Au milieu du XIXe siècle, alors qu'il visitait Québec, Kirby, qui comptait plusieurs amis parmi nos intellectuels et écrivains de l'époque dont Louis Fréchette, Pamphile Le May, Benjamin Sulte et James MacPherson Le Moyne, fut étonné par leur manque d'intérêt pour le roman historique. Il lut *Les anciens Canadiens* de Philippe-Aubert de Gaspé et y trouva l'histoire légendaire de la Corriveau, présumée empoisonneuse. Ses nombreuses recherches sur la période du règne de l'intendant Bigot lui firent découvrir un terreau propre à nourrir un grand roman qu'il incita Benjamin Sulte à écrire. Quelques années plus tard, voyant que les écrivains d'ici n'en faisaient rien, il s'attela à la tâche de rédiger *Le Chien d'Or*.

Kirby, dont les parents émigrèrent en Amérique en 1817, exerça d'abord le métier de tanneur à Niagara-on-the-Lake en Ontario, puis celui d'instituteur. Très porté vers l'écriture, il fut rédacteur du *Niagara Mail*, puis devint en 1871 percepteur des douanes à Niagara, en récompense sans doute de ses ardents plaidoyers pour les loyalistes du Haut-Canada.

Ce dilettante n'était pas un romancier authentique mais un poète du dimanche, un touche-à-tout féru de belles-lettres et de sentiments romanesques, un infatigable fouineur de documents historiques ébloui par les anecdotes de la petite histoire.

Une lecture attentive du *Chien d'Or* nous révèle à quel point Kirby fut marqué par les œuvres du grand romancier écossais Walter Scott, par le Victor Hugo des *Misérables*, par l'Alexandre Dumas du *Comte de Monte-Cristo* et par les romanciers de cape et d'épée comme Paul Féval, précurseur de Michel Zévaco. Il n'est pas étonnant que les crimes de l'empoisonneuse La Voisin à la cour de France lui aient fait penser à son émule au Canada, la Corriveau.

En France et même au Québec, dans les chapelles élitistes, on n'a jamais considéré ce genre de littérature autrement que destiné au vulgaire. Comme aujourd'hui, les romans d'aventures n'y avaient pas la cote: on s'y adonnait au nombrilisme, à la pédanterie pourtant dénoncée par Molière. Au Québec, on se réfugiait dans l'écriture de poèmes, dans de pâles imitations de Victor Hugo et de Lamartine, dans de pompeux essais et polémiques dans les journaux et dans d'interminables palabres, la pipe au bec, dans les salons littéraires enfumés. Relue aujourd'hui, cette littérature apparaît vieillotte, bavarde, plus souvent insignifiante que prétentieuse. Dommage que ces écrivains n'aient pas eu le courage ou le talent de décrire sans ménagement la société du temps. Nous en saurions davantage sur nos ancêtres. Hélas! ils craignaient probablement la vindicte des pouvoirs du clergé et de l'État, chatouilleux et tout-puissants à l'époque, et de qui en général ils dépendaient.

Pendant ce temps, Kirby écrivait *Le Chien d'Or* et des écrivains américains et britanniques campaient l'intrigue de leurs romans à Québec. Peu de ces livres ont survécu à l'épreuve du temps mais, tout comme dans *Le Chien d'Or*, on y apprenait sur les mœurs de l'époque des détails croustillants révélateurs du tempérament de nos ancêtres et de leurs coutumes.

À la manière de Dumas, Kirby amalgame divers éléments forts et des personnages attachants en un récit époustouflant dont les invraisemblances, à certains moments, sollicitent cependant notre complicité de lecteurs.

Une sculpture du Chien d'Or, datée de 1661, ornait la façade de l'auberge du bourgeois Philibert, et les légendes qui l'entouraient déclenchèrent chez Kirby la création de son roman. Le chien est couché sur ses pattes, qui tiennent un os qu'il ronge. Le quatrain suivant orne la sculpture:

Je suis un chien qui ronge lo
En le rongeant je prend mon repos
Un tems viendra qui nest pas venu
Que je morderay qui maura mordu

On sait qu'en 1748, à Québec, le bourgeois Philibert fut assassiné par l'officier Pierre Le Gardeur de Repentigny. Kirby n'a pas vu dans *Le Chien d'Or* qu'une promesse de vengeance de la famille Philibert. Bouleversé, il vit d'abord dans cette inscription le symbole des malheurs des Canadiens français, qu'il aimait et respectait et que, par son roman, il contribua à faire estimer dans le monde anglo-saxon. À ses yeux, ce quatrain exprimait la patience d'un peuple exploité en attente du moment de la revanche.

Il importe peu que *Le Chien d'Or* soit venu ou non de Pézenas, près de Montpellier, dans le sud de la France. Cette sculpture est toujours sur la façade du bureau de poste, témoignant du grand événement littéraire que fut la parution du roman de Kirby. Celui-ci, tout comme Scott, Dumas ou Hugo, n'a pas craint de donner à son sujet un traitement mélodramatique.

On y trouve de tout: les orgies chez Bigot, à son pavillon de chasse de Charlesbourg, le *Baumanoir*, le jeu, la débauche, la spéculation, le vol. On y décrit l'assassinat de Philibert, les amours de Bigot avec la belle Angélique des Meloises, les bals somptueux donnés au palais de l'intendant à Québec, où l'occupant tentait de recréer les fastes de Versailles.

Comme il devait être intéressant pour les gens en place

de vivre à cette époque où les rivières et les lacs regorgeaient de saumons et de truites, où le moindre boisé abritait un abondant petit gibier et où l'on importait les meilleurs bourgognes de France. Et que dire du train de vie seigneurial dans les riches et élégants manoirs, parfois d'inspiration palladienne, en bordure du Saint-Laurent.

Comme elles sont émouvantes ces scènes au couvent des ursulines, où Amélie de Repentigny se meurt d'amour, refusant pour toujours de voir son amant le colonel Pierre Philibert, fils du bourgeois Philibert, tué par le propre frère d'Amélie. L'assassinat par la Corriveau de Mademoiselle de Saint-Castin fournirait à lui seul le sujet d'un roman. Cette demoiselle, squaw séquestrée dans la cave de *Beaumanoir*, est présumément l'épouse légitime de Bigot et elle l'aime à la folie. Naturellement, Angélique fait occire cette rivale par la Corriveau! Ce fait est historiquement faux, mais le romancier a droit à ses transpositions! Le sympathique personnage d'Amélie de Repentigny n'est-il pas inspiré par Joséphine Lowe, de Niagara, ville de Kirby, jeune femme qui étudia six ans au couvent des ursulines de Québec et dont le romancier trace un portrait si hautement attachant? Kirby échangea avec Joséphine une longue correspondance et il est probable qu'il était platoniquement amoureux d'elle.

La traduction du roman par Pamphile Le May est plus littéraire et de meilleure venue que la version anglaise originale. Le May a pris de nombreuses libertés qui améliorent l'œuvre: plus de concision, chapitres longuets condensés, style plus coulant. La prose de Kirby souffre du défaut des chercheurs qui, ne voulant sacrifier aucun détail historique, nuisent au déroulement de leur intrigue. Mais les gens de l'époque avaient le temps de lire! Ce qui frappe aussi dans cette traduction, c'est la prolifération des bons sentiments. Les «bons» sont désespérément nobles de cœur et d'esprit. Même les débauches sont peintes d'un pinceau délicat et frileux. Je doute que l'intendant Bigot et la belle Angélique des Meloises, amant et maîtresse, s'échangeaient comme dans le roman des propos de couventines avant d'aller au lit! C'était l'époque du romantisme larmoyant et les pudiques loyalistes de l'Ontario n'y échappaient pas. La prose même de Le May manque de nerf et s'étire en un long ruban de mièvrerie. On voudrait que ce ruban casse tout à coup et nous fouette. La trépidation du monde contemporain a façonné autrement le style des écrivains modernes. On est passé de la berceuse à la moto!

Si, de nos jours, on parle beaucoup des droits sacrés des écrivains sur leur œuvre, le pauvre Kirby fut, pour sa part, le type même de l'écrivain roulé, trahi et impuissant à se défendre. Commencé en 1865, le manuscrit terminé resta égaré pendant trois ans. Le roman parut enfin, en février 1877, chez Lovell, Adam, Wesson et Cie de New York, après avoir été refusé par plusieurs maisons d'édition canadiennes et anglaises. Le succès du roman fut immédiat chez les anglophones du Canada. La plus grande joie de Kirby fut de compter comme lectrice enchantée la reine Victoria elle-même. On dit que Kirby reçut à peine 100$ de droits d'auteur, la maison d'édition ayant fait faillite. La propriété littéraire de *Golden Dog* n'ayant pas été enregistrée au Canada, les clichés en furent acquis, pour une chanson, par un éditeur de New York qui publia une nouvelle édition en 1878, mais sans faire exécuter les corrections exigées par Kirby. Il fut ainsi trahi par les éditeurs américains, jusqu'à sa mort en 1906, mais c'est la qualité de la version française qui lui donna le plus de satisfaction, rendant toutefois plus brûlante encore la frustration qu'il ressentait devant une version anglaise qu'on ne lui permettait pas de corriger. Pamphile Le May, quant à lui, reçut 400$ pour sa traduction.

Le roman parut d'abord dans *L'Étendard*, à partir du 7 août 1884, en un feuilleton qui devait compter 138 tranches, jusqu'au 16 février 1885. Le succès fut immédiat. La première édition parut chez Garneau en 1916, une autre, revue et corrigée, en 1926, avec préface de Benjamin Sulte, et la troisième en 1971. Voici la quatrième.

Cette préface ne se veut pas une exégèse du phénomène littéraire qu'est *Le Chien d'Or*, mais plutôt un cordial signe de la main pour vous inciter à lire ce grand roman qui enrichira votre connaissance du Québec.

Il est étonnant que *Le Chien d'Or* n'ait pas encore inspiré chez nos créateurs le livret d'un opéra ou un film historique qui pourrait être notre *Autant en emporte le vent*. Comme nos marguilliers littéraires du XIXe siècle, manquerons-nous le bateau?

Bonne lecture.

Le Chien d'Or

I

LES HOMMES DE L'ANCIEN REGIME

—«Voir Naples et mourir !»

C'était là, comte, un fier dicton que nous entendions souvent quand, nos voiles latines déployées, nous croisions dans les parages de la célèbre baie toute étincelante des feux du Vésuve. Nous étions alors convaincus de la justesse de cette orgueilleuse parole, comte, mais aujourd'hui je dis, moi : «Voir Québec et vivre à jamais ! »

«Je contemplerais sans fatigue, pendant toute une éternité, cet adorable panorama. C'est un matin de l'Eden que ce brillant matin du Canada, et l'admirable paysage qui se déroule sous nos yeux est digne du soleil qui se lève pour l'éclairer.»

Ainsi parlait un grand et superbe vieillard, Peter Kalm, gentilhomme suédois, et l'enthousiasme faisait briller l'azur de ses yeux, resplendir sa figure.

Il s'adressait à Son Excellence le comte de la Galissonnière, gouverneur de la Nouvelle-France, qui se trouvait auprès de lui, sur un bastion des remparts de Québec, en l'an de grâce 1748.

Des officiers français et des Canadiens portant l'uniforme militaire de Louis XV, groupés dans la grande allée pierreuse qui longe les murs, et appuyés sur leurs épées, causaient gaiement ensemble. Ils formaient l'escorte du gouverneur.

Les citoyens de Québec et les habitants des environs, mandés expressément, étaient accourus travailler à la défense de la ville, et M. de la Galissonnière examinait les travaux qu'ils avaient faits pendant la nuit.

Quelques dignitaires de l'Eglise, vêtus de la soutane noire, se mêlaient volontiers à la conversation des officiers. Ils accompagnaient le gouverneur, tant pour lui témoigner du respect que pour encourager, par leur présence et leurs paroles, le zèle des travailleurs.

La guerre se faisait alors sans merci entre la vieille Angleterre et la vieille France, et la Nouvelle-France et la Nouvelle-Angleterre; et, depuis trois ans, les deux nations rivales épouvantaient, par de cruelles hostilités cette vaste région de l'Amérique du Nord qui s'étend, dans l'intérieur et au sud-ouest, depuis le Canada, jusqu'à la Louisiane*.

Parmi les Indiens, les uns suivaient les étendards de la France, les autres, les drapeaux de l'Angleterre, et tous trempaient avec bonheur leurs mocassins dans le sang des Blancs; les Blancs, à leur tour, devenaient aussi cruels et faisaient une guerre aussi impitoyable que les Sauvages eux-mêmes.

Louisbourg, boulevard de la Nouvelle-France; ce bras cuirassé qui s'étendait hardiment sur l'Atlantique, Louisbourg avait été rasé par les Anglais; et maintenant, l'armée anglaise envahissait l'Acadie, menaçant Québec par terre et par mer.

Une rumeur rapide, la rumeur d'un danger prochain, passa comme un souffle sur la colonie, et le vaillant gouverneur, voulant mettre la ville en état de défense,

---

*Le Canada comprend aujourd'hui, à l'exclusion de l'Alaska, tout le continent américain, de l'Atlantique au Pacifique, au nord de la ligne 45e de latitude.

donna aux habitants des ordres qui furent reçus avec
enthousiasme. Le peuple accourut pour jeter le défi
à l'ennemi.

Roland-Michel Barrin, comte de la Galissonnière,
n'était pas moins remarquable par ses connaissances
philosophiques, qui le plaçaient au premier rang parmi
les savants de l'Académie française, que par son habileté
politique et sa sagesse d'homme d'État. Il comprenait
bien quels intérêts sérieux se jouaient dans cette guerre;
il voyait clairement quelle politique la France devait
adopter pour sauver ses magnifiques possessions de
l'Amérique du Nord. Mais la cour de Versailles
n'aimait pas ses conseils. Elle s'enfonçait rapidement
alors dans le bourbier de corruption qui infecta les
dernières années du règne de Louis XV.

Chez le peuple, qui admire les actions plutôt que les
paroles, on honorait et l'on tenait pour brave et habile
amiral le comte qui avait triomphalement promené sur
les mers le drapeau de la France, et l'avait fait respecter
par ses plus puissants ennemis, les Anglais et les Hollandais.

La mémorable défaite qu'il fit essuyer à l'amiral
Byng, huit ans après les événements que nous racontons
ici, et que le malheureux guerrier, condamné par une
cour martiale, expia par la mort, cette défaite mémorable fut un triomphe pour la France, mais pour lui une
source de chagrins. Il ne put jamais, en effet, se rappeler
sans gémir le sort cruel et injuste qu'à son loyal adversaire, avait fait subir l'Angleterre, pourtant aussi
généreuse et clémente, d'ordinaire, qu'elle est brave et
respectée.

Déjà le gouverneur atteignait la vieillesse. Il était
entré dans l'hiver de la vie, hiver qui sème sur notre
tête des flocons de neige qui ne fondent jamais; mais
il était encore robuste, vermeil et plein d'activité. La
nature, dans une heure d'oubli probablement, l'avait
fait laid et sans grâces; mais en retour, elle avait mis

dans ce corps trop petit et quelque peu difforme, un grand cœur et un charmant esprit. Ses yeux perçants, étincelants d'intelligence et pleins d'amour pour tout ce qui était noble et grand. faisaient oublier, tant ils fascinaient, les défauts qu'une attentive curiosité pouvait découvrir sur sa figure; ses lèvres fines et mobiles laissaient couler cette éloquence facile qui naît de pensées lucides et de nobles sentiments.

Quand il parlait il devenait grand et captivait son auditoire par le charme de sa voix et la clarté de sa diction.

Il était tout heureux, ce matin-là, de se voir avec son vieil ami Peter Kalm. L'officier suédois venait lui rendre visite dans la Nouvelle-France. Ils avaient étudié ensemble à Upsal et à Paris, et s'étaient aimés avec cette cordialité qui ressemble au bon vin et devient de plus en plus généreuse à mesure qu'elle vieillit.

Peter Kalm, ouvrant les bras comme pour saisir et étreindre sur son cœur l'adorable paysage, s'écria dans un nouveau transport : «Voir Québec et vivre à jamais!»

—Cher Kalm, dit le gouverneur mettant affectueusement la main sur l'épaule de son ami, et se sentant gagné par son enthousiasme, vous êtes encore l'amant de la nature, comme vous l'étiez au temps où nous allions tous deux nous asseoir aux pieds de Linnée, notre illustre jeune maître, pour l'écouter nous dévoiler les mystères des œuvres de Dieu. Nous partagions bien sa reconnaissance, quand il remerciait le Seigneur de ce qu'il lui permettait d'admirer les trésors de sa demeure et les merveilles de la création.

—Ceux qui n'ont pas vu Québec, repartit Kalm, ne peuvent pas comprendre parfaitement le sens de cette parole: le piédestal de Dieu. Cette terre de Québec vaut bien que l'on vive pour elle.

—Non seulement que l'on vive, mais que l'on meure! Et heureux celui qui verse son sang pour elle, avoue-le, mon cher Kalm ! Voyons, toi qui as parcouru toutes les contrées, ne penses-tu pas qu'elle est digne de son superbe nom de Nouvelle-France ?

—Oui, elle en est digne; et je vois ici dans un empire plus vaste que l'empire enlevé par César à Ambiotrix, un rejeton du vieux chêne gaulois qui ombragera le trône de France même, si on le laisse grandir.

—Oui, répliqua le comte, qui s'enflammait aux paroles de son ami, c'est la vieille France transplantée, transfigurée et glorifiée! Sa langue, sa religion et ses lois seront, ici comme là-bas, immortelles, et notre jeune France sera l'orgueil de l'Amérique du Nord, comme la mère patrie est l'orgueil de l'Europe !

Et M. de la Galissonnière, tout transporté, étendit les mains et implora les bénédictions du ciel sur la terre confiée à sa garde.

Le moment était splendide. Le soleil, déployant ses draperies d'or et de pourpre, venait de paraître sur les collines de Lauzon; les légères vapeurs des matins d'été flottaient mollement en se dissipant, et tous les objets, imprégnés d'une fraîche rosée, semblaient s'exalter dans la limpidité de l'air.

A leurs pieds, loin, dans son lit profond, le vaste Saint-Laurent était encore à demi voilé d'un léger brouillard d'où s'élançaient, par-ci par-là, les mâts d'un navire de la marine royale ou d'un vaisseau marchand, invisibles sur leurs ancres; puis, quand les brumes lentes se déchiraient, on voyait un canot rapide s'avancer dans un rayon de soleil, apportant de la rive sud les premières nouvelles du jour.

Derrière le comte et ses compagnons s'élevait l'Hôtel-Dieu, avec ses murs éclatants de blancheur, et, plus loin, la haute tour de la cathédrale nouvellement réparée, le beffroi des Récollets et les toits de l'ancien collège des Jésuites. Des vieux chênes et des érables ombrageaient l'allée; sur leurs branches les oiseaux voltigeaient et chantaient pour rivaliser avec les gais accents de la langue française et les rires des officiers

qui s'amusaient, en attendant que le gouverneur
descendît du bastion, où il s'oubliait à montrer à son ami
les splendeurs de Québec.

Les murailles de la ville couraient sur le bord du
rocher jusqu'à la large galerie de la massive façade du
château Saint-Louis, puis là, montant la pente verdoyante des glacis, arrivaient à la fière citadelle où, seul
dans le ciel bleu, sous le souffle du matin, et tout éclatant
des feux du soleil, se déroulait le drapeau de la France,
ce drapeau dont la vue fait tressaillir de joie et d'orgueil
les cœurs des Français du Nouveau Monde.

Arrondie comme un bouclier, la vaste baie s'étendait
devant eux et resplendissait comme un miroir, à mesure
que le brouillard se dissipait. Par delà les coteaux
ensoleillés de l'île d'Orléans, que le fleuve étreint dans
ses bras, comme un géant sa bien-aimée, s'élevaient
les sombres et hautes Laurentides, dont les sommets
dépouillés se déroulent longtemps sur le bord des eaux.
L'imagination se joue au milieu de ces scènes sauvages,
dans ces bois, ces vallons, ces lacs, ces rivières, étranges
régions, que le regard de l'homme n'a jamais interro-
gées, ou que le rude Indien seul foule sous ses pas vagabonds, quand il poursuit les fauves.

La rivière Saint-Charles descendait en serpentant
d'une longue chaîne de montagnes couronnées de la
forêt vierge, et la vallée qu'elle traversait était toute
couverte de verdissantes prairies et de moissons jaunis-
santes, toute parsemée de coquettes demeures embau-
mées des souvenirs de la Normandie et de la Bretagne.
Sur le flanc de la colline, on voyait étinceler le clocher
de Charlesbourg,—Charlesbourg un dangereux avant-
poste de la civilisation, un jour ! L'humble ruisseau
Lairet venait mêler ses eaux aux eaux de la rivière
Saint-Charles, dans une petite baie qui garde le nom de
Jacques Cartier. C'est là, en effet, que le célèbre navi-
gateur et ses compagnons passèrent leur premier hiver
au Canada. Ils étaient les hôtes de l'hospitalier Donna-

cona, seigneur de Québec et de toutes les terres que le regard pouvait embrasser du haut de son cap élevé.

Immédiatement aux pieds du gouverneur, sur une large bande de terrain qui s'étendait entre la grève et le cap, le palais de l'intendant, le plus bel édifice de la Nouvelle-France, s'élevait avec ses pignons multiples. Sa longue façade de huit cents pieds donnait sur les terrasses et les jardins du roi. Au delà, c'étaient les quais et les magasins, où les navires de Bordeaux, de Saint-Malo (1) et du Hâvre débarquaient les marchandises et les objets de luxe que la France venait échanger contre les produits plus grossiers mais non moins importants de la jeune colonie.

Sur l'espace qui s'étendait entre le palais et la basse-ville, les vagues, quand la marée était haute, venaient battre une grève caillouteuse, où commençait à se dessiner une rue étroite. Quelques tavernes, sans prétention du reste, arboraient comme enseigne la fleur de lys ou le buste imposant de Louis XV. En été, l'on voyait à la porte de ces tavernes des groupes animés de marins bretons et normands, portant bonnet et ceinture rouges, des voyageurs et des canotiers des pays d'En Haut, dans le costume indien; et tous ces gens buvaient le vin de Gascogne, le cidre de Normandie, ou les brûlantes liqueurs des Antilles.

La vie se réveillait sur la large batture quand arrivaient les flottes du pays ; alors, dans les beaux soirs, quand le soleil descendait derrière la *Côte-à-Bon-homme*, ce charme inexprimable, que les amis éprouvent à se revoir, entraînait sur le rivage les jeunes filles de la ville; et là, aux refrains des anciennes chansons françaises, aux accords des violons et des tambours de basque, elles dansaient sur le gazon avec les joyeux marins qui leur contaient les nouvelles du vieux pays, au delà des mers.

Le gouverneur descendit du bastion:

---

(1) Voir l'appendice.

—Pardonnez-moi, messieurs, de vous avoir fait attendre, dit-il aux officiers de sa suite; je suis si fier de notre beau Québec, que je ne finissais plus d'en vanter les splendeurs à mon ami Peter Kalm. Au reste, il sait les apprécier. Mais, continua-t-il, en enveloppant d'un regard d'admiration les citoyens de la ville et les habitants qui travaillaient à fortifier les endroits faibles des murs, mes braves Canadiens se hâtent comme des castors qui construisent leurs chaussées. Ils sont résolus de tenir en respect ces effrontés Anglais. Ils méritent bien, ces laborieux ouvriers, de prendre le castor pour leur emblême. Mais, je suis fâché de vous retenir ainsi.

—Le temps que Votre Excellence passe à veiller sur les intérêts de notre belle et chère colonie, n'est jamais un temps perdu, répliqua l'évêque, un homme grave et d'un aspect imposant. Je voudrais que Sa Majesté elle-même pût monter sur ces remparts et voir de ses propres yeux, comme vous en ce moment, ce splendide joyau de la couronne de France. Elle ne songerait pas, monseigneur, à le troquer, comme il en est question, contre un misérable coin de l'Allemagne ou des Flandres.

—Vos paroles sont belles et vraies, monseigneur, reprit le gouverneur. Les Flandres entières, qui sont aujourd'hui entre les mains puissantes du maréchal de Saxe, ne seraient qu'une pauvre compensation pour la perte d'une terre magnifique comme celle-ci, si l'on allait la céder aux Anglais.

La rumeur de quelque projet de ce genre était venue jusque dans la colonie, et en même temps, les interminables discussions des négociateurs de la paix, assemblés à Aix-la-Chapelle, donnaient naissance à d'étranges suppositions.

—Le sort de l'Amérique se décidera un jour ici, reprit le gouverneur, je le vois écrit sur ce rocher. Quiconque possédera Québec, tiendra dans ses mains les destinées du continent. Puisse notre belle France agir avec

sagesse et comprendre, pendant qu'il en est temps
encore, où se trouvent les gages de l'empire et de la
suprématie !

L'évêque leva les yeux au ciel en poussant un soupir.

—Notre grande France n'a pas encore lu ces magnifiques promesses, ou bien elle ne les a pas comprises...
Oh ! Voyez donc, Excellence, voyez donc les fidèles
sujets qu'elle possède ici ! ajouta-t-il.

Il regardait les citoyens qui travaillaient avec ardeur
sur les murs.

—Il n'en est pas un seul, parmi eux, continua-t-il,
qui ne soit prêt à donner sa vie et sa fortune pour
l'honneur et l'affermissement de la puissance française,
et cependant, la cour les néglige tellement, ils sont
tellement écrasés sous le fardeau des exactions, qu'ils
ne sauraient jouir plus longtemps de cette douce paix,
qui est la récompense du travail. Ils ne peuvent pas,
après tout, faire l'impossible, et c'est pourtant ce
qu'exige la France. Elle veut qu'ils livrent ses batailles,
labourent ses champs, puis donnent, pour obéir aux
ordonnances nouvelles de l'intendant, le pain de leur
modeste table !

Affectant une gaieté qu'il n'éprouvait point, car il
savait trop combien étaient vraies les paroles de l'évêque,
le gouverneur répliqua :

—Bien ! monseigneur; chacun de nous doit faire son
devoir cependant, et si la France demande des choses
impossibles, il faut les accomplir ! C'est là la vieille
devise : Si les cieux s'écroulent sur nos têtes nous
devons, en vrais Gaulois, les retenir sur la pointe de nos
lances. Dites, Rigaud de Vaudreuil, (2) est-ce qu'un
Canadien n'est pas de force à prendre dix Anglais ?

Le gouverneur faisait allusion à un exploit du galant
officier qu'il interrogeait.

_____

(2) Voir l'appendice.

—*Probatum est*, Votre Excellence ! Un jour j'ai vaincu toute la Nouvelle-Angleterre avec six cents Canadiens, et pendant que nous balayions le Connecticut d'un bout à l'autre avec un balai de feu, les braves Bostonnais se précipitaient dans les églises pour implorer la pitié du Seigneur et demander leur délivrance.

—Brave Rigaud, la France n'a pas assez de soldats comme vous, reprit le gouverneur en le regardant avec admiration.

Rigaud s'inclina et fit de la tête une modeste dénégation :

—Je sais qu'elle en a dix mille meilleurs que moi ; mais, le maréchal de Saxe n'en avait pas beaucoup de pareils à ceux qui sont là, monseigneur le comte.

Il montrait les officiers, ses compagnons d'armes, qui causaient un peu plus loin.

C'étaient de vaillants hommes, brillants d'intelligence, distingués dans leurs manières, braves jusqu'à la témérité et tout pétillants de cette charmante gaieté qui sied si bien au soldat français.

La plupart d'entre eux portaient l'habit et le gilet chamarrés, les manchettes de dentelles, le chapeau, les bottes, la ceinture et la rapière de l'époque. C'était un martial costume qui convenait bien à de beaux et braves hommes ; leurs noms étaient familiers à toutes les maisons de la Nouvelle-France et plusieurs étaient aussi connus dans les colonies anglaises que dans les rues de Québec.

Là se trouvait le chevalier de Beaujeu, gentilhomme normand qui s'était illustré sur les frontières et qui, sept ans plus tard, dans les forêts de la Monongahéla, couronnait une vie honorable par une mort de soldat ; il avait défait une armée dix fois plus nombreuse que la sienne et chassé l'infortuné Braddock du champ de carnage où il tomba.

Deux brillants jeunes gens causaient joyeusement avec de Beaujeu. Ils appartenaient à une famille canadienne qui comptait sept garçons, dont six donnèrent leur vie pour le roi. C était Jumonville de Villiers qui fut plus tard fusillé dans les lointaines forêts des Alléghanys, par les ordres du colonel Washington, et au mépris du pavillon parlementaire; c'était Coulon de Villiers, son frère, qui reçut l'épée de Washington, prisonnier avec sa garnison dans le fort Nécessité, en 1754.

Coulon de Villiers imposa d'humiliantes conditions au vaincu, mais il dédaigna de venger autrement la mort de son frère. Il respecta la vie de Washington, et Washington devint le guide de l'idole d'une nation qui, sans cette magnanimité du soldat canadien, n'aurait peut-être jamais conquis son indépendance.

Là se trouvait aussi le sieur de Léry, ingénieur royal chargé d'élever les fortifications de la colonie, un génie comme Vauban dans l'art de défendre une place. Ah ! si les plans qu'il avait conçus, et qu'il recommanda vainement à l'insouciante cour de Versailles, avaient été adoptés, la conquête de la Nouvelle-France fut devenue une chose impossible !

Avec de Léry, la main dans la main et tout à une causerie animée, marchait le beau Claude de Beauharnois, gracieux et vaillant soldat, frère d'un ancien gouverneur de la colonie.

De Beauharnois fut le père d'une belle et vigoureuse race, et sa postérité compta la gracieuse Hortense de Beauharnois, dont le fils Napoléon III, un rejeton du Canada, monta sur le trône impérial de France, longtemps après que la maison de Bourbon, alors trop corrompue, eut abandonné son ancienne colonie.

Parmi tous ces officiers remarquables, le chevalier de la Corne de Saint-Luc se distinguait par sa taille élevée, sa figure franche et ses mouvements brusques. Il était souple comme un Indien, et la vie au soleil et dans les camps l'avait rendu presque aussi noir que l'homme des bois. Il arrivait de l'Acadie; il avait vu

la désolation et le martyre sanglant de cette belle colonie
perdue pour la France; mais à Grand-Pré et au bassin
des Mines, il avait eu la gloire de faire prisonnière toute
une armée de la Nouvelle-Angleterre.   Le vieux et rude
soldat était tout sourire et tout gaieté, maintenant qu'il
conversait avec Mgr de Pontbriand, (3) le vénérable
évêque de Québec, et le Père de Berey, (4) supérieur des
Récollets.

L'évêque était un pasteur qui gouvernait sagement
son église et un citoyen qui aimait passionnément son
pays.   Il sentit son cœur défaillir lorsque Québec se
rendit aux Anglais, et mourut quelques mois seulement après la cession définitive de la colonie.

Le Père de Berey, joyeux moine portant la robe grise
et les sandales des Récollets, était, il faut le dire, encore
plus renommé par son esprit que par sa piété.   Il avait
été soldat autrefois, et portait sa robe comme il avait
porté l'uniforme, avec la dignité d'un officier de la garde
royale.   Mais le peuple l'aimait surtout à cause des
joyeuses plaisanteries dont il ne manquait pas d'accompagner son admirable charité.   Chaque jour, c'était une
nouvelle provision de bons mots qui faisaient rire et
amusaient toute la colonie, sans amoindrir en aucune
façon e respect qu'elle avait pour les Récollets.

Le Père Glapion, supérieur des Jésuites, accompagnait
aussi l'évêque Sa soutane noire, serrée à la taille,
formait un contraste piquant avec la robe grise et
flottante du Récollet.   C'était un homme pensif, à
l'aspect sévère, qui semblait plus soucieux d'édifier les
gens que de prendre part à une conversation.   De
graves dissentiments existaient alors entre les Jésuites
et l'ordre de saint François; mais les supérieurs des deux
maisons étaient hommes de trop bon ton pour laisser
percer chez eux les différends qui se manifestaient
parmi leurs subordonnés.

----

(3) Voir l'appendice.
(4) Voir l'appendice.

Il y avait, à ce moment-là, du mouvement et de la vie sur les longues fortifications. On voyait maintenant s'éteindre les feux qui avaient éclairé les travailleurs pendant la nuit, et leurs dernières étincelles pâlissaient sous les reflets du soleil levant. Tous les gens, même des femmes et des filles, dans un large rayon, étaient venus travailler à la défense du boulevard de la colonie et le rendre inexpugnable. Les colons de la Nouvelle-France, instruits par un siècle de guerre à la frontière avec les Anglais et les Sauvages, savaient comme le gouverneur lui-même que la clef de la domination française était dans les murs de Québec, et que permettre à l'ennemi d'entrer, c'était perdre leur beau titre de sujets de la couronne de France.

II

Le comte de la Galissonnière continua, accompagné des hommes distingués de sa suite, sa tournée d'inspection. Partout, on se découvrait pour les saluer; partout on leur souhaitait la plus cordiale bienvenue.

Le peuple de la Nouvelle-France n'a pas encore perdu la politesse et l'affabilité naturelle qu'il a reçues de ses ancêtres.

Les colons travaillaient avec tant d'ardeur qu'ils semblaient sceller leurs âmes mêmes dans ces murs de la vieille cité, et cependant, à mesure qu'ils reconnaissaient quelques-uns des gentilshommes du gouverneur, ils engageaient avec eux une conversation amicale, presque familière.

—Salut, monsieur de Saint-Denis, (5) fit vivement le gouverneur à un grand et élégant gentilhomme qui surveillait les travaux de ses censitaires de Beauport.

—Mains nombreuses petite besogne, dit le proverbe, Excellence !

—Cette splendide batterie que vous êtes à terminer mérite d'être appelée Beauport. Qu'en pensez-vous, monseigneur ? ajouta Son Excellence en se tournant vers l'évêque qui souriait, ne vaut-elle pas la peine d'être baptisée ?

—Oui, baptisée et bénite répondit l'évêque, et je lui donne ma bénédiction épiscopale ! En vérité, j'ai la plus grande confiance en cette terre sacrée qui vient de l'Hôtel-Dieu; elle supportera bien l'attaque.

---

(5) Voir l'appendice.

—Mille fois merci, monseigneur, fit le sieur de Saint-Denis en s'inclinant profondément: quand c'est l'Église qui ferme la porte, Satan ne saurait entrer, les Anglais non plus !

Puis, s'adressant à ses censitaires :

—Entendez-vous, mes amis ? monseigneur l'évêque baptise notre batterie du nom de Beauport, et nous assure qu'elle soutiendra bien le feu ,de l'ennemi.

—Vive le roi ! fût-il répondu. C'était le cri qui sortait spontanément de toutes les poitrines des Canadiens français, dans tous les dangers et dans toutes les allégresses.

Alors, un des plus hardis parmi les habitants, s'approcha du gouverneur, puis ôtant sa tuque rouge :

—C'est, en effet, une bonne batterie, monseigneur, dit-il, mais il devrait y en avoir une pareille dans notre village. Donnez-nous la permission d'en construire une et de la garnir de monde, et nous vous promettons bien que pas un Anglais n'entrera dans Québec par la porte de derrière, tant qu'il y aura un homme de vivant pour la défendre.

Le bonhomme avait l'œil du soldat Il avait fait le coup de fusil. Le gouverneur comprit l'importance de la remarque, et donna son assentiment sur-le-champ. Il ajouta :

—La ville ne saurait trouver de meilleurs défenseurs que ces braves habitants de Beauport.

Ce compliment ne fut pas oublié, et quelques années plus tard, quand Wolfe vint assiéger la ville, les batteries de Beauport repoussèrent glorieusement ses intrépides soldats. Alors, sur les grèves voisines, tombèrent tant de braves grenadiers, tant de braves montagnards écossais, que le héros faillit en mourir de douleur.

Les laborieux ouvriers aperçurent la figure familière et réjouie du supérieur des Récollets et ne purent s'empêcher de sourire :

—Bonjour, Père de Berey, bonjour ! crièrent cent
voix...Les bonnes femmes de Beauport vous envoient
leurs compliments.   Elles meurent du désir de voir les
bons Récollets descendre chez nous.   Les Pères gris ont
oublié le chemin de notre paroisse.

—Ah ! répliqua le supérieur, avec une feinte sévérité
que trahissait, du reste, l'éclat joyeux de son regard,
vous êtes une bande de misérables pécheurs qui mourrez
sans confession... Vous ne vous en doutez pas !...
Vos cœurs sont durs comme les œufs que vous donnez à
mes frères quêteurs... Si vous saviez le mal que vous
avez fait ! et la dépense de sel et de séné dont vous avez
été la cause... Ah! si le Frère Ambroise, notre cuisinier,
pouvait mettre la main sur vous, une bonne fois, et vous
faire tourner la broche à la place de ces pauvres chiens
de Québec qu'il attrape comme il peut !..* Mais tra-
vaillez bien à la corvée du roi en attendant: beaucoup
d'ouvrage, peu de plaisir et point de salaire !

Les habitants prirent cette plaisanterie en bonne part,
et l'un d'eux répondit, s'inclinant jusqu'à terre :

---

* L'auteur fait ici allusion à deux anecdotes que rapporte P. A.
de Gaspé dans ses *Mémoires*, pp. 73 à 83.

La première est racontée au manoir de Saint Jean-Port-Joly, par
les Frères Alexis et Marc, qui y recevaient l'hospitalité du père de
l'auteur.   Nous en extrayons ce qui suit :

"Comme nous ne mangeons que du poisson salé pendant l'hiver,
le poisson frais étant trop cher, il est de règle qu'on nous serve des
œufs pendant les quinze derniers jours du carême.   Or, pendant le
dernier, étant très fatigués de nos vivres salés, nous attendions avec
hâte les bienheureux œufs. On nous sert, le dimanche, des œufs à
la tripe, le lundi une farce d'œufs à l'oseille, le mardi des œufs à la
coque, mais aussi durs que ceux dont on se sert pour faire les deux
premiers mets.   Bref, pendant sept jours, nous ne vîmes sur notre
table que des œufs durs comme des pierres.   Plusieurs de nous,
commençant à en ressentir les inconvénients, il fut convenu que je
ferais des représentations au cuisinier à ce sujet.   J'aborde donc
le Frère Ambroise, l'homme le moins accostable de tous les cuisi-
niers de l'ordre de saint François, et je lui représente que nous
sommes tous incommodés de ce régime indigeste, le priant, très

—Pardonnez-nous tout de même, mon révérend Père;
les œufs durs de Beauport sont mous comme du sain-
doux, comparés aux bombes que nous allons servir aux
Anglais pour leur déjeuner, le premier beau matin qu'ils
paraîtront devant Québec.

—C'est bien ! dans ce cas, je vous pardonne le tour
que vous avez joué aux Frères Marc et Alexis et je
vous donne ma bénédiction par-dessus le marché, mais
à la condition que vous envoyiez du sel au couvent
pour que nous puissions, nous, conserver notre poisson,
et vous, sauver votre réputation, qui se trouve joliment
compromise aujourd'hui parmi mes bons Récollets.

Un rire général accueillit cette saillie, et le jovial
supérieur rejoignit le gouverneur qui se trouvait plus
loin sur les fortifications.

Près de la porte Saint-Jean, ils virent deux dames qui
encourageaient, par leur présence et leurs bonnes
paroles, un nombreux parti d'habitants. L'une, d'un
âge avancé, mais belle encore et d'un aspect noble, était

---

poliment, de ménager à l'avenir le feu dans la cuisson des œufs
destinés à notre table.

—Vous êtes une bande de lâches, ennemis de la pénitence ! fit
Frère Ambroise. A-t-on jamais entendu, avant ce jour, un fils de
saint François se plaindre de la nourriture de son couvent ?

—Mais, cher Frère, lui dis-je, nous sommes tous si fiévreux, que
nous commençons à perdre le sommeil.

—Vous n'en serez que plus éveillés pour chanter matines, dit le
Frère Ambroise; on ne sera pas obligé de vous secouer pour vous
faire trouver les versets que les autres récitent et que vous avez
perdus... Après tout, si vous êtes malades, faites miracle.

Je m'en retournai, continua le Frère Alexis, avec ces paroles con-
solantes; et pendant quatre autres jours les œufs durs à toutes les
sauces, ou sans sauces, continuèrent à pleuvoir sur notre table.
Nous étions fiévreux comme des pestiférés, nous avions le visage
enluminé comme des hommes pris de vin, les yeux brillants comme
des escarboucles et le ventre tendu comme des tambours de basques. Force nous fut de nous rendre en corps chez notre supérieur
le P. de Bérey, dont nous redoutions beaucoup les sarcasmes, pour
lui porter plainte .

la riche et puissante seigneuresse de Tilly; l'autre, une
orpheline, dans la fleur de la jeunesse et d'une amabilité
sans égale, était sa nièce, la belle Amélie de Repentigny.
Elle s'était fait un devoir d'accompagner à Québec sa
tante et les censitaires de Tilly, curieuse, du reste, d'être
témoin de l'achèvement des fortifications.

Amélie de Repentigny (6) semblait sculptée par un
habile ciseau dans le plus beau marbre de Paros, dans
un marbre resplendissant des lueurs du matin; elle avait
cette perfection que la nature n'accorde qu'à ses favoris,
pour en montrer toute la beauté.   Elle était grande et sa
tête fine paraissait plus petite qu'elle n'était réellement.
Son regard avait un grand charme et elle unissait, dans
ses mouvements comme au repos, des grâces merveilleuses à un enjouement quelque peu fantasque; ainsi une
gazelle apprivoisée garde toujours quelque chose de
la sauvagerie de sa vie de liberté.

Ses cheveux noirs et épais couronnaient admirablement son front et tombaient en boucles soyeuses;
ses regards humides et profonds, francs et modestes, se
reposaient avec tendresse sur les objets innocents, et

—Eh bien ! fit le P. de Bérey, en nous examinant de son air
narquois, qu'y-a-t-il ? que me voulez-vous ? vous marchez
ployés en double comme si vous veniez de recevoir la discipline
dont vous n'usez pourtant guère, bande de lâches ! Vous vous
tenez tous le ventre à deux mains, et vous faites des contorsions
comme si vous aviez la colique.

—Il y a, mon révérend Père, lui dis-je, parlant au nom de tous,
que nous sommes malades, très malades; le cuisinier ne nous sert
sur la table que des œufs durs depuis onze jours, et malgré nos
plaintes réitérées, nous n'avons reçu pour toute réponse que de
faire miracle.

Interpellé par le supérieur, Frère Ambroise répondit: Faites
miracle, mon révérend Père, quand les Frères ne rapportent de
leurs quêtes que des œufs durs, il m'est impossible de les rendre
aussi liquides que s'ils sortaient du poulailler.

—Que veut dire cet insolent ? fit le Père, avec son ton un peu
soldatesque: oh ! oui, on t'en fera des miracles, double sot, des mi-

(6) Voir l'appendice.

sans crainte sur les objets menaçants; ils s'attachaient à vos regards et scrutaient mieux vos pensées; ils comprenaient vos intentions mieux que si vous eussiez parlé. Rien ne semblait vouloir se soustraire à leur innocente curiosité quand ils interrogeaient.

Ils annonçaient un riche caractère, un amour capable des plus grands sacrifices pour l'objet digne de lui. Amélie de Repentigny ne voulait pas donner son cœur au hasard.   Quand elle le donnerait ce serait pour toujours et elle ne le regretterait jamais.

Les deux femmes portaient des vêtements de deuil. Elles étaient mises avec une élégante simplicité et d'une façon digne de leur rang.

Le chevalier Le Gardeur de Tilly était tombé sur le champ de bataille, deux ans auparavant, en combattant vaillamment pour son roi et son pays.   Sa veuve resta seule pour régir ses vastes domaines et prendre soin de sa nièce Amélie de Repentigny, et de son neveu Le Gardeur de Repentigny, deux jeunes orphelins qu'il avait beaucoup aimés et les seuls héritiers de la seigneurie de Tilly.

racles pour un fainéant comme toi, il en faudrait un fameux pour te donner de l'esprit !

—Mais quand je vous dis, mon révérend Père, dit le pauvre Ambroise, que les deux Frères qui font la quête aux œufs n'ont apporté que deux quarts d'œufs bouillis et durs comme du fer.   Venez, plutôt, voir vous-même.

Après examen de ce qu'il restait des deux quarts d'œufs, nous fûmes convaincus, ajouta le narrateur, qu'ils avaient réellement été bouillis.

—Je m'y perds, dit le supérieur.   Que quelques personnes, plutôt que de paraître manquer à la charité, eussent donné aux Frères quêteurs quelques œufs bouillis qui leur restaient, cela ne me surprendrait pas, mais que tout le monde se soit donné la main pour en faire une aumône aux Récollets, ce n'est certainement pas possible.   C'est plutôt toi, paresseux, ajouta le P. de Bérey, en s'adressant au Frère Ambroise, qui les auras fait bouillir d'avance pour t'exempter de la besogne.

Le pauvre cuisinier protesta en vain de son innocence.   Le plus pressé pour le supérieur était de faire soigner ses moines qui étouf-

Amélie n'avait laissé que depuis un an le vieux couvent des Ursulines. Elle avait puisé tous les hauts enseignements dans ce fameux cloître fondé par la Mère Marie de l'Incarnation, pour l'éducation des jeunes filles de la Nouvelle-France. Générations après générations sont venues y apprendre, d'après les préceptes de cette femme extraordinaire, les manières les plus distinguées et les sciences de l'époque. Si ces dernières ont pu s'oublier, les premières ne sont jamais perdues. Les jeunes élèves, devenues femmes et mères, ont transmis à leurs enfants cette politesse et cette urbanité qui distinguent encore, de nos jours, le peuple canadien.

Le jour de l'examen, de toutes ces anxieuses concurrentes qui avaient lutté pour la palme et les honneurs, dans l'illustre maison, deux seulement étaient sorties, le front ceint de couronnes, Amélie de Repentigny et Angélique des Meloises (7). Deux jeunes filles également belles, également gracieuses, également accomplies, mais différentes de caractère et de destinée. Le fleuve de leur vie coula d'abord dans une parfaite tranquillité; hélas ! comme il devait être tourmenté plus tard !

---

faient dans leurs robes; on fit venir le *frater*, qui purgeait le couvent, et je ne sais combien il nous fallut avaler de demiards de médecines royales avant de recouvrer la santé. Depuis ce temps-là, la vue des œufs nous donne des nausées.''

Interrogé sur le mot de cet énigme :

''—Nous croyons l'avoir devinée, fit Frère Marc: vous savez que les habitants se font un plaisir de transporter dans leurs voitures le produit de nos quêtes d'une paroisse à une autre. Les deux quarts d'œufs furent déposés, le soir, chez un aubergiste de la paroisse de***, chez lequel pensionnait un étranger, qui ne craignait ni Dieu, ni diable: un vrai athée, qui raillait à tout propos les moines qu'il qualifiait de fainéants, s'engraissant des labeurs des pauvres; et il est à supposer, qu'assisté de quelques mauvais sujets, il passa une partie de la nuit à faire bouillir nos œufs, sans égard pour l'estomac épuisé de ceux qui devaient s'en nourrir à la fin d'un carême rigide.

(7) Voir l'appendice.

Le Gardeur de Repentigny était d'une année plus âgé que sa sœur Amélie.   Il était au service du roi. Ce beau cavalier, ce brave soldat, ce cœur généreux aimait bien sa sœur et sa tante, mais il n'avait pas échappé aux dangers de son temps; il n'avait pas fui les écueils où se perdaient tant de jeunes gens de condition et de fortune qui, du fond de la colonie, s'efforçaient d'imiter les modes, le luxe et l'immoralité de la brillante mais impure cour de Louis XV.

Amélie aimait son frère avec passion et s'efforçait de fermer les yeux sur ses écarts.   Elle y parvenait, car elle était femme.   Elle ne le voyait que rarement, cependant, et dans ses rêveries solitaires, au lointain manoir de Tilly, elle se plaisait à l'embellir de toutes les perfections qu'il avait et n'avait pas, et ne prêtait qu'une oreille distraite, sinon indignée, aux rumeurs méchantes qui couraient sur son compte.

———

* * *

La seconde est racontée par l'auteur lui-même :

"L'instrument qui servait de tourne-broche, chez mon père, se montait comme une horloge.   La cuisinière, après avoir exposé ses viandes près du feu, courait au grenier et faisait monter jusqu'au faîte de la maison, en se servant d'une clef faisant partie du mécanisme, un poids de vingt-cinq à trente livres.   Lorsque la broche, ou les broches, car il y en avait souvent deux ou trois, arrêtaient, elle prenait de nouveau sa course au grenier pour recommencer la même opération.

Les fils de saint François avaient beaucoup simplifié la besogne en établissant tout le mécanisme nécessaire à la cuisson des viandes sur le foyer de la cheminée, et en substituant un chien à un tourne-broche marmiton.

—Mais, dit le lecteur, les chiens de votre temps étaient donc des prodiges d'intelligence ?

Ils n'en avaient pourtant guère plus que l'écureuil sortant de la vie peu civilisée des forêts et que l'on enferme dans une cage ronde de fil de fer, que le gentil animal se dépêche de faire tourner, tourner, pour en sortir au plus vite, quoiqu'il ne soit pas plus

avancé à la fin de la journée que le matin, croyant néanmoins,
avoir fait beaucoup de chemin.   Comprenez-vous maintenant ?
On enfermait le chien dans un rouleau semblable: le chien n'avait
pas comme l'écureuil un lieu de retraite pour se reposer, il lui fallait courir sans cesse stimulé par la chaleur, par l'odeur des viandes
et par l'espoir de la liberté.   La langue finissait par lui pendre de
la longueur d'un demi pied hors de la gueule; n'importe ! point de
compassion pour la pauvre bête:—tourne, capuchon, (nom obligé
d'un chien de Récollet) tourne, mon gars; tu auras ton dîner quand
tu l'auras gagné et de l'eau à discrétion.

Mais capuchon avait souvent la finesse de s'évader vers l'heure
où sa présence aurait été la plus requise, soit en passant entre les
jambes du portier, quand il ouvrait la porte du couvent, ou par la
négligence du jardinier.   Il s'agissait alors de lui trouver un subs-
titut; la chose n'était pas si difficile que l'on serait porté à le croire.
Un chien de grosseur convenable passait-il dans la rue, on l'affrian-
dait avec un morceau de viande, et une fois dans les limites du
couvent, un bras nerveux l'empoignait par-dessus le cou, le poussait dans la cage et fermait le crochet.   Le nouveau conscrit faisait des efforts désespérés pour respirer l'air pur de la liberté.   Le
Frère Ambroise criait en se pâmant d'aise: "hardiment, bourgeois ! tu fais des merveilles ! tu auras un bon morceau de rôti
pour récompense !"

Les Récollets prisaient beaucoup les chiens d'autrui, mais ceux-
ci ne les aimaient guère, si l'on en peut juger par les écarts, les
longs détours, que la plupart faisaient en passant vis-à-vis du
couvent qu'ils regardaient d'un air inquiet, ou en aboyant avec
fureur, s'ils apercevaient un capuchon: à ces signes on pouvait
dire, sans se tromper, qu'ils avaient tourné la broche des bons
Frères."

III

Le gouverneur éprouva autant de plaisir que de surprise à la vue de madame de Tilly et de sa jolie nièce; car il les connaissait intimement et les estimait beaucoup. Il les salua avec ce profond respect et cette vive admiration que l'on éprouve toujours pour des femmes de cœur. Les officiers de sa suite firent de même.

—Ma chère madame de Tilly, mademoiselle de Repentigny, dit-il, le chapeau bas, vous êtes les bienvenues à Québec: je ne suis pas étonné, mais je suis ravi de vous trouver ici, à la tête de vos loyaux censitaires. Ce n'est pas la première fois que les dames de Tilly quittent leur maison pour venir défendre les forts du roi contre ses ennemis.

Il faisait allusion à la vaillante défense d'un fort sur la frontière iroquoise, par une femme de cette maison, qui, voyant son mari blessé, prit le commandement de la garnison, repoussa l'ennemi et sauva du scalpel et du feu tous ceux qui combattaient autour d'elle.

—Monseigneur le comte, reprit la grande dame avec calme et dignité, quoi de surprenant si la maison de Tilly est fidèle à sa vieille renommée ? Il ne saurait en être autrement. C'est à ces loyaux habitants qui ont obéi avec tant d'empressement à votre proclamation que vous devez des compliments. C'est la corvée du roi: il faut relever les murs de Québec, et nul Canadien ne saurait sans honte refuser de mettre la main à l'œuvre. Le chevalier de la Corne de Saint-Luc (8) ne trouvera pas sans doute que deux pauvres femmes comme nous puissent renforcer beaucoup la garnison, ajouta-t-elle, en tendant la main au vieux chevalier, le meilleur ami de sa famille.

—Bon sang ne ment pas, madame, répliqua le chevalier, en lui serrant la main avec chaleur. Comment! vous seriez déplacée ici ? Non, non ! vous êtes chez vous, sur les remparts de Québec, comme dans vos salons de Tilly. Le galant roi François avait coutume de dire qu'une cour sans dames est une année sans printemps, un été sans roses. Les murailles de Québec sans un Tilly ou un Repentigny, seraient d'un mauvais augure en vérité ! et pires qu'une année sans printemps et qu'un été sans roses. Mais où donc est ma chère filleule Amélie ?

Tout en parlant le vieux soldat déposait sur les joues d'Amélie un baiser tout plein d'une paternelle effusion. Elle était sa favorite.

—Bonjour, mon Amélie, dit-il, ta présence m'est douce comme les fleurs au mois de juin. Comme tu as bien employé le temps ! Tu as grandi, tu es devenue de plus en plus belle chaque jour, pendant que je dormais près des feux de camp, dans les forêts de l'Acadie. Mais vous êtes toutes pareilles, vous autres, jeunes filles, c'est à peine si j'ai reconnu ma petite Agathe à mon retour. La petite coquine me dévorait de ses baisers, voulant sécher, disait-elle, les larmes de joie qui coulaient de mes yeux.

Amélie fut touchée des flatteuses paroles de son parrain, et elle se sentit heureuse d'avoir encore toute son affection. Elle lui prit le bras et l'entraîna à quelques pas de la foule.

—Où est Le Gardeur, lui demanda le chevalier de la Corne de Saint-Luc.

---

(8) Voir l'appendice.

Elle devint toute rouge et répondit après un moment d'hésitation :

—Je ne le sais pas, parrain; nous ne l'avons pas vu depuis notre arrivée.

Puis, après un silence plein de trouble, elle ajouta:

—L'on m'a dit qu'il était à Beaumanoir, en partie de chasse avec Son Excellence l'intendant.

La Corne, voyant son embarras, comprit tout ce qu'il y avait de pénible pour elle dans cet aveu, et la prit en pitié. Un éclair de colère brilla à travers ses longs cils, mais il refoula ses pensées. Cependant, il ne put s'empêcher de dire :

—Avec l'intendant, à Beaumanoir ? j'aurais préféré le voir en meilleure compagnie. Cette intimité avec Bigot ne peut que lui être fatale et il faut que cela finisse, Amélie ! N'aurait-il pas dû être ici pour vous recevoir, toi et madame de Tilly ?

—Je suis bien sûre qu'il serait venu au devant de nous s'il avait connu notre dessein; je lui ai écrit un mot, mais le messager est arrivé trop tard; il était parti.

Amélie avait presque honte d'excuser si mal à propos la faute de son frère. Elle n'était guère convaincue, la pauvre enfant, et voulait espérer quand même.

—Bien ! ma filleule, nous aurons bientôt, dans tous les cas, le plaisir de voir Le Gardeur. Il faut que l'intendant assiste à un conseil de guerre aujourd'hui même. Le colonel Philibert est parti depuis une heure pour Beaumanoir.

A ce nom de Philibert, (9) Amélie tressaillit soudain, regarda le chevalier d'un œil inquiet, mais n'osa lui faire la question qui tremblait sur ses lèvres.

—Merci, parrain, dit-elle, pour la bonne nouvelle du retour prochain de mon frère.

Elle continua, mais sa pensée était ailleurs.

_____

(9) Voir l'appendice.

—Avez-vous entendu dire que l'intendant voulait donner, dans le palais, une position honorable et importante à Le Gardeur ? Mon frère m'a écrit à ce sujet.

—Une importante et *honorable* position dans le palais ?—Le vieux soldat souligna honorable.—Non, je ne l'ai pas entendu dire, et je n'espère pas qu'on puisse jamais trouver une place honorable dans la compagnie de Bigot, de Varin, de Péan et de tous les autres coquins de la Friponne. Pardonnez-moi, ma chère enfant, je ne mets pas Le Gardeur au rang de ces gens-là, ah ! non ! La pauvre victime! J'espère que le colonel Philibert va le trouver et le délivrer de leurs griffes.

Amélie laissa échapper la question qui brûlait ses lèvres. Autant mourir que de se taire plus longtemps.

—Le colonel Philibert ? (10) parrain, quel est cet homme ?

La surprise, la curiosité et, plus que cela, un intérêt profond, altéraient singulièrement sa voix malgré l'effort qu'elle faisait pour paraître indifférente.

—Le colonel Philibert, répéta de la Corne, comment ? qui veux-tu que ça soit, sinon notre jeune Pierre Philibert ? Tu ne l'as pas oublié assurément, Amélie ? Dans tous les cas, il se souvient de toi, lui. Combien de fois, pendant les longues nuits que nous avons passées auprès du feu, dans nos campements au milieu de la forêt, il nous a parlé de Tilly et des bons amis qu'il y avait laissés. A coup sûr, ton frère reconnaîtra bien Philibert quand il le verra, et sa reconnaissance se souviendra...

Amélie rougit légèrement lorsqu'elle répliqua :

—Oui, parrain, je me souviens bien de Pierre Philibert; je m'en souviens avec plaisir, mais je ne l'avais jamais entendu appeler colonel.

_____

(10) Voir appendice.

—Vraiment ! Il a été si longtemps absent. Il est parti simple enseigne en second, et il est revenu colonel. Il a l'étoffe d'un maréchal et il a conquis ses grades au champ d'honneur, en Acadie. C'est un noble garçon, Amélie; avec ses amis, doux et aimant comme une femme; avec ses ennemis, implacable comme son père, ce vieux bourgeois qui a fait mettre sur le devant de sa maison, comme une perpétuelle menace à l'intendant, paraît-il, cette tablette du chien d'or que tu connais. L'acte d'un homme hardi s'interprète de lui-même.

—J'entends tout le monde parler avec respect du bourgeois Philibert, repartit Amélie. Tante de Tilly qui n'est point prodigue de ses compliments dit que c'est un vrai gentilhomme, bien qu'il soit commerçant.

—Comment ! sans doute, il est d'origine noble, je le sais ! ce qui n'empêche pas qu'il ait obtenu un permis du roi, pour faire, comme d'autres gentilshommes, le commerce dans la colonie. En Normandie, c'était le comte Philibert; à Québec, c'est un bon bourgeois, aussi c'est un homme sage, puisque avec ses vaisseaux, ses comptoirs et ses livres, il est devenu le plus riche habitant de la Nouvelle-France, pendant que nous, avec notre noblesse et nos épées, nous avons lutté pour conquérir la pauvreté, et nous recueillons le mépris des ingrats courtisans de Versailles.

La conversation fut interrompue par un brusque mouvement de la foule qui s'écartait pour laisser passer le régiment du Béarn. (11) Ce régiment faisait partie de la garnison de Québec et se rendait à ses exercices du matin, ou s'en allait monter la garde. Il se composait d'intrépides et bouillants Gascons, en uniformes bleu et blanc, avec le casque haut sur la tête et, sur le dos, la tresse de cheveux attachée de rubans. En avant marchaient, tout galonnés, tout chamarrés, les officiers à cheval. Les sous-officiers avec leurs espontons, et les

---

(11) Voir l'appendice.

sergents avec la hallebarde alignaient la longue file des
étincelantes baïonnettes. Les fifres et les tambours
firent de nouveau retentir les rues, et alors, pour rendre
hommage aux jeunes filles qui regardaient d'un œil ravi
le brillant uniforme, et souriaient avec douceur au
vaillant soldat, gaulois ou breton, tous ces guerriers
se mirent à chanter en chœur et à gorge déployée des
couplets de leur pays.

Le gouverneur et sa suite eurent vite fait de se mettre
en selle et de galoper sur l'esplanade pour voir la revue.

De la Corne de Saint-Luc se fit amener son cheval. Il
voulait rejoindre le gouverneur.

—Venez dîner avec nous, aujourd'hui, chevalier, lui
demanda madame de Tilly.

—Merci, mille fois, mais j'ai peur que cela ne soit pas
possible, madame, car le conseil de guerre s'assemble
au château cet après-midi. Cependant, si le colonel
Philibert ne trouvait pas l'intendant à Beaumanoir,
l'heure de la réunion pourrait bien être retardée ; alors,
je viendrais; mais il vaut mieux ne pas m'attendre.

A ce nom de Philibert, toujours un reflet pourpre
colorait les joues d'Amélie.

—Mais venez si vous le pouvez, parrain, ajouta-t-elle,
nous avons l'espoir d'avoir Le Gardeur avec nous cette
après-dînée. Il vous aime tant ! et je sais que vous
avez beaucoup de choses à lui dire.

Amélie, tout anxieuse, aurait bien voulu assurer à
son frère la grande influence du chevalier de la Corne
de Saint-Luc.

Ils aimaient bien l'un et l'autre leur vieux parrain.
C'est à son amitié que leur père, expirant sur le champ
de bataille, les avait confiés.

—Ma chère Amélie, répliqua le vieillard, heureux
ceux qui n'osent promettre et donnent beaucoup ! Je
veux bien essayer de rencontrer ce cher garçon, mais
ne me demande pas l'impossible. Bonsoir, madame,
bonsoir Amélie.

Il baisa respectueusement leurs mains et sauta en selle.

La nouvelle du retour de Pierre Philibert avait causé une profonde surprise à Mlle Amélie. Elle s'éloigna tout émue du groupe des travailleurs, et, pendant que sa tante causait avec l'évêque et le Père de Berey, elle alla s'asseoir à l'écart, dans une embrasure de la batterie. Là, pâle, la joue appuyée sur une main tremblante, elle vit passer devant ses yeux, comme une volée de blanches colombes qui s'élancent d'un taillis, les douces réminiscences d'autrefois...

Elle revoyait Pierre Philibert, l'ami et le camarade de son frère. Que de fois, pendant les vacances, il était venu au vieux manoir de Tilly ! Elle était jeune alors, et partageait les jeux des deux étudiants, leur tressait des guirlandes de fleurs, courait avec eux, montée sur son docile *poney*, par les sentiers sauvages de la seigneurie. Elle attendait alors avec impatience ces jours de vacances du vieux séminaire de Québec, les plus beaux de l'année, et elle confondait dans une même affection le frère et l'ami.

Un jour, les habitants du manoir éprouvèrent une douleur terrible qui fut bientôt suivie d'une grande joie, et Pierre Philibert devint alors un héros incomparable aux yeux de la jeune Amélie.

Le Gardeur jouait follement dans un canot, et tous les deux, Pierre et Amélie, assis sur le bord, le suivaient du regard. Tout à coup, la légère embarcation chavira. L'imprudent lutta quelques moments, puis s'enfonça sous les vagues, si belles mais si redoutables.

Amélie jeta un cri d'épouvante et s'évanouit; Philibert n'hésita pas un instant. Il se précipita dans le fleuve, nagea vers le lieu de l'accident et, plongeant avec l'agilité du castor, il reparut avec le corps inanimé de son ami qu'il apporta à la rive. Après de patients efforts et un temps qui parut long comme l'éternité à la pauvre enfant, Le Gardeur revint à la vie et fut rendu à sa

famille éplorée.   Amélie, folle de joie, enveloppa Philibert de ses jolis bras et couvrit son front de baisers.

—Tant que je vivrai, disait-elle, ma reconnaissance
durera, et jamais je ne vous oublierai dans ma prière de
chaque jour.

Peu après cet événement, Philibert, qui voulait
apprendre l'art de la guerre et se consacrer au service
du roi, fut envoyé aux grandes écoles militaires de
France.   Amélie entra au couvent des Ursulines; car
c'est là que les grandes dames de la colonie puisaient
dans leur jeunesse, les sciences et les belles manières qui
les distinguaient plus tard.

Malgré les ombres glacées du cloître, où l'amour
profane ne doit pas entrer, l'image de Philibert suivit
Amélie et son souvenir devint inséparable du souvenir
de Le Gardeur.   C'était le prince mystérieux qui en-
chantait ses rêves et charmait sa poétique imagination.
Elle avait promis de toujours prier pour lui, et pour
mieux accomplir sa promesse et ne jamais l'oublier,
elle avait ajouté un grain d'or à son chapelet.

Du fond de son cloître silencieux, Amélie n'entendit
guère les bruits de la guerre qui dévastait la frontière
et les lointaines vallées de l'Acadie; elle n'avait pas suivi
Pierre dans sa marche glorieuse depuis l'école militaire
jusqu'au champ de bataille, et ne savait pas qu'on lui
avait confié, comme à l'un des plus habiles officiers du
roi, l'un des premiers commandements dans la colonie.

Son étonnement fut donc bien profond, en effet,
quand elle sut que ce petit garçon qui avait été le compagnon d'enfance de son frère et le sien, était maintenant le brillant colonel Philibert, aide de camp de Son
Excellence le gouverneur général.

Assurément, il n'y avait rien là qui put faire rougir;
cependant un éclair illumina les profondeurs de son âme.
Elle s'aperçut avec un certain malaise que celui qui
avait tant occupé sa pensée depuis nombre d'années,
était maintenant un homme, et homme noble et renom-

mé. Elle était profondément inquiète et presque
indignée. Elle s'interrogea sérieusement pour voir si
elle n'avait pas, en quelque chose, failli à sa réserve et
à sa modestie de jeune fille, en s'occupant ainsi de lui.
Ses craintes étaient comme des épines qui déchiraient
ses chairs vierges, et plus elle se contemplait plus elle
tremblait de se trouver coupable.

Ses tempes battaient violemment; elle n'osait lever
les yeux, de crainte que quelqu'un, fut-ce même un
étranger, ne vit sa confusion et n'en devinât la cause.

—O Vierge Marie ! murmura-t-elle en pressant de
ses deux mains sa poitrine agitée, ô Vierge Marie ! rends
la paix à mon âme ! je ne sais plus que faire !...

Assise seule dans l'embrasure de la muraille, elle vécut
en quelques minutes toute une vie d'émotions. Elle ne
trouva point le calme jusqu'au moment où elle comprit
soudain qu'elle se désespérait en vain. Il n'était pas
probable du tout que le colonel Philibert put, après une
si longue absence et une vie aussi active, se souvenir
encore de la petite écolière du manoir de Tilly. Elle
pourrait le rencontrer, elle le rencontrerait, bien sûr,
dans cette société où ils allaient tous deux; mais il la
traiterait sans doute comme une étrangère, et de son
côté, elle agirait de même à son égard.

Forte de ce vain argument, Amélie, comme les autres
femmes, mit sur son cœur une petite main de fer gantée
de soie, et puis en étouffa tyranniquement les avertissements. Elle paraissait triompher, mais elle était
vaincue. Certaine, maintenant, de l'indifférence de
Philibert et de son oubli profond—indifférence et oubli
tout imaginaires,—elle pouvait le voir sans rien craindre
pour sa tranquillité; bien plus, elle désirait le rencontrer
pour se prouver à elle-même qu'elle ne s'était pas rendue
coupable de faiblesse à son égard.

Elle leva les yeux et vit avec plaisir que sa tante et
l'évêque causaient avec plus d'animation que jamais
d'un sujet qui leur était fort cher à tous deux, des soins

spirituels et temporels qu'il fallait donner aux pauvres
et particulièrement aux pauvres dont la dame de Tilly
avait à répondre devant Dieu et le roi.

Elle songeait aux étranges incidents de ce matin-là,
quand le bruit d'une voiture éveilla son attention. Une
calèche, tirée par deux chevaux fougueux attelés en
flèche, franchit la porte Saint-Jean et roulant avec rapi-
dité, vint s'arrêter tout à coup auprès d'elle. Une
jeune fille, habillée suivant la mode capricieuse de
l'époque, remit les guides au cocher, sauta de la calèche
avec l'aisance et l'agilité d'une gazelle, puis monta sur
le rempart en jetant dans un cri joyeux et clair le nom
d'Amélie. Mlle de Repentigny reconnut aussitôt la
voix argentine de la gaie, de la belle Angélique des Meloises. Angélique embrassa son amie avec la plus vive
affection, l'assurant qu'elle était bien heureuse de la
rencontrer à la ville d'une manière si inattendue. Elle
avait su que Mme de Tilly était à Québec, et elle avait
saisi la première occasion favorable pour voir sa chère
amie, son ancienne compagne de couvent et lui raconter
toutes les nouvelles de la ville.

—Quelle bonté de ta part, Angélique, répliqua
Amélie, rendant avec chaleur, mais sans effusion, le
baiser de l'amitié; nous sommes venues tout simplement
avec nos gens prendre part à la corvée du roi. Quand
l'ouvrage sera terminé· nous retournerons à Tilly.
J'étais certaine que je te rencontrerais et je me disais
que je te reconnaîtrais aisément; cependant j'hésite un
peu. Comme tu as changé depuis que tu as laissé le
costume du couvent! mais tu as changé pour le mieux...

Amélie ne pouvait s'empêcher d'admirer la beauté
radieuse de la jeune fille.

—Comme te voilà belle ! ajouta-t-elle... mais que
dis-je ? Ne l'as-tu pas toujours été ? Je t'ai disputé la
couronne d'honneur, Angélique, mais tu porterais seule
la couronne de la beauté.

Elle recula d'un pas, puis enveloppant son amie d'un regard d'admiration, elle ajouta :

—Et tu mériterais bien de la porter.

—J'aime bien t'entendre parler ainsi, Amélie, car c'est la couronne de la beauté que je préfère. Tu souris ? mais si tu dis la vérité, je veux la dire aussi. Tu as toujours été sincère au couvent, je m'en souviens. Pas moi !... Mais trêve de flatteries.

Angélique était toute fière des louanges que lui décernait cette ancienne amie dont elle avait quelquefois envié la figure gracieuse et l'adorable expression.

—Souvent, des jeunes gens me disent ces choses, Amélie, continua-t-elle, mais, bavardage que tout cela ! ils ne sont pas comme nous, bons juges des femmes. Mais, vrai, me trouves-tu réellement belle ? Comment ? Avec lesquelles de nos connaissances pourrais-tu me comparer ?

—Je ne puis te comparer qu'avec toi-même; tu es la plus belle personne que j'aie jamais vue, fit Amélie avec enthousiasme.

—Et crois-tu franchement, dis moi, que le monde me trouve belle comme je parais l'être à tes yeux ?

Angélique, disant cela, renvoya en arrière son opulente chevelure, et regarda fixement son amie, comme pour chercher dans son expression la confirmation de ses propres espérances.

—Quelle étrange question, tu me fais là, Angélique ! Pourquoi ?

—Parce que je commence à en douter, repartit avec amertume la jeune fille. Je suis fatiguée maintenant d'entendre vanter le charme de mes regards...mais j'ai cru, hélas ! à la flatterie menteuse, comme toutes les femmes croient, du reste, un mensonge qu'on leur répète tous les jours.

Amélie parue fort embarrassée.

—Que t'est-il arrivé, Angélique ? dit-elle enfin. Pourquoi douterais-tu de tes charmes ? T'auraient-ils donc, une fois enfin, été inutiles ?

De tels charmes sont toujours vainqueurs, aurait
probablement répondu un homme qui, une fois, deux
fois, trois fois même, aurait vu Angélique des Meloises.
Elle était en effet ravissante à voir. Grande, volup-
tueusement découplée, pleine d'aisance et de grâces
dans ses mouvements, elle n'était pas, comme Amélie,
transformée par les vertus de l'âme, mais comme les
femmes enchanteresses de la fable qui contraignaient
les dieux mêmes à descendre de l'Olympe, toute pétrie
de ces charmes matériels qui poussent les hommes à
l'héroïsme le plus grand ou au crime le plus infâme.

Elle avait cette beauté qui n'apparaît qu'une ou deux
fois dans un siècle pour réaliser les rêves d'un Titien ou
d'un Giagione.   Son teint était clair et radieux comme
si elle fût descendue du dieu Soleil.   Sa chevelure brillante serait tombée jusqu'à ses genoux si elle en eut
défait les boucles d'or.   Sa figure aurait été digne d'être
immortalisée par le Titien.   Son œil noir et fascinateur
était invincible. Jamais regard n'était plus dangereux
que, lorsque après un repos apparent ou une feinte indifférence, il lançait tout à coup à travers ses cils soyeux,
comme la flèche du Parthe, un rayon plein de volupté.
Alors la blessure saignait pendant plus d'un jour !...

Choyée et gâtée, l'enfant du brave et insouciant
Renaud d'Avesnes des Meloises, d'une ancienne famille
du Nivernois, Angélique, grandit sans mère, plus rusée
que toutes ses compagnes, consciente de ses appâts,
toujours flattée, toujours cajolée. Plus tard, après sa
sortie du couvent, elle fut adorée comme une idole par
les galants de la ville, au grand déplaisir des autres
jeunes filles.

Elle était née pour régner sur le cœur des hommes
et elle le savait. C'était son droit divin. Elle effleu-
rait la terre d'un pied mignon qui voulait peut-être,
comme celui de la belle Louise de la Vallière, quand elle
dansa le royal ballet, dans la forêt de Fontainebleau,
séduire par ses grâces le cœur d'un roi.   Son père avait

fermé les yeux sur ses caprices; dans le monde joyeux
où elle était entrée, elle recevait comme une chose due,
l'encens de l'adulation, et ne souffrait pas facilement
qu'on le lui refusât.

Elle n'était pas naturellement méchante, quoique
vaine, égoïste et ambitieuse. Le cœur de l'homme
était pour elle un piédestal: elle le foulait tout genti-
ment, sans se soucier des angoisses que faisait naître sa
capricieuse tyrannie. Elle restait froide et calculait
tout, malgré les ardeurs de sa nature voluptueuse. Bien
des amoureux pouvaient croire qu'ils avaient conquis le
cœur de la belle capricieuse, mais pas un seul n'en était
certain.

IV

Angélique prit Amélie par le bras, avec cette douce familiarité d'autrefois, et l'entraîna au coin d'un bastion ruisselant de soleil, où gisait un canon démonté. On voyait, par l'embrasure, comme un paysage encadré dans une pierre massive, la large pente de verdure qui couronne Charlesbourg.

Les deux jeunes filles s'assirent sur le vieux canon. Angélique tenait dans ses mains les mains d'Amélie, comme si elle avait hésité à lui confier le secret de son âme. Puis, quand elle eut parlé, Amélie vit bien que sa bouche n'avait pas dit tout ce que sa pensée renfermait.

—Nous sommes bien seules, Amélie, commença-t-elle, nous pouvons nous parler à cœur ouvert comme au temps où nous étions écolières. Tu n'es pas venue à la ville cet été, et tu as perdu tous les amusements.

—Je ne les regrette pas, répondit Amélie. Vois donc comme la campagne est belle, ajouta-t-elle en plongeant, à travers l'embrasure, un regard enthousiasmé sur les champs verdoyants et les magnifiques bois qui bordent la rivière Saint-Charles. Combien il est plus agréable d'être là, à s'ébattre parmi les fleurs et sous les arbres ! J'aime autant aller à la campagne que la voir à distance, comme vous la voyez, vous, gens de Québec.

—Moi, je me soucie peu de la campagne, répliqua Angélique; c'est la ville qui me va. Jamais Québec n'a été plus gai que cet été. Le Royal-Roussillon (12)

_____

(12) Voir l'appendice.

et les régiments du Bearn et de Ponthieu, nouvellement arrivés, ont fait tourner toutes les têtes de Québec,
les têtes des jeunes filles, s'entend.   Des galants, il y
en avait comme des airelles au mois d'août.   Tu peux
croire que j'en ai eu ma part.

Et elle jeta un éclat de rire sonore. C'était sans
doute un souvenir intime de sa dernière campagne qui
lui revenait.

—J'ai eu raison de ne pas venir à Québec, cet été,
perdre la tête comme les autres,   repartit Amélie en
riant; mais maintenant que j'y suis, je devrais peut-être,
dans ma compassion, essayer de guérir quelques-uns
de ces pauvres cœurs que tu as si cruellement blessés.

—Non, n'essaie pas; tes doux regards répareraient
trop sûrement le mal que les miens ont fait, et je ne
veux pas cela, fit Angélique riant toujours.

—Non ? Alors ton cœur est plus cruel que tes yeux.
Mais, dis, quelles sont les victimes que tu as faites,
cette année ?

—Pour parler avec franchise, Amélie, j'ai essayé
d'ensorceler les officiers du roi indistinctement, impar-
tialement, et j'ai assez bien réussi, je te le jure.   Pour
l'amour de moi, trois rivaux se sont battus en duel, deux
sont morts et un autre s'est fait cordelier.   Ne suis-je
pas bien récompensée de mes efforts ?

—Méchante Angélique, va ! non, je ne crois pas que
tu sois fière de pareils triomphes, s'écria la douce
Amélie.

—Fière ! non; je ne me glorifie pas de la conquête
des hommes; c'est chose trop facile. Ma gloire est de
triompher des femmes, et le moyen de l'emporter sur
elles, c'est de vaincre les hommes.   Tu te souviens de
mon ancienne rivale, au couvent, l'orgueilleuse Françoise de Lantagnac? Je lui gardais rancune. Et aujourd'hui, au lieu de prendre pour un jour le voile blanc
et les fleurs d'orange, elle a pris pour la vie le triste voile

noir. Je lui ai volé son amoureux, pour lui donner la peur seulement; je n'étais pas sérieuse. Mais elle a pris la chose trop à cœur et s'est enfermée dans le cloître. Elle était bien imprudente de permettre à Angélique des Meloises d'éprouver la fidélité de son fiancé, Julien de Sainte-Croix.

Amélie se leva tout indignée, les joues en feu.

— Je me souviens bien de tes cruelles vantardises d'autrefois, Angélique ! s'écria-t-elle, mais, non, je ne puis croire qu'aujourd'hui tu te railles ainsi des plus saintes affections !

—Bah ! Amélie, si tu connaissais les hommes comme je les connais, tu ne penserais pas faire grand mal en les punissant de leurs infidélités; mais tu n'as pas plus d'expérience qu'une nonne, et tu n'es jamais sortie, comme moi, du premier rêve d'amour.

Angélique parut faire cette dernière remarque vaguement, avec une certaine tristesse, pas plus pour son amie que pour elle-même.

—Non, je ne connais pas les hommes, répondit Amélie, mais je crois qu'un homme loyal et bon est, après Dieu, le plus digne objet de l'affection d'une femme. Il vaudrait mieux mourir que chercher la joie dans les douleurs de ceux qui nous aiment. Mais dis-moi, je t'en prie, ce qu'est devenu Julien de Sainte-Croix après la rupture de son mariage avec cette pauvre Françoise ?

—Oh ! lui ? à l'eau ! Pourquoi m'en serais-je occupé ? Je voulais punir Françoise de sa présomption, rien de plus, et je lui ai montré mon pouvoir en forçant son fiancé à se battre à mort avec le capitaine Le Franc.

—O Angélique ! comment peux-tu être si profondément méchante ?

—Méchante ? Mais est-ce ma faute s'il s'est fait tuer ? Il était mon champion et devait revenir vainqueur. J'ai porté un ruban noir pendant six mois en signe de deuil, et j'ai passé pour un modèle de dévouement. C'était toujours une manière de triompher.

—Ton triomphe est une honte, Angélique ! et je ne veux plus t'écouter; tu profanes l'amour. Ta beauté devrait être une source de bénédictions et non de désespoir. Que la Sainte Vierge prie pour toi, Angélique, tu as grandement besoin de ses prières.

Amélie se leva tout à coup.

—Allons, ne te fâche pas, ne t'en va pas, Amélie, murmura Angélique, je vais expier mes triomphes par le récit de mes défaites, et surtout par le récit de la plus humiliante de toutes, une défaite que tu vas apprendre avec beaucoup de plaisir.

—Moi, Angélique ? Mais qu'ai-je à voir à tes succès comme à tes déceptions ? Non, je ne veux rien entendre.

Angélique la retint par son châle.

—Tu m'écouteras bien quand je te dirai que, la nuit dernière, j'ai vu, au château, un de tes vieux et nobles amis, le nouvel aide de camp du gouverneur, le colonel Philibert. Il me semble, Amélie, que je t'ai entendue parler de Philibert, alors que nous étions au couvent.

Amélie comprit que l'habile magicienne l'enveloppait dans ses toiles. Elle resta là, immobile de surprise, l'œil vague, rougissante; elle faisait un effort désespéré pour cacher sa confusion. Mais sa rusée compagne l'avait prise dans ses filets aussi vite que l'oiseleur capture un oiseau.

—Oui, continua Angélique, j'ai essuyé une double défaite cette nuit.

—Vraiment ? comment cela ? dis donc.

Amélie, si calme d'ordinaire, se sentait poussée tout à coup par une ardente curiosité. Angélique le remarqua bien, et se plut à la laisser quelques moments dans l'anxiété. Enfin elle dit :

—Mon premier échec est dû à un gentilhomme suédois, philosophe, et grand ami du gouverneur. Hélas ! il eut mieux valu essayer d'attendrir un glaçon ! Il ne savait parler que fleurs des champs. Il ne vous

aurait pas offert une rose avant de l'avoir analysée
jusque dans son dernier pétale. Je crois sincèrement
qu'après une demi-heure de conversation, il ne savait
pas encore si j'étais un homme ou une femme : première défaite.

—Et la deuxième ?

Amélie était prise; elle s'intéressait profondément
maintenant au bavardage d'Angélique qui continua :

—Je plantai là mon philosophe aride et sans goût,
et dressai mes batteries contre le beau colonel Philibert.
Il fut courtois et bouillant d'esprit, ce qui n'a pas empê-
ché mon échec d'être encore plus complet.

Un éclair de joie traversa le regard d'Amélie. Mlle
des Meloises s'en aperçut bien mais ne le fit point voir.

—Comment cela ? questionna Amélie, vite, dis-moi
tous les détails de cette défaite.

—Tu n'as rien à apprendre, toi, de mon humiliation;
n'importe, écoute. Je me fis immédiatement présenter
au colonel qui est, je l'avoue, l'un des plus beaux
hommes que j'aie jamais vus. Je voulais à tout prix le
conquérir.

—C'est une honte, Angélique; comment peux-tu
avouer une conduite si indigne ?

Amélie parlait avec chaleur, sans s'en douter, peut-
être, mais son amie le remarqua bien.

—C'est ma manière à moi de vaincre l'armée du roi,
continua-t-elle. J'ai lancé au colonel Philibert toutes
les flèches de mon carquois, mais à mon grand désespoir
je n'ai pu l'atteindre sérieusement. Il les a toutes
parées, puis rejetées rompues à mes pieds. Il m'a tout
à fait déconcertée avec ses éternelles questions à ton
sujet, dès qu'il a su que nous avions été compagnes de
classe. Tout ce qui touche de près ou de loin à ta jolie
personne a paru l'intéresser extraordinairement, mais,
par exemple, pour ce qui est de moi, ça ne valait pas un
fruit sec.

—Mon Dieu ! quelles questions a-t-il donc pu te faire ?

Amélie s'approchait toujours de son amie; elle lui saisit les mains par un mouvement involontaire et spontané. Angélique suivait avec attention le développement de cette nouvelle ivresse. Elle répondit :

—Il m'a demandé tout ce qu'un gentilhomme peut convenablement demander au sujet d'une femme.

—Et que lui as-tu dit ?

—Pas la moitié de ce qu'il aurait voulu savoir. Je t'avoue que j'étais joliment froissée de me voir interrogée comme une pythonisse sur les mystères qui t'enveloppent. J'éprouvais une horrible satisfaction à irriter sa curiosité. Pourtant, j'ai porté jusqu'aux nues ta beauté, ta bonté et ton intelligence. Je n'ai pas trahi notre vieille amitié, Amélie.

Et elle mit un baiser sur la joue rose de Mlle de Repentigny .

Amélie l'accepta volontiers, en silence; un instant auparavant, elle l'eut refusé avec indignation.

—Non, ce n'est pas cela, répliqua-t-elle, d'un ton de doux reproche, raconte-moi plutôt ce que le colonel a dit de lui-même; qu'il ne soit plus question de moi.

—Mon Dieu ! que tu es impatiente ! Il n'a rien dit de lui-même; il était trop absorbé par mes confidences. Je lui parlais de toi. Je lui ai brodé une fable tout aussi jolie que *L'avare qui a perdu son trésor*, du bon La Fontaine. Je lui ai conté que tu étais une belle châtelaine assiégée par une armée d'adorateurs, mais insensible à tous les hommages, et attendant toujours, dans l'ennui, le retour du chevalier errant, pour lui donner ta main. Le pauvre colonel, si tu l'avais vu tressaillir ! Sa cuirasse d'acier ne le protégeait plus. Je l'ai piqué au sang; tu n'aurais pas osé en faire autant, Amélie. J'ai mis à nu le secret de son cœur...Il t'aime, Amélie de Repentigny !

—Méchante, va ! pourquoi as-tu fait cela ? Comment as-tu osé parler ainsi de moi ? Que va penser de moi le colonel ?

—Le colonel ? Il pense que tu es la perfection de ton sexe. Son opinion à ton égard était formée avant qu'il m'ait dit un mot. Tout ce qu'il voulait, c'était le suprême plaisir de m'entendre chanter tes louanges sur l'air solennel qu'il avait composé lui-même.

—Et c'est bien ce que tu as fait, Angélique ?

—Aussi mélodieusement que Mère Sainte-Borgia des Ursulines, quand elle chante les vêpres, répondit l'espiègle, la légère jeune fille.

Amélie savait combien les reproches seraient inutiles. Elle refoula les émotions diverses qui lui arrachaient les larmes, et changeant par un violent effort le sujet de la conversation, elle demanda à Mlle des Meloises si elle avait vu Le Gardeur depuis peu.

—Je l'ai vu au lever de l'intendant, l'autre jour, répondit celle-ci. Comme il te ressemble ! seulement, il est moins aimable que toi.

Angélique n'avait pas répondu sans embarras à la question de son amie.

—Moins aimable que moi ? reprit Amélie; alors il n'est pas mon frère. Pourquoi dis-tu qu'il est moins aimable que moi ?

—Parce qu'il s'est fâché contre moi, au bal qui a eu lieu pour fêter l'arrivée de l'intendant, et que, depuis, je n'ai pas été capable de le ramener complètement.

—Oh ! alors Le Gardeur est un autre héros, le troisième qui ne s'est pas laissé vaincre par tes charmes.

Amélie éprouvait une secrète satisfaction de cette brouillerie entre son frère et Angélique.

—Pas du tout, Amélie, répliqua Angélique; je ne mets pas Le Gardeur dans la même catégorie que mes autres admirateurs. Lui, il s'est trouvé froissé de ce que je semblais le négliger un peu pour cultiver mieux le nouvel intendant. Le connais-tu le nouvel intendant ?

—Non, et je ne tiens pas à le connaître, j'ai entendu
dire bien des choses qui ne sont pas à son avantage.
Le chevalier de la Corne n'a pas craint d'exprimer
ouvertement son mépris pour lui, après certains faits
qui se sont passés en Acadie.

—Oh ! le chevalier de la Corne est toujours si exagéré dans ses préférences ! Il faut que ce soit tout bon
ou tout mauvais, pas de milieu ! reprit Angélique avec
une moue dédaigneuse.

—Ne parle pas mal de mon parrain, Angélique ! je
te pardonnerais toute autre chose; mais tu sais que le
chevalier est à mes yeux l'idéal de l'homme parfait.

—Oh ! alors, je ne renverserai pas ton idole. Au
reste, je le respecte moi aussi, ce vieux et brave soldat.
Tout de même, j'aimerais autant le voir en Flandre avec
l'armée.

Amélie reprit après une pause, car elle n'aimait pas
à critiquer :

—Il y a, en outre, des milliers de gens respectables
qui augurent mal de l'arrivée de cet intendant en Nouvelle-France; le chevalier de la Corne n'est pas le seul.

—Oui, répliqua Angélique, les honnêtes gens qui
n'aiment pas le voir user franchement de l'autorité
royale, et contraindre tous les citoyens, grands et petits,
à s'acquitter de leurs devoirs envers l'Etat.

—Pendant qu'il ne remplit les siens envers personne,
lui... Mais je ne m'occupe nullement de politique, moi.
Cependant, quand j'entends tant de braves personnes
appeler l'intendant un homme dangereux, il convient
d'être circonspect à son égard et de le cultiver avec
prudence, comme tu appelles cela.

—Bah ! il est assez riche pour payer les pots cassés.
Il paraît, Amélie, qu'il a gagné des richesses inouïes en
Acadie.

—Et perdu la province ! riposta Amélie avec toute la
vigueur de son esprit délicat et patriotique. On dit
même qu'il l'a vendue, ajouta-t-elle.

—Que m'importe ? répondit l'insouciante beauté;
il est comme Joseph en Egypte; il n'y a que Pharaon
au-dessus de lui.   Il peut mettre des fers d'or aux pieds
de ses chevaux. Je voudrais qu'il me chaussât de
pantoufles d'or; je les porterais, Amélie.

Et elle frappa la terre de son pied mignon, comme s'il
eut porté les idéales chaussures.

—Si tu penses ce que tu dis, tu devrais rougir, répondit Amélie avec un accent de pitié, car elle croyait
que son amie était sincère.   Est-il vrai, continua-t-elle,
que l'intendant soit aussi dépravé qu'on le dit ?

—Je me soucie peu de cela; il est noble, galant, riche,
poli et tout-puissant à la cour.   On dit même qu'il est
le favori de la marquise de Pompadour ! Que voudrais-
je de plus ? repartit Angélique avec chaleur.

Amélie, qui connaissait assez le nom de la maîtresse
de Louis XV, recula instinctivement comme à la vue
d'un serpent venimeux. Elle tremblait en songeant
que son amie allait, dans sa vanité ou sa perversité, se
laisser éblouir par les vices éclatants de l'intendant
royal.

—Angélique ! s'écria-t-elle, j'ai entendu raconter de
telles choses de l'intendant que je tremblerais pour toi
si tu étais sérieuse.

—Mais je suis sérieuse. Je veux conquérir et mettre
à mes pieds l'intendant de la Nouvelle-France, pour
montrer ma valeur à toutes ces jeunes beautés qui se
disputent sa main. Il n'y a pas une jeune fille dans
Québec qui ne serait prête à le suivre partout dès
demain.

—Oh ! calomnier ainsi notre sexe ! quelle horreur !
Angélique. Tu sais mieux que cela. Et tu ne l'aimes pas ?

—L'aimer ? fit de nouveau Mlle des Meloises avec
dédain, l'aimer ? Non; je n'ai jamais songé à cela.
Il est loin d'être beau comme ton frère Le Gardeur, qui
est mon idéal; il n'a ni l'intelligence, ni la noblesse du
colonel Philibert qui est le type du héros.   Je pourrais

aimer des hommes comme ceux-là; mais, pour satisfaire
mon ambition, il ne me faut rien moins ici, qu'un gouverneur ou un intendant royal; en France, c'est le roi
lui-même que je voudrais.

Elle se mit à rire de son extravagance, mais elle n'en
pensait pas moins tout de même.   Amélie, bien que
choquée de sa perversité, ne put s'empêcher de sourire.

—Es-tu folle ? fit-elle. Je n'ai pas le droit de te
demander la raison de ton choix, ni de mettre en doute
ton prestige, Angélique, mais es-tu bien sûre que ces
hautes aspirations ne se heurteront pas à des obstacles
invincibles ? On dit tout bas que la retraite de Beaumanoir renferme une femme d'une grande beauté, que
l'intendant retient prisonnière, et pour qui il a conçu un
amour profond. Est-ce vrai ?

Ces paroles tombèrent sur le cœur d'Angélique
comme des gouttes de feu. Elle darda sur son amie des
regards menaçants comme des poignards, elle serra les
poings avec frénésie, et ses ongles roses marquèrent de
sang le velours de ses mains. Tout son être frémissait
sous l'effort qu'elle faisait pour contenir l'émotion de
son âme qui voulait éclater. Elle saisit violemment
Amélie par le bras.

—Tu as mon secret ! dit-elle; je voulais te le révéler,
car tu es sage, discrète et meilleure que moi. Tout ce
que je t'ai dit est vrai, Amélie, mais je ne t'ai pas tout
dit. Ensuite, l'intendant m'a parlé d'amour avec cette
courtoisie qui ne peut avoir que d'honorables motifs.
Il désire ma main. Pour lui j'ai été déchirée par mes
amies; je suis devenue un objet de jalousie à cause de la
préférence qu'il m'accorde. Je m'enivrais des folles
délices du plus charmant paradis terrestre, lorsque
soudain un oiseau sauvage vint murmurer, à ma
fenêtre, un étrange refrain:

—Gare à toi ! gare à toi ! chantait-il. L'intendant,
dans une partie de chasse avec des Hurons de Lorette,

a trouvé, au milieu de la forêt de Beaumanoir, une femme aussi belle que Diane.   Gare à toi ! gare à toi !

«Elle était accompagnée par des chasseurs d'une tribu étrangère, des Abénaquis de l'Acadie...Gare à toi !

«Elle était épuisée de fatigue et endormie sur un lit de feuilles sèches, à l'ombre d'un arbre épais.   Les Indiens de Lorette conduisirent l'intendant auprès d'elle.   Gare à toi ! gare à toi !»

Amélie étonnée voulut parler.

—Ne va pas m'interrompre, dit-elle, en lui serrant les mains contre son cœur, et elle continua.

—L'intendant parut stupéfait à la vue de cette femme.   Il se mit à parler avec animation aux Abénaquis, dans leur langage que les Hurons ne comprenaient point.   Les Abénaquis avaient à peine répondu quelques mots qu'il se précipita vers l'étrangère, en l'appelant par son nom: Caroline ! Caroline ! Elle s'éveilla soudain, reconnut l'intendant : François ! François ! s'écria-t-elle, et elle s'évanouit.   Gare à toi ! gare à toi !

«Le chevalier était profondément troublé, il bénissait et maudissait à la fois le hasard qui lui avait fait rencontrer cette femme.   Il la réconforta en lui faisant boire du vin, et s'entretint longtemps avec elle.   Parfois la conversation prenait une tournure irritée, mais à la fin les Hurons qui entendaient le français, purent comprendre aux accents désespérés de cette femme, que, pour rien au monde, elle ne suivrait l'intendant, dût-il la tuer et l'enterrer là...Gare à toi ! gare à toi !»

Angélique prit à peine le temps de respirer.

—Dominé par l'amour, continua-t-elle, l'intendant donna quelques pièces d'or aux Abénaquis, et les fit partir, en les menaçant des armes de son escorte.   Les pauvres Indiens baisèrent les mains de cette dame, comme si elle eut été leur reine, et, lui criant adieu, s'enfoncèrent sous la forêt.   Bigot, avec quelques-uns de ses chasseurs, retint là l'étrangère, assise sous l'arbre feuillu, jusqu'à la tombée de la nuit, puis il la fit trans-

porter discrètement à son château.   Elle y est encore,
mais cachée à tous les yeux, dit-on, et enfermée dans
une chambre secrète où personne n'est jamais entré,
personne excepté la femme de chambre qui la garde,
l'intendant et un ou deux de ses plus intimes amis.

—Grand Dieu ! quel roman ! mais comment peux-tu
savoir tout cela, Angélique ? s'écria Amélie qui avait
écouté avec une attention extraordinaire.

—Oh ! une jeune Huronne m'a fait les premières
confidences; le reste je l'ai su par le secrétaire de l'intendant.   Il n'y a pas un homme capable de garder un
secret qu'une femme voudra connaître.   Si je confessais
de Péan, pendant une heure seulement, je lui en ferais
dire assez pour mettre en danger la tête de l'intendant;
mais, avec toute mon habileté je ne pourrai jamais lui
faire dire ce qu'il ne sait pas.   Quelle est cette femme
mystérieuse, quel est son nom, quelle est sa famille ?

—Les chasseurs hurons ne connaissent-ils rien ?
demanda Amélie qui prenait un intérêt croissant au
récit de sa compagne.

—Rien ! Pourtant, ils ont compris, par des signes
des Abénaquis, que cette femme appartient à une
famille noble de l'Acadie, qui n'a pas dédaigné de mêler
le sang patricien au sang des premiers maîtres du sol.
Les Indiens étaient parcimonieux de leurs renseignements,
cependant ils ont avoué que c'était une grande dame et
une sainte.   Je donnerais cinq ans de ma vie pour
savoir qui est, et qui était cette femme, ajouta Angélique,
et elle se pencha sur le parapet, regardant d'un œil de
flamme cette grande forêt qui se déroule en arrière de
Charlesbourg et sous laquelle se cachait le château de
Beaumanoir.

—C'est un étrange mystère, Angélique, mais un
mystère que je n'aimerais pas à sonder, répondit
Amélie.   Il cache quelque crime, n'y touche pas, cela
te portera malheur.

—Soit ! mais je veux tout savoir ! L'intendant me tromperait-il ? serais-je sa victime ? Malheur à lui ! malheur à elle alors ! Est-ce que tu ne m'aiderais pas, Amélie, à pénétrer ce secret ?

—Moi ? et comment le pourrais-je ? Je te plains, Angélique, et je pense qu'il vaut mieux laisser cet intendant avec son triste secret.

—Tu peux, si tu veux, m'être d'un grand secours. Le Gardeur doit connaître ce secret car il doit avoir vu cette femme, mais il me garde rancune, tu sais, parce que je l'ai négligé. C'est lui qui dit cela, mais il a tort. Je ne pourrais pas, en ce cas, lui avouer ma jalousie. Il m'en a dit juste assez pour me faire perdre la tête, et quand il a vu mon anxiété, au sujet de ces amours, il a durement refusé de me raconter le reste. Oui, Amélie, il te révélera tout si tu l'interroges.

—Et moi, Angélique, je te le répète, j'aurais honte de questionner mon frère sur un pareil sujet. Dans tous les cas, j'ai besoin de réfléchir, et je veux prier pour ne pas faire un faux pas.

—Non ! ne prie pas : si tu pries, c'est fini, tu ne m'aideras jamais. Tu diras, je le sais, que la fin est mauvaise et les moyens inavouables. Mais trouvons le secret ! Je le veux, et vite ! Bah ! une nouvelle danse avec de Péan et je saurai tout! Qu'ils sont fous ces hommes qui s'imaginent que nous les aimons pour eux-mêmes et non pour nous !

Amélie, toute chagrine de voir son ancienne compagne de classe écouter ainsi ses sauvages passions, la prit par le bras.

—Marchons un peu sur le bastion, dit-elle.

Sa tante s'avançait en compagnie de l'évêque et du Père de Berey; elle en fut enchantée.

—Vite, Angélique, reprit-elle, lisse tes cheveux et compose ton maintien, voici ma tante avec monseigneur l'évêque...Tiens, le Père de Berey aussi! Il n'y a pas

de pensée triste qui tienne   quand   il arrive ce bon Père.
Pourtant je n'aime pas tant de gaieté chez   un religieux.

Angélique était prête.   En une minute elle était
devenue, grâce à son étonnante mobilité de caractère,
la plus aimable et la plus joyeuse des créatures.   Elle
salua fort respectueusement Mme de Tilly et l'évêque,
tout en faisant échange d'éclats de rire et de reparties
fines avec le P. de Berey.   Salomon lui-même aurait
été trompé par cette voix argentine et claire, et toute sa
sagesse n'aurait pas soupçonné une trace de soucis dans
l'esprit de cette belle fille.

Elle dit en plaisantant qu'elle ne pouvait guère
demeurer plus longtemps dans l'agréable compagnie
des gens d'église, car elle avait ses visites du matin à
terminer.   Elle mit un baiser sur les joues d'Amélie,
un baiser sur la main de Mme de Tilly, fit une gracieuse
révérence aux messieurs, monta d'un bond léger dans sa
calèche, tourna ses chevaux fringants avec la dextérité
d'un cavalier et s'élança dans la rue Saint-Jean, suivie
de tous les yeux, admirée par tous les hommes, et
jalousée par toutes les femmes.

Mme de Tilly et sa nièce se rendirent à leur demeure,
après avoir fait servir un copieux repas à leurs gens.
Cette demeure était leur maison seigneuriale quand elles
venaient à la ville.

V

La patience de maître Jean Le Nocher, le robuste traversier de la rivière Saint-Charles, avait été rudement mise à l'épreuve depuis quelques jours, par les bandes d'habitants qui se rendaient à Québec. Ils venaient à la corvée du roi et se prévalaient en conséquence des privilèges accordés aux personnes attachées au service royal. Exempts de péage, ils payaient avec un salut ou une plaisanterie le pauvre Jean pas du tout accoutumé à cette monnaie.

Cependant, ce matin-là avait commencé, pour Jean, sous d'heureux auspices. Un officier du roi, monté sur un cheval gris, venait de traverser la rivière, et loin de se prévaloir des avantages que lui donnait son uniforme, il avait payé en bon argent plus que le tarif. Avant de poursuivre sa course, il avait adressé quelques bonnes paroles au traversier, et fait un salut aimable à sa femme, Babet, qui se tenait debout à la porte de la maison. Babet avait répondu par une révérence.

—Celui-là, dit Jean, à sa jolie et gaie compagne, c'est un gentilhomme, et un vrai ! il est généreux comme un prince. Vois ce qu'il m'a donné.

Il sortit une pièce d'argent, l'admira un moment puis la lui jeta.

Elle tendit son tablier pour la recevoir, la fit jouer entre ses doigts, et la colla sur sa joue.

—On voit bien, répliqua-t-elle, que ce bel officier vient du château, et non pas du palais. Vraiment, il est admirable avec cette flamme dans les yeux et ce sou-

rire sur les lèvres. Il est aussi bon qu'il est beau ou je
ne m'y connais pas en hommes.

—Oh ! tu sais fort bien juger des hommes, Babet,
puisque tu m'as choisi entre tous, repartit Jean avec un
gros éclat de rire.

Il s'amusa de ce bon mot que Babet approuva cordialement.

—Oui, répondit la jolie femme, je distingue un faucon
d'une scie, et quand une femme est aussi perspicace que
cela, Jean, elle sait toujours reconnaître un gentilhomme.
Non, je n'ai pas vu depuis nombre d'années un plus bel
officier.

—En effet, il est assez beau garçon. Qui, diable,
peut-il être ? Il galope comme un maréchal, et ce cheval
gris a de la jambe, observa le traversier qui suivait sur
le chemin blanc de poussière, la course rapide du cavalier, vers les hauteurs de Charlesbourg. Il va probablement à Beaumanoir faire visite à l'intendant qui n'est
pas encore de retour de la chasse, ajouta-t-il.

—Oui, dit Babet, d'un air de mépris, il y a trois jours
qu'ils sont là, une poignée d'amis à boire et à s'amuser
dans leur chère retraite, pendant que tout le monde est
obligé d'aller travailler aux fortifications. Je parierais
que cet officier s'en va prier ces vaillants de la Friponne
de s'en revenir à la ville pour faire, comme le pauvre
peuple, leur part de travail.

—Ah ! la Friponne ! la Friponne, s'écria Jean, que
le diable l'emporte, la Friponne ! Chaque jour ma barque s'enfonce sous le poids des malédictions des habitants
qui sortent de là, volés comme par un colporteur
basque, mais avec moins de politesse.

La Friponne, comme l'appelait le peuple, c'était
l'immense magasin établi par la grande compagnie des
marchands de la Nouvelle-France. Cette compagnie
avait le monopole des importations et des exportations.
Elle possédait ses privilèges en vertu d'ordonnances
royales et de décrets de l'intendant, et elle en abusait

largement.   Elle ruinait toutes les entreprises commer-
ciales de la colonie.   Elle était naturellement haïe, et
méritait cent fois le nom de Friponne, que le peuple
volé et pressuré lui avait donné avec ses malédictions.

—On dit, Jean, reprit Babet, qui possédait un esprit
pratique et savait, en bonne ménagère, le prix des
denrées et les bons marchés à faire, on dit, Jean, que le
bourgeois Philibert ne cédera pas comme les autres
marchands . Il se moque de l'intendant et continue
à acheter et à vendre à son comptoir, comme il l'a toujours fait, en dépit de la Friponne.

—Oui, Babet, c'est ce qu'on rapporte.   Mais je n'aimerais pas à être dans ses bottes, s'il entre en guerre
avec l'intendant.   C'est un vrai Turc que l'intendant.

—Ouais ! Jean, tu as moins de courage qu'une femme.
Toutes les femmes sont en faveur du bourgeois.   C'est
un marchand honnête, qui vend à bon marché et ne
vole personne.

En parlant ainsi, Babet jetait un regard complaisant
sur sa robe neuve, une robe qu'elle venait d'acheter à
bonnes conditions, au magasin du bourgeois.   Elle
avait intérêt du reste à parler ainsi, vu que Jean l'avait
grondée un peu,—il ne faisait jamais plus,—à cause de
sa vanité. Pourquoi, en effet, avait-il murmuré, acheter,
comme une dame de la ville, une jolie robe de fabrique
française, quand toutes les femmes de la paroisse portent, à l'église comme au marché, des jupons d'étoffe du
pays ?

Jean n'avait pas eu le courage de dire un mot de plus.
C'est qu'en vérité il trouvait Babet bien plus jolie dans
cette robe d'indienne que dans sa jupe de droguet, bien
que la robe d'indienne coûtât le double.

Il ferma les yeux sur la petite extravagance et se mit
à parler du bourgeois.

—On dit que le roi a les bras longs, mais cet intendant
a les griffes plus longues que Satan. Il y aura du
trouble au *Chien d'Or* avant longtemps; remarque ce

que je te dis, Babet. Pas plus tard que la semaine
dernière, l'intendant et Cadet ont passé la rivière. Ils
causaient intimement. Ils m'avaient oublié, et
croyaient n'être pas entendus; mais j'avais l'oreille
ouverte comme toujours. J'ai surpris une parole, et
je souhaite qu'il n'arrive rien de fâcheux au bourgeois;
je n'en dis pas davantage.

—Je ne sais pas trop ce que feraient les chrétiens s'il
lui arrivait malheur, répondit Babet toute pensive.
Tout le monde est traité avec politesse, et reçoit pour
son argent au *Chien d'Or*. Quelques-uns des escrocs
de la Friponne l'ont accusé devant moi l'autre jour,
d'être huguenot, le bourgeois. Je n'en sais rien, et je
ne le crois pas. Dans tous les cas, aucun marchand de
Québec ne donne bon poids et longue mesure comme lui.
Un des préceptes de la religion, c'est d'aller droit,
d'abord; voilà mon avis, Jean.

Jean se porta la main au front. Il avait l'air préoccupé.

—Je ne sais pas, dit-il, s'il est huguenot, ni ce que
c'est qu'un huguenot. Ils disent tant de choses ! Ils
ont bien dit aussi qu'il était janséniste endiablé ! Dans
leur bouche, à ces escrocs, je suppose que ça veut dire à
peu près la même chose, Babet. Du reste, cela ne nous
regarde pas. Un marchand qui est gentilhomme, qui
est bienveillant envers tout le monde, qui donne bon
poids et bonne mesure, qui ne ment pas et ne fait de mal
à personne, doit être un bon chrétien. Un évêque ne
serait pas plus honnête en affaires que le bourgeois, et sa
parole vaut la parole du roi; que nous importent leurs
calomnies ?

—Que l'on dise ce que l'on voudra du bourgeois,
répliqua Babet, il est certain tout de même qu'il n'y a
pas un bon chrétien dans la ville s'il n'en est pas un;
il n'y a pas non plus dans le voisinage de l'église une
maison mieux connue et plus aimée de tous les habitants

que le *Chien d'Or*; et, l'on a beau dire, c'est là qu'il faut
aller pour bâcler de bons marchés.   Mais qui sont ceux-
là qui nous arrivent ?

Elle regarda à travers sa main demi-fermée, comme
dans une lunette.

Une bande de vigoureux garçons descendait au bord
de la rivière pour se faire traverser.

—Ce sont de braves habitants de Sainte-Anne, observa Jean, je les connais : ils vont à la corvée et passent
sans payer, tous, jusqu'au dernier.   Je vais les traverser
en criant : Vive le roi ! Une belle affaire ! Vaut autant
aller se promener que travailler pour rien.

Jean sauta lestement dans la barque, et les nouveaux
venus le suivirent en plaisantant sur son surcroît de
besogne.

Jean supporta gaiement leurs plaisanteries, se mit
à rire, riposta de son mieux et, plongeant ses rames dans
l'eau paisible, fit vaillamment sa part de la corvée du
roi en débarquant sains et saufs sur l'autre bord ses
nombreux passagers.

Dans le même temps l'officier qui venait de traverser
la rivière courait à toute vitesse, sur la route longue et
droite qui conduisait à un groupe de blanches maisons
sur la pente de la colline. Du clocher de la vieille
église qui dominait ses maisons, s'envolaient dans l'air
frais de la matinée les mélodieux tintements des cloches.

Le soleil versait sur la campagne des flots de lumière
dorée, et de chaque côté de la route des gouttes de rosée
scintillaient encore sur les rameaux des arbres, les feuilles
des plantes et les pointes du gazon.   C'était, pour saluer
le lever du roi du jour, un déploiement extraordinaire de
richesses et de joyaux.

Jusqu'au loin s'étendaient, sans haies ni clôtures, les
vastes prairies et les champs de blé mûrissants.   Seuls,
des fossés étroits ou des bancs de gazon, parsemés de
touffes de violettes, de fougères et de fleurs sauvages de
toutes les teintes, séparaient les champs.   Il ne semblait

pas nécessaire alors de séparer autrement les fermes, tant l'accord régnait entre ces honnêtes colons qui avaient apporté de la vieille Normandie leur mode de culture et leurs âpres vertus.

Çà et là, sur la nappe verte des prés ou dans les vergers ombreux, se dessinaient les pignons rouges et les murs blancs des maisons. Toutes les fenêtres étaient ouvertes pour laisser entrer l'air chargé d'effluves embaumés.

Tout à coup, avec les senteurs suaves, entra le bruit des sabots d'un cheval retentissant sur le chemin dur, et de jolies figures s'avancèrent pour examiner curieusement l'officier portant le casque à plume blanche, qui dévorait ainsi la route.

C'était un homme digne d'attirer les regards, grand, droit et fièrement découplé. Chez lui, le type normand, sans être parfait, était digne et beau. Des yeux bleus et profonds, fermes sous d'épais sourcils, regardaient avec persistance, mais douceur, tandis que le menton bien arrondi, et les lèvres un peu serrées donnaient à toute sa physionomie un air de fermeté qui s'accordait bien avec son loyal caractère. C'était le colonel Philibert en uniforme royal. Ses cheveux châtains étaient retenus par un ruban noir, car il n'aimait pas à porter la perruque poudrée tant à la mode à cette époque.

Depuis longtemps il n'était passé sur le chemin de Charlesbourg; depuis longtemps il n'avait admiré, comme aujourd'hui, le site enchanteur qu'il traversait. Cependant, il le savait bien, il y avait un spectacle plus beau: le grand promontoire de Québec avec sa couronne d'invincibles fortifications, et son bouquet de glorieux souvenirs, les plus beaux de l'Amérique du Nord. Aussi plus d'une fois, dans son enthousiaste admiration, il tourna son coursier, et s'arrêta un moment pour le contempler. Québec, c'était sa ville natale, et les dernières menaces de l'ennemi étaient à

ses yeux un outrage à sa mère. Impatient d'arriver, il
reprit une dernière fois sa course rapide, et jusqu'à ce
qu'il eut dépassé un bouquet d'arbres qui lui remit en
mémoire un souvenir de sa jeunesse, cette pensée
d'invasion le remplit d'amertume.

Il se rappela qu'un jour, pendant un violent orage,
il avait, avec Le Gardeur de Repentigny, son compagnon de classe, cherché un abri sous ces arbres. La
foudre tomba sur l'orme qui les recouvrait. Tous deux
perdirent connaissance pendant quelques minutes et
purent se vanter d'avoir vu la mort de près. Ils ne
l'oublièrent jamais.

A l'aspect de ces arbres une foule de pensées, auxquelles il se plaisait souvent, revinrent vives et douces
à son esprit. Il revit Le Gardeur et le manoir de Tilly,
et la belle jeune fille qui avait enchanté son enfance.
Pour elle, pour mériter son sourire, pour environner
son nom de gloire, il avait, pendant toute sa jeunesse,
rêvé les exploits les plus brillants. Il se la représentait,
maintenant, sous des traits divers et toujours belle,
mais il l'aimait surtout comme elle était le jour où il
avait sauvé la vie à Le Gardeur, quand dans un élan
de reconnaissance, elle l'avait si tendrement embrassé,
en lui promettant une prière chaque jour de sa vie.

Philibert s'était délecté dans les romanesques visions
qui hantent l'imagination des jeunes gens appelés à de
hautes destinées; visions ensoleillées par le regard d'une
femme et par l'amour.

Ce sont les rêves qui mènent le monde, les rêves des
cœurs passionnés et des lèvres brûlantes, et non les
paroles enchaînées par des règles de fer; c'est l'amour,
non la logique. Le cœur avec ses passions, non pas
l'esprit avec ses raisonnements, dirigent, dans leur
marche éternelle, les actions de l'humanité.

La nature avait doué Philibert du riche don de l'imagination. Il possédait en outre un jugement solide,

perfectionné par l'expérience et l'habitude des affaires
sérieuses.

Son amour pour Amélie avait grandi en secret et ses
racines s'enfonçaient jusqu'au plus profond de son cœur.
Il se mêlait instinctivement ou volontiers à tous les
actes de sa vie, et cependant il n'espérait guère. Il
savait que l'absence fait naître l'oubli. La jeune fille
de jadis avait, sans doute, formé de nouveaux liens, de
nouvelles relations dans le monde enchanteur où elle
brillait maintenant, et le souvenir de l'ami d'enfance
était devenu, pensa-t-il, une chose surannée. Lorsqu'il
revint à Québec quelques jours auparavant, il regretta
de ne l'y point trouver, et, depuis lors, l'état de la colonie et l'importance de ses devoirs de soldat ne lui
avaient pas permis d'aller renouveler connaissance
avec le manoir de Tilly.

Juste en face de la rustique église de Charlesbourg,
au pied du grand clocher, s'élevait, non comme une
menace, mais comme une sorte d'auxiliaire, l'ancienne
hôtellerie de la *Couronne de France*, une maison à la
mode, avec toiture haute et pignons pointus. L'enseigne se balançait, toute dorée, à la branche basse
d'un érable, d'où tombait une ombre épaisse, où bruis-
saient ces splendides feuilles devenues l'emblème du
Canada.

A la tombée du jour, ou vers l'heure de l'angélus,
quelques habitants du village venaient d'ordinaire
s'asseoir à l'ombre de l'érable, sur des bancs rustiques,
pour causer des nouvelles du jour, des probabilités de
la guerre, des ordonnances de l'intendant et des exécu-
tions de la Friponne.

Les dimanches, entre la messe et les vêpres, des gens
de toutes les parties de la paroisse se trouvaient réunis
et discutaient les affaires de la fabrique, parlaient de la
valeur de la dîme pour l'année courante, des œufs de
Pâques, de la pesanteur du premier saumon de la saison,
toutes choses qu'ils avaient coutume d'offrir au curé

avec les prémices des champs, afin d'obtenir abondance
et bénédictions pour le reste de l'année.

Souvent le curé se mêlait à ces propos. Assis dans
son fauteuil, à l'ombre de l'érable, pendant l'été et,
l'hiver, auprès d'un bon feu, il défendait *ex cathedra*,
les droits de l'Église et décidait avec bonne humeur
toutes les questions controversées. Il trouvait que ses
paroissiens étaient plus dociles à ses bons conseils quand
ils avaient bu, à la *Couronne de France*, un verre de cidre
normand et fumé une pipe de tabac canadien; ils le
comprenaient moins, semblait-il, quand il leur parlait
du haut de la chaire dans son style le plus soigné.

A l'heure où commence notre récit, cependant, tout
était bien tranquille autour de la vieille hôtellerie. Les
oiseaux chantaient et les abeilles bourdonnaient dans le
soleil. La maison brillante de propreté était presque
déserte. L'on ne voyait que trois personnes penchées
sur une table, tête contre tête, et absorbées dans leur
entretien. C'étaient Mme Bédard, l'intelligente hôtesse de la *Couronne de France* et Zoé, son héritière,—
un joli brin de fille, assurément,— et un petit vieillard
alerte et vif qui écrivait, écrivait ! comme s'il n'eut
jamais fait que cela. Il portait une robe noire en lambeaux, relevée jusqu'aux genoux, pour laisser la jambe
libre, une perruque frisée qui semblait n'avoir connu
que l'étrille, un pantalon noir raccommodé avec des
pièces de diverses couleurs, et des bottes de cuir rouge,
comme les habitants avaient coutume d'en porter. Cet
étrange attirail composait le costume de maître Pothier
dit Robin, le notaire ambulant, une spécialité pas tout
à fait inutile qui fleurissait sous l'Ancien Régime, en
Nouvelle-France.

Un plat vide et quantité de miettes amassées sur la
table, faisaient voir que le vieux notaire avait grasse-
ment déjeuné avant de prendre la plume. Tout près
de son coude, au fond d'un grand sac de peau entrouvert,
on voyait apparaître quelques paquets de papiers sales

attachés avec du galon rouge, un ou deux misérables
volumes de la Coutume de Paris, et un peu plus que les
couverts d'un tome de Pothier, son grand homonyme
et sa première autorité en droit.   Au milieu de ce fatras,
quelques morceaux de linge aussi malpropres que les
papiers.   Mais les habitants se souciaient bien peu de
tout cela, tant il leur fournissait des arguments contre
leurs adversaires ! Ils étaient fiers même de son suprême
négligé.

Maître Pothier dit Robin jouissait d'une grande
réputation parmi les habitants, et c'était fort naturel;
il allait de paroisse en paroisse, de seigneurie en seigneurie, rédigeant pour tous des billets, des obligations,
des contrats de mariage, des testaments; et l'on sait si
nos gens, en vrais Normands qu'ils sont, invoquent la
loi et font des chicanes, respectent les documents écrits
et les cachets de cire.   Maître Pothier trouvait toujours
des lacunes et des défauts dans les actes des autres
notaires, et rien n'égalait l'embrouillement des siens.
Ce n'était pas sans raison qu'il se vantait de pouvoir
embarrasser le Parlement de Paris et désespérer l'habileté
des plus rusés avocats de Rouen.   Il y avait autant de
sources de discorde dans ses actes que de graines dans
une figue, et il mettait ses clients dans l'eau bouillante,
comme on dit, ou dans les procès pour le reste de leurs
jours.   S'il lui arrivait, par hasard, de régler une querelle entre voisins, il s'en dédommageait amplement en
mettant aux prises le reste de la paroisse.

Maître Pothier écrivait le contrat de mariage de
Zoé, la charmante jeune fille que nous avons vue tout
à l'heure, avec Antoine Lachance, le garçon d'une veuve
à l'aise de Beauport, et pendant qu'il écrivait les stipu-
lations que lui dictait dame Bédard, son nez pointu et
enluminé touchait presque la feuille.

Dame Bédard savait adroitement profiter de l'occasion.   Le notaire avait passé la nuit à la *Couronne de
France;* il ne fallait donc pas négliger de lui faire

préparer le contrat de mariage. Mme Lachance, la
mère d'Antoine, n'était pas présente; mais tant mieux !
car elle n'aurait pas manqué de s'opposer à certaines
conditions importantes, et la fortune et la main de Zoé
ne se donneraient qu'à ces conditions cependant.

—Voilà, madame Bédard, s'écria maître Pothier en
mettant sa plume derrière son oreille, après avoir
ornementé le dernier mot d'un fion superbe. Salomon,
s'il se fut marié avec la reine de Saba, aurait voulu
faire écrire un pareil contrat. Un douaire de cent livres
tournois, deux vaches, un lit de plumes, une couchette,
un coffre plein de linge... Une donation entre vifs.

—Une...quoi ? Attention, maître Pothier ! Est-ce
bien là la chose ? le vrai mot du grimoire ? fit dame
Bédard qui sentait bien que là se trouvait le nœud du
contrat. Vous savez que je ne donne que condition-
nellement.

—Parfaitement ! parfaitement ! soyez tranquille,
madame, j'ai fait une donation entre vifs, révocable pour
cause d'ingratitude, si votre futur gendre manque à ses
obligations envers vous ou mademoiselle Zoé.

—Et il ne peut remplir ses devoirs envers ma fille s'il
ne les remplit à mon égard. Mais êtes-vous bien sûr
que les termes sont assez forts ? Tenons-nous si bien
Mme Lachance qu'elle ne puisse révoquer ses dons
dans le cas où je révoquerais les miens ?

—Si vous la tenez ? Comme une tortue tient une
grenouille ! Pour preuve, voyez ce que dit Ricard à la
page 970. Voici le livre...

Maître Pothier ouvrit son vieux bouquin et le passa
à Mme Bédard. Elle branla la tête.

—Merci ! j'ai oublié mes lunettes, dit-elle, lisez vous-
même, s'il vous plaît.

—Avec le plus grand plaisir, chère dame. Un notaire
doit avoir des yeux pour tout le monde, des yeux de
chat pour voir dans l'obscurité, et la faculté de les rentrer
comme fait la tortue, afin de ne voir que ce qu'il faut.

—Que le bon Dieu vous bénisse avec vos yeux! fit Mme Bédard impatientée. Lisez-moi ce que ce livre dit au sujet des donations révocables, c'est surtout ce que nous voulons savoir, moi et Zoé.

—Bien ! bien, voici madame :

«Les donations stipulées révocables suivant bon plaisir du donateur sont nulles; mais cela ne s'applique pas aux donations par contrat de mariage.» Bourdon dit aussi...

—Foin de votre Bourdon et de tous les autres bourdons ! je veux faire une donation révocable, moi, il ne s'agit pas de celle de Mme Lachance. J'ai été assez longtemps auprès de mon cher défunt mari, pour apprendre comme il faut tenir les rênes serrées avec les hommes. Antoine est un bon garçon, mais la prudente sollicitude d'une belle-mère le rendra meilleur encore.

Le notaire passa la main sur sa perruque.

—Etes-vous sûre, demanda-t-il, qu'Antoine Lachance se laissera brider facilement ?

—Pourquoi pas ? je voudrais bien, par exemple, voir un gendre regimber ! Au reste, pour l'amour de Zoé, Antoine peut tout faire. Avez-vous fait mention des enfants, maître Pothier ? Je ne prétends pas que la mère Lachance ait maîtrise sur eux, pas plus qu'Antoine et Zoé.

—Je vous ai établie *tutrice perpétuelle*, comme on dit en termes du Palais, et voici la clause, ajouta-t-il en mettant le bout du doigt sur certaines lignes du document.

—C'est inutile, dit Zoé en rougissant. Quand le bon Dieu nous donnera des enfants, nous nous occuperons de les bien élever. En attendant, Antoine, je le sais, serait prêt à m'épouser sans dot.

—T'épouser sans dot, toi, Zoé Bédard ! Es-tu folle ? exclama avec chaleur la propriétaire de l'hôtellerie. Aucune fille, en Nouvelle-France, ne se marie sans une dot, n'aurait-elle qu'une marmite ! Tu oublies que ce

n'est pas tant pour toi que pour l'honneur de la maison
que je te fais une dot.   Se marier sans une dot, vaut
autant se marier sans un anneau.

—Ou sans un bon contrat fait par main de notaire,
signé, sceau en marge et délivré, ajouta maître Pothier.

—C'est vrai, fit Mme Bédard, et j'ai promis de faire
une noce de trois jours, une noce qui va surprendre
toute la paroisse de Charlesbourg.   Le seigneur a
consenti à servir de père à Zoé.   Il sera le parrain de
tous les enfants, c'est entendu dans ce cas-là, et il leur
donnera à tous des présents.   Je vous inviterai, maître
Pothier.

Zoé fit semblant de ne pas entendre.   Au reste, ce
petit refrain tintait à ses oreilles vingt fois par jour
depuis quelques semaines, et cela ne lui était pas trop
désagréable.

La perspective des présents stimulait toujours sa
curiosité et son ambition.

A cette promesse de trois jours de bombance à la
Couronne de France, le notaire dressa les oreilles sous sa
vilaine perruque.   Il commençait une réponse digne
du sujet, quand le galop d'un cheval se fit entendre.
Un instant après, le colonel Philibert arrivait à la porte
de l'hôtellerie.

A la vue de l'uniforme royal, maître Pothier se leva
et sortit suivi des deux femmes.   Il salua l'officier ;
Mme Bédard et sa fille, l'une près de l'autre, lui firent
leur plus profonde révérence.

Philibert rendit le salut avec courtoisie et, arrêtant
son cheval tout près de Mme Bédard:

—Je croyais bien connaître tous les chemins de Charlesbourg, madame, fit-il, mais je m'aperçois que j'ai
oublié la route qui conduit à Beaumanoir.   Elle a
peut-être été changée.   Dans tous les cas, je ne m'y
connais plus.

—Votre honneur a raison, répondit l'hôtesse, l'intendant a fait percer une route nouvelle à travers la forêt.

Pendant ce petit dialogue, Zoé prit la liberté d'examiner, de la tête aux pieds, le cavalier nouveau. Son air, sa taille, son uniforme, tout lui parut sans défaut. C'était bien le plus bel officier qu'elle eut jamais vu.

—En effet, ce doit être cela, répondit Philibert, et il ajouta : je présume que vous êtes la propriétaire de l'hôtel de la *Couronne de France* ?

Cela se lisait sur la figure de dame Bédard, tout aussi clairement que sur l'enseigne qui se balançait au-dessus de sa tête.

—Pour vous servir, votre honneur ! je suis la veuve Bédard, et je crois tenir la meilleure hôtellerie de la colonie. Votre honneur veut-il descendre et prendre un verre de vin, de celui que je garde pour les gens de qualité ?

—Merci, madame Bédard, je suis pressé. Il faut que j'aille à Beaumanoir. Ne pourriez-vous pas me donner un guide ? Je n'ai pas, voyez-vous, de temps à perdre à chercher mon chemin.

—Un guide, monsieur ! tous les hommes sont allés à la corvée du roi, en ville. Mais Zoé pourrait bien vous conduire, par exemple.

Zoé serra le bras de sa mère pour l'avertir de ne pas en dire trop. Elle éprouvait un certain plaisir, et un certain trouble aussi, à la pensée de servir de guide à ce beau voyageur, dans la forêt sauvage. Il ne manquait pas d'aventures comme celle-là dans les livres. Pauvre Zoé ! pendant une seconde elle fut infidèle à son fiancé. Mais, dame Bédard mit fin à ses conjectures. Elle se tourna vers le notaire qui se tenait raide et droit comme un article du code.

—Voici maître Pothier, votre honneur; il connaît tous les grands chemins et les routes dans dix seigneuries différentes; il vous conduira bien à Beaumanoir.

—C'est aussi facile que de charger des honoraires, ou dresser un procès-verbal, répondit le notaire dont la

singulière figure n'avait pas manqué d'attirer l'attention
du colonel.

—Ah ! vous parlez d'honoraires, dit celui-ci.   Vous
êtes donc un homme de loi, mon ami.   J'ai connu bien
des avocats, mais... Il s'interrompit, il allait dire une
malice.

—Vous n'en avez jamais vu comme moi, je suppose.
C'est vrai en effet.   Je suis maître Pothier dit Robin,
notaire ambulant au service de votre honneur, prêt à
vous formuler une obligation, à vous rédiger un acte de
conventions matrimoniales, ou à écrire vos dernières
volontés et votre testament, tout aussi bien que le
meilleur notaire de France.   Je puis, néanmoins, vous
conduire à Beaumanoir aussi aisément que je viderais
un verre de cognac à votre santé.

Philibert ne put s'empêcher de rire un peu de   ce
notaire voyageur, et de penser qu'il avait assez de cognac
au bout du nez: une mouche n'y aurait pu poser la patte
sans se brûler.

—Mais comment voulez-vous m'y conduire, mon
ami, lui demanda-t-il, en jetant les yeux sur ses bottes
tannées, vous n'avez pas l'air d'un marcheur extraordinaire.

—Oh ! interrompit   dame Bédard   avec humeur,
parce que Zoé l'avait pincée un peu fort, pour lui faire
comprendre qu'elle voulait y aller, maître Pothier peut
monter le vieux cheval alezan qui est là, dans l'étable,
mangeant sa valeur en attendant l'ouvrage.   Comme
de raison, il faudra payer quelque chose.

—Comment ? madame, mais certainement, et avec
plaisir encore!

—Alors, maître Pothier, vite! sortez l'alezan, et en route!

—Le temps de faire un trait de plume ou d'emplir
cette coupe de cognac et je reviens, votre honneur.

—C'est un vrai type que ce maître Pothier, remarqua
Philibert pendant que le vieux notaire se   rendait à
l'écurie.

—Oui, un vrai type, votre honneur. On dit qu'il est le plus rusé de tous les notaires qui passent dans le village. Ceux qu'il prend sont bien pris. Il est si savant, paraît-il ! Si je vous disais que l'intendant le consulte souvent, et qu'ils passent des moitiés de nuit ensemble à boire et à manger dans la cave du château.

—Vraiment ? alors il faut que je pèse mes paroles, répondit le colonel en riant, sinon il pourrait me jouer quelque mauvais tour. Mais le voici.

Comme il parlait, maître Pothier arriva monté à poil sur un cheval maigre comme les restes d'un procès de vingt ans. Sur un signe du colonel, Zoé lui présenta une coupe remplie de cognac qu'il vida d'un trait. Il fit claquer ses lèvres avec volupté, puis, appelant l'hôtesse :

—Prenez soin de mon sac, lui dit-il; il faudrait plutôt laisser brûler votre maison que perdre mes papiers. Adieu ! Zoé. Lis attentivement le contrat de mariage que je viens d'écrire, et je suis sûr que tes jolies petites mains ne pourront s'empêcher de me préparer un bon dîner.

Ils s'éloignèrent à la course. Dans sa hâte d'arriver, le colonel éperonnait son cheval, et ne s'occupait guère de son guide. Le pauvre notaire, les jambes comme les branches d'un compas, sous sa robe en guenilles, la tête menacée de perdre perruque et chapeau, battait des bras et sautait, sautait, essayant toujours de se mettre d'accord avec le galop irrégulier de sa triste monture.

VI

BEAUMANOIR

Ils chevauchaient en silence.   Un peu plus loin que le village de Charlesbourg, ils entrèrent dans la forêt de Beaumanoir par un sentier large et bien battu où pouvaient passer chevaux et carrosses.

Ils comprirent que l'affluence des visiteurs au château était d'ordinaire assez considérable.

Les rayons du soleil pénétraient à peine la mer de verdure qui se berçait au-dessus de leurs têtes; le sol était jonché de feuilles, souvenirs des étés passés; les molles fougères formaient bouquets autour des troncs déracinés; mille petites fleurs étincelaient près des herbes Saint-Jean, dans les coins ensoleillés, tandis que les grands pins verts et sombres versaient aux voyageurs leurs senteurs résineuses et leur vivifiante fraîcheur.

Un petit ruisseau se montrait d'espace en espace, sous les bois, chantant avec timidité pour les grandes herbes qu'il arrosait, et sur ses bords étroits fleurissaient l'anémone d'argent, le muflier et les campanules de la flore boréale.

Le colonel Philibert n'oubliait pas les dangers qui menaçaient la colonie et le motif sérieux qui l'appelait en hâte à Beaumanoir; cependant, il jouissait des délices de la forêt, regardait l'écureuil sauter d'un arbre à l'autre, et prêtait l'oreille aux gazouillements des oiseaux cachés dans le feuillage.   Il allait vite et quand il se vit sur la bonne voie il eut bientôt dévancé son guide.

—C'est un chemin tortueux que ce chemin de Beaumanoir, dit-il à la fin, en retenant son cheval pour

permettre à maître Pothier de le rejoindre. Il est aussi
embrouillé que le code. J'ai de la chance tout de même
d'avoir, pour me guider, un notaire habile comme vous.

—Pour vous guider ? mais c'est votre honneur qui
bat la marche ! Oui, le chemin qui mène à Beaumanoir
est aussi compliqué que le meilleur acte passé par un
notaire ambulant.

—Vous n'allez pas souvent à cheval, maître Pothier,
dit Philibert qui entendait geindre le notaire, pénible-
ment cahoté par sa vieille rosse.

—A cheval ? N... non ! Dame Bédard pourra bien
m'appeler le plaisant Robin, si jamais elle me reprend à
monter sur ses chevaux de louage.

—Pourquoi, maître Pothier ?

Philibert commençait à s'amuser des manières de son
guide.

—Pourquoi ? parce que, si j'avais marché aujour-
d'hui, j'aurais pu marcher demain. Maintenant, c'est
fini, grâce à ce bourriquet. Hunc ! hanc ! hoc ! Il
n'est bon qu'à faire un professeur de latin. Hoc !
hanc ! hunc ! Je n'ai pas décliné mes pronoms depuis
que j'ai laissé par accident le collège de Tours; non !
Hunc ! hanc ! hoc ! je vais être réduit en compote.
Hunc ! hanc ! hoc !

Philibert s'amusait bien des réminiscences classiques
de son guide, mais il craignait qu'il ne tombât de
cheval, car il se tenait comme une fourche plantée dans
une botte de foin. Il s'arrêta un instant pour lui
permettre de prendre haleine et de se reposer.

—J'aime à croire, lui dit-il, que le monde apprécie
mieux votre science et vos talents que ne le fait ce vilain
bidet.

—C'est bien de la bonté, de votre part, de vous
arrêter ainsi pour moi. Ma foi ! je n'ai rien à reprocher
au monde si le monde n'a rien à me reprocher. Ma
philosophie, c'est que le monde est ce que les hommes le
font. Comme dit un vieux refrain :

C'est un endroit plaisant, mes amis, que ce monde,
Si l'on prête, l'on donne et l'on dépense bien :
Mais s'il faut emprunter, cette machine ronde
          Ne vaut plus rien.

—Et que vaut-elle à vos yeux, maître Pothier ?
demanda le colonel.

Le notaire semblait le plus heureux des mortels ;
sa face ridée était toute souriante; les yeux, les joues,
le menton, les sourcils, tout frémissait de plaisir, autour
d'un nez de pourpre: tels des enfants allègres autour
d'un feu de joie !

—Oh ! je suis content, répondit-il; nous, les notaires,
nous avons le privilège de porter des manteaux bordés
d'hermine, au palais de justice, et des robes noires à
la campagne... quand nous pouvons en avoir. Voyez !

Et il releva avec dignité les lambeaux de sa robe.

—Pour moi, la profession de notaire, continua-t-il,
c'est de manger, boire et dormir. Toutes les portes
me sont ouvertes. Il ne se fait pas un baptême, ou une
noce, ou un enterrement, sans que j'en sois, dans dix
paroisses à la ronde. Les gouverneurs et les intendants
fleurissent et tombent, mais Jean Pothier dit Robin, le
notaire ambulant, fait toujours joyeuse vie. Les hommes peuvent se passer de pain, mais non de lois, du
moins les hommes de cette noble et chicanière Nouvelle-
France, notre patrie.

—Votre profession me paraît tout à fait nécessaire
alors, observa Philibert.

—Nécessaire ? je penserais ! S'il n'avait une nourriture convenable, le monde perdrait vite l'existence,
de même qu'Adam a perdu la félicité du paradis terrestre
faute d'un notaire.

—Faute d'un notaire ?

—Oui, votre honneur ! Il est évident que notre
premier père a perdu son droit de *usis et fructibus*, dans
l'Eden, tout simplement parce qu'il n'a pas pu avoir
un notaire pour rédiger un contrat inattaquable.

Comment ! il ne possédait pas même par un bail à cheptel, les animaux qu'il avait choisis et nommés ?

Le colonel reprit en riant :

—Je pensais qu'Adam avait perdu son bien par la faute, plutôt, de quelque notaire artificieux. Ce notaire aurait suggéré à la femme d'interpréter le contrat à sa façon, sachant bien qu'Adam ne trouverait pas un autre notaire pour défendre ses titres.

—Hum ! c'est possible; j'ai lu quelque part, en effet, que jugement avait été rendu par défaut. Ce serait différent aujourd'hui. Il y a dans la nouvelle comme dans la vieille France, des notaires capables d'enfoncer Lucifer lui-même dans une lutte pour une âme, un corps ou un bien-fonds... Mais, tiens ! nous voilà sortis de la forêt.

Les voyageurs avaient devant eux un large plateau garni de massifs d'arbres et dominé par une montagne escarpée. Un ruisseau, sur lequel on avait jeté un pont rustique, promenait ses ondes d'argent. Au milieu des jardins superbes et des bouquets d'arbres séculaires, s'élevait le château de Beaumanoir, avec son toit à pic, ses hautes cheminées et ses girouettes dorées qui rayonnaient au soleil.

Le château (13) était une lourde construction en pierre, à pignons et à toit élevés, dans le style du dernier siècle, assez forte pour soutenir une attaque, assez élégante pour servir de demeure à un intendant royal de la Nouvelle-France. Il avait été construit quelque quatre-vingts ans auparavant, par l'intendant Jean Talon, qui s'y retirait en silence, quand il était fatigué des importunités de ses amis et des persécutions de ses adversaires, ou dégoûté de la froide indifférence de la cour pour ses admirables plans de colonisation. Il choisissait quelques intimes et là, ensemble, loin de la ville, dans la retraite paisible, ils parlaient de la grande

_____

(13) Voir l'appendice.

littérature du siècle de Louis XIV, ou discutaient la nouvelle philosophie qui envahissait l'Europe de toute part.

Là, dans le château de Beaumanoir, le sieur Joliet avait raconté ses aventureux voyages, et le Père Marquette avait confirmé l'existence d'un fleuve merveilleux appelé le *Père des eaux*, qu'une vague rumeur seule avait fait soupçonner. Là aussi, le vaillant La Salle était venu demander conseil à Talon, son ami et son patron, quand il partit pour aller explorer la grande rivière du Mississipi, entrevue par Joliet et Marquette, la grande rivière du Mississipi qu'il donna à la France par droit de découverte. (14)

Tout près du château, s'élevait une tour de pierre brute, crénelée et percée dans les côtés de nombreuses ouvertures. Cette tour avait été bâtie pour tenir les Sauvages en respect et servir de refuge aux colons pendant les guerres du dernier siècle.

Que de fois, des bandes d'Iroquois altérés de sang se sont sentis pris de découragement et de terreur à la vue de cette petite forteresse dont les coulevrines donnaient l'éveil aux colons de Bourg-Royal et des bords sauvages du Montmorency !

La tour ne servait plus maintenant et tombait en ruine ; mais il circulait des rumeurs fantastiques chez les habitants, au sujet d'un passage souterrain qui l'unissait au château. Personne ne l'avait jamais vu, ce passage, et personne n'aurait eu le hardiesse de l'explorer, à coup sûr, parce qu'il était gardé par un loup-garou. Un loup-garou ! Ce mot faisait frissonner de peur les enfants vieux et jeunes réunis au coin du feu, dans les soirées d'hiver, pour entendre les légendes de la Bretagne et de la Normandie, remises à neuf et retouchées pour les scènes du Nouveau Monde.

----

(14) Voir l'appendice.

Le colonel Philibert et maître Pothier suivirent une large avenue qui aboutissait au château et s'arrêtèrent à la porte principale, au milieu d'une haie verdoyante taillée, d'après les haies de Luxembourg, de la façon la plus fantastique. Cette porte s'ouvrait sur un vaste jardin tout éclatant de fleurs, tout rempli des senteurs les plus exquises, du bourdonnement des abeilles et du chant des oiseaux.

Des arbres, emportés de France et plantés par Talon, montraient au-dessus de la haie leurs têtes chargées de fruits. C'étaient des cerises rouges comme les lèvres des vierges d'Anjou, des prunes de Gascogne, des pommes de Normandie, des poires de la luxuriante vallée du Rhône. Les branches recourbées laissaient leur douce teinte verte pour se parer de vermeil, d'or et de pourpre, ces vives couleurs que la nature arbore quand elle se couronne pour les fêtes de la moisson.

Tout près du château, l'on voyait un colombier surmonté d'une brillante girouette que le moindre souffle faisait tourner et crier. C'était la retraite d'une famille de pigeons qui voltigeaient sans cesse, sans cesse tournoyaient autour des hautes cheminées ou se pavanaient en roucoulant sur le toit élevé; pigeons blancs comme des flocons de neige, emblême de l'innocence et du bonheur.

Mais rien ne rappelait l'innocence ou le bonheur dans l'aspect de ce château baigné de lumière. Ses grandes portes restaient immobiles devant les merveilleuses beautés du monde extérieur, ses fenêtres qui auraient dû s'ouvrir larges, pour recevoir la fraîcheur et les rayonnements du matin, ses fenêtres étaient closes, comme des yeux qui se ferment avec malice à la lumière du ciel qui les inonde.

Tout était calme au dehors, et l'on n'entendait que les chants des oiseaux ou le frémissement des feuilles ; rien, ni homme, ni bête ne signala l'approche du colonel. Mais longtemps avant qu'il n'arrivât à la porte, il

entendit un bruit confus de voix, un étrange mélange de
cris, de chants et de rires, un choc de coupes et des sons
de violons qui le remplirent d'étonnement et de dégoût.
Il distingua des accents avinés, des refrains bachiques,
des voix de stentor, qui demandaient de nouvelles
rasades, et proposaient de nouvelles santés au milieu
des plus bruyants applaudissements.

Le château devenait un vrai *pandemonium*, tout
rempli de tumulte et de divertissements, où la nuit
remplaçait le jour, d'où l'ordre était banni pour faire
place au mépris de la décence, de l'honneur et du bon
sens.

—Au nom du ciel ! maître Pothier, que signifie ceci ?
demanda Philibert, à son guide, pendant qu'ils suivaient
tous deux, après avoir attaché leurs chevaux à un arbre,
la large allée qui conduisait à la terrasse.

—Ce concert, votre honneur, répondit maître Pothier
avec un branlement de tête significatif, et un sourire qui
trahissait sa sympathie pour les viveurs, c'est la fin
de la chasse, la dernière partie où les gais convives de
l'intendant pendent les andouilles.

—C'est un parti de chasseurs, dites-vous ? comment
croire que des hommes puissent se rendre coupables
d'une pareille dégradation, même pour plaire à l'intendant !

—Une pareille dégradation ? Je parierais ma robe
que la plupart des chasseurs ont roulé sous la table
à l'heure qu'il est ; toutefois, d'après le vacarme, on voit
qu'il y en a encore quelques-uns sur leurs jambes et que
le vin coule toujours

—C'est affreux ! c'est horrible ! dit Philibert, indigné ; s'oublier dans de semblables orgies, quand la
colonie nous demande à tous, toute la froideur de notre
jugement, toute la force de nos bras, tout l'amour de
nos cœurs ! O mon pays ! mon cher pays ! quelle
destinée peux-tu espérer quand ce sont de tels hommes
qui te gouvernent !

—Vous êtes un étranger, car vous ne seriez pas si prompt à flétrir l'hospitalité de l'intendant. Ce n'est pas la coutume de parler ouvertement comme cela, excepté parmi les habitants qui jasent toujours en vrais Normands.

Maître Pothier regardait le colonel, comme pour mendier son approbation, mais celui-ci ne l'écoutait guère, irrité qu'il était par les bruits scandaleux de l'intérieur.

—Tiens ! voici une chanson bien allègre, votre honneur, continua le notaire en battant la mesure avec sa main.

C'était la louange du vin, chantée par une voix forte. Un chœur éclatant répondit tout à coup, et les pigeons effrayés s'envolèrent de la toiture de la cheminée. Le colonel reconnut une chanson, qu'il avait entendue dans le quartier latin, pendant sa vie d'étudiant à Paris. Il crut reconnaître aussi la voix qui chantait.

> Pour des vins de prix
> Vendons tous nos livres !
> C'est peu d'être gris,
> Amis, soyons ivres.
>   Bon !
> La faridondaine
>   Gai !
> La faridondé !

Un murmure sonore, et le joyeux choc de verres suivirent le refrain. Maître Pothier clignait des yeux en signe d'approbation, et, sur le bout des pieds, les mains ouvertes, la bouche arrondie, il semblait faire sa partie dans cette musique infernale.

Philibert le regarda d'un air de mépris.

—Allez ! ordonna-t-il, et frappez à cette porte. Il faudrait le tonnerre de Dieu pour anéantir cette effroyable orgie. Dites que le colonel Philibert arrive avec des ordres de Son Excellence pour le chevalier intendant.

—Oui ! et qu'on vous serve un bref d'expulsion !
Pardonnez-moi, et ne vous fâchez pas, monsieur, sup
plia le notaire, si je n'ose frapper à cette porte pendant
qu'on chante la messe du diable. Les valets, je les
connais bien, allez ! les valets me plongeraient dans le
ruisseau ou me poignarderaient dans le corridor même,
pour amuser les Philistins. Je ne suis pas un Samson,
votre honneur, je ne serais pas capable de faire crouler
le château sur leurs têtes. Je le voudrais bien, par
exemple !

Philibert ne trouva pas mal fondée la crainte de son
guide, et, comme un nouvel éclat de voix chargées
d'ivresse retentissait sous les riches lambris, il lui dit:

—Restez ici jusqu'à mon retour, je vais y aller moi-
même.

Il monta les larges marches de pierre, et frappa à
plusieurs reprises, mais en vain. Il essaya d'ouvrir.
A sa grande surprise, la porte céda; elle n'était pas
verrouillée. Pas un serviteur n'était là. Il s'avança
hardiment. Une éclatante lumière l'éblouit. Le château était tout orné de lampes et de candélabres, et
c'était en vain que les rayons du soleil cherchaient à
pénétrer dans ces lieux, la nuit se prolongeait jusqu'au
milieu du jour, une nuit artificielle avec une pluie de
lumières et une effroyable orgie.

VII

L'INTENDANT BIGOT

Depuis l'arrivée de l'intendant Bigot dans le château de Beaumanoir, il y avait eu bien des festins joyeux, des festins qui pourraient, à cause de leurs désordres, être comparés aux royales orgies de la régence, et aux débauches de Croisy et des petits appartements de Versailles. La splendeur et le luxe de ce château, ses fêtes interminables provoquaient l'étonnement et le dégoût du peuple honnête, qui mettait naturellement, en regard de l'extravagance de l'intendant, les manières simples et les principes sévères du gouverneur général.

La grande salle, où se réunissaient d'ordinaire les convives, était brillamment éclairée par des lampes d'argent, suspendues au plafond comme des globes de feu. Un pinceau habile avait écrit, sur ce plafond, l'apothéose de Louis XIV. Le grand monarque était entouré de tous les Bourbons, du Grand Condé et autres, jusqu'à la plus lointaine parenté. Sur le mur du fond, l'on voyait un portrait de grandeur naturelle de la marquise de Pompadour, la maîtresse de Louis XV, et l'amie protectrice de Bigot. La voluptueuse beauté semblait être le génie de ces lieux. Des tableaux de prix ornaient les autres murailles: le roi et la reine, la Montespan aux yeux si noirs, la rusée Maintenon, et la belle et triste de la Vallière, la seule qui ait aimé Louis XIV pour lui-même. Le portrait de la célèbre femme, copié d'après ce tableau, peut être vu encore dans la chapelle des Ursulines de Québec. C'est sainte Thaïs, s'agenouillant pour prier avec les religieuses.

La table, un chef-d'œuvre, était faite d'un riche
bois canadien aux teintes noires nouvellement connu,
et s'étendait sur toute la longueur de la salle. Au
milieu, on avait placé l'un des plus beaux morceaux de
l'art italien, un surtout en or massif, donné par la
Pompadour. Ce surtout représentait Bacchus assis
sur un tonneau de vin, comme sur son trône, et offrant
des coupes débordantes à des faunes et à des satyres
qui dansaient une ronde.

Des gobelets de la Bohème et des coupes vénitiennes,
sculptés dans l'argent, brillaient comme des étoiles sur
cette table magnifique. Ils étaient remplis jusqu'au
bord des vins d'or ou de pourpre de la France et de
l'Espagne, ou renversés dans les mares de nectar qui
coulaient jusque sur les tapis de velours. Pour aiguiser
la soif, on avait mis parmi les vases de fleurs et les
corbeilles de fruits des Antilles, des fromages de Parmes,
du caviar, et d'autres appétences.

Une vingtaine de convives, mis comme des gentilshommes, mais dont les vêtements étaient en désordre
et tachés de vin, la figure animée, les yeux rougis,
parlaient bruyamment à tort et à travers, et d'une façon
licencieuse.

De place en place, un siège vide ou renversé indiquait
que des buveurs avaient roulé sous la table. Les valets
qui les avaient emportés attendaient encore debout, en
livrée éclatante. Dans une galerie, tout au fond de la
pièce, des musiciens jouaient, quand les étourdissants
éclats de la fête se taisaient un peu, les ravissantes
symphonies de Destouche et de Lulli.

Bigot, l'intendant, occupait la place d'honneur. Son
front bas, son œil vif, noir, petit, sa figure basanée,
pleine de feu et d'animation, trahissaient en lui le sang
gascon.

Il était loin d'être attirant; dans l'inaction il était
même laid et repoussant. Mais son regard avait une
puissance redoutable. Il fascinait, il était plein de cet

étrange éclat que donnent une volonté de fer, jointe à
une grande subtilité.   Il inspirait la crainte, s'il n'éveillait l'amour.

Néanmoins, quand il voulait essayer la douceur,—
et il le faisait souvent—il manquait rarement de se
gagner la confiance des hommes, pendant que la tournure agréable de son esprit, sa courtoisie et ses manières
galantes avec les femmes, qu'il n'approchait jamais
qu'avec la séduisante politesse apprise à la cour de
Louis XV, en faisaient un des hommes les plus dangereux de la colonie.

Il aimait le vin et la musique, était passionnément
adonné au jeu et aux plaisirs, possédait une brillante
éducation, se montrait habile en affaires et fertile en
expédients.   Il aurait pu sauver la Nouvelle-France
s'il avait été aussi honnête qu'il était habile; mais il
aimait la corruption et n'avait aucun principe.   Sa
conscience se taisait devant son ambition et son amour
des plaisirs. Il ruina la Nouvelle-France par égoïsme
d'abord, et ensuite pour ses protectrices, et pour la
foule des courtisanes et des fragiles beautés de la cour.
En retour, par leurs artifices et leur influence auprès du
roi, elles le faisaient maintenir dans sa haute position,
malgré tous les efforts des honnêtes gens, les bons, les
vrais habitants de la colonie.

Déjà, par ses fraudes et ses malversations, quand il
était commissaire en chef de l'armée, il avait ruiné et
perdu l'ancienne colonie de l'Acadie et, au lieu d'être
traduit devant les tribunaux et châtié, il avait été élevé
à la charge plus digne et plus importante d'intendant
royal de la Nouvelle-France.

Bigot avait fait asseoir à sa droite le sieur Cadet,
son ami de cœur, un gros sensuel au nez épais, aux lèvres
rouges, et dont les yeux gris clignotaient sans cesse.   Sa
large face colorée par le vin brillait comme la lune
d'août quand elle se lève à l'horizon.   On disait que

Cadet avait été boucher à Québec. Maintenant, il était, pour le malheur de son pays, commissaire en chef de l'armée, et confrère intime de l'intendant.

Là se trouvaient aussi le commandant de l'artillerie, Le Mercier, un officier plein de bravoure, mais homme plein de vices; Varin, commissaire à Montréal, libertin fier de ses débauches, plus coquin que Bigot, et plus polisson que Cadet; De Bréard, contrôleur de la marine et digne associé de Péniseault; il avait un visage mince, un œil rusé qui convenait parfaitement au gérant de la Friponne; Perrault, d'Estèbe, Morin et Vergar, tous des créatures de l'intendant, des hommes qui l'aidaient dans son rôle infâme, ses associés dans la grande compagnie —la grande compagnie des voleurs, comme disait le peuple qui se voyait dépouillé de tout au nom du roi et sous le faux prétexte de continuer la guerre.

Autour de la table somptueuse, il y avait nombre d'autres convives, les seigneurs dissolus des environs et les pères de la mode; des hommes avides et extravagants, des hommes semblables à ceux dont parlait Charlevoix un quart de siècle auparavant, quand il disait : «des gentilshommes profondément versés dans l'art élégant et agréable de dépenser de l'argent, mais tout à fait incapables d'en gagner.»

Parmi les jeunes seigneurs qui avaient été entraînés dans ce tourbillon de splendides folies, se trouvait le brave et beau Le Gardeur de Repentigny, capitaine dans la marine royale, un corps nouvellement formé à Québec. Le Gardeur, dans ses traits de vaillant soldat, avait comme un reflet de la suave beauté de sa sœur, mais un reflet profané par la débauche. Il était tout enflammé, et ses yeux noirs, ordinairement doux et francs comme ceux d'Amélie, ses yeux noirs lançaient maintenant les dards envenimés du serpent.

A l'exemple de Bigot, Le Gardeur répondait follement aux défis de boire qui venaient de tous les côtés.

Les fumées du vin obscurcissaient maintenant tous les cerveaux, et la table était une source de débauches.

—Remplissez encore votre coupe, Le Gardeur, s'écria l'intendant d'une voix forte et claire; l'horloge menteuse dit qu'il est jour, grand jour ! mais dans le château de Beaumanoir, aucun coq ne chante, aucun rayon du jour ne paraît sans la permission du maître et de ses aimables convives. Remplissez vos coupes, mes compagnons, remplissez vos coupes ! la lampe qui se reflète dans une coupe de vin est plus brillante que le plus éclatant soleil.

—Bravo, Bigot ! Quelle santé ? dites ! nous allons y répondre jusqu'à ce que l'on compte quatorze étoiles dans la Pléiade, repliqua Le Gardeur.

Et, jetant un regard endormi sur la grande horloge, au fond de la salle, il ajouta :

—Je vois quatre horloges ici, et chacune d'elles en a menti, si elle dit qu'il est jour !

—Vous vous amendez, Le Gardeur de Repentigny. Vous êtes digne d'appartenir à la grande compagnie... Mais je vais proposer ma santé. Nous avons bu vingt fois à cette santé, et nous y boirons vingt fois encore. C'est le meilleur prologue que l'esprit de l'homme ait pu trouver pour cette chose divine qui s'appelle le vin, c'est la femme !

—Et le meilleur épilogue, aussi, fit Varin, passablement ivre. Mais la santé ? ma coupe est remplie !

—C'est bien, remplissez tous vos coupes, et buvons à la santé, à la fortune, et à l'amour de la plus belle femme de l'heureuse France, la marquise de Pompadour !

La Pompadour ! la Pompadour ! Ce nom retentit dans toute la salle, les coupes furent remplies jusqu'au bord et un tonnerre d'applaudissements et le choc joyeux des gobelets d'argent répondirent à la santé de la maîtresse de Louis XV. Elle était, cette favorite puissante, la protectrice de la grande compagnie, et c'était dans ses mains que tombait la plus grande part

des profits réalisés par le monopole du commerce dans
la colonie.

—Allons ! Varin, c'est votre tour, maintenant !
cria Bigot, en se tournant vers le commissaire. Une
santé à Ville-Marie ! Heureuse ville de Montréal où
l'on mange comme des rats de Poitou, et où l'on boit
jusqu'à ce que les gens sonnent l'alarme, comme firent
les Bordelais, pour souhaiter la bienvenue aux percep-
teurs de la gabelle.   Les Montréalais n'ont pas encore
sonné l'alarme à votre sujet, Varin, mais cela ne saurait
tarder.

D'une main peu sûre, Varin remplit sa coupe, jusqu'à
ce qu'elle débordât, puis, s'appuyant sur la table il se
leva et répondit :

—Une santé à Ville-Marie, et à nos amis dans l'indi-
gence, les tuques bleues du Richelieu !

Il faisait allusion à une récente ordonnance de l'intendant.   Par cette ordonnance inique, Bigot enjoignait
à Varin de saisir, sous prétexte d'approvisionner
l'armée, mais en réalité au profit de la grande compagnie, tout le blé qui se trouvait dans les magasins de
Montréal, et dans les campagnes voisines.   On but
avec enthousiasme.

—Bien pensé, Varin ! reprit Bigot; cette santé est
au plaisir et au travail.   Le travail, ça été de brûler les
granges des habitants; le plaisir, c'est de boire à votre
succès.

—Mes fourrageurs ont balayé net, répondit Varin,
en reprenant son siège; les balais de Besançon n'auraient
pas fait mieux.   Les champs sont nus comme une salle
de bal.   Votre Excellence et la marquise pourraient y
venir danser; pas une paille ne traînerait sous leurs
pieds.

—Et puis, demanda d'Estèbe d'un air un peu moqueur, avez-vous opéré cette œuvre énorme sans lutte
et sans combats ?

—Sans combats ? Pourquoi des combats ? Les habitants ne résistent jamais quand nous leur parlons au nom du roi. Au nom du roi, nous chassons les démons. Quand nous écorchons les anguilles, nous commençons par la queue. Si nous allions faire cela, les habitants seraient comme les anguilles de Mélun: ils crieraient avant d'avoir du mal. Non, non, d'Estèbe ! nous sommes plus polis que cela, à Ville-Marie. Nous leur disons que les troupes du roi ont besoin de blé. Ils ôtent leurs bonnets et, les yeux pleins de larmes, ils vous répondent : M. le commisssire, le roi peut prendre tout ce que nous possédons, et nous prendre nous aussi, s'il veut seulement empêcher les Bostonnais de s'emparer du Canada. C'est mieux, d'Estèbe, que de voler le miel et tuer ensuite les abeilles qui l'ont produit.

—Mais, Varin, que sont devenues les familles que vos pourvoyeurs ont ainsi dépouillées ? demanda le seigneur de Beauce, un gentilhomme campagnard dont toutes les idées généreuses n'étaient pas encore noyées dans le vin.

—Ces familles ?—c'est-à-dire les femmes et les enfants, car nous avons enrôlé les hommes, répliqua Varin d'un ton moqueur, en se croisant les pouces comme un paysan du Languedoc qui veut se faire croire, —ces familles, de Beauce, font comme les gentilshommes de la Beauce en temps de disette: elles bâillent pour leur déjeuner, ou elles avalent du vent, comme les gens du Poitou; cela les fait cracher clair.

De Beauce, blessé des gestes moqueurs de Varin et de l'allusion qu'il faisait au bâillement proverbial du peuple de la Beauce, se leva, furieux, et frappant la table de son poing :

—Monsieur Varin, cria-t-il, ne vous croisez pas ainsi les pouces devant moi, ou je vous les couperai !

Sur un signe de Bigot, le sieur Le Mercier s'interposa:

—Ne faites pas attention à Varin, dit-il bas à de Beauce, il est ivre, et l'intendant serait désolé s'il y

avait querelle. Attendez un peu et vous boirez à
Varin, qui sera pendu comme le boulanger de Pharaon,
pour avoir volé le blé du roi.

—Comme il mérite de l'être, pour avoir insulté les
gentilshommes de la Beauce, insinua Bigot, en se
penchant vers son hôte irrité. Et tout en disant cela
il faisait un clin d'œil à Varin. Venez, maintenant,
de Beauce, ajouta-t-il, soyons tous amis. *Amantium
iræ* ! Je vais vous chanter un couplet en l'honneur de
ce bon vin, le meilleur que Bacchus ait jamais bu.

L'intendant se leva, et tenant dans sa main une
coupe étincelante, il se mit à chanter d'une voix assez
mélodieuse, comme excellent moyen de ramener l'accord
parmi les convives, ce refrain fort à la mode :

> Amis, dans ma bouteille
> Voilà le vin de France !
> C'est le vin qui danse ici
> C'est le bon vin qui danse.
>   Gai lon la !
>   Vive la lurette !
>   Des fillettes
>   Il y en aura !

—Vivent les fillettes ! les fillettes de Québec ! les
plus belles et les plus constantes des filles, et qui ne
dédaignent pas un galant digne d'elles, continua Bigot.
Que dites-vous, Péan ? N'êtes-vous pas disposé à
répondre à la santé des belles de Québec ?

—Pas disposé ! Votre Excellence.

Il se leva pour répondre et ses jambes fléchirent.
Brave, le verre en main, il tira son épée du fourreau et
la mit sur la table.

—Je demande que la compagnie boive cette santé à
genoux ! dit-il, et de mon sabre que voici, je couperai
les jarrets du mécréant qui refusera de s'agenouiller
et de boire une pleine coupe, aux yeux adorables de la
plus belle Québécoise, l'incomparable Angélique des
Meloises !

La santé fut acclamée.   Chacun remplit son verre en l'honneur de la beauté partout admirée.

—A genoux ! cria l'intendant, ou de Péan va nous couper les jarrets !

Tous s'agenouillèrent; plusieurs ne purent se relever.

—Nous allons boire, continua-t-il, à la plus belle des belles, à Angélique des Meloises ! Allons ! tous ensemble !

La plupart reprirent leurs sièges au milieu des rires et d'une joyeuse confusion.

Alors, un jeune débauché excité par le vin et le tapage, le sieur Deschenaux, debout sur ses jambes mal affermies, éleva une coupe où trempaient ses doigts :

—Nous avons bu avec tous les honneurs, commença-t-il, aux yeux adorables de la belle de Québec; je demande à tous les gentilshommes, de boire maintenant aux yeux plus ravissants encore de la belle de la Nouvelle-France !...

—Qui est-elle ? Son nom ! son nom ! exclamèrent une douzaine de voix... Le nom de la belle de la Nouvelle-France !...

—Qui est-elle ? Comment ! quelle autre que la belle Angélique mérite d'être appelée ainsi ? reprit de Péan avec chaleur et jalousie.

—Tut ! répliqua Deschenaux, vous comparez un ver luisant à une étoile, quand vous comparez Angélique des Meloises à la dame que je veux honorer.   Je demande que les coupes débordent en l'honneur de la belle de la Nouvelle-France... la belle Amélie de Repentigny !

Le Gardeur, la tête appuyée sur sa main, l'air gaillard, et sa coupe déjà remplie, attendait la santé de Deschenaux.   Au nom de sa sœur il se leva comme s'il avait été mordu par un serpent, jeta sa coupe à la tête de Deschenaux et tira son épée.

—Mille tonnerres vous écrasent ! hurla-t-il, comment osez-vous profaner ce nom sacré, Deschenaux ? Ré-

tractez-vous ! ou vous allez boire une santé de sang !
rétractez-vous !

Les convives se levèrent terrifiés. Le Gardeur
voulait se précipiter sur Deschenaux, et Deschenaux,
furieux de l'insulte qu'il venait de recevoir, l'attendait
l'épée au poing. Plusieurs s'interposèrent, Le Gardeur
les repoussa.

L'intendant qui ne manquait jamais de courage, ni
de présence d'esprit, rejeta Deschenaux sur son siège,
et lui saisit le bras.

—Etes-vous fou, Deschenaux ? lui dit-il. Vous
savez qu'Amélie est sa sœur, et qu'il lui a voué un culte
profond ?...Rétractez la santé, elle était inopportune.

Deschenaux s'obstina une minute, mais il dut enfin
céder, car l'intendant avait une très grande influence
sur lui.

—Ce damné de Repentigny ! dit-il, je voulais seulement rendre hommage à sa sœur... Qui aurait pensé
qu'il allait prendre la chose de cette façon ?

—Tous ceux qui le connaissent, excepté vous, continua l'intendant. Si vous voulez porter une santé à
Mlle de Repentigny, attendez qu'il se soit donné corps
et âme à la grande compagnie; alors, soyez-en sûr, il
ne se souciera pas plus de l'honneur de sa sœur que vous
ne vous occupez de l'honneur de la vôtre.

—Mais l'insulte ? Il m'a blessé avec le gobelet, mon
sang coule... je ne pardonnerai jamais cela ! fit Deschenaux, en s'essuyant le front avec sa main.

—Bah ! vous le provoquerez un autre jour, et pas ici.
Je vois que Cadet et Le Mercier se sont rendus maîtres
du jeune Bayard; venez, Deschenaux, montrez-vous
généreux; dites-lui que vous aviez oublié que la belle
dame était sa sœur.

Deschenaux, dissimulant sa colère, se leva et remit
son épée au fourreau. Il prit le bras de l'intendant et
s'avança vers Le Gardeur qui faisait toujours des efforts
pour se dégager.

—Le Gardeur, dit-il avec un accent de regret sincère,
j'avais oublié que Mlle de Repentigny est votre sœur.
J'ai eu tort de proposer sa santé, je l'avoue, et, bien que
j'eusse été fier de boire à cette santé, je la retire puisqu'elle ne vous a pas été agréable.

Le Gardeur se calmait aussi difficilement qu'il s'impa-
tientait vite.   Il avait encore son épée à la main.

—Voyons ! cria Bigot, il est bien malaisé de vous
plaire ! Vous êtes exigeant comme Villiers de Vendômes
que le roi lui-même ne pouvait satisfaire.   Deschenaux
vous déclare qu'il regrette ce qu'il a fait; un gentilhomme ne peut dire plus.   Serrez-vous la main et soyez
amis, de Repentigny !

Inaccessible à la crainte et souvent à la raison, Le
Gardeur ne résistait jamais quand l'on faisait appel à sa
générosité.   Il rengaina et tendit une main cordiale à
Deschenaux.

—Votre excuse est suffisante, monsieur, lui dit-il;
je veux croire que vous n'aviez pas l'intention d'offenser
ma sœur. Ma sœur, messieurs ! c'est mon faible,
ajouta-t-il, en les regardant tous avec assurance et prêt
à recommencer s'il découvrait quelque part le moindre
signe d'ironie; je la respecte comme je respecte la reine
des cieux, et leurs noms à toutes deux ne doivent
jamais être prononcés ici !

—Bien dit, Le Gardeur ! exclama l'intendant, bien
dit ! Encore une poignée de main et soyez amis pour
toujours ! Bénies soient les querelles qui sont suivies
d'une pareille réconciliation ! bénis les outrages qui se
lavent dans le vin ! Prenez vos sièges, messieurs.

Tous se remirent à la table.   Bigot se sentait plus
dispos que jamais.

—Valets, commanda-t-il, apportez maintenant les
plus larges coupes, nous allons boire un fleuve d'eau de
vie ! Nous allons boire une eau de vie capable de fondre
les perles de Cléopâtre ! Nous allons boire à une dame
plus belle que la reine d'Egypte ! Mais auparavant,

nous allons conférer à Le Gardeur de Repentigny, toutes les franchises dont jouissent les associés de la Nouvelle-France.

Les valets se hâtaient, allant et venant sans cesse.

La table fut bientôt couverte de coupes profondes, de flacons d'argent et de tout l'éclatant bagage de l'armée de Bacchus.

L'intendant prit Le Gardeur par la main :

—Vous désirez être un des nôtres et entrer dans le sein joyeux de la grande compagnie ? lui demanda-t-il.

—Oui ! répondit Le Gardeur ivre et grave, je suis un étranger et vous pouvez me recevoir; je sollicite mon admission.   Par saint Picaut ! vous me trouverez fidèle.

Bigot l'embrassa sur les deux joues :

—Par les bottes de saint Benoît ! dit-il, vous parlez comme le roi d'Yvetot, Le Gardeur de Repentigny! vous êtes digne de porter l'hermine à la cour du roi de Bourgogne.

—Regardez-moi le pied, Bigot, et dites à la compagnie si je puis, oui ou non, chausser la botte de saint Benoît !

—Par le joyeux saint Chinon ! vous la chausserez, Le Gardeur !

Et il lui tendit un flacon de vin d'une pinte.   Le Gardeur la vida d'un trait.

—Cette botte vous va admirablement ! exclama Bigot, tout enthousiasmé.   Le chant, maintenant ! je conduis le chœur.   Que tous ceux-là retiennent leur haleine qui ne veulent pas faire chorus.

Alors, l'intendant se mit à chanter à haute voix ces vers burlesques de Molière qui réjouirent si souvent les orgies de Versailles :

> Bene, bene, bene respondere !
> Dignus, dignus es intrare
> In nostro docto corpore !

Puis aux accords des violons, aux roulements des tambours de basque, tous se levèrent en choquant leurs coupes sonores.

> Vivat ! vivat ! vivat ! cent fois vivat !
> Novus socieus qui tam bene parlat !
> Mille, mille annis et manget et bibat,
> Fripet et Friponat !

Chacun vint à son tour embrasser Le Gardeur et lui serrer la main; chacun vint le féliciter de son admission dans la grande compagnie.

—Maintenant, reprit Bigot, nous allons boire une santé longue comme la corde de la cloche de Notre-Dame. Remplissons nos coupes de la quintessence du raisin, et vidons-les en l'honneur de la Friponne !

La Friponne ! ce nom fut comme un choc électrique. Dans le pays, il était un opprobre; mais à Beaumanoir il faisait rire. Pour montrer comme elle se moquait de l'opinion publique, la compagnie venait de lancer sur les Grands Lacs, pour faire le commerce de fourrures, un vaisseau qui s'appelait *La Friponne*.

—Laissez rire ceux qui gagnent, avait dit Bigot à d'Estèbe, un jour que celui-ci était furieux parce qu'un habitant avait prononcé ce nom devant lui. Nous acceptons le nom ! n'ayons pas peur des conséquences. Si ces rustres s'avisent de dire autre chose, je ferai écrire ce qu'ils diront en lettres d'une verge sur la façade du palais, et ce sera l'abécédaire où ils apprendront à épeler et à lire !

La santé de la Friponne fut bue au milieu d'une salve d'applaudissements et de chants bachiques.

Le sieur Morin avait été marchand à Bordeaux. C'était un homme dont la signature ne valait pas mieux que la parole. Il était arrivé depuis peu en Canada, avait transporté ses marchandises à la Friponne, et il était devenu l'un de ses membres les plus actifs.

—La Friponne ! cria-t-il, j'ai bu à son succès de tout
mon cœur et de toute ma gorge ! Cependant, je suis
sûr qu'elle ne consentira jamais à se coiffer du *night-cap*
et à dormir dans nos bras, tant que nous n'aurons pas
muselé ce *Chien d'Or* qui aboie nuit et jour dans la rue
Buade.

—C'est vrai, Morin, interrompit Varin que le seul
nom du *Chien d'Or* mettait en fureur. La grande
compagnie n'aura la paix que lorsque nous aurons
envoyé à la Bastille le bourgeois son maître. Le chien
d'or est un...

—Un maudit ! reprit Bigot avec violence. Pourquoi prononcez-vous ce nom, Varin ? il rend notre vin
amer. J'espère bien jeter dans la poussière, un jour
le chien et le chenil de l'insolent bourgeois.

Puis cachant, selon son habitude, sa pensée sous un
sarcasme moqueur :

—Varin, dit-il, en éclatant de rire, on prétend que
c'est le meilleur de vos os que le *Chien d'Or* ronge ainsi...

—Il y en a plus qui croient que c'est le meilleur des
vôtres, Excellence.

Varin disait vrai, et il le savait bien; mais, connaissant
bien la susceptibilité de Bigot, à ce sujet, il ajouta
complaisamment :

—C'est le vôtre ou celui du cardinal.

—Disons, alors, que c'est celui du cardinal. Il est
encore en purgatoire, ce bon cardinal; il y attend le
bourgeois pour régler ses comptes avec lui.

Bigot haïssait le bourgeois Philibert, comme on hait
celui que l'on a offensé. Il avait aidé à le chasser de
France, autrefois, sous le prétexte que lui, Philibert,
alors comte normand, mû par sa générosité naturelle,
avait osé protéger contre l'indignation de la cour,
certains sectaires malheureux, dans le parlement de
Rouen. Aujourd'hui janséniste, il le haïssait à cause
de sa prospérité. Sa haine tournait à la fureur, quand
il voyait briller au fond du magasin de la rue Buade, la

tablette du *Chien d'Or* avec sa menaçante inscription.
Il comprenait bien le sens de ces paroles de vengeance,
écrites en lettres de feu dans l'âme du bourgeois.

—Malheur à toute l'engeance du *Chien d'Or*, le parti
des honnêtes gens ! cria Bigot. Si ce n'était que de
ce cafard de savant, qui joue au gouverneur ici, j'aurais
vite descendu l'enseigne et pendu le maître à sa place.

Les convives devenaient de plus en plus joyeux et
bruyants, à mesure qu'ils vidaient leurs coupes; bien
peu s'occupaient des discours de l'intendant. Cependant Le Gardeur de Repentigny le regarda, comme
il ajoutait ces dernières paroles :

—Qu'est-ce cela, pour des hommes qui n'ont pas
peur de se montrer hommes ?

Bigot surprit le regard de Repentigny, et ajouta:

—Mais nous sommes tous des poltrons, dans la grande
compagnie, et le bourgeois nous fait peur.

Le Gardeur était joliment aviné. Il ne savait guère
ce que venait de balbutier l'intendant, et n'avait saisi
que ses dernières paroles.

—Où sont les poltrons ? chevalier, demanda-t-il.
J'appartiens à la grande compagnie maintenant, et
je ne suis pas poltron, moi, si tous les autres le sont. Je
suis prêt à décoiffer de sa perruque n'importe quelle
tête en la Nouvelle-France; je porterai la perruque au
bout de mon épée sur la place d'Armes, et là je défierai
le monde entier de la venir prendre.

—Bah ! ce n'est rien, cela, répliqua Bigot ; trouvez
moi quelque chose de mieux. Je voudrais voir un des
membres de la grande compagnie, qui serait de force
à renverser le *Chien d'Or*.

—Moi ! moi ! crièrent une douzaine de voix.

Bigot voulait tendre un piège à Le Gardeur.

—Et moi donc ! moi je le renverserai, chevalier, si
vous le désirez, s'écria Le Gardeur, pris de vin et tout
oublieux du respect et du dévouement qu'il devait au
père de son ami, Pierre Philibert.

—Je prends votre parole, Le Gardeur, et j'engage votre honneur en présence de tous ces gentilshommes, fit Bigot, au comble de la joie.

—Quand dois-je agir ? aujourd'hui ?

Le Gardeur était prêt à décrocher la lune; dans l'état où il était, il ne doutait de rien.

—Non, pas aujourd'hui, dit Bigot, il faut laisser mûrir la poire avant de la cueillir. Nous avons jusque-là votre parole d'honneur.

Il était bien content du succès de son stratagème.

—Ma parole est éternelle ! reprit Le Gardeur, et sa voix fut couverte par un nouvel applaudissement et par des chants honteux, propres tout au plus à égayer des satyres.

Le sieur Cadet s'étendit paresseusement dans sa chaise, ouvrant et fermant des yeux chargés de sommeil.

—Nous voilà ivres comme des brutes, dit-il; il faudrait quelque chose pour nous réveiller, et nous rafraîchir les idées. Voulez-vous que je propose une santé à mon tour ?

—C'est bien, Cadet, proposons n'importe quelle santé. Pour l'amour de toi, je boirais à tout ce qui vit dans le ciel, sur la terre et dans les enfers.

—C'est une santé que vous allez boire à genoux, Bigot; faites-moi raison, et remplissez la plus profonde de vos coupes.

—Nous la boirons à quatre pattes si vous l'aimez; mais avancez ! Vous êtes aussi long que le Père Glapin, quand il prêche le carême; j'espère que vous serez aussi intéressant.

—Bien, chevalier, la grande compagnie, après avoir bu à la santé de toutes les beautés de Québec, désire boire, maintenant, à la santé de la dame de Beaumanoir, et en sa présence, fit Cadet, avec une sombre gravité.

Bigot fit un bond; tout ivre et insouciant qu'il était, il n'aimait pas que son secret fut divulgué. Il en voulait à Cadet de son indiscrétion, car bien des convives

ne connaissaient rien de cette étrange dame de Beaumanoir. Il était trop profondément libertin pour
éprouver quelque remords. Cependant, à la grande
surprise de Cadet, il s'était montré d'une extrême réserve, au sujet de cette dame; il ne lui en avait jamais
parlé.

—On dit que c'est une merveilleuse beauté, continua
Cadet, que vous en êtes jaloux, et que vous avez peur
de la laisser voir à vos meilleurs amis.

—Elle est libre et peut aller où elle veut, répliqua
Bigot.

Il était en colère, bien qu'il vit que c'était folie de
se fâcher.

—Elle ne laissera pas ses appartements, même pour
vous, Cadet, reprit-il; elle n'a pu fermer l'œil de la nuit,
à cause de votre infernal tapage.

—Alors, qu'il nous soit permis d'aller lui demander
pardon à genoux... Qu'en pensez-vous, messieurs ?

—Accordé ! accordé ! fut le cri général, et tous se
mirent à faire de bruyantes et vives instances auprès
de Bigot, pour qu'il leur montrât la belle dame de
Beaumanoir, cette superbe créature dont on parlait
tant en secret.

Cependant Varin proposa de la faire monter au salon.

—O roi ! s'écria-t-il, envoyez-la vers nous ! Nous
sommes de nobles Persans, réunis au palais, pour fêter
les sept jours prescrits par la loi des Mèdes. Que le roi
amène Vasthi, la reine, pour que les princes et les nobles
de sa cour puissent admirer sa beauté !

Bigot, trop pris de vin pour avoir des scrupules, se
rendit aux désirs de ses gais compagnons. Il se leva,
Cadet prit son fauteuil.

—Gare à vous, dit-il, si je l'amène, montrez-vous
respectueux.

—Nous baiserons la poussière de ses pieds, répondit
Cadet, et nous vous reconnaîtrons pour le plus grand

roi que l'ancienne ou la Nouvelle-France aient jamais
couronné dans un festin.

Bigot sortit alors du salon, traversa un long corridor,
et entra dans la chambre de dame Tremblay, une vieille
ménagère, qui dormait sur sa chaise.   Il l'éveilla et lui
ordonna d'aller chercher sa maîtresse.

La vieille se leva vivement à la voix de l'intendant.
Elle était passablement avenante, avait la joue encore
vermeille et regardait son maître comme pour lui demander son approbation quand elle ajustait son chapeau
ou rejetait en arrière ses rubans plus que voyants.

—Je veux que votre maîtresse monte dans la grande
salle, allez vite ! répéta l'intendant.

La ménagère fit une révérence, et de crainte, probablement, de laisser échapper quelques observations
inopportunes, elle serra les lèvres et sortit.

VIII

CAROLINE DE SAINT-CASTIN

La dame Tremblay traversa une suite de pièces, puis
revint un moment après pour dire que sa maîtresse était
descendue à sa chambre secrète, afin sans doute de
moins entendre le bruit qui la troublait si fort.

—Je vais aller la rejoindre, répliqua l'intendant! vous
pouvez vous retirer, dame Tremblay.

Il traversa le salon et alla toucher un cordon dissimulé
dans l'un des panneaux brillants qui couvraient les
murs. Une porte s'ouvrit et laissa voir un escalier
garni d'épais tapis qui conduisait aux larges voûtes du
château.

Il descendit d'un pas empressé mais peu sûr.

L'escalier aboutissait à une chambre spacieuse, où
une lampe magnifique, suspendue par des chaînes d'argent au plafond peint en fresques, répandait des flots de
lumière.   Les murs de cette chambre étaient couverts
de riches tapisseries des Gobelins, qui représentaient
les plaines de l'Italie, toutes ruisselantes de soleil et
parsemées, dans une splendide échappée de vue, de
bosquets, de temples et de colonnades. L'ameuble-
ment en était d'une magnificence vraiment royale.
Tout ce que le luxe pouvait désirer, tout ce que l'art
pouvait fournir se trouvait là. Sur un sofa reposait
une guitare et tout auprès, l'écharpe et les gants de la
jolie reine du lieu.

L'intendant ouvrit la porte, et d'un regard inquisiteur
parcourut toute la pièce, mais ne vit personne.   Dans
un enfoncement de la muraille, de l'autre côté, se trouvait l'oratoire avec un autel surmonté d'un crucifix.
Une ombre mystérieuse enveloppait ce lieu; cependant,

l'intendant put apercevoir une personne à genoux, ou
plutôt prosternée.   C'était Caroline de Saint-Castin.
Son front touchait la terre et ses mains jointes couvraient son visage. Vêtue d'une longue robe blanche, les
cheveux épars sur les épaules, elle ressemblait à l'Ange
de la douleur, criant, avec des larmes, du plus profond
de son âme: «Agneau de Dieu qui effacez les péchés du
monde, ayez pitié de moi»! Elle était tellement absorbée
dans son chagrin qu'elle ne remarqua pas l'arrivée de
l'intendant.

Bigot s'arrêta tout étonné, tout rempli de crainte,
à la vue de cette femme ravissante qui pleurait sur elle-
même dans le secret de sa chambre.   La pitié adoucit
son regard; il appela par son nom l'infortunée jeune fille
et courut à elle.   Elle se leva lentement, en tournant
vers lui son visage baigné de larmes.

C'est cette figure de vierge désolée qui hante depuis
lors les ruines de Beaumanoir.

Caroline de Saint-Castin était de taille moyenne;
élégante, et déliée, elle semblait grande cependant.
Ses traits étaient d'une extrême délicatesse. Elle avait
ces tresses sombres comme l'aile des corbeaux, et cet œil
noir aux ardents reflets que l'on retrouve encore, après
plusieurs générations, chez les descendants des Euro-
péens qui se sont mêlés aux enfants de la forêt.   L'œil
indien reste comme un héritage, longtemps après que
l'on a perdu dans la famille le souvenir de l'origine.   Son
teint pâle avait eu la riche couleur de l'olive, mais
aujourd'hui le chagrin le flétrissait.   Cependant, elle
était belle encore et plus séduisante que les plus roses
visages.

Elle descendait d'une ancienne et noble famille aca-
dienne dont le fondateur, le baron de Saint-Castin,
avait épousé une beauté indienne, la fille du grand chef
des Abénaquis.

La maison de son père, l'une des plus importantes
de la colonie, fut longtemps le rendez-vous de tous les

officiers royaux de l'Acadie. Unique enfant de cette
noble maison, elle fut élevée, comme l'exigeaient son
rang, sa position, et le luxe de l'époque, dans tous les
raffinements.

Dans une heure d'infortune, la belle jeune fille
rencontra pour son malheur le chevalier Bigot, commissaire en chef de l'armée, et par conséquent l'un des
premiers officiers de l'Acadie.

Elle n'était pas accoutumée aux manières séduisantes
de la mère-patrie, et l'esprit délicat et la courtoisie
charmante de cet homme lui plurent et l'enchantèrent.
Elle était gaie, franche, confiante. Son père, tout entier
aux affaires publiques, l'avait trop souvent laissée à elle-
même; au reste, il n'aurait pas désavoué les assiduités
du chevalier Bigot, s'il les avait connues; parce que
profondément honorable lui-même, il ne croyait pas
qu'un gentilhomme pût faire une chose malhonnête.

Bigot, rendons-lui cette justice, apportait dans ses
relations avec Mlle de Saint-Castin, toute la sincérité
dont il était capable. Elle était au-dessus de lui par
son rang et sa fortune, et il l'aurait épousée s'il n'avait
pas appris que son projet soulevait l'indignation à la
cour de France. Il lui avait déjà offert son amour, qui
régnait en maître dans son cœur trop sensible.

Caroline espérait comme elle aimait. Nulle part la
terre n'était verdoyante, l'air pur, le ciel serein comme
sur les bords du bassin des Mines, ces lieux témoins de
ses tendres amours. Elle aimait avec cette passion
qui jette dans l'extase. Elle gardait les promesses
qu'elle faisait à cet homme, comme elle eut gardé ses
promesses faites à Dieu. Elle l'aimait plus qu'elle-
même, et elle était heureuse de souffrir pour lui et à
cause de lui.

Cette existence enchantée ne dura que quelques
mois. Un jour, Bigot reçut des lettres de Versailles.
C'était sa patronne, la marquise de Pompadour, qui lui
déclarait qu'elle lui avait trouvé une femme à la cour.

Bigot était trop lâche courtisan pour repousser l'inter-
vention de cette femme, et pas assez franc pour faire
connaître sa position à sa fiancée.   Il remit son mariage
à plus tard.   Les exigences de la guerre l'appelèrent
ailleurs.   Il avait gagné le cœur d'une pauvre femme
toute confiante, mais il avait trop appris à l'école
dissolue de la régence, pour sentir, en s'éloignant de la
plus aimée de ses victimes, autre chose qu'un regret
passager.

Quand il quitta l'Acadie, l'Acadie tombée aux mains
des Anglais, il quitta aussi le seul cœur véritablement
aimant qui crut encore en son honneur, et fit des vœux
pour sa fidélité.

L'heure du désenchantement arriva bientôt pour
Caroline.   Elle ne put se le cacher; l'homme qu'elle
aimait avec tant d'ardeur et de fidélité, l'avait lâchement trompée, lâchement abandonnée.

Elle apprit qu'il occupait la haute position d'intendant de la Nouvelle-France, mais elle se sentit oubliée,
comme la rose qui avait fleuri et s'était desséchée dans
son jardin sous les soleils d'autrefois.

Lors de la perte de la colonie, son père avait été appelé
en France.   Il allait revenir.   Jamais, elle le savait
bien, il ne lui pardonnerait d'entretenir un amour mé-
prisé.   Ce serait avec une implacable sévérité qu'il
repousserait tout projet de revoir celui qu'elle aimait
avec tant de passion.   Dans une heure d'aberration
causée par le plus violent désespoir, elle s'enfuit de la
maison, et s'en alla chercher un refuge dans la forêt,
chez ses parents éloignés, les Abénaquis.

Les sauvages l'accueillirent avec un grand plaisir, et
un profond respect; ils reconnaissaient ses droits à leur
dévouement, à leur obéissance.

Ils lui firent chausser les mocassins de la tribu, et
ayant reçu la confidence de ce qui causait chez elle un
chagrin mortel, ils la conduisirent à travers les bois épais
vers la ville de Québec.

C'est là qu'elle espérait retrouver l'intendant. Elle
ne voulait pas lui reprocher sa perfidie; elle l'aimait
trop pour cela. Mais elle voulait implorer sa pitié, ou
mourir à sa porte, s'il demeurait insensible. Tel avait
été le rêve insensé qui avait égaré sa pauvre tête, et lui
avait fait entreprendre une démarche inexcusable !

Et voilà comment la belle et noble Caroline de Saint-
Castin, ainsi que nous l'avons déjà expliqué, se trouvait
à Beaumanoir.

Mlle de Saint-Castin avait passé dans la prière, les
larmes et les gémissements, cette nuit de débauche.
Elle pleurait sur elle-même et sur Bigot, dont elle connaissait maintenant la dépravation. Parfois, dans son
désespoir, elle accusait la Providence d'injustice et de
cruauté; parfois, à la vue de sa faute immense, elle se
disait que toutes les peines de la terre ne sauraient la
racheter, et que la mort et le jugement de Dieu pouvaient seuls l'en punir justement.

Toute la nuit, à genoux au pied de l'autel, elle avait
demandé miséricorde et pardon. De temps en temps,
quand un écho de l'orgie venait jusqu'à elle et faisait
frémir la porte de sa chambre, elle se levait terrifiée.
Mais personne ne descendit près d'elle pour la consoler !
personne ne vit sa désolation ! Elle se croyait oubliée
de Dieu et des hommes.

Parfois aussi elle distinguait, dans ce concert déshono-
norant, la voix de l'intendant, et elle se demandait
comment elle avait pu aimer autant cet homme. Et
pourtant, elle était obligée de s'avouer qu'elle serait
encore prête à faire pour le revoir, ce qu'elle avait fait
depuis. Elle l'aimerait toujours cet ingrat ! Il était
infidèle et parjure, lui; mais elle, la mort seule la délie-
rait de ses serments !

Les heures suivirent les heures, et chacune lui parut
un siècle de souffrance. Le délire s'emparait de ses
esprits. Elle crut entendre la voix de son père en colère,
qui l'appelait par son nom; elle crut entendre les anges

accusateurs qui se moquaient d'elle à cause de sa faute. Elle s'affaissa dans un sombre désespoir, suppliant Dieu de mettre fin à sa misérable existence.

Bigot entra. Il la releva en lui murmurant des paroles de pitié. Elle porta sur lui un regard si plein de reconnaissance, qu'il en aurait été touché, s'il n'avait pas été de pierre. Mais elle exagérait le sens de ses paroles. Il était trop ivre pour réfléchir, trop insouciant pour rougir de sa démarche.

—Caroline, lui dit-il, que faites-vous ici ? C'est le temps de s'amuser, et non de prier. La noble compagnie qui est dans la grande salle, désire présenter ses hommages à la dame de céans. Venez avec moi.

Il lui offrit le bras avec une grâce qui lui faisait rarement défaut, même dans ses plus mauvais moments. Caroline le regarda tout étonnée, sans comprendre.

—Aller avec vous ! balbutia-t-elle, je le veux bien, vous le savez, mais où m'emmenez-vous ?

—Dans la grande salle. Mes nobles hôtes désirent vous voir et rendre hommage à votre beauté.

Elle comprit ce qu'il voulait. Ce fut un éclair. Elle ne s'était jamais sentie tant offensée dans sa dignité de femme. Pâle de honte et de terreur, elle retira vivement sa main.

—Monter à la grande salle ! frémit-elle, en reculant toujours, aller me donner en spectacle à vos convives ? François Bigot ! épargnez-moi cette honte et cette humiliation ! Je suis devenue méprisable, je le sais, mais, ô mon Dieu ! je ne suis point assez vile pour être montrée, comme une infâme, à ces hommes ivres qui m'appellent à grands cris ! oh ! non !

—Bah ! vous vous occupez trop des convenances, Caroline, répliqua Bigot, qui s'inquiétait un peu de son attitude. Comment ! les plus belles dames de Paris ne trouvaient pas déplacé de paraître en costume d'Hébé et de Ganymède, devant le régent duc d'Orléans, pendant les beaux jours de la jeunesse du roi, et plus tard elles firent la même chose, dans l'une des plus grandes fêtes que le roi donna à Choisy... Ainsi, venez, ma chère, venez !

Il l'entraîna vers la porte.

—Epargnez-moi ! François ! s'écria-t-elle, en tombant à genoux, le visage caché dans ses mains et fondant en larmes. Epargnez-moi ! François ! Oh ! pourquoi Dieu ne m'a-t-il pas fait mourir, avant que vous soyez venu me commander une chose que je ne peux pas faire, que je ne veux pas faire ! ajouta-t-elle, en lui saisissant les mains.

—Je n'ordonne pas, Caroline; je vous fais part du vœu exprimé par mes convives. Non, ce n'est pas moi qui exige cela; j'y consens pour leur faire plaisir, répondit Bigot.

Il était touché de ses larmes et de ses supplications. Il n'avait pas prévu une aussi pénible scène.

—Oh ! merci ! François ! merci de cette bonne parole !... Je savais bien que vous ne me commandiez pas une chose aussi honteuse. Vous n'êtes pas sans pitié pour l'infortunée Caroline... non, vous ne la montrerez pas à ces hommes...

—Non ! répliqua-t-il avec impatience, ce n'est pas moi, c'est Cadet qui a eu cette idée ! Il devient fou quand il boit trop; moi aussi, sans cela je ne l'aurais jamais écouté ! Tout de même, Caroline, j'ai promis de vous amener, et mes amis vont se moquer de moi s'ils me voient revenir seul... Viens, pour l'amour de moi, Caroline !...Arrange un peu ces beaux cheveux en désordre; je vais être fier de toi, va, ma Caroline ! Il n'y a pas une femme en Nouvelle-France qui peut t'être comparée, ô ma belle Caroline !

—François ! dit-elle avec un sourire plein de tristesse, il y a longtemps que vous me parlez ainsi... je veux réparer le désordre de mes cheveux, mais pour vous seul...

Rougissante, elle roula de sa main habile, comme une couronne autour de son front, ses longues tresses noires. Elle ajouta :

—Un jour, il m'en souvient, je serais allée au bout du monde pour vous entendre dire ces douces paroles... Hélas ! c'est fini ! vous ne pouvez plus être orgueilleux de moi comme aux jours heureux d'autrefois, quand nous étions à Grand-Pré ! Non, ces jours d'amour et d'ivresse ne reviendront plus jamais ! jamais !

Bigot gardait le silence; il ne savait plus ce qu'il devait répondre, ni ce qu'il avait à faire. La transition de la salle de l'orgie aux plaintes et aux larmes de l'alcôve l'avait dégrisé. Avec sa raison, il avait aussi retrouvé un peu de douceur.

—Caroline, dit-il, je n'insisterai pas davantage. On me dit méchant et vous me croyez tel; mais je ne suis pas brutal. C'est une promesse que j'ai faite étant ivre. Varin, cet animal d'ivrogne, vous a appelée la reine Vasthi et m'a supplié de vous amener dans la salle du festin, pour que tous vous admirent; et moi, j'ai juré que pas une des beautés qu'ils vantent n'est comparable à vous...

—Le sieur Varin m'a appelé la reine Vasthi ? Hélas ! il est peut-être bon prophète sans le savoir ! fit-elle avec une amertume profonde. La reine Vasthi refusa d'obéir au roi qui lui commandait de lever son voile pour que les grands de la cour, réunis dans une fête bachique, fussent témoins de sa beauté. Elle fut chassée et une autre monta sur le trône à sa place. Telle pourrait bien être ma destinée, François !

—Alors, vous ne voulez pas venir, Caroline ?

—Non ! tuez-moi si vous le voulez, et portez-leur mon cadavre !.... mais, jamais vivante, je ne paraîtrai devant des hommes... C'est à peine si je puis soutenir votre regard, François, ajouta-t-elle en détournant ses yeux pleins de larmes et sa figure rouge de honte.

—C'est bien, Caroline, reprit Bigot qui admirait réellement son esprit et son énergie, ils finiront sans vous voir leur joyeuse fête. Ils boiront sans vous aux torrents de vin qui coulent depuis la nuit !

—Et les pleurs coulent ici, dit-elle tristement... les pleurs coulent bien abondants !... Puissiez-vous, François, n'en jamais connaître l'amertume !...

Bigot marchait d'un pas mieux affermi qu'à son arrivée. Les fumées du vin se dissipaient. C'était au moment où les convives chantaient la chanson qu'avait entendue le colonel Philibert en arrivant au château. A peine le refrain fut-il achevé que des coups, répétés avec une fiévreuse impatience, firent retentir la porte.

—Ma chère enfant, dit-il, repose-toi, maintenant, calme-toi. François Bigot n'oublie pas les sacrifices que tu as faits pour son amour. Il faut que j'aille rejoindre les hôtes qui m'appellent ou plutôt te demandent à grands cris.

Il voulut s'éloigner.

—François ! dit-elle en le retenant par la main,—elle tremblait et sa voix était douce et plaintive,—François ! si vous vouliez renoncer à la société de ces hommes et bannir de votre table ces malheureux excès, la bénédiction du Seigneur descendrait sur votre tête et le peuple vous aimerait encore... François! vous pouvez devenir aussi bon que vous êtes grand. Il y a longtemps que je voulais vous parler ainsi, et je n'osais jamais, j'avais peur. Aujourd'hui, je suis sans crainte, car vous venez de vous montrer plein de bonté pour moi.

Bigot ne pouvait être tout à fait insensible à cette voix remplie de douceur et de tristesse; mais il était le jouet d'influences étrangères et ne s'appartenait plus.

—Caroline ! répondit-il, votre conseil est sage et bon comme vous-même; j'y songerai pour l'amour de vous, sinon pour moi. Adieu ! pauvre chère ! allez vous reposer. Ces veilles douloureuses vous tuent et je veux que vous viviez pour voir des jours meilleurs et plus beaux.

—Je le veux bien, fit-elle, en l'enveloppant d'un regard débordant de tendresse. Après ces bonnes paroles, je vais bien reposer, ô mon François ! Jamais la rosée du ciel n'a été douce aux fleurs comme votre voix à ma pauvre âme...

Bigot sortit plus triste et meilleur qu'il n'avait jamais été. Mais ce ne fut que pour un moment.

Caroline, vaincue par les émotions, rentra dans sa chambre, et se jeta sur sa couche, implorant les bénédictions du ciel sur celui qui l'avait si cruellement trahie; mais quand l'amour parle au cœur de la femme, elle ne sait que s'apitoyer, compatir et pardonner chaque fois qu'on l'offense.

—Ha ! ha ! fit Cadet en voyant rentrer l'intendant dans la salle toute retentissante des éclats du délire, ha ! ha ! Son Excellence propose et la dame dispose ! Elle a une volonté à elle, la belle dame ! et elle refuse d'obéir. En vérité, l'intendant a l'air de venir de Quimper-Corentin où l'on ne trouve jamais rien de ce que l'on cherche.

—Silence ! Cadet ! pas de folies ! répliqua Bigot avec impatience, bien que d'ordinaire il souffrit que l'on dit en sa présence des choses bien pires.

—Des folies ? c'est vous qui en faites, Bigot !

Cadet pouvait dire tout ce qu'il lui plaisait, et il ne se gênait nullement.

—Avouez, Excellence, continua-t-il, qu'elle est aussi cagneuse que Saint-Pedauque de Dijon. Elle n'ose pas marcher sur nos tapis, parce qu'elle a peur de nous montrer ses grands pieds !

Cette grosse plaisanterie arracha un éclat de rire à Bigot. Les pouvoirs occultes de la salle du banquet l'emportaient sur ceux de la chambre secrète. Il répliqua avec politesse cependant :

—Je l'ai dispensée de paraître, Cadet. Elle est indisposée… ou elle n'aime pas à se montrer… ou elle a d'autres raisons, et quand une femme donne une raison un gentilhomme n'insiste pas.

—Dieu du ciel! murmura Cadet, le vent souffle d'un point nouveau : il fraîchit et vient de l'est; gare à l'orage !

Et avec toute la gravité que peut avoir un homme ivre, il se mit à chanter ce refrain de chasse de Louis XIV :

> Sitôt qu'il voit sa chienne,
> Il quitte tout pour elle.

Bigot partit d'un grand éclat de rire.

—Cadet, dit-il, quand tu es ivre, tu es le plus grand bandit de la chrétienté, et tu en es le plus fin coquin lorsque tu es à jeun. Laissons reposer la belle et buvons en son honneur. Valets, apportez de l'eau-de-vie ! Nous nous demanderons s'il est jour quand minuit sonnera à la vieille horloge du château.

Les coups de Philibert retentirent de plus en plus fort et furent entendus jusque dans la salle ! Bigot ordonna aux valets d'aller voir qui se permettait de troubler ainsi la fête.

—Ne laissez entrer personne ! Il est défendu d'ouvrir quand la grande compagnie est assemblée pour traiter d'affaires. Prenez des fouets, valets, et chassez l'insolent !… quelque misérable habitant, je parie, qui s'en vient pleurnicher parce que les pourvoyeurs du roi lui auront pris des œufs et du lard !

Un serviteur revint, portant une carte sur un plateau d'argent.

—Un officier en uniforme attend Votre Excellence, dit-il à Bigot; il apporte des ordres du gouverneur.

Bigot regarda la carte en fronçant les sourcils, et ses yeux étincelèrent quand il lut le nom.

—Le colonel Philibert ! exclama-t-il, l'aide de camp du gouverneur ! Qu'est-ce qui l'amène à pareil moment ? Entendez-vous ? continua-t-il en se tournant vers Varin.   C'est votre ami de Louisbourg, celui qui allait vous mettre dans les fers, et vous envoyer en France pour vous faire juger, quand la garnison menaça de livrer la place parce que nous ne voulions pas la payer.

Varin n'était pas tellement ivre qu'il ne sentît la rage lui monter au cœur, à ce nom de Philibert.   Il jeta sa coupe sur la table :

—Je ne boirai pas une goutte tant qu'il ne sera pas sorti ! s'écria-t-il.   Vil cou croche de la Galisonnière ! ne pouvait-il pas envoyer un autre messager à Beaumanoir ? Mais je garde son nom sur ma liste; il me paiera tôt ou tard ses insolences de Louisbourg !

—Tut ! tut ! fermez vos livres; vous êtes trop commerçants pour des gentilshommes, fit Bigot.   Il s'agit de décider si nous allons permettre à Philibert de nous apporter ses ordres ici; par·Dieu ! nous ne sommes guère présentables.

Présentables ou non, il avait à peine achevé que Philibert, las d'attendre et trouvant la porte ouverte, se précipita à l'intérieur.   Il parut dans la grande salle.

Un moment, il s'arrêta stupéfait devant la scène dégoûtante qui s'offrait à son regard.

Il se sentit écœuré par ces visages enluminés, ces langues embarrassées, ce désordre, ces ordures, cette puanteur de l'orgie.   Il eut peine à contenir son indignation, à la vue de tant de gens de haut rang et de hautes positions, qui se vautraient encore à pareille heure dans la débauche.

Bigot était trop habile pour manquer de politesse.

—Vous êtes le bienvenu ! colonel Philibert, dit-il; vous n'étiez pas attendu, mais vous êtes le bienvenu. Approchez; voyez d'abord, avant de vous acquitter de votre message, l'hospitalité qui se donne à Beaumanoir.

Vite, serviteurs, des coupes nouvelles et des carafes pleines en l'honneur du colonel Philibert.

—Merci pour tant de politesse, chevalier. Vous me pardonnerez bien si je m'acquitte de mon message immédiatement; mon temps ne m'appartient pas aujourd'hui, et je ne puis m'asseoir. Son Excellence le gouverneur désire votre présence et celle des commissaires royaux au conseil de guerre qui aura lieu cet après-midi. On vient de recevoir des dépêches du pays, par le *Fleur de Lys;* et il faut que le conseil s'assemble immédiatement.

Philibert songea à l'importance des questions qui allaient être discutées; il pesa l'attitude de ces hommes qui allaient former le conseil, et une rougeur subite lui monta au front. Il refusa de boire et s'éloigna de la table en saluant l'intendant et ses compagnons.

Il se retirait. Alors, de l'autre côté de la table une voix lui cria :

—Mais, par tous les dieux ! c'est lui ! Pierre Philibert, arrête !

Le Gardeur de Repentigny se précipita comme un tourbillon, renversant chaises et convives, tout ce qui lui barrait le chemin. Il courut vers le colonel. Celui-ci ne le reconnut pas à cause du désordre de ses vêtements et de sa figure, et le repoussant pour ne pas subir ses embrassements.

—Mon Dieu, Pierre ! est-ce que tu ne me reconnais pas ? fit Le Gardeur, piqué au vif. Je suis Le Gardeur de Repentigny. Regarde-moi bien, mon cher ami, voyons ! regarde-moi bien...

Philibert fixa sur lui un regard tout plein d'étonnement et de douleur :

—Toi ? toi, Le Gardeur de Repentigny ? est-ce possible ? Le Gardeur ne t'a jamais ressemblé; Le Gardeur ne s'est jamais mêlé à des gens comme ceux que je vois !

Philibert avait échappé ces dernières paroles. Heureusement pour lui, elles furent étouffées par le tapage de la salle; sans cela il aurait pu les payer de sa vie.

—C'est cependant moi, Pierre ! regarde-moi encore, reprit Le Gardeur; je suis bien celui que tu as un jour retiré du Saint-Laurent; je suis le frère d'Amélie.

Philibert regarda fixement Le Gardeur, et il ne douta plus. Il l'attira sur sa poitrine, disant d'une voix émue et pleine de pitié :

—Oh ! Le Gardeur ! je te reconnais maintenant ! mais où et comment je te retrouve ! Combien de fois j'ai rêvé de te revoir encore ! mais dans la chaste et vertueuse maison de Tilly, jamais ici! Que fais-tu ici, Le Gardeur ?

—Pardonne-moi, Pierre ! je sais comme il est honteux d'être ici.

Sous le regard de son ami, Le Gardeur s'était tout à coup transformé; il était devenu un autre homme. La surprise semblait l'avoir dégrisé.

—Ce que je fais ici, mon cher ami ! reprit-il, en portant ses regards autour de la salle, c'est plus aisé à voir qu'à dire. Mais, par tous les saints ! j'en ai fini ! Tu retournes à la ville tout de suite, Pierre ?

—Tout de suite, Le Gardeur, le gouverneur m'attend.

—Alors je m'en retourne avec toi. Ma bonne tante et ma sœur sont à Québec. J'ai su ici même leur arrivée; j'aurais dû partir sur-le-champ, mais le vin de l'intendant a eu trop d'empire sur moi. Qu'ils soient tous maudits ! parce qu'ils m'ont déshonoré à tes yeux, Pierre... et aux miens !

Philibert tressaillit en apprenant qu'Amélie était à Québec.

—Amélie est en ville ? répéta-t-il d'une voix joyeusement surprise; je n'espérais pouvoir sitôt lui présenter mes hommages, à elle et à Mme de Tilly.

Son cœur battait fort à la pensée de revoir cette belle jeune fille dont le souvenir avait depuis tant d'années

embelli ses rêves les plus suaves et inspiré ses actions
les plus nobles.

—Viens, Le Gardeur, dit-il, prenons congé de l'intendant et regagnons la ville; mais pas dans l'état où
tu es, ajouta-t-il en souriant, au moment où Le Gardeur
le prenait par le bras pour sortir.   Pas dans cet état,
Le Gardeur; baigne-toi, lave-toi, purifie-toi; je vais
attendre au grand air, dehors.   L'odeur de cette pièce
me suffoque.

—Le Gardeur ! cria Varin, de l'autre côté de la table,
vous n'allez pas nous quitter, j'espère, et forcer les gens
à se séparer? Attendez un peu; nous allons boire quelques rondes encore et nous partirons tous ensemble.

—J'ai fini mes rondes, pour aujourd'hui, Varin;
puissé-je avoir fini pour jamais! Le colonel Philibert
est mon meilleur ami; vous êtes à même de le suivre;
ainsi, excusez-moi.

—Vous êtes excusé, Le Gardeur, répliqua Bigot avec
d'autant plus de politesse qu'il détestait cette amitié
entre Philibert et Le Gardeur. Nous devons tous
partir quand les cloches de la cathédrale sonneront
midi, ajouta-t-il. Acceptez le coup d'adieu, Le Gardeur,
et décidez le colonel à l'accepter aussi, car j'ai peur qu'il
ne loue guère notre hospitalité.

—Pas une goutte de plus, aujourd'hui ! serait-ce de
la coupe de Jupiter lui-même !

Le Gardeur repoussait d'autant mieux la tentation
qu'il sentait son ami Philibert le tirer par sa manche.

—C'est bien, comme vous voudrez, Le Gardeur; du
reste, je crois que nous en avons tous assez, peut-être
trop, même.

Et il se mit à rire.   Il ajouta :

—Je crois que le colonel Philibert nous fait rougir, ou
plutôt nous ferait rougir, si nous ne portions déjà sur
nos visages les teintes vermeilles de Bacchus.

Philibert, avec une politesse tout officielle, dit adieu
à l'intendant et aux convives.

Deux valets servirent Le Gardeur.   Il se mit au bain et prit des vêtements nouveaux.   Un peu plus tard, il sortait du château, à peu près sobre, et transformé en un brillant chevalier.   Seulement, autour des yeux, une rougeur cuisante restait pour raconter la débauche de la nuit.

A la porte du château, assis avec la gravité d'un juge, sur le montoir, maître Pothier écoutait, en attendant le retour du colonel Philibert, les bruits joyeux de l'intérieur, le chant, la musique et le choc des coupes; et tout cela formait à son avis, le plus harmonieux concert qu'il fut possible d'imaginer.

—Je n'ai pas besoin de vous pour m'en retourner, maître Pothier, voici votre salaire, lui dit Philibert en lui mettant quelques pièces d'argent dans la main.   Ma cause est gagnée ! ajouta-t-il.   N'est-ce pas, Le Gardeur ?

Il regardait son ami d'un air de triomphe en disant cela.

—Bonsoir, maître Pothier ! dit-il au vieux notaire, et il s'éloigna en compagnie de son ami.

Le vieux notaire ne pouvait pas les suivre; il alla cahotant, par derrière, pas fâché d'avoir le temps et le loisir de conter et faire sonner ses pièces de monnaie. Il était dans cet heureux état d'un homme dont les espérances sont plus que réalisées. Il se voyait à l'auberge de la bonne dame Bédard, dans la charmante petite salle à manger, bien assis dans le vieux fauteuil, le dos tourné au foyer, le ventre appuyé à la table, un plat de rôti fumant devant lui, une bouteille de cognac d'un côté, un flacon de cidre de Normandie de l'autre, et avec lui, pour boire et manger mieux, un ou deux bons compères.   Alerte, avec des pieds mignons et des mains habiles, la belle Zoé Bédard s'empressait à le servir.

Oui ! ce tableau d'un bonheur parfait flottait devant les yeux fatigués de maître Pothier, et il était ravi de cet Eden nouveau, sans arbres et sans fleurs, mais orné

de tables, de coupes, de plateaux et de tout ce qu'il
fallait pour les bien remplir.

—Un digne gentilhomme et un brave officier ! je le
jure ! disait-il en galopant. Il est généreux comme un
prince, attentif comme un évêque, capable de faire un
juge, et un juge en chef, encore ! Que voudriez-vous
faire pour lui, maître Pothier ? Je réponds à l'interrogation de la cour : je ferais son contrat de mariage, je
rédigerais ses dernières volontés, son testament, avec le
plus grand plaisir et gratuitement. Pas un notaire,
dans toute la Nouvelle-France, ne pourrait faire plus !
Alors son imagination vagabonde se porta sur un texte
qu'il aimait beaucoup, «la grande nappe toute couverte
d'oiseaux et de poissons de diverses espèces, bons à
manger,» et il répéta les paroles bibliques; mais la langue
lui fourcha, et au lieu de dire : Pierre, lève-toi, tue et
mange ! il cria : Pothier, lève-toi, tue et mange !

IX

Le colonel Philibert et Le Gardeur galopaient à travers la forêt de Beaumanoir. Ils se rappelaient avec une douce émotion les principaux incidents de leur vie depuis leur séparation, évoquaient les temps du collège, les jours de congé, les courses dans les bois de Tilly; et toujours, dans ces évocations du passé, ils voyaient apparaître la douce figure de leur gentille compagne Amélie de Repentigny. Ce nom d'Amélie, quand il passait sur les lèvres de Le Gardeur, ce nom d'Amélie résonnait d'une manière plus suave aux oreilles de Philibert, que les cloches harmonieuses de Charlesbourg.

L'homme le plus brave de la Nouvelle-France ne put s'empêcher de trembler, quand avec une apparente indifférence, il demanda si Amélie se souvenait encore de lui; il avait été si longtemps éloigné ! Il trembla et son cœur cessa presque de battre, car son bonheur, il le sentait bien, ne dépendait plus que d'un mot.

—Si elle se souvient de toi, Pierre Philibert, exclama Le Gardeur, avec impétuosité, elle m'oublierait plutôt que de t'oublier ! Sans toi elle n'aurait plus de frère aujourd'hui. Elle unit nos deux noms dans ses prières de chaque jour; elle prononce le tien par reconnaissance, le mien par pitié, car je suis indigne d'elle, et plus que toi, j'ai besoin de son aide. Philibert, tu ne connais pas Amélie, si tu la crois capable d'oublier un ami comme toi !

Philibert tressaillit d'une grande joie. Trop heureux pour parler, il chevaucha quelque temps en silence. Et après quelques moments :

—Elle doit être bien changée? demanda-t-il.

—Changée ? oh ! oui, répondit Le Gardeur tout gaiement.   C'est à peine si je puis reconnaître, dans la belle et grande dame d'aujourd'hui, nos gentils petits yeux noirs d'autrefois.   Mais, par exemple, c'est toujours le même cœur aimant, le même esprit chaste, les mêmes manières élégantes, le même sourire enchanteur. Elle est peut-être un peu plus silencieuse, et un peu plus pensive qu'autrefois; peut-être un peu plus particulière dans l'observation de ses pratiques religieuses.   Tu t'en souviens, je l'appelais souvent pour rire, notre sainte Amélie; je pourrais l'appeler ainsi pour tout de bon, aujourd'hui, et en vérité, elle le mérite.

—Dieu te bénisse, Le Gardeur ! Dieu bénisse Amélie! fit le colonel, qui ne put maîtriser son émotion... Crois-tu qu'elle me verrait avec plaisir, aujourd'hui ? ajouta-t-il.

Les douces pensées de Philibert s'envolaient déjà vite et loin.   Il voulait en savoir davantage sur la charmante enfant d'autrefois et son désir ardent, mêlé d'une crainte vague, devenait un supplice.   Elle pouvait bien, en effet, se disait-il, se souvenir de Pierre Philibert enfant, comme elle pouvait se souvenir d'un rayon de soleil qui aurait doré des étés enfuis depuis longtemps; mais comment pourrait-elle le retrouver, sous les traits de l'homme fait ? Hélas ! ne se plaisait-il pas à nourrir un amour fatal qui finirait par le tuer ? N'était-elle point fiancée déjà ? n'avait-elle point déjà donné son amour à un autre ? Elle était si belle, si aimable ! et il y avait tant de vaillants et nobles prétendants dans la capitale!

Ce fut donc à dessein qu'il dit :

—Crois-tu qu'elle me verrait avec plaisir aujourd'hui, Le Gardeur ?

—Si elle te verrait avec plaisir ? En voilà une question.   Elle et ma tante ne perdent pas une occasion de me parler de toi.   Elles te citent comme exemple de vertu, pour me faire rougir de mes fautes, et elles ne

perdent pas leur temps. C'est fini ! Cette main ne
portera plus jamais une goutte de vin à mes lèvres; je
la donnerais à couper ! Et dire que tu m'as trouvé en
pareille compagnie ! Que vas-tu penser de moi ?

—Je pense que tes regrets ne sont pas plus sincères
que les miens. Mais dis-moi comment tu as été entraîné dans cet abîme ?

—Oh ! je ne le sais pas trop, répondit Le Gardeur;
je me suis trouvé au fond du gouffre avant d'y songer.
Je suppose que j'ai été entraîné par le vin généreux
et les enchantements de Bigot, et surtout par la plus
dangereuse des séductions, le sourire d'une femme.
Voilà ! tu sais ma confession maintenant, et je te jure,
Pierre, que je passerais mon épée au travers du corps de
tout autre que toi, qui s'aviserait de me demander ainsi
compte de mes actes. Je me sens mourir de honte,
Pierre Philibert.

—Merci de ta confiance, Le Gardeur; j'espère que tu
vas fuir le danger maintenant.

Et il lui tendit sa main ferme et franche. Le Gardeur
la pressa longtemps dans la sienne.

—Penses-tu, lui demanda Philibert en riant, qu'elle
soit encore capable de tirer un ami du danger ?

De Repentigny comprit l'allusion, et le remercia d'un
regard débordant de reconnaissance.

—Et en outre de ma main, continua Philibert, n'y
a-t-il pas les mains pures d'Amélie qui intercèdent pour
toi ?

—Ma bien-aimée sœur ! s'écria-t-il, je ne suis qu'un
lâche en face d'elle, et je rougis de paraître en sa chaste
présence !

—Courage, Le Gardeur ! quand on a honte de ses
fautes, on n'est pas loin de s'en corriger. Sois franc
avec ta sœur comme tu l'es avec moi, et elle t'arrachera,
malgré toi, aux enchantements de Bigot, de Cadet, et
surtout aux charmes de ces invincibles sourires qui t'ont,
m'as-tu avoué, attiré dans le mauvais courant de la vie.

—Je crains qu'il ne soit trop tard, Pierre ! cependant je sais bien que mon Amélie ne m'abandonnerait jamais, lors même que tous mes amis s'éloigneraient de moi. Elle ne me ferait seulement pas un reproche, excepté par affection.

En attendant cet éloge de la femme qu'il aimait, Philibert reposa sur son ami un regard d'admiration. Le Gardeur ressemblait tellement à Amélie que Pierre crut apercevoir tout à coup dans sa figure, l'image ravissante de la jeune fille.

—Tu ne résisteras pas à ses prières, Le Gardeur !

Il pensait, lui, que c'était chose impossible.

—Nul ange gardien, continua-t-il, ne s'est jamais attaché à un pécheur comme elle s'attachera à toi ; c'est pourquoi je suis plein d'espoir, ô mon Le Gardeur !

Les deux voyageurs sortirent de la forêt, et vinrent s'arrêter à l'hôtellerie de la *Couronne de France*, pour faire boire leurs chevaux dans l'auge, à la porte. Dame Bédard s'avança pour les saluer. Ils lui dirent que maître Pothier, toujours sur son bidet, venait là-bas, d'un pas tranquille et lent, comme il convenait à la profession.

—Oh ! maître Pothier sait toujours trouver le chemin de la *Couronne de France*, répondit-elle. Mais, est-ce que vos honneurs ne prendront pas une goutte de vin ? Il fait chaud, et les chemins sont poussiéreux. Un cavalier qui ne boit point fait suer son cheval, vous savez, comme dit un vieux proverbe ?

Elle se mit à rire.

Les gentilshommes s'inclinèrent en la remerciant. Alors Philibert aperçut la jolie Zoé, les yeux attachés sur une grande feuille de papier, marquée d'un sceau rouge ; elle cherchait à débrouiller l'écriture assez bizarre du vieux notaire.

Zoé, comme les autres filles de sa condition, avait reçu au couvent une teinture des principales connaissances. Cependant, bien que le papier qu'elle étudiait

avec tant d'attention fût son contrat de mariage, elle
avait de la peine à faire le triage des quelques bribes de
bon sens qui flottaient sur cette mer de verbiage légal.
Avec sa parfaite intelligence des prétentions du *meum*
et du *tuum*, elle en arriva vite cependant, à la conclusion
fort satisfaisante que son contrat de mariage avec
l'honnête Jean Lachance n'était pas sans mérite.

Elle surprit le regard de Philibert et rougit jusque
dans le blanc des yeux; elle rejeta vivement le papier et
répondit, par un salut, à l'adieu des gentilshommes qui
s'éloignèrent d'une course rapide, sur la grande route
de la ville, après avoir abreuvé leurs chevaux.

Babet Le Nocher, vêtue de sa robe neuve, assez
courte pour laisser paraître dans leurs bas de laine, deux
pieds si mignons, que bien des duchesses en auraient été
jalouses, était assise sur le banc de la gondole, et tri-
cotait. Elle portait ses cheveux noirs selon la mode
dont parle le grave Kalm, dans sa relation de la Nouvelle-France, quand il dit : «Les paysannes portent toutes
leurs cheveux bouclés. Et ainsi, comme elles sont
jolies !»

—Sur ma vie ! dit-elle à Jean, qui savourait une pipe
de tabac canadien, voilà le bel officier qui revient, et
aussi vite qu'il s'en est allé !

—Il est évident, ma chère Babet, qu'il marche pour
le roi ou pour lui-même. Une belle dame attend son
retour avec impatience, ou bien l'a envoyé porter un
message. Il n'y a qu'une femme, Babet, pour mettre
du vif argent dans les pieds d'un homme.

—Ou de la folie dans la tête, répliqua Babet en riant.

—Et rien de plus naturel, Babet, puisque c'est
comme cela que vous nous aimez. Mais ils sont deux.
Qui donc accompagne le gentilhomme ? Tes yeux sont
meilleurs que les miens, Babet.

—C'est bien ce que je t'ai toujours dit, Jean, et tu
ne m'as jamais crue. Fie-toi à mes yeux, et défie-toi
des tiens... L'autre gentilhomme, dit-elle, en regardant

fixement, pendant que son tricot dormait sur son jupon,
l'autre gentilhomme est le jeune chevalier de Repentigny.
Comment se fait-il qu'il revienne avant les autres ?
Cela m'étonne.

—Cet officier doit venir de Beaumanoir, et il ramène
le jeune seigneur, fit Jean, en soufflant de ses narines
une longue bouffée de fumée.

—Il doit y avoir quelque chose de meilleur que la
fumée, Jean.

Elle toussa; elle n'avait jamais aimé la pipe.

—Le jeune chevalier, reprit-elle, est toujours l'un des
derniers à revenir, quand ils ont leurs trois jours de fête
au château, pour couronner la partie de chasse ! Il est
mal parti, hélas ! il est à plaindre. Un si beau, si
galant cavalier !

—Des mensonges! des calomnies! répliqua Jean avec
chaleur. Le Gardeur de Repentigny est le fils de mon
vieux seigneur. Il est possible qu'il s'enivre, mais il
se comporte comme un gentilhomme et non comme un
charretier, comme un...

—Comme un batelier, Jean ! Je ne parle pas de toi,
car depuis que je prends soin de ta boisson, il n'y a pas
de meilleur buveur d'eau que toi.

—Bah ! ma femme, ta vue m'enivre suffisamment.
Deux yeux clairs comme les tiens, une pipe, un bitter
et le *benedicite* avant le dîner, en voilà assez pour
sauver un chrétien.

Les cavaliers arrivaient. Il se leva, ôta sa tuque
rouge et salua poliment. Le Gardeur sauta de cheval
et vint lui serrer la main. Jean avait été un serviteur
de Tilly, et le jeune seigneur était trop bien élevé pour
ne pas témoigner quelque égard, même au plus humble
de ceux qu'il avait connus.

—Eh bien, Jean, dit-il amicalement, le vieux passeur
a-t-il bien de la besogne aujourd'hui ?

—Non, votre honneur; mais hier, par exemple, je
crois que la moitié de la rive nord a traversé pour aller

à la corvée du roi.   Les hommes venaient travailler
et les femmes suivaient les hommes.

Il regarda Babet d'un œil provocateur.   Elle répliqua
hardiment :

—Et pourquoi les femmes ne suivraient-elles pas les
hommes ? Ils sont assez rares dans la colonie depuis
que cette guerre affreuse est commencée; on peut bien
prendre soin de ceux qui restent.

—C'est vrai comme un sermon du dimanche, répondit
Jean.   L'autre jour, ce noble étranger qui est l'hôte de
Son Excellence le gouverneur, disait, ici même, dans
ma propre barque, qu'il y a maintenant quatre femmes
pour un homme en la Nouvelle-France...Si c'est vrai,
Babet,—et tu sais que c'est vrai, qu'il a dit cela, tu en
étais assez fâchée,—alors un homme vaut beaucoup
maintenant, et les femmes sont communes comme les
œufs au temps de Pâques.

—C'est vrai que ce monsieur ne s'est pas gêné pour
parler, reprit Babet, vivement; il perdait moins son
temps quand il cueillait des herbes pour en emplir son
livre.

—Allons ! allons, fit Le Gardeur, interrompant cette
discussion sur la population, la Providence connaît le
mérite des femmes canadiennes, et elle ne saurait nous
en donner trop.   Nous sommes pressés d'arriver, Jean;
embarquons ! Ma tante et Amélie sont ici dans l'ancienne demeure; elles seront bien aises de vous voir, ainsi
que Babet, ajouta-t-il avec bonté en mettant le pied
sur le bateau.

Babet fit sa plus gracieuse révérence, et Jean, tout
à son devoir, lança sa barque avec les deux gentilhom-
mes et leurs chevaux, à travers les flots clairs de la
rivière Saint-Charles.   Il accosta au quai du roi. Les
cavaliers se remirent en selle, passèrent devant le vaste
palais de l'intendant, montèrent la côte des chiens,
s'enfoncèrent sous la porte de la côte de la Canoterie,
qui a depuis pris le nom de porte Hope,—et disparurent

aux yeux de Babet, qui les avait suivis avec un sentiment d'admiration. Elle était surtout occupée du
bel officier en uniforme; il s'était montré si poli, si généreux, le matin.

—J'avais peur, Jean, que tu ne fisses quelque allusion
à Mlle des Meloises, dit-elle à son mari, dès qu'il fut
de retour; les hommes sont si indiscrets.

—Sur un bateau qui fait eau, Babet, n'embarquez pas
de femmes, vous iriez vite au fond.   Mais pourquoi me
parles-tu de Mlle des Meloises ?

Une heure auparavant, l'honnête Jean avait traversé
dans sa barque la belle jeune fille, et s'il n'en dit rien à
Le Gardeur, ce ne fut pas manque d'envie assurément.

—Pourquoi parler de Mlle des Meloises ? reprit
Babet, est-ce parce que tout Québec sait que le seigneur
de Repentigny est fou d'elle?

—Et pourquoi ne serait-il pas fou d'elle, si cela lui
plaît de l'être ? C'est un morceau de roi que cette fille-
là, et si Le Gardeur perd pour elle le cœur et la tête, il
ne fera que ce qu'ont fait la moitié des galants de Québec.

—Oh ! Jean ! Jean ! il est facile de voir que tu as
encore des yeux et un cœur...

Et Babet se mit à tricoter avec une vigueur nouvelle.

—J'avais des yeux pour te voir, Babet, quand je t'ai
choisie, et j'avais un cœur pour t'aimer, fit Jean en
éclatant de rire.

Babet paya le compliment d'un charmant sourire.

—Regarde Babet, je ne donnerais pas cette prise de
tabac, dit Jean en montrant son pouce et son index
pleins de la piquante poussière, je ne donnerais pas
cette prise pour le jeune homme qui resterait indifférent
devant une fille aussi belle que Angélique des Meloises.

—Alors, je suis bien aise que tu n'aies pas dit au
seigneur de Repentigny qu'elle a traversé pour aller
voir quelqu'un qui n'est pas lui, j'en suis bien sûre...
Je te conterai quelque chose, tout à l'heure, Jean, si tu
veux venir dîner.   Viens ! j'ai un mets à ton goût.

—Qu'est-ce donc, Babet ?

Jean, après tout, aimait presque autant un bon dîner qu'une jolie femme.

—Quelque chose que tu aimes bien...C'est un secret de femme cela : tenir bien chaud l'estomac d'un homme, pour que son cœur ne se refroidisse point. Que dis-tu d'une anguille rôtie ?

—Bravo ! cria le gai batelier, et il se mit à chanter :

> Ah ! ah ! ah ! frite à l'huile,
> Frite au beurre et à l'oignon !

Et les deux époux rentrèrent dans leur maisonnette, plus heureux que les rois dans leurs palais somptueux.

X

AMELIE DE REPENTIGNY

La maison de ville de Mme de Tilly se trouvait en haut de la place d'Armes. La place d'Armes était un carré assez large, et grossièrement pavé. Tout un côté était occupé par le château Saint-Louis, un massif édifice au toit élevé et pointu. Sur un autre côté, au milieu des arbres antiques que la hache des compagnons de Champlain avait épargnés, s'élevait le vieux monastère des Récollets, avec un beffroi altier, et son vaste portique ombragé, où les moines, en robe grise et en sandales venaient, en été, lire leur bréviaire et causer avec les passants.

Cette maison des Tilly était bâtie en pierre ; elle était grande et ornée comme il convenait au rang et à la fortune de ses maîtres.

Elle donnait sur la place d'Armes et sur les jardins du château, permettait de voir une partie du fleuve qui coulait majestueusement au pied de la haute forteresse et, par delà, les hautes collines de Beaumont couronnées de forêts.

Dans l'enfoncement d'une fenêtre, à demi cachée dans les riches et épais rideaux d'une pièce magnifique, Amélie de Repentigny était assise seule. Elle paraissait calme, son regard était serein; mais ses mains jointes convulsivement, comme pour comprimer une émotion violente, faisaient deviner le trouble profond de son âme.

Sa tante se trouvait dans le grand salon avec quelques amies en visite. Les voix animées de ces dames arrivaient à ses oreilles, mais elle ne s'en apercevait pas tant elle était absorbée dans les pensées étranges qui l'assaillaient depuis le matin, depuis que le chevalier de la Corne lui avait appris le retour de Pierre Philibert.

Cette nouvelle l'avait singulièrement impressionnée.
D'abord, elle comprit que c'était pour son frère un grand
bonheur, puis ensuite, elle sentit qu'elle en éprouvait
bien de la joie elle-même.   Pourquoi ? Elle ne le savait
pas trop.   Elle ne voulait pas le savoir, et faisait taire
son cœur qui le lui disait.

C'était pour son frère qu'elle avait tant de joie. Son
cœur battait un peu plus fort que de coutume, mais
c'était la marche longue, et le chagrin de n'avoir pas
trouvé Le Gardeur.

Un pressentiment merveilleux lui disait que le colonel
avait rencontré Le Gardeur à Beaumanoir, et qu'il ne
manquerait pas de venir avec lui, à son retour, présenter
ses hommages à Mme de Tilly, et les lui présenter aussi
à elle-même.

Cette pensée la faisait rougir, et elle se fâchait contre
elle-même, à cause de ce fol espoir.   Elle se disait que
c'était un fol espoir ! Elle voulut faire appel à son
orgueil, mais son orgueil ne vint pas vite lui rendre sa
tranquillité perdue.

Son entrevue avec Angélique des Meloises lui avait
laissé une pénible impression.   Elle était indignée des
aveux hardis de son amie.   Elle savait que son frère
s'était bien trop occupé d'elle pour son bonheur, surtout
s'il arrivait que l'ambition de cette femme belle et perverse fût en désaccord avec son amour.   Elle soupirait
profondément en songeant combien Angélique était
indigne de son frère.

C'est généralement ce que pense une sœur aimante,
quand il lui faut confier son frère à la garde d'une autre
personne.   Mais Amélie savait qu'Angélique des
Meloises n'était pas capable de cet amour véritable,
qui met son bonheur à faire le bonheur des autres.   Elle
la savait vaine, égoïste, ambitieuse; elle ignorait encore,
toutefois, comme elle choisissait peu les moyens d'arriver
à son but.

La vieille cloche des Récollets avait sonné midi, et
Amélie, toujours assise à sa fenêtre, regardait, pensive,
le grand carré de la place d'Armes, suivant d'un œil
avide les cavaliers qui la traversaient. Une foule de
personnes étaient réunies là, ou passaient et repassaient
sous la grande porte cintrée du château.

Cette porte était surmontée d'un écusson brillant,
portant la couronne royale et les fleurs de lys. Deux sentinelles, marchant à pas mesurés, se promenaient sous
le vastre cintre, et chaque fois qu'elles se retournaient
au bout de leur marche régulière, en dehors, on voyait
étinceler au soleil leurs mousquets et leurs baïonnettes.

Parfois on entendait le grondement des tambours,
et l'on voyait la garde sortir et présenter les armes quand
un officier de haut rang ou un dignitaire ecclésiastique
passait pour aller présenter ses hommages au gouverneur,
ou pour traiter de quelque affaire importante à la cour
vice-royale.

Si Amélie n'avait pas été tant préoccupée ce jour-là,
elle aurait eu bien du plaisir à voir le joli tableau de la
vie active de la ville qui se déroulait devant elle : des
gentilshommes à pied, le manteau sur l'épaule et le
sabre au côté, des dames en toilettes de visite, des habitants et leurs femmes dans leur invariable costume, des
soldats en uniformes, des prêtres en robes noires, tous
allant, venant, se mêlant avec un curieux et puissant
empressement.

Les dames qui se trouvaient au salon de Mme de
Tilly, étaient mesdames de Grand'Maison et Couillard.
Elles savaient tous les cancans de la ville et les racontaient longuement. Aussi Mme de Tilly commençait-
elle à se sentir un peu fatiguée.

Elles étaient riches et fashionables, connaissaient
parfaitement les lois de l'étiquette, portaient toujours
de charmants costumes et choisissaient bien leurs amies.
Elles recherchaient l'amitié de Mme de Tilly. En effet,

par son rang et sa position, cette femme conférait en quelque sorte les meilleures lettres de noblesse.

Les rumeurs de la ville, en passant par la bouche de mesdames Couillard et de Grand'Maison, atteignaient la perfection. C'était l'idéal du genre. Finement insinuantes, elles blâmaient avec réserve et douceur, ne tarissaient point en éloges, et ne se trompaient jamais.

Elles s'acquittèrent consciencieusement d'un grand devoir moral et social en mettant Mme de Tilly au courant des scandales récents et des secrets nouveaux de la capitale.

Elles glissèrent sur des sujets scabreux avec la légèreté des patineurs sur la glace, et leur amie tremblait qu'elle n'enfonçassent à chaque instant. Mais elles étaient trop bien exercées à la gymnastique de la langue pour perdre l'équilibre. En une heure, la moitié de la ville fut passée au crible.

Mme de Tilly écoutait ces discours frivoles avec impatience; mais elle connaissait trop bien la société pour lui chercher noise à cause de ses folies, quand du reste, cela eut été inutile.

Elle se consola en pensant que le mal n'était peut-être pas si grand que cela. Il y avait des gens qui ne trouvaient pas le pape assez catholique; pour sa part, elle trouvait le peuple généralement meilleur qu'on ne le disait.

Amélie fut tout à coup tirée de sa rêverie par une exclamation subite de Mme de Grand'Maison.

—Comment, madame de Tilly ! disait-e le, vous n'irez pas au bal de l'intendant, au palais ! et Mlle de Repentigny, que nous regrettons de n'avoir pas vue aujourd'hui, n'ira pas non plus ! Savez-vous que ce sera la plus magnifique affaire qui ait jamais eu lieu dans la Nouvelle-France ? Depuis quinze jours, Québec n'a chanté que cela. Les modistes et les couturières sont occupées, à en perdre la tête,à la confection de costumes nouveaux.

—Et ce sera le bal le plus remarquable par le choix des invités ! proclama Mme Couillard. Tous des gentilshommes et des nobles, pas un bourgeois ! ces gens-là, les femmes surtout, se donnent de tels airs aujourd'hui ! comme si l'argent pouvait les rendre intéressants aux yeux des personnes de qualité...Je dis qu'il faut les tenir éloignés, ou...

—Et puis l'intendant royal est tout à fait d'accord avec les cercles élevés, ajouta Mme de Grand'Maison. Il veut qu'on les tienne à leur place.

—La noblesse ! la noblesse ! riposta Mme de Tilly visiblement froissée. Mais l'intendant royal qui ose traiter avec dédain la digne, l'honnête bourgeoisie de cette ville, est-il noble lui-même ? Non pas que je voulusse l'estimer moins, s'il ne l'était pas, mais j'ai entendu dire que sa noblesse était contestée. Il est le dernier qui devrait se risquer à mépriser la bourgeoisie.

Mme de Grand'Maison fit jouer son éventail avec dignité.

—Oh ! madame, dit-elle, vous oubliez, bien sûr ! Le chevalier Bigot est proche parent du comte de Marville, et le chevalier de Grand'Maison est un des visiteurs fidèles de l'intendant. Cependant, il n'aurait pas voulu s'asseoir une minute à sa table, s'il n'avait pas été certain de son alliance avec la noblesse. Le comte de Marville...

—Le comte de Marville ! interrompit Mme de Tilly, qui oublia presque sa politesse habituelle. On juge un homme par les compagnons qu'il fréquente. Pas de confiance à ceux qui fréquentent le comte de Marville.

Mme de Grand'Maison se sentit vaincue. Elle voyait bien que Mme de Tilly n'avait pas une haute opinion de l'intendant; cependant elle voulut tenter un nouvel effort.

—Mais, ma chère dame, reprit-elle, l'intendant est si puissant à la cour ! Il était l'ami intime de Mme d'Etioles, avant qu'elle fît son apparition au palais, et c'est lui, paraît-il, qui s'avisa de la faire connaître au roi. Il arrangea tout pour qu'elle lui fût présentée, au fameux bal masqué de l'Hôtel de Ville. Le roi lui jeta alors son mouchoir, et elle devint la première dame du palais et marquise de Pompadour. Elle n'a jamais oublié son ancien ami, et il est devenu intendant de la Nouvelle-France, malgré tous les efforts de ses ennemis pour le perdre.

—Vous prétendez qu'il est arrivé là malgré tous les amis du roi ? reprit Mme de Tilly.

Amélie l'entendit et elle vit bien, au frémissement de sa voix, qu'elle était à bout de patience. Mme de Tilly ne pouvait souffrir, sans éprouver un profond dégoût, qu'on prononçât devant elle le nom de la Pompadour; mais sa vieille loyauté la gardait de parler mal du roi.

—Nous n'avons pas à nous occuper de ce qui se passe à la cour, continua-t-elle, ni des amitiés de l'intendant. Mais je souhaite que l'avenir rachète son passé; je souhaite que la Nouvelle-France n'ait pas, comme la malheureuse Acadie, à regretter le jour où il a mis le pied sur ses rivages.

Mme Couillard et Mme de Grand'Maison ne manquaient pas d'intelligence; elles s'aperçurent bien qu'elles avaient éveillé les susceptibilités,— les préjugés, pensaient-elles,— de Mme de Tilly. Elles se levèrent, et dissimulant leur dépit sous des paroles charmantes, elles prirent congé de la noble vieille dame. La digne seigneuresse les vit s'éloigner avec plaisir.

—C'est une honte de parler ainsi, fit Mme Couillard avec dépit, quand son neveu, héritier de la seigneurie de Tilly, est le plus fidèle ami et le plus intime compagnon de l'intendant !

—Oui, répondit Mme de Grand'Maison, elle a oublé de jeter un coup d œil sur sa famille: l'on ne pense

jamais à se regarder soi-même avant de juger ses voisins.
Mais je serai bien surprise si elle réussit à faire quelque
impression sur Le Gardeur, avec ses façons de rustre et
ses peu charitables sentiments.   J'espère que le bal aura
le plus grand succès.   Il faut qu'il soit le plus grand
triomphe de notre société, afin qu'elle en éprouve du
regret, elle, et sa nièce aussi, une orgueilleuse, une scru-
puleuse !...

Amélie de Repentigny avait revêtu une robe de
mousseline de Deccan, don d'un parent de Pondichéry.
Cette robe superbe l'enveloppait chastement sans lui
rien ôter de ses grâces.   Un large ruban bleu à la taille,
une fleur bleue dans les cheveux, sur la poitrine, une
croix d'or qu'elle baisait souvent en priant pour son
frère de qui elle l'avait reçue.   C'étaient là ses seules
parures.

Souvent, obéissant à une mystérieuse impulsion, elle
se levait et se mettait en face de son miroir pour comparer la jeune fille d'aujourd'hui avec   l'enfant d'autrefois, l'enfant dans un gentil costume de bergère de
Provence.   Elle avait son portrait ainsi peint, et son
père l'aimait beaucoup ce portrait ! et souvent, pour
lui plaire à ce père regretté, elle portait ses cheveux
à la mode provençale.   C'est ainsi qu'elle les portait
ce jour-là.   Pourquoi ! Elle aurait peut-être pu le
savoir en interrogeant cette vague et capricieuse espérance qui flottait   devant   ses   yeux noirs.   Mais elle
n'osait pas, elle aimait mieux ne pas interroger.

Elle n'avait plus de repos.   Elle revint s'asseoir dans
la fenêtre pour regarder encore sur la place d'Armes,
espérant toujours voir arriver son frère.   Tout à coup
elle tressaillit.   Deux officiers traversaient la place au
galop et se dirigeaient vers le château.   L'un de ces
officiers était son frère; elle le reconnut à l'instant.
Mais l'autre, ce beau cavalier en uniforme, sur son
cheval gris fougueux, qui était-il ? Ah ! son cœur le
devinait: ce ne pouvait être que le colonel Philibert !

Elle les vit passer sous la grande porte cochère et un frémissement presque douloureux agita son âme remplie de joie. Elle était contente de les voir se rendre au château; cela lui donnait un moment de répit. Elle pourrait rassembler ses idées et ramasser tout son courage pour l'entrevue prochaine. Ses doigts se promenèrent sur le chapelet caché dans les plis de sa robe, et les grains d'or qui avaient roulé si souvent des prières pour le bonheur de Pierre Philibert, les grains d'or bénis lui parurent brûlants comme du feu. La pourpre colora son front, car une pensée étrange lui vint tout à coup: Pierre Philibert, jeune garçon dont elle avait tant caressé dans son innocence, l'image et le souvenir, Pierre Philibert était aujourd'hui un homme, un soldat, un conseiller élevé dans les cours et les camps. Comme elle n'avait pas été sage d'oublier cela dans ses prières d'enfant. Je n'ai pas eu de mauvaise intention, pensat-elle pour se justifier.

Elle n'eut pas le temps de faire de plus longues réflexions; le cheval gris sortait de la cour du château. Le colonel ne s'était arrêté qu'une dizaine de minutes, le temps de voir le gouverneur et de lui communiquer la réponse de l'intendant. Il revenait accompagné de Le Gardeur et du vieux la Corne de Saint-Luc. Tous trois se dirigèrent vers le haut de la place et vinrent descendre à la porte de la maison de Mme de Tilly.

Amélie, cachée derrrière les épais rideaux de sa fenêtre, reposa alors sur cet homme superbe, magnifique, qui était Pierre Philibert, un regard plus avide et plus perçant que le regard du lynx fabuleux lui-même. Accordons qu'elle obéit à l'irrésistible curiosité de la femme. La reine de France n'aurait pas davantage, en pareil cas, résisté à la tentation, et elle n'aurait pas éprouvé la moitié de trouble que sentit alors la virginale pudeur de la jeune fille. Un regard suffit à Amélie, un regard qui imprima pour jamais dans son esprit l'ineffaçable et parfaite image de Pierre Philibert devenu homme, à la place de Pierre Philibert l'ami d'enfance.

XI

BIENVENUE AU SOLDAT

Elle entendit alors des voix qui s'unissaient dans de chaleureuses félicitations: la voix de sa tante surtout. Elle reconnut bien celle du colonel Philibert, parce que les autres lui étaient familières. Soudain, quelqu'un s'élança dans le grand escalier. Elle entendit tremblant dans son doux espoir. Le Gardeur se précipita, les bras ouverts et dans un transport d'amitié fraternelle, la pressa sur sa poitrine et baisa son front pur.

—O Le Gardeur ! dit-elle en lui rendant son baiser avec une douce affection, et en le regardant avec tendresse et joie, ô mon frère ! comme j'ai soupiré après votre retour ! Enfin, Dieu soit béni ! vous voilà ici ; vous êtes bien ?...n'êtes-vous pas bien ? fit-elle en le regardant d'une façon qui trahissait l'inquiétude.

—Je ne me suis jamais mieux porté, Amélie, répondit-il,—d'un air trop content pour être naturel, et détournant les yeux pour échapper à la curiosité de sa sœur— jamais mieux porté ! Comment, mais je serais sorti de ma tombe pour venir souhaiter la bienvenue à un ami que je retrouve aujourd'hui après des années de séparation. O Amélie ! j'ai des nouvelles pour vous !...

—Des nouvelles pour moi ! quelles nouvelles ?

—Devine, reine charmante des bergères, lui dit-il en lui tordant malicieusement une boucle de cheveux qui tombait sur ses épaules, devine, belle magicienne !

—Deviner ? Comment voulez-vous que je devine, Le Gardeur ? Il n'y a pas une heure que mesdames de Grand'Maison et Couillard sont venues ici. Croyez-vous qu'elles aient oublié quelque chose ? Je ne suis pas descendue, mais je sais qu'elles se sont bien informées de vous, en passant.

Amélie, avec un grain de la malice de la femme, poussait Le Gardeur.

—Bah ! qui est-ce qui s'occupe de ces vieilles colporteuses de médisances ? Mais vous ne devineriez jamais, Amélie ! il vaut autant vous le dire !

Le Gardeur était tout fier, tout content de la nouvelle qu'il allait apprendre à sa sœur.

—Ayez pitié de moi, mon frère ! parlez tout de suite, vous me piquez; j'ai l'oreille au guet maintenant.

Elle était bien femme et n'aurait pour rien au monde avoué qu'elle savait Philibert dans la maison.

—Amélie, dit-il en lui saisissant les deux mains comme pour l'empêcher de fuir, j'étais à Beaumanoir, comme tu sais; l'intendant a donné une grande partie de chasse, se hâta-t-il d'ajouter en voyant étinceler tout à coup son grand œil noir.   Et devine qui est venu au château?   Il m'a reconnu; non, c'est moi qui l'ai reconnu ! Un étranger ! non pourtant, pas un étranger, Amélie !

—Je ne sais pas.   Continuez, mon frère.   Quel pourrait être cet étranger mystérieux, qui n'était pas étranger du tout ?

—Pierre Philibert, Amélie ! Pierre ! notre Pierre ! tu sais ? Tu te souviens de lui, Amélie ?

—Me souvenir de Pierre Philibert ? Pourrais-je l'oublier quand vous êtes là vivant ? Si nous vous possédons encore, c'est grâce à lui !

—Je sais cela.   N'es-tu pas heureuse de son retour, comme je suis heureux moi-même ? lui demanda-t-il en la regardant fixement.

Elle lui jeta ses bras autour du cou, par un élan involontaire; elle était fort troublée.

—Heureuse ! Oh ! oui, mon frère, je le suis... parce que cela vous fait tant de plaisir !

—Rien que pour cela, Amélie ? ça ne vaut guère la peine.

—O mon frère ! je suis heureuse d'être heureuse !
jamais nous ne serons capables de payer à Pierre
Philibert la dette de reconnaissance que nous avons
contractée.

—Chère petite sœur, fit-il, en l'embrassant, je savais
que ma nouvelle te serait agréable. Viens, descendons,
Pierre est en bas.

—Le Gardeur, dit-elle,—elle rougit et hésita—je
pourrais parler à ce Pierre Philibert, que j'ai connu
autrefois... mais le reconnaîtrai-je dans le vaillant
soldat d'aujourd'hui ? *Voilà la différence* ! ajouta-t-
elle, en répétant ce premier vers du refrain d'une chanson alors bien populaire dans les deux Frances.

Le Gardeur ne comprenait pas son hésitation.

—Pierre a bien changé, dit-il, depuis le temps où nous
portions tous deux la ceinture verte du séminaire. Il
est plus grand que moi; il est plus sage et meilleur. Il l'a
toujours été. Mais il a le même cœur noble et généreux qu'il avait quand il était jeune. *Voilà la ressem-
blance* ! continua-t-il, en tirant malicieusement la chevelure bouclée de sa sœur.

Amélie ne répondit pas, mais lui pressa la main en le
regardant avec douceur. Le chevalier de la Corne,
Mme de Tilly et le colonel Philibert causaient toujours
avec animation.

—Viens, dit-elle, nous allons descendre maintenant.
Et joignant l'action à la parole, comme toujours, elle
lui prit le bras, descendit le grand escalier et entra dans
le salon.

Philibert se leva à l'aspect de cette beauté qui lui
apparaissait soudain. C'était bien cette femme gracieuse, cette ravissante créature qu'il avait évoquée
dans ses rêves d'amour, pendant ses longues années
d'absence, loin de la terre natale ! Elle gardait encore
quelque chose de l'enfant charmante qui, les cheveux
au vent, courait comme une nymphe dans les bois
ombreux de Tilly. Mais quand il comparait la vive et

légère jeune fille de ses souvenirs, avec cette grande et
superbe femme demi rougissante qu'il voyait devant
lui, il doutait, malgré les élans de son cœur, que ce fut
elle, son idole, sa bien-aimée Amélie.

Le Gardeur le tira d'embarras.   Il lui dit d'un air
joyeux :

—Pierre Philibert, je te présente une jeune amie
d'autrefois, ma sœur.

Philibert s'avança.   Amélie fixa un instant sur lui ses
beaux grands yeux noirs, et ne l'oublia plus jamais.
Elle lui tendit la main avec grâce et franchise.   Il
s'inclina comme il eut fait devant la sainte Madone.

Les félicitations de Mme de Tilly et de la Corne de
Saint-Luc avaient été bien cordiales, affectueuses
même.

L'excellente dame avait embrassé Pierre, comme elle
eut embrassé un fils, après une longue absence.

—Le colonel Philibert, dit Amélie,—et elle faisait un
effort prodigieux pour paraître calme,—le colonel Philibert est le bienvenu.   Son souvenir ne nous avait pas
quittés.

Elle regarda sa tante qui sourit et l'assura que c'était
vrai.

—Merci ! mademoiselle de Repentigny, répondit le
colonel, je vous avoue que je suis bien fier d'apprendre
que l'on se souvient de moi ici.   C'était l'une de mes
espérances les plus caressées, et vous la comblez.   Je
suis heureux d'être revenu.

—Allons ! allons Pierre, interrompit de la Corne de
Saint-Luc, qui s'intéressait à cette petite scène intime,
Bon sang ne ment jamais.   Regarde, Amélie : ces épau-
lettes de colonel ! J'ai l'œil perçant, moi, surtout quand
je regarde ma jolie filleule.   Cependant, j'avoue que je
n'aurais pas reconnu notre aimable Pierre, dans ce
colonel, si Le Gardeur ne me l'avait présenté, et je
pense bien que vous ne l'auriez pas reconnu davantage.

—Merci de votre aimable attention pour moi, par-

rain, répondit Amélie, toute reconnaissante surtout de
l'estime qu'il manifestait pour Pierre; mais je crois que
ma tante et moi, nous n'aurions pas manqué de le
reconnaître.

—C'est vrai ! mon Amélie, confirma Mme de Tilly,
c'est vrai ! Et nous n'avons pas peur, Pierre,—je veux
vous appeler Pierre ou rien,—nous n'avons pas peur que
vous mettiez de côté, comme hors de mode, vos anciens
amis, pour les nouvelles connaissances que vous avez
nécessairement faites dans notre capitale.

—Mes connaissances, madame, ce sont celles d'autrefois; elles ne vieillissent pas pour mon cœur. Je les
aime et les respecte. Je me croirais perdu si j'avais à
me séparer de l'une d'elles.

—Alors, elles sont plus durables que les tissus de
Pénélope, et vous n'êtes pas comme cette reine qui
défaisait, la nuit, ce qu'elle avait fait le jour. Parlez-
moi de l'amitié qui ne s'use point !

—Pas un fil de mes souvenances ne s'est rompu, pas
un ne se brisera jamais, répliqua Pierre en regardant
Amélie, qui tenait les mains de sa tante pour trouver
un surcroît de forces.

Les femmes ont toujours besoin de s'appuyer sur
quelqu'un.

—Morbleu ! quel est ce style de marchand ? s'écria
de la Corne: du fil, des femmes, des tissus ! Il n'y a pour
ces choses, Amélie, meilleure mémoire que celle du
soldat; et pour cause. Sur nos frontières sauvages,
vois-tu, le soldat est forcé d'être fidèle à ses vieux amis
et à ses vieux habits. Il ne peut pas en avoir de nouveaux. J'ai passé cinq ans sans voir un visage de
femme, excepté des Peaux-Rouges. Il y en avait d'assez
avenantes, soit dit en passant, ajouta le vieux militaire
en riant.

—Je connais la galanterie du chevalier de la Corne,
remarqua Pierre, elle est incontestable. Un jour que
nous avions capturé tout un convoi de femmes de la

Nouvelle-Angleterre, il les fit escorter au son du tambour, jusqu'à Grand-Pré, et il leur envoya un fût de vin de Gascogne, pour qu'elles pussent fêter mieux leur réunion avec leurs maris.

—Bah ! ces vilaines grues ! Ça n'était rien de drôle ! exclama de la Corne; elles étaient dignes de leurs chenapans de maris.

—Ce n'était pas l'opinion de ces soldats, répondit Philibert, car ils fêtèrent pendant trois jours leur heureux retour.   Au reste, il y avait là des femmes de qualité.   Et puis, les santés que ces gens-là burent en votre honneur auraient suffi pour vous immortaliser.

La Corne renvoyait toujours les compliments qu'on lui faisait.

—Tut ! tut ! tut ! mesdames, fit-il,   tout cela est dû à la générosité de Pierre.   Par pure bonté de cœur, il insista pour que ces femmes fussent rendues à leurs maris.   Pour moi, c'était un stratagème de guerre, une idée politique, que cette apparente générosité.   Ecoutez bien; suivez mon raisonnement : je voulais la perte des hommes, et elle arriva comme je l'avais prévue.   Ils sortirent trop tard à la réveillée, rentrèrent trop tôt le soir; ils négligèrent les gardes et les piquets; puis quand vinrent les longues nuits de l'hiver, ils restèrent à côté de leurs femmes, au lieu d'être avec leurs mousquets, près du feu du bivouac.   Alors sonna pour eux l'heure de la destruction.   Pendant une tempête horrible, au milieu des tourbillons de neige et dans l'obscurité profonde, Coulon de Villiers marcha avec ses troupes sur leur camp et fit veuves la plupart de ces malheureuses femmes.   Elles tombèrent pour la seconde fois entre nos mains.   Pauvres créatures ! J'ai vu, ce jour-là, quelle est souvent la triste destinée de la femme du soldat !

Une larme tremblait dans les cils épais du vieux militaire.

—Mais c'est la fortune de la guerre, ajouta-t-il, et, à la guerre, la plus cruelle fortune est la meilleure.

Mme de Tilly porta la main à son cœur pour comprimer son émotion.

—Hélas ! chevalier, dit-elle, les pauvres veuves ! je comprends ce qu'elles ont souffert ! Oui, la guerre a de terribles conséquences, moi aussi je le sais.

—Et que sont devenues ces infortunées ? demanda Amélie tout en pleurs.

Elle aimait ses ennemies, c'était dans son loyal caractère, et personne ne pouvait les aimer plus qu'elle.

—Oh ! nous en avons pris tout le soin possible. Le baron de Saint-Castin les a gardées dans son château tout l'hiver, et sa fille les a traitées avec un soin, un zèle, une tendresse, qui n'appartiennent qu'aux saints du ciel. Une noble, une adorable fille, va ! Amélie ! la plus belle fleur de l'Acadie, et la plus infortunée... pauvre enfant ! que la bénédiction du Seigneur descende sur elle en quelque lieu qu'elle soit !

Rarement de la Corne de Saint-Luc avait parlé d'une façon aussi touchante. Il était fort ému.

—Comment est-elle si infortunée, parrain ?

Philibert regardait s'animer la figure et frissonner la paupière de la belle jeune fille, à mesure qu'elle parlait. Son cœur était tout dans son regard.

—Hélas ! répondit de la Corne, j'aimerais mieux ne pas répondre ! j'ai peur de douter du gouvernement moral de l'univers. Mais nous sommes des créatures aveugles, et les voies de Dieu ne nous sont point connues. Que personne ne se vante d'être fort, de crainte qu'il ne tombe ! Nous avons besoin du secours de l'Etre suprême pour rester droits et parfaits. Je ne puis songer à cette noble jeune fille sans pleurer ! Oh ! la pauvre enfant ! la pauvre enfant !...

Mme de Tilly le regarda avec étonnement.

—J'ai connu le baron de Saint-Castin, dit-elle, quand il est venu faire hommage au château Saint-Louis des

terres qui lui avaient été concédées en Acadie.   Il était
accompagné de sa fille unique, une enfant d'une douceur,
d'une grâce, d'une amabilité parfaites.   Elle avait juste
l'âge d'Amélie.   Les dames de la ville s'extasiaient
devant cette jolie fleur de mai, comme elles l'appelaient.
Au nom du ciel ! qu'est-il donc arrivé à cette chère
enfant, chevalier de la Corne ?

De la Corne de Saint-Luc, fâché contre lui-même
d'avoir entamé ce sujet pénible, et peu accoutumé à
choisir ses expressions, répliqua brusquement :

—Ce qui lui est arrivé, madame ?... ce qu'il peut
arriver de pis à une femme.   Elle aimait un homme
indigne d'elle, un vilain malgré son rang élevé et les
faveurs du roi; un lâche qui l'abandonna, la trop confiante enfant, seule avec son désespoir...Bah ! c'est
la mode de la cour, disent ces gens-là.   En effet, le roi
a conféré de nouveaux honneurs à ce misérable au lieu
de le châtier.

De la Corne ne dit plus un mot et vivement s'éloigna.   Il avait peur de lancer des imprécations au roi
comme à son favori.

—Qu'est-elle devenue, cette pauvre fille ? demanda
Mme de Tilly en s'essuyant les yeux avec son mouchoir.

—Oh ! toujours la même vieille histoire.   Elle s'est
sauvée de la maison, dans un moment de désespoir,
pour n'avoir pas à soutenir le regard de son père qui
allait revenir de France.   Elle s'en est allée rejoindre
les Indiens de Sainte-Croix, dit-on, et depuis lors, personne n'a plus entendu parler d'elle.   Pauvre enfant !
Pauvre enfant !

Amélie rougissait et pâlissait tour à tour aux paroles
de son parrain; elle avait les yeux fixés sur le parquet,
et se pressait contre sa tante comme pour y chercher
du courage et un appui.

Mme de Tilly éprouvait un vif chagrin.   Elle aurait
voulu savoir le nom de cet homme haut placé qui avait
si lâchement trahi l'infortunée jeune fille.

—Je ne vous dirai pas son nom aujourd'hui, madame. Il m'a été révélé comme un secret. C'est un nom trop élevé pour que la loi l'atteigne, si toutefois nous avons une autre loi que la volonté de la maîtresse du roi. Mais l'épée du gentilhomme est là pour venger l'insulte faite à son maître. Le baron de Saint-Castin va bientôt arriver pour revendiquer son honneur. Dans tous les cas, j'en jure par Dieu, madame ! le lâche qui a trompé cette jeune fille saura un jour laquelle de son épée ou de la mienne est la mieux trempée ! Mais bah ! je dis des bravades comme un guerrier indien en face de la mort. L'histoire de ces malheureuses femmes de la Nouvelle-Angleterre nous a entraînés au-delà de toutes limites.

Mme de Tilly ne pouvait s'empêcher d'admirer le vieux soldat, et elle partageait son indignation.

—Si cette jeune fille était mon enfant, dit-elle, avec attendrissement, toute femme que je suis, je ferais la même chose.

Elle sentit Amélie lui serrer le bras comme pour lui dire qu'elle partageait ses sentiments et son courage.

—Voici Félix Beaudoin qui nous annonce que le dîner est servi, fit Mme de Tilly, en montrant un ancien serviteur à cheveux blancs et en livrée, qui saluait profondément, debout, dans la porte.

Le Gardeur et de la Corne de Saint-Luc saluèrent le vieillard avec bienveillance, s'informèrent de sa santé et prirent une prise de tabac, dans son antique tabatière. Ces familiarités entre les gentilshommes et leurs domestiques n'étaient pas rares, autrefois, en la Nouvelle-France. Il est vrai que les serviteurs passaient souvent leur vie dans la même maison. Félix était le major-dome du manoir de Tilly. Fidèle, ponctuel et poli, il était traité par sa maîtresse en ami plutôt qu'en serviteur

—Le dîner est servi, madame, répéta Félix en saluant. Mais, madame aura la bonté d'excuser. La maison a été remplie d'habitants toute la journée. Les tri-

fourchettes, les doubledents, et tous les meilleurs
mangeurs de Tilly sont venus.   Pour obéir à Madame,
je leur ai donné tout ce qu'ils ont voulu; aussi ils n'ont
pas laissé grand-chose pour votre table.

—Sois sans inquiétude, Félix, nous allons dire le *benedicite* quand même.   Je me contenterais   de pain et
d'eau pour mieux nourrir mes braves censitaires.   Ils
travaillent avec tant de cœur à la corvée du roi ! Voilà
mon excuse, Pierre Philibert et chevalier de la Corne,
pour le pauvre dîner que je vous offre.

—Sacrebleu ! je ne ressens aucune crainte, moi
madame ! fit de la Corne en riant.   Un serviteur
dévoué comme Félix Beaudoin ne laisse pas jeûner sa
maîtresse, pour l'amour des trifourchettes, des doubledents et de tous les gourmands de la seigneurie.   Non !
non ! vous allez voir, madame, qu'il les a rançonnés
assez pour nous faire dîner tous.   Viens, Amélie.

Mme de Tilly prit le bras du colonel Philibert; Le
Gardeur, de la Corne et Amélie suivirent, et tous, précé-
dés par le majordome, se rendirent à la salle à manger.

La salle était une grande pièce lambrissée en noyer
noir, un bois magnifique que l'on commençait à utiliser.
Le plafond était en voûte et garni au bas d'une frise
sculptée.   Une longue table, souvent entourée d'hôtes,
était couverte d'une nappe de toile plus blanche que la
neige.   Les femmes de la seigneurie de Tilly avaient filé
à leurs rouets et tissé sur leurs métiers, cette toile éclatante.   Dans leurs vases chinois, des fleurs nouvellement cueillies, exhalaient de suaves parfums et ravis-
saient les yeux.   Elles faisaient, en quelque sorte,
disparaître dans un rayon de poésie, la grossièreté des
aliments matériels.   Sur un grand buffet, merveille de
l'ébénisterie, s'étalait la vaisselle de famille, et au-dessus,
pendu à la muraille, étincelait un grand bouclier d'argent
bosselé, aux armes de Tilly, don précieux de Henri de
Navarre.

Malgré les trifourchettes et les doubledents, Félix
Beaudoin n'avait pas mal réussi, en effet, à sauver un
excellent dîner pour sa maîtresse. Mme de Tilly
regarda le chevalier comme pour approuver la remarque
qu'il venait de faire au sujet du vieux serviteur.

Elle se tint debout à la tête de la table, jusqu'à ce
que tous furent placés; alors, joignant les mains, elle
récita d'une voix onctueuse et claire le *benedicite.*

—*Benedicite, Dominus, nos et ea quæ sumpturi,* dit-elle,
implorant la bénédiction du Seigneur sur la table et sur
ses convives.

Dans la Nouvelle-France, c'était toujours par une
soupe riche et succulente que le repas commençait. La
soupe fut donc servie. On apporta ensuite un saumon
de la rivière Chaudière; puis, un plat fumant de truites
tachetées de pourpre, pêchées dans les rivières qui
descendent des montagnes de Saint-Joachim. Il y
avait des corbeilles de filigrane d'argent, remplies de
petits pains de blé gracieusement pliés. En ces temps-
là, les champs se couvraient chaque année de riches
moissons de froment. La Providence ne veut plus
qu'il en soit ainsi maintenant. «Le blé s'en est allé
avec les lys des Bourbons et il n'est jamais revenu».
disaient les vieux habitants.

Les dignes censitaires avaient mangé avec appétit
toute la viande de la dépense, sauf un chapon qui venait
de la basse-cour de Tilly et un magnifique pâté aux
pigeons. Le dessert fut apporté. C'étaient des fram-
boises rouges comme du corail, cueillies sur les pentes
de la côte à Bonhomme, des bluets d'azur du cap Tour-
mente, des prunes suaves comme des gouttes de miel, et
des petites pommes grises de la côte de Beaupré, des
pommes dignes d'être présentées à la Rose de Sharon.
Tout cela arrosé d'un bon vin vieux, tiré du cellier du
manoir.

Le dîner ne dura pas longtemps, mais il fut pour
Pierre l'un des moments les plus heureux de sa vie. Il

était à côté d'Amélie, et chaque parole, chaque geste,
chaque mouvement de la radieuse jeune fille le jetait
dans le ravissement.

Elle ne se mêlait guère à la conversation, à cause de
sa timidité naturelle, mais elle écoutait avec plaisir,
avec intérêt. Elle se sentait attirée par le noble et
sympathique caractère du colonel, et peu à peu, elle osa
le regarder; et comme on voit se dessiner un paysage
à la lumière naissante de l'aurore, elle vit dans le brillant soldat d'aujourd'hui, reparaître les traits, le regard,
les manières de l'ami d'autrefois.

Philibert remarqua son regard interrogateur; il la
comprit. Elle n'eut pas besoin de parler. Il raconta l'existence aventureuse qu'il avait menée depuis son départ.

Son esprit cultivé, son intelligence vive, ses beaux
sentiments remplirent de joie le cœur d'Amélie. C'est
comme cela qu'elle l'avait vu dans ses rêves. Il la
retrouvait avec bonheur, cela devenait clair. Comme
elle frissonnait de plaisir à cette pensée, et comme l'allégresse rayonnait dans sa figure ! Elle lui parlait avec
moins de crainte maintenant, plus familièrement, presque comme autrefois.

—Il y a longtemps, mademoiselle, dit Philibert, que
nous ne nous sommes pas assis ensemble à la table de
votre excellente tante. Vous revoir ainsi, comme je
vous avais quittée, la même, toujours: ah! c'était mon
rêve, mon rêve de chaque instant !

—Et vous me trouvez absolument la même ? fit-elle
d'un petit air malicieux; ah ! colonel, comme vous
blessez ma vanité de femme ! je ne me croyais plus du
tout la sauvage enfant de Tilly !

—Je n'ose admirer la femme dans sa dignité, mademoiselle, j'ai peur qu'elle me fasse oublier l'enfant de
Tilly, que j'aurais tant de bonheur à retrouver.

—Et que vous retrouvez avec le même cœur, le même
esprit et les mêmes regards, pensa-t-elle, puis elle dit
tout haut :

—Mes maîtresses de classe auraient bien honte de leur ouvrage, si elles n'avaient pas amélioré un peu ces rudes éléments, que ma tante leur a envoyés de Tilly, pour qu'elles en fissent une grande dame. J'ai été couronnée reine à ma dernière année chez les Ursulines. Ainsi faites bien attention; je ne suis plus une enfant.

Elle se mit à rire, et son rire argentin fit palpiter le cœur de Philibert. C'était bien encore la joyeuse et vive jeune fille de jadis. Il la reconnaissait de plus en plus sous les traits de la grande et adorable femme.

Le chevalier de la Corne de Saint-Luc et Mme de Tilly trouvaient du plaisir à rappeler les souvenirs anciens. Le Gardeur se mêlait à la conversation de Philibert et de sa sœur, mais il était un peu fatigué. Amélie devinait le secret de sa fatigue, Philibert le connaissait. Ils s'efforçaient tous deux de le distraire, de le tenir en éveil. Sa tante soupçonnait bien, aussi, qu'il avait passé la nuit comme les invités de l'intendant la passaient toujours. Elle connaissait son caractère et le respect qu'il avait pour son opinion; elle amena habilement la conversation sur l'intendant, afin de pouvoir lui dire, comme par hasard, ce qu'elle pensait de cet homme. Il fallait aussi mettre Pierre Philibert en garde contre ce scélérat de Bigot.

—Pierre, dit-elle, vous êtes heureux: vous avez pour père un brave, un honorable citoyen, dont vous pouvez être fier. Pas un fils qui n'en serait orgueilleux. Le pays lui doit beaucoup et il mérite sa reconnaissance. Mais veillez sur ses jours, maintenant que vous êtes ici, car il a des ennemis implacables et puissants, qui lui feront tout le mal possible.

—Il en a ! affirma de la Corne de Saint-Luc. Je le lui ai dit au sieur Philibert, je l'en ai averti; mais il ne semble pas fort inquiet. L'autre jour, l'intendant a parlé de lui publiquement, de la façon la plus brutale.

—Vraiment ! chevalier ? demanda Philibert. Et ses yeux lancèrent une flamme qui ne ressemblait pas aux rayons qu'ils laissaient tomber sur Amélie tout à l'heure. Il me rendra compte de ses paroles, fut-il régent de France, au lieu d'être l'intendant de la colonie!

De la Corne de Saint-Luc parut l'approuver; cependant il lui dit :

—Ne lui cherchez pas querelle maintenant, Pierre. Vous ne pouvez pas le provoquer, non plus, à cause de ce qu'il a dit.

Mme de Tilly qui écoutait avec une certaine inquiétude, ajouta :

—Ne le provoquez pas du tout, Pierre Philibert ! jugez-le, puis évitez sa présence comme doit faire un vrai chrétien. Dieu traitera Bigot selon son mérite. L'homme astucieux verra un jour ses projets tourner contre lui-même.

—Oh ! ma tante ! Bigot est un gentilhomme, un homme trop bien élevé pour insulter qui que ce soit, affirma Le Gardeur, toujours prêt à défendre celui qu'il considérait comme son ami. C'est le roi des gais compagnons, ajouta-t-il, pas astucieux du tout, mais tout superficiel, tout éclat.

—Vous n'avez jamais étudié le fond de cet homme, Le Gardeur, reprit de la Corne. J'admets qu'il est un gai compagnon, un bon buveur, un joueur agréable; mais avouez qu'il est aussi ténébreux, aussi caché que cette caverne du diable, au pays des Outaouais. On descend d'étage en étage, toujours de plus en plus bas, jusqu'à ce que l'imagination se trouble, s'épuise à chercher le fond qui fuit sans cesse Tel est Bigot.

—Mes censitaires m'ont rapporté, reprit Mme de Tilly, que ses commissaires enlèvent tout le blé de semence. Dieu sait ce que vont devenir mes pauvres gens l'an prochain. si la guerre continue !

—Que va devenir la province entre les mains de Bigot ? ajouta de la Corne. On dit Philibert, qu'une certaine grande dame de la cour, sa protectrice ou son associée, ou l'une et l'autre à la fois, a obtenu pour son

parent, le comte de Marville, les biens maintenant
séquestrés que votre père possédait en Normandie.
Avez-vous entendu parler de cela ? C'est la dernière
nouvelle qui nous arrive de France.

—Oui, chevalier. Des mauvaises nouvelles comme
celles-ci ne manquent jamais d'arriver à leur adresse.

—Et comment votre père les a-t-il reçues ?

—Mon père est un vrai philosophe. Il les a reçues
comme Socrate l'eut fait. Il s'est bien moqué du comte
de Marville. Avant qu'un an soit écoulé, dit-il, il
sera forcé de vendre ces domaines pour payer ses dettes
d'honneur, les seules qu'il consente jamais à payer.

—Si Bigot avait tant soit peu trempé dans une pareille
turpitude, dit Le Gardeur, avec chaleur, je ne voudrais
plus le voir. Je l'ai entendu parler de ce don. Il
déteste de Marville.

—Bigot, au jour de la rétribution, aura assez à payer
pour lui-même au sieur Philibert, il n'est pas nécessaire
de lui imputer ce nouveau crime.

Tout à coup le canon fit trembler les fenêtres. Comme
un tonnerre, il alla réveiller tour à tour les échos des
collines lointaines.

—C'est le signal du conseil de guerre , madame,
dit de la Corne. Voilà la chance du soldat ! juste au
moment où nous allions avoir la musique et le ciel,
nous sommes appelés au feu, au camp ou au conseil.

Les visiteurs se levèrent, conduisirent les dames au
salon et se disposèrent à sortir. Le colonel Philibert
dit un adieu courtois aux dames. Il regarda Amélie
dans les yeux un instant, pour savoir un secret qu'il
n'aurait pas manqué de surprendre, si elle n'avait tourné
vivement la tête vers un vase plein de fleurs. Elle en
choisit quelques-unes des plus jolies, et les lui offrit en
signe du plaisir qu'elle éprouvait à le revoir.

—Souvenez-vous, Pierre Philibert, lui recommanda
Mme de Tilly en lui tendant une main cordiale, souvenez-vous que le manoir de Tilly est pour vous un second

foyer paternel, et que vous y serez toujours le bienvenu.

Philibert, profondément touché de son exquise et loyale politesse, lui baisa la main avec respect, salua, et se rendit avec de la Corne de Saint-Luc et Le Gardeur au château Saint-Louis.

Amélie vint s'asseoir à la fenêtre, et la joue appuyée sur sa main tremblante, elle suivit, d'un œil pensif, les gentilshommes qui s'éloignaient. Mille pensées, mille espérances tourbillonnaient dans son esprit, nouvelles, mystérieuses, mais pleines de ravissements. Elle comprit bien que son trouble n'échappait point aux regards de sa bonne tante, mais elle ne dit rien. Elle se délectait en silence dans une joie secrète qui ne se manifeste point par des paroles.

Tout à coup elle se leva, et, comme poussée par une force intime, elle se mit à l'harmonium. Elle préluda par quelques symphonies improvisées, et ses doigts timides encore faisaient à peine frémir le clavier d'ivoire. La musique seule pouvait rendre les impressions de son âme. Elle s'anima bientôt et d'une voix angélique, elle se mit à chanter ces glorieuses paroles du psaume CXVI :

> Toto pectore diligam
> Unicè et Dominum colam
> Qui lenis mihi supplici
> Non duram appulit aurem.
>
> Aurem qui mihi supplici,
> Non duram dedit; hunc ego
> Donec pectora spiritus
> Pulset semper, Amabo !

Mme de Tilly devina ce qui se passait dans l'âme de sa nièce, mais pour ne pas l'effaroucher, la douce enfant, elle ne fit pas semblant de comprendre. Elle se leva en silence et, l'entourant de ses bras, elle la pressa sur sa poitrine et l'embrassa avec effusion; puis, sans dire un mot, elle sortit. Elle ne voulait pas l'empêcher

LE CHIEN D'OR   153

de trouver dans la musique, un refuge contre ce trouble étrange qui l'agitait.

La voix d'Amélie devint de plus en plus douce et mélodieuse, à mesure qu'elle redit le joyeux et solennel cantique.   Elle le chantait dans la version faite pour la reine Marie de France et d'Écosse, alors que l'existence de cette souveraine était belle et ses espérances brillantes; alors que les jours de malheur qui devaient venir, n'avaient pas encore d'aurore.

XII

Le comte de la Galissonnière et plusieurs des premiers officiers, en grande tenue, se promenaient à pas lents sur la galerie du château, en attendant l'ouverture de la séance du conseil de guerre, L'heure de la réunion était sonnée, mais l'intendant et quelques-uns des hauts dignitaires de la colonie n'étaient pas encore arrivés de Beaumanoir.

Le château Saint-Louis s'élevait fièrement dans son vêtement de pierre, sur le bord du cap, immédiatement au-dessus des rues étroites et tortueuses de la basse-ville. Il était flanqué de pavillons carrés. De la galerie de fer, on apercevait en bas, à une grande profondeur, le clocher de la vieille église de Notre-Dame des Victoires, avec sa girouette dorée.

Du marché de Notre-Dame et du quai où les vaisseaux étaient amarrés, montaient des voix et des bruits de toutes sortes: c'étaient les matelots, les charretiers, les habitants qui se hélaient et s'apostrophaient; et tous ces cris mêlés et confus, formaient un étrange et assourdissant concert. Le gouverneur se plaisait à ce tintamarre. Il préférait les honnêtes clameurs du travail et de l'industrie, aux accords de la musique.

A l'ancre, sur les flots profonds, tout près des caps élevés, on voyait des vaisseaux marchands qui avaient trompé la vigilance des croiseurs anglais. Au milieu de ces navires, le *Fleur de Lys*, un vaisseau de la marine royale, nouvellement arrivé, se berçait tout couvert de pavillons et glorieux comme un cygne dans une volée de sarcelles.

Le Gardeur, comme officier de la garnison, se rendit d'abord auprès du commandant, mais Philibert et de la Corne de Saint-Luc montèrent sur la galerie.

Le gouverneur prit Philibert à l'écart.

—J'espère, lui dit-il, que vous n'avez pas eu de difficulté à trouver l'intendant.

—Aucune, Excellence, je les ai entendus, lui et ses amis, longtemps avant de les voir.

Il sourit d'une façon un peu moqueuse en disant cela, et le gouverneur comprit bien.

—Ah ! ils festoyaient encore à cette heure du jour ? demanda-t-il. Etaient-ils tous ?... Vraiment, j'ai honte à dire comment. L'intendant a-t-il pu au moins comprendre mes ordres ?

Le gouverneur paraissait plus triste que surpris ou fâché, car il s'attendait à cela.

—Je crois qu'il était moins ivre que la plupart des autres. Il a reçu votre message avec plus de politesse que je n'aurais pensé, et m'a promis d'être ici à l'heure du conseil.

—Ivre ou sobre, Bigot est toujours poli. Son esprit fortement trempé semble défier le vin, comme son cœur, la morale. Mais vous n'êtes pas resté longtemps à Beaumanoir, j'imagine, ajouta le gouverneur en frappant légèrement le plancher de la pointe de sa canne.

—Je suis sorti de là aussi vite que je serais sorti de l'enfer. Le temps de capturer, ainsi que je vous l'ai dit, mon ami de Repentigny, et en route !

—Vous avez bien fait, Philibert. L'intendant est en train de ruiner la moitié des jeunes nobles de la colonie.

—Il ne ruinera pas Le Gardeur, si je peux l'en empêcher, répliqua Philibert d'un ton résolu. Puis-je compter sur l'aide de Votre Excellence, ajouta-t-il ?

—Certainement, Philibert, dans tout ce que vous croirez devoir faire pour sauver ce noble jeune homme de l'amitié de Bigot. Mais je ne sais pas combien de temps je resterai ici. Il y a des gens intéressés à mon départ. Ils sont à l'œuvre et leurs intrigues sont puissantes. Peu m'importe mon rappel, cependant, si l'on n'y joint pas l'outrage.

—Vous avez donc reçu des nouvelles aujourd'hui, par la frégate ? demanda Philibert en laissant tomber un regard sur le navire à l'ancre dans le port.

—Des nouvelles ? oui, Philibert ! j'en ai reçu des nouvelles, répondit de la Galissonnière avec découragement. Il faudrait la sagesse de Salomon pour gouverner cette colonie, et la force d'Hercule pour nettoyer ces nouvelles étables d'Augias. Et je n'ai aucune influence à la cour, vous le savez.

—Mais tant que vous serez gouverneur, vos avis devront prévaloir.

—Mes avis, prévaloir ? Ecoutez, Philibert. Qui a répondu, pensez-vous, aux lettres que j'ai adressées au roi et au ministère de la marine et des colonies ?

—En vérité, je ne saurais le deviner, si les réponses ne sont pas venues par le canal ordinaire.

—Je le crois bien. Personne ne pourrait deviner, en effet, que c'est la marquise de Pompadour… Oui, c'est cette femme qui répond aux lettres que j'adresse à mon souverain !

—La Pompadour ? s'écria Philibert tout indigné. Elle, la maîtresse du roi, elle ose répondre à vos dépêches ? La France est-elle donc, comme la Rome des empereurs, gouvernée par des courtisanes ?

—Oui ! et vous comprenez ce que signifie cet outrage, Philibert ! On veut me forcer à démissionner. C'est ce que je vais faire, aussi, dès que mes amis seront à l'abri. Je servirai le roi sur mer, mais plus jamais dans une colonie. Cette malheureuse terre que nous foulons, est condamnée à tomber aux mains de l'ennemi si la paix n'est bientôt conclue ! La France nous refuse son secours.

—Ce n'est pas possible, Excellence ! La France ne trahira jamais ses enfants du Nouveau Monde…Non, ce n'est pas possible ! Et puis nos ressources ne sont pas toutes épuisées, et nous ne sommes pas encore au pied du mur, Excellence.

—Il ne s'en faut guère, Philibert, je vous l'assure. Mais nous en saurons plus long après le conseil.

—Que disent les dépêches, Excellence, au sujet des négociations ?

Philibert savait comme les prévisions du gouvernement étaient justes d'ordinaire.

—Elles annoncent la paix, et je crois qu'elles sont exactes, Philibert. Vous comprenez que le roi ne peut aisément maintenir, en même temps, ses armées et ses maîtresses. La guerre ou les femmes, pas de milieu ! Or, comme ce sont les femmes qui règnent à la cour et au camp, il est facile de prévoir ce qui arrivera.

—Penser qu'une femme, ramassée dans les égouts de Paris, gouverne la France et répond à vos dépêches ! c'est assez pour rendre fou un honnête homme, reprit Philibert avec colère… Et que dit la Pompadour ? ajouta-t-il.

—Elle se montre très fâchée de l'opposition que j'ai faite aux mesures fiscales et à la politique commerciale —comme elle appelle cela—de son ami l'intendant. Elle approuve le monopole de la grande compagnie et prétend que je n'ai pas le droit, comme gouverneur, de contrôler l'intendant dans l'administration des finances de la colonie.

Philibert sentit profondément l'insulte faite à l'honneur et à la dignité de son chef. Il lui serra la main avec chaleur.

—Vous êtes un véritable ami, Philibert, lui dit le gouverneur fort touché. Dix hommes comme vous pourraient encore sauver la colonie ! Mais l'heure du conseil est passée et Bigot ne vient pas. Il a sans doute oublié mes ordres.

—Je ne pense pas, Excellence, mais il a dû attendre que Varin, Cadet, Deschenaux et les autres fussent en état de se mettre en route.

—O Philibert ! quelle honte ! quelle honte ! murmura le gouverneur. Des voleurs comme ces gens-là,

ont le droit de venir siéger avec des hommes d'honneur !
...Ils ont le pouvoir ici, et nous, nous n'avons qu'un
vain titre et une mortelle responsabilité.   Restez à
dîner avec moi, Philibert, après le conseil; j'ai bien des
choses à vous confier.

—Pas ce soir, Excellence.   Mon père a tué le veau
gras pour fêter le retour de l'enfant prodigue; il faut
bien que je dîne avec lui.

—Fort bien ! demain alors.   Venez mercredi. Votre
père est un gentilhomme qui garde dans le commerce
les principes de la véritable noblesse.   Vous êtes heureux dans votre père, comme votre père l'est dans son
fils.

Le gouverneur, après ces paroles, salua Philibert et
alla retrouver les autres officiers.

Un éclair jaillit, puis une colonne de blanche fumée
monta tout à coup de la grande batterie, à côté du
château.   C'était le deuxième signal de la réunion du
conseil.

Le comte de la Galissonnière prit le bras de de la Corne de Saint-Luc, et suivi des officiers, se dirigea vers la
grande salle d'audience.   Il alla s'asseoir dans le fauteuil vice-royal, sous un dais, au bout d'une   longue
table recouverte d'un tapis cramoisi.   Les secrétaires
se mirent près de lui.   Les membres du conseil prirent
de chaque côté de la table, la place qui leur était assi-
gnée, suivant leur rang et leurs privilèges.

Une longue suite de sièges restèrent inoccupés;
c'étaient ceux de l'intendant et de ses compagnons.

La grande salle du château Saint-Louis était vraiment digne d'un palais par sa grandeur et ses ornements.
Au-dessous des hauts plafonds, cintrés, courait une
corniche avec architrave à frise sculptée, supportée par
des pilastres de chêne poli.   Les panneaux de la boiserie
étaient encadrés entre de jolies arabesques et portaient
des peintures d'un intérêt tout historique: les portraits
des rois, des gouverneurs, des intendants et des minis-

tres qui avaient été mêlés à la colonisation de la Nouvelle-France.

Au-dessus du fauteuil du gouverneur, les armes
royales brillaient sur un riche écusson, et comme dra-
pées dans un faisceau de pavillons blancs semés de lis
d'or, emblême de la souveraineté de la France.

Le portrait du dernier roi et celui du roi régnant,
étaient suspendus de chaque côté du trône. Parmi les
autres portraits qui ornaient les murs, on remarquait
celui de Richelieu, qui le premier donna un gouvernement politique aux établissements du Saint-Laurent,
un reflet du régime féodal de la France; celui de Colbert
qui utilisa leurs richesses et leurs ressources, en leur
envoyant la fleur de la population de la mère patrie, des
nobles et des paysans de la Normandie, de la Bretagne
et de l'Aquitaine. Là aussi, on pouvait voir les franches
et hardies figures de Cartier, le premier découvreur, et
de Champlain le premier explorateur de la terre nouvelle
et le fondateur de Québec. Là aussi, le vaillant et actif
Louis Buade de Frontenac, à côté de la belle comtesse,
sa femme, surnommée la *divine* à cause de son extrême
amabilité. Et Vaudreuil qui passa une longue vie au
service de son pays ! Et Beauharnois qui résista non
seulement aux cinq nations coalisées, mais à la ligue
bien plus redoutable encore de la Nouvelle-Angleterre !
Et Laval, avec ses traits pleins d'intelligence et de
finesse, Laval qui organisa l'Église et l'instruction dans
la colonie dont il fut le premier évêque. Et Talon, le
plus sage des intendants, qui s'efforça de développer
l'agriculture et le commerce, et d'assurer le bien-être
à tous les nouveaux sujets du roi.

Mais il était là un portrait plus frappant encore que
tous ceux-ci, un portrait digne d'être mis à côté de ceux
des plus grands hommes d'État de la France, le portrait
calme, pâle, ravissant d'inspiration de la Mère Marie
de l'Incarnation, la première supérieure des Ursulines
de Québec. Pour obéir aux ordres du ciel, qu'elle

croyait entendre, l'illustre femme quitta la France et
vint fonder des écoles pour les enfants des nouveaux
colons; elle vint inculquer ses vertus aux jeunes filles
qui devaient être les mères de la Nouvelle-France.

Le gouverneur avait invité deux ou trois ecclésias-
tiques à prendre part aux délibérations du conseil, et à
l'aider de leurs lumières et de leurs avis. Leurs têtes
portaient la tonsure comme une couronne, et leurs robes
noires formaient un étrange contraste avec les brillants
uniformes des officiers. C'étaient l'abbé Métavet,
missionnaire chez les Algonquins du nord, le Père Oubal,
Jésuite, missionnaire chez les Abénaquis de l'est, et le
Père de la Richardie, missionnaire des sauvages tribus
de l'ouest immense.

Mais de tous ces habiles et influents missionnaires
qui gouvernèrent véritablement les nations alliées de
la France, le plus remarquable fut l'abbé Piquet, Sulpi-
cien, le missionnaire du roi, et l'apôtre des Iroquois,
comme l'appelaient les ordonnances royales. Il fit
d'insurmontables efforts pour gagner les cinq cantons à
la France, quand s'éleva entre elle et l'Angleterre, la
grande lutte pour la suprématie dans l'Amérique du
Nord.

Sur la muraille, derrière le siège vice-royal, était
suspendue une large carte géographique dessinée par
cet abbé. Sur cette carte, on voyait toutes les possessions de la France dans l'Amérique du Nord; on voyait
aussi les pays qu'elle réclamait. Une ligne rouge, par-
tant de l'Acadie, s'étendait à l'ouest jusqu'au lac Ontario,
qu'elle prenait, puis courait au sud le long de la crête
des monts Apalaches. De sa main hardie, l'abbé la
poussait jusqu'à la Louisiane, et il réclamait pour la
France, les grandes vallées de l'Ohio et du Mississipi, et
les vastes territoires arrosés par le Missouri et le Colo-
rado, enfermant ainsi les Anglais entre la muraille des
Appalaches, à l'ouest, et les rivages de la mer, à l'est.

L'abbé Piquet venait de descendre la Belle-Rivière
en canot. La Belle-Rivière, c'était le nom que les
voyageurs donnaient à l'Ohio. Il avait partout arboré,
dans les endroits les plus élevés de ses rives, depuis ses
sources jusqu'à sa réunion avec le puissant Meschacébé,
il avait partout arboré les armes de France, et fixé des
tablettes de plomb portant la fleur de lys, et l'orgueilleuse inscription : *Manibus date lilia plenis.* Lys destinés, hélas ! à être foulés aux pieds par les Anglais
victorieux, après une lutte acharnée pour la possession
du territoire.

Effrayé des dangers qui menaçaient la colonie, l'abbé
entreprit avec un zèle extraordinaire, la tâche d'amener
les nations indiennes sous les étendards de la France,
et d'en faire des alliées. Déjà il avait gagné les puissantes tribus des Algonquins et des Nipissings et les
avait placées au lac des Deux-Montagnes, pour protéger
Ville-Marie. Il avait créé une scission profonde entre
les cinq nations, en réveillant adroitement leur vieille
haine contre les Anglais qui empiétaient sur leur domaine
du lac Ontario. Et dernièrement, des bandes d'Iroquois s'étaient rendues auprès du gouverneur de la
Nouvelle-France, pour dénoncer l'Anglais qui méprisait
leurs droits, et leur disputait la possession du sol.

—Les terres que nous possédons, dirent-ils au grand
conseil de Ville-Marie, les terres que nous possédons,
nous ont été données par le maître de la vie et nous ne
reconnaissons point d'autre maître.

L'abbé caressait alors un plan qu'il devait réaliser
plus tard. Sous sa direction, un grand nombre d'Iroquois quittèrent leurs villages de la rivière Mohawk et
de la rivière Génésie, et vinrent se fixer autour du fort
de la Présentation, sur le Saint-Laurent. Ils fermèrent
ainsi cette route aux bandes dévastatrices qui étaient
restées fidèles à l'Angleterre.

En attendant l'arrivée de l'intendant royal, les membres du conseil causaient familièrement. La plupart

s'entretenaient des sujets dont ils seraient saisis offi-
ciellement dans un instant, de l'état de la province, des
mouvements de l'ennemi; et ils ne pouvaient s'empêcher
de témoigner de l'impatience et du mécontentement à
cause du retard de Bigot.

Ils savaient bien ce qui se passait à Beaumanoir, et
leurs regards s'allumaient de colère, et leurs lèvres
exprimaient du mépris.

—J'apprends, par les lettres privées que m'a apportées le *Fleur de Lys*, dit de Beauharnois, qu'entre autres
rumeurs, il en est une fort intéressante et fort inquié-
tante pour nous. Il paraîtrait que nous allons recevoir
l'ordre de démolir et les travaux de défense que nous
avons faits, et ceux qui existaient auparavant. On
pense, là-bas, qu'il vaut mieux donner le prix de ces
fortifications à quelques favoris politiques et à certains
grands personnages de la cour.

Il se tourna vers le gouverneur :

—Votre Excellence a-t-elle entendu parler de quelque
chose ? demanda-t-il.

—Oui, c'est assez vrai, je crois, ce que vous dites là.
J'ai reçu aussi moi quelques communications à ce sujet,
répondit le gouverneur, en faisant un effort inutile pour
paraître calme, et dissimuler la honte et le dégoût qu'il
éprouvait.

Un frémissement de colère passa dans l'assemblée;
plusieurs officiers ouvrirent la bouche pour protester.
Le bouillant Rigaud de Vaudreuil fut le plus prompt.
Il frappa la table d'un coup de poing.

—Nous ordonner, s'écria-t-il, de discontinuer la
construction des murs de Québec ? nous ordonner de
défaire ce qu'a fait la corvée du roi? Ai-je bien entendu,
Excellence ? Le roi est-il fou ?

—Oui, Rigaud, c'est comme je vous l'ai dit. Mais
il nous faut obéir aux ordres du roi, et ne prononcer son
nom qu'avec respect, comme il convient à de fidèles
sujets.

—Ventre-saint-gris! quel Canadien, quel Français a jamais entendu pareille folie ? riposta de Beauharnois. Démantibuler Québec ! Mais, au nom de Dieu, comment défendre alors les domaines du roi et ses fidèles sujets ?

Rigaud s'animait.   Il n'avait pas peur, et n'était pas d'humeur, comme chacun le savait, à cacher sa pensée. Il l'aurait dite au roi lui-même.

—Excellence, continua-t-il, soyez sûre que ce n'est pas le roi qui outrage ainsi la colonie.   Ce sont ses ministres, ce sont ses maîtresses ! des gens qui savent bien comment dépenser l'argent qu'il nous faudrait, pour entourer de murailles notre bonne vieille cité ! Oh ! qu'êtes-vous devenus, vieil honneur, antique esprit chevaleresque de ma France bien-aimée ? qu'êtes-vous devenus !

Rigaud s'assit.   Il était furieux. Les officiers ressentaient trop vivement eux-mêmes l'indignation dont il était rempli, pour ne pas lui donner des marques d'approbation.   Quelques-uns seulement restèrent indifférents; ils étaient les amis de l'intendant qui obéissaient en aveugles aux désirs de la cour.

—Quelle raison Sa Majesté donne-t-elle, pour agir ainsi ? demanda de la Corne de Saint-Luc.

—L'unique raison alléguée se trouve au dernier paragraphe de la dépêche. Je permettrai au secrétaire de lire ce paragraphe, mais rien de plus, avant que l'intendant arrive.

Le gouverneur jeta sur la grande horloge, dans un coin de la salle, un regard chargé de dépit; il avait l'air d'appeler sur la tête de l'intendant, tout autre chose que des bénédictions.

La dépêche disait cyniquement :

«Le comte de la Galissonnière devrait savoir que les gouverneurs des colonies ne peuvent entreprendre que par ordre du roi, des ouvrages comme ceux de Québec. C'est donc le désir de Sa Majesté que Votre Excellence

suspende les travaux commencés, dès qu'elle aura reçu
la présente dépêche.   Plus les fortifications sont éten-
dues et plus il faut de troupes pour les défendre.   Or,
la guerre d'Europe a complètement épuisé les ressources
du royaume.   Il est donc impossible de continuer la
guerre ici, et de payer à tout instant des rançons énor-
mes pour l'Amérique du Nord.»

Le secrétaire plia la dépêche et reprit son siège, sans
qu'une ligne de son visage ne trahit sa froide impassi-
bilité.   Il n'en fut pas ainsi des autres.   Tous étaient
excités, et sur le point de donner libre cours à leur indignation, mais le respect dû au roi les retint.   Seul,
Rigaud de Vaudreuil laissa éclater sa colère dans un
juron énergique, et lança ce sarcasme :

—Ils peuvent vendre tout de suite la Nouvelle-France
à l'ennemi, s'ils laissent Québec sans défense ! Ils manquent d'argent pour continuer la guerre en Europe!
Oui ! ils peuvent bien en manquer d'argent, pour la
guerre ! ils le prodiguent tout aux complaisants et aux
arlequins de la cour !

Le gouverneur se leva soudain, en frappant la table,
avec le fourreau de son épée.   Il voulait arrêter Rigaud
dans ses remarques téméraires et dangereuses.

—Pas un commentaire de plus, chevalier Rigaud !
dit-il d'un ton bref et sévère, pas une parole ! Ici, l'on
parle du roi et de ses ministres avec respect, ou l'on
n'en parle pas du tout.   Asseyez-vous, chevalier de
Vaudreuil; vous êtes un imprudent.

—J'obéis à Votre Excellence.   Je suis, je le sais, un
imprudent, mais j'ai raison !

Rigaud obéissait, mais il n'était pas dompté.   Il
avait eu son franc-parler, tout de même.   Il se rejeta
violemment sur son siège.

—Il faut accepter la dépêche du roi avec respect, et
lui donner toute notre loyale attention, observa de Léry,
un grave et savant officier du génie.   Je ne doute pas,
continua-t-il, que sur l'humble demande du conseil, le

roi ne consente gracieusement à reconsidérer ses ordres.
La chute de Louisbourg est un triste présage pour
Québec. Il est indispensable de fortifier la ville pour
arrêter l'invasion qui nous menace. La perte de Québec
entraînerait la perte de la colonie, et la perte de la colonie serait la honte de la France et la ruine de notre con-
trée.

—Je suis parfaitement d'accord avec le chevalier
de Léry, approuva de la Corne de Saint-Luc. Il y a
plus de bon sens dans ses paroles, qu'il n'y en aurait
dans toute une cargaison de dépêches, comme celle qui
vient de nous être communiquée. Non ! Excellence,
continua le vieil officier en souriant, je ne ferai pas à
mon souverain, l'injure de croire qu'une messive si
inopportune vient de lui. Soyez sûr que Sa Majesté
n'a jamais vu, ni sanctionné pareille dépêche ! C'est
l'œuvre du ministre et de ses maîtresses, mais non du
roi.

—La Corne ! La Corne ! fit le gouverneur. Puis
levant le doigt et jetant un regard qui était un avertis-
sement, il dit :

—Nous ne discuterons pas davantage, tant que nous
n'aurons pas l'honneur d'avoir l'intendant avec nous.
Il ne saurait tarder maintenant.

A ce moment-là, l'on entendit un bruit de voix; des
cris, des clameurs, qui paraissaient venir de loin.

Un officier de service entra précipitamment dans la
salle, et vint dire quelque chose à l'oreille du gouverneur.

—Une bagarre dans les rues ! exclama celui-ci. La
populace qui attaque l'intendant ? Vous n'êtes pas
sérieux ! Capitaine Duval, faites sortir la garde; dites
au colonel de Saint-Remy qu'il en prenne le commandement, qu'il aille au devant de l'intendant, chasse les
perturbateurs et rétablisse la paix dans nos rues.

Plusieurs officiers se levèrent.

—Veuillez vous asseoir, messieurs, pria le gouverneur;
le conseil ne doit pas s'ajourner maintenant. L'inten-

dant sera certainement ici dans quelques minutes, et
nous saurons la cause de ce désordre. Ce n'est rien,
j'en suis sûr: quelques habitants tapageurs, qui auront
fait une petite escapade.

Le bruit recommença soudain, et de la salle du conseil
l'on entendit distinctement les clameurs.

De la Corne de Saint-Luc dit avec ironie :

—C'est le peuple qui acclame l'intendant. Morbleu!
Quel vacarme ! Voilà ce que c'est que d'être populaire
à Québec !

Ce sarcasme fit rire. Quelques amis de Bigot en
furent choqués cependant.

—Le chevalier de la Corne tient un langage assez
hardi, quand l'intendant n'est pas là, observa le colonel
Lebœuf. Un gentilhomme donnerait plus volontiers
un louis d'or, pour un fouet avec lequel il pourrait
flageller la canaille, qu'un sou pour ses applaudissements.
Je ne paierais pas un hareng saur l'estime de tout
Québec.

De la Corne de Saint-Luc riposta d'un ton méprisant :

—On dit en France, colonel, que le son du roi est
meilleur que le blé du peuple, et que le poisson qui s'offre
sur le marché, ne vaut pas le poisson qui est dans l'eau.
C'est aussi ce que je pense, moi, et je prouverai que
c'est vrai, à quiconque soutiendra le contraire.

Il y eut un éclat de rire. De la Corne faisait allusion
à la marquise de Pompadour, dont le nom primitif était
Jeanne Poisson. Ce nom avait donné lieu à bien des
plaisanteries, à bien des sarcasmes, chez les grands
comme chez les petits.

Tout violent qu'il fut, le colonel Lebœuf n'osa pas se
quereller avec de la Corne de Saint-Luc. Il s'assit,
dissimulant sa colère sous un air boudeur. Il aurait
bien voulu sortir et voler au secours de l'intendant,
mais le gouverneur le tenait là, comme il tenait les
autres.

Les tambours de la garde battirent l'appel, et l'on
entendit, dans la cour du château, le cliquetis des armes
et le piétinement des soldats. Les membres du conseil
s'approchèrent des châssis. Les troupes se formaient
en colonnes avec de Saint-Remy en tête, et elles défilèrent
sous la vaste porte. Pendant qu'elles marchaient vers
la scène du désordre, par les rues étroites, les roulements
des tambours couvraient tous les bruits et faisaient
trembler toutes les fenêtres.

XIII

LE CHIEN D'OR

Sur la rue Buade—une rue qui garde le nom du vaillant de Frontenac— s'élevait depuis peu un vaste et imposant édifice, bâti par le bourgeois Philibert. Le bourgeois, c'est ainsi que le peuple de la colonie aimait à appeler Nicolas Jacquin Philibert, le puissant et riche marchand de Québec, qui luttait vaillamment contre le monopole odieux de la grande compagnie.

C'était un édifice en pierre, d'un style simple, d'une apparence solide et sévère. On trouvait, en Nouvelle-France, que c'était une merveille d'achitecture; on en parlait avec admiration, depuis Tadoussac jusqu'à Ville-Marie. Il comprenait la demeure du bourgeois et les bureaux et les magasins nécessaires à son immense commerce.

Il n'y avait aucun ornement, mais on voyait reluire au soleil, sur la façade, ce morceau de sculpture qui piquait si fort la curiosité des habitants et des étrangers, et fut longtemps un sujet de conversation, dans toutes les seigneuries. La tablette du *Chien d'Or*, avec son inscription énigmatique, était là, défiant l'interprétation, au-dessus de la rue active et agitée. Elle est là encore aujourd'hui. Le passant qui la regarde se demande ce qu'elle signifie, et il s'émeut à la pensée du drame sanglant dont elle garde seule le triste souvenir.

Un chien couché ronge un os humain. Au-dessus et au-dessous de ce chien, creusée dans la pierre, comme si les générations futures devaient lire et méditer ses avertissements mystérieux, on peut lire cette fatidique inscription :

> Je suis un chien qui ronge l'o,
> En le rongeant je prend mon repos.
> Un tems viendra qui n'est pas venu,
> Que je morderay qui m'aura mordu.

Dans les magasins du bourgeois Philibert, (15) venaient
s'entasser presque tous les articles de commerce de la
Nouvelle-France.   Les balles de fourrures qu'avaient
apportées, des régions lointaines du Nord-Ouest, des
flottilles de légers canots : peaux du castor timide, de
la loutre gentille, du renard noir et argenté, toutes si
riches d'aspect et si douces au toucher, toutes tant
désirées par les orgueilleuses beautés de partout ;
peaux de veaux-marins pour garnir les toges des gros
bourgmestres, et d'hermines pour border les manteaux
des nobles et des rois; dépouilles des loups, des ours, des
bisons, rendues mœlleuses comme l'étoffe par le travail
des Indiennes, et peaux destinées à assurer la chaleur
et le confort aux rapides traîneaux, quand l'hiver arrive,
que les vents du nord-est soulèvent, comme une poussière d'argent, les tourbillons de neige, ou que, dans leur
marche glorieuse, les aurores boréales s'avancent comme
une armée de lanciers, sous le ciel froid du nord.

Puis, tous les produits de la colonie :   le blé, la laine,
le lin, le bois de construction, le fer des forges royales
des Trois-Rivières, le ginseng des forêts qui valait son
poids d'or, et pour lequel les Chinois donnaient leur thé,
leurs soies et leur argent.

Le bourgeois aurait pu bâtir une flotte entière avec le
bois qu'il avait sur les quais et les rivages du fleuve.
Ses pins superbes auraient fait des mâts dignes du plus
grand vaisseau amiral.

Il possédait Belmont, une demeure splendide d'où
l'œil embrassait toute la pittoresque vallée de la rivière
Saint-Charles.   Mais le nuage qui avait obscurci le
bonheur des autres, s'était aussi arrêté sur sa tête.   Il
avait vu, lui aussi, partir son dernier enfant, son bien-
aimé Pierre.   Le jeune homme avait dû laisser le toit
paternel, pour aller étudier l'art militaire en France.
La maison de Belmont resta déserte pendant l'absence

_____

(15) Voir l'appendice.

de Pierre. Le bourgeois préférait demeurer en ville.
Il pouvait surveiller de plus près ses nombreuses affaires.
La compagne qui avait partagé avec lui une vie de bonheur, était morte depuis longtemps, laissant dans son
cœur un vide que rien n'avait pu combler. Sa maison
hospitalière s'ouvrait toujours grande pour les nombreux
amis. Il était, cependant, grave, seul, et ne s'occupait
du présent que pour ceux qui dépendaient de lui. Il
vivait avec le souvenir ineffaçable de la chère morte, et
avec l'espoir d'un brillant avenir pour son fils.

Il méritait d'attirer l'attention. Il inspirait la confiance. Il était le bras qui soutient, la sagesse qui con-
seille, la sympathie qui console. Grand, fortement
découplé, il avait l'air noble des gens de haute caste, une
belle tête couronnée de cheveux grisonnants, une de ces
têtes où la vie se concentre, que le temps ne dépouille
point et qui emportent dans la tombe, la neige de leur
centième année. Son œil vif vous devinait avant que
vous eussiez parlé. Il était beau, ne riait pas souvent,
car la gaieté avait déserté son cœur. Il pouvait prodiguer ses bontés, mais n'oubliait pas une injure, et exi-
geait une satisfaction complète.

Au moment où nous en sommes arrivés, le bourgeois
était assis à une table, dans son riche salon de la rue
Buade, et lisait en les annotant, les lettres que la frégate lui avait apportées de France.

Une seule personne était avec lui : une vieille dame
à cheveux blancs, vêtue d'une robe noire, selon la
coutume sévère des Huguenots, et coiffée, au grand
désavantage de sa figure effilée mais très douce, d'une
capeline blanche attachée sous le menton. Pas un
bout de ruban, pas un bout de dentelle. Cette vieille
puritaine ne concédait pas l'épaisseur d'un cheveu aux
vanités du siècle, ce qui ne l'empêchait point d'avoir
le meilleur cœur du monde. Elle était vêtue avec tant
de modestie que l'on devinait presque un sacrifice. Le
monde pervers est si friand de tout ce qui ressemble

à la liberté ! Une tresse qui s'égare, un ruban qui se détache, en voilà assez pour faire rêver l'œil curieux.

Mme Rochelle, c'était le nom de cette grave personne, ne manquait certes pas d'intelligence et gouvernait dignement la maison du bourgeois Philibert. Elle venait du Languedoc; cela, du reste, se devinait à ses yeux noirs et surtout à son parler. Elle avait gardé l'accent suave, la douce intonation de son pays natal. Elle était fille d'un ministre calviniste. Elle vint au monde dans la célèbre année de la révocation de l'édit de Nantes, alors que Louis XIV, détruisant l'œuvre de Henri IV, permit les rigueurs administratives qui accompagnèrent la guerre civile, et força une partie de la population, avec ses industries et ses richesses, à s'en aller chercher un asile chez les nations étrangères.

Elle vit les scènes pénibles des grandes luttes religieuses de ce temps, et elle perdit, dans les guerres des Cévennes, tout ce qu'elle possédait de plus cher : son père, ses frères, presque tous ses parents, et finalement son fiancé, un gentilhomme du Dauphiné. Elle vint s'agenouiller sur la place de l'exécution, et quand il arriva, ce martyr de sa croyance, elle mit ses mains dans les siennes et lui jura une éternelle fidélité. Son serment fut irrévocable.

Un officier du roi, le comte Philibert, frère aîné du bourgeois, fut témoin de cette scène touchante. Il eut pitié de la pauvre enfant, et l'amena dans sa famille, où elle demeura toujours. Le bourgeois succéda à son frère mort sans enfant ; puis la maison fut ruinée. L'orpheline ne voulut pas se séparer de ses bienfaiteurs tombés dans l'infortune, et elle les suivit en Nouvelle-France. Elle avait été la fidèle amie de Mme Philibert, dont elle avait élevé les enfants. Maintenant, sur ses vieux jours, elle était la sage confidente du bourgeois, et gouvernait sa maison. Son temps se partageait entre ses devoirs religieux et les soins du ménage. Bien que la lumière surnaturelle qui l'éclairait n'arrivât à elle

que par l'étroite fenêtre d'une croyance étroite, cette
lumière gardait encore quelque chose de sa divine
origine. Sa joie était satisfaite, et elle possédait la rési-
gnation, l'espérance et la tranquillité.

Ses livres préférés étaient la bible, les hymnes de
Marot et les sermons du célèbre Jurieu. Elle avait
entendu les prophéties de la Grande Marie, et reçu le
souffle inspirateur de De Serre, le prophète huguenot,
au sommet du mont Peira.

Elle croyait bien maintenant que parfois encore
s'éveillait cette faculté de lire dans l'avenir, dont sa
jeunesse avait été douée. C'était peut-être les révéla-
tions d'un grand sens naturel et d'une vive intelligence,
les gages d'une âme pure.

Les persécutions que l'on fit souffrir aux calvinistes
des Cévennes, firent naître chez ces gens le fanatisme
du désespoir. De Serre fut suivi d'une foule immense.
Il prétendait donner aux croyants, en soufflant sur eux,
le Saint-Esprit et le don des langues. Des exilés ont
apporté ses doctrines en Angleterre; leurs singulières
idées se sont perpétuées jusqu'à nos jours. On peut
voir encore une secte qui croit au don des langues et
prophétise selon qu'il fut enseigné autrefois dans les
Cévennes.

La vieille dame tenait son livre ouvert devant elle;
cependant elle ne lisait pas, et ses lunettes gisaient en
travers de la page. Assise, rêveuse, près de la fenêtre
ouverte, elle regardait quelquefois dehors, mais rarement
car ses pensées ne sortaient point de la maison. Elle
ressentait beaucoup de joie et de reconnaissance, à cause
du retour de Pierre Philibert, l'enfant qu'elle avait élevé,
et elle arrangeait dans sa mémoire les détails d'un festin
que le bourgeois voulait donner en l'honneur de ce fils
unique.

Le bourgeois finit la lecture de ses lettres et se mit,
aussi lui, à songer en silence. Il était comme la bonne
dame, tout occupé de son fils. Il paraissait rayonnant

de bonheur, comme le vieillard Siméon, quand il s'écria
du fond de son âme : *Nunc dimittis, Domine* !

—Dame Rochelle, commença-t-il,—et elle se retourna
promptement à sa voix,—dame Rochelle, si j'étais
superstitieux, je craindrais que la joie immense dont je
suis rempli depuis le retour de Pierre, ne se change en
une profonde douleur.

—Dieu bénisse Pierre ! répondit-elle. Pierre ne
peut apporter que du bonheur à la maison. Il faut
remercier le Seigneur de ce qu'il nous donne et de ce
qu'il nous ôte ! Il nous a enlevé un adolescent; il nous
a rendu un homme digne de marcher à la droite du roi
et de commander ses armées, comme Benaiah, le fils
de Joïada, commanda les armées de Salomon.

—Grand merci de la comparaison ! fit le bourgeois
en souriant, mais Pierre est Français, et il aimerait
mieux commander une brigade dans l'armée du maréchal de Saxe, que l'armée entière de Salomon. Tout de
même, je me trouve parfaitement heureux aujourd'hui,
Débora,—il l'appelait ainsi quand il était ému,—et je
ne veux pas gâter mon bonheur par une crainte futile.
Bah ! c'est la réaction: j'ai eu trop de félicité à la fois,
je suis faible devant tant de joies.

—Il est une douce voix intérieure, maître, qui nous
parle ainsi, afin que nous cherchions notre appui dans
le ciel et non pas sur la terre où tout passe, où tout est
incertain. L'homme qui a vécu de longues années et
s'en réjouit, ne saurait oublier les jours de ténèbres, car
ils sont nombreux. Nous ne sommes pas étrangers,
maître, aux vanités et aux misères de la vie humaine.
Le retour de Pierre est comme un rayon de soleil qui
traverse les nuages. Dieu aime que nous nous réchauf-
fions au rayon de soleil qu'il nous envoie.

—C'est juste, madame, et c'est ce que nous allons
faire. Les vieux lambris de Belmont vont tressaillir
d'allégresse à l'arrivée de leur futur maître.

Cette dernière parole ravit la vieille dame. Elle savait que Belmont était destiné à Pierre, et le bourgeois avait eu la même pensée qu'elle. C'était à cela sans doute qu'il songeait tout à l'heure.

—Maître, dit-elle, Pierre sait-il que le chevalier Bigot était concerné dans les fausses accusations portées contre vous, et que c'est lui qui, poussé par la princesse de Carignan, fit exécuter l'inique décret de la cour ?

—Je ne crois pas, Débora; je n'ai jamais dit à Pierre que Bigot fût autre chose que l'avocat du roi, dans la persécution que j'ai endurée. C'est ce qui me trouble au milieu de ma joie. Si Pierre savait que l'intendant s'est fait mon accusateur, pour plaire à la princesse, il ne remettrait son épée au fourreau qu'après l'avoir trempée dans son sang.

C'est à peine si je puis me contenir moi-même. La première fois que je l'ai rencontré ici, sous la porte du Palais, je l'ai bien reconnu, et je l'ai regardé en pleine face. Il m'a reconnu lui aussi. Il est hardi, le mâtin ! et n'a pas baissé les yeux. S'il avait souri, je l'aurais frappé. Mais nous sommes passés sans rien dire, échangeant le plus mortel salut, que deux ennemis peuvent échanger. Il est heureux, peut-être, que je n'aie pas eu mon épée ce jour-là, car j'ai senti ma colère s'éveiller. Une chose que je redoute : Pierre ne resterait pas calme comme moi, s'il connaissait l'intendant comme je le connais, son sang est jeune. Mais je n'ose rien lui dire. Il y aurait tout de suite du sang de répandu, Débora.

—Je le crains en effet, maître. En France, j'avais peur de Bigot; j'en ai peur ici, où il est bien plus puissant. Je l'ai vu passer un jour. Il s'est arrêté pour lire l'inscription du *Chien d'Or*. Il est reparti vite, il avait l'air d'un démon. Il avait bien compris.

—Ah ! et vous ne m'avez pas dit cela, Debora ! fit le bourgeois.

Et il se leva tout excité. Il reprit:

—Bigot a lu l'inscription, dites-vous? L'a-t-il toute
lue ? J'espère que chaque lettre a brûlé son âme comme
un fer rouge.

—Cher maître, ce n'est pas là le langage d'un chrétien,
et vous ne pouvez en attendre rien de bon. «Je suis le
Dieu de vengeance, dit le Seigneur.»

Mme Rochelle allait continuer sa leçon de morale,
quand un grand bruit monta de la rue. Il était causé
par une foule de personnes,—des habitants surtout,—
attroupées en face de la maison. Le bourgeois et sa
vieille amie s'interrompirent, vinrent regarder à la fenêtre et aperçurent tous ces gens excités dont le nombre
allait toujours grossissant.

C'étaient des curieux qui venaient voir le *Chien d'Or*
dont on parlait tant, et peut-être aussi qui voulaient
connaître le bourgeois Philibert, ce grand marchand,
défenseur fidèle des droits des habitants, l'adversaire
implacable de la Friponne.

Le bourgeois regardait cette multitude qui croissait
toujours : des habitants, des gens de la ville, des femmes,
des jeunes gens, des vieillards. Il se dissimulait cependant pour n'être pas vu. Il n'aimait pas les démons-
trations, encore moins les ovations. Il put entendre
plusieurs voix assez distinctement et comprendre de
quoi il s'agissait. Ses regards tombèrent plusieurs fois
sur un jeune homme vif et remuant, qu'il reconnut pour
Jean La Marche, le joueur de violon, un censitaire de
Tilly. C'était un original et tout le monde l'entourait.

—Je veux voir le bourgeois Philibert ! cria tout à
coup ce Jean La Marche, c'est le plus honnête marchand
de la Nouvelle-France et le meilleur ami du peuple.
Vive le *Chien d'Or* ! A bas la Friponne !

—Vive le *Chien d'Or* ! A bas la Friponne ! exclamèrent cent voix.

—Chante donc, Jean, fut-il demandé.

—Pas maintenant, j'ai fait une chanson nouvelle sur le *Chien d'Or*, je vous la chanterai ce soir... si vous y tenez.

Jean prit un grand air de modestie pour dire cela. Il riait sous cap, car il savait bien que sa chanson serait accueillie avec autant d'enthousiasme, à Québec, que l'ariette nouvelle d'une prima donna, à l'Opéra de Paris.

—Nous viendrons tous pour l'entendre, Jean. Mais prends garde à ton violon: il va être écrasé par la foule.

—Comme si je ne savais pas avoir soin de mon cher *marmot*, répliqua Jean, en élevant l'instrument au-dessus de sa tête. C'est mon seul enfant, continua-t-il. Je le fais rire et pleurer, aimer et gronder, comme je veux, et je puis vous faire faire de même, à vous tous, rien qu'à toucher les cordes de son âme.

Jean était venu à la corvée, le violon sous le bras. C'était son outil. Il ne savait pas qu'Amphion avait bâti les murs de Thèbes en jouant de la lyre, mais il savait que son violon ranimait le zèle des travailleurs. Il disait souriant :

—Mon violon est joyeux comme les cloches de Tilly, quand elles sonnent pour une noce; il repose de la fatigue et fait aller au travail avec gaieté.

On entendait un grand murmure de voix, des éclats de rire continuels, pas de contredits. Les habitants d'en haut et ceux d'en bas étaient là, mêlés dans une parfaite harmonie, ce qui n'arrivait pas souvent. Personne, même d'entre les Canadiens qui parlaient bien le français, ne songeait à taquiner les Acadiens à cause de leur rude patois.

Quand l'Acadie tomba aux mains des Anglais, un grand nombre de ses habitants montèrent à Québec. C'étaient des gens hardis, robustes, querelleurs, qui s'en allaient çà et là provoquer les autres avec leur provocante interrogation :«Etions pas mon maître, monsieur ?»

Mais ce jour-là, tous se montraient civils, ôtaient leurs tuques et saluaient avec une politesse que n'auraient pas dédaignée les rues de Paris.

La foule augmentait toujours dans la rue Buade. Max Grimau et Bartémy, les deux vigoureux mendiants de la porte de la basse-ville, surent cependant garder leur place accoutumée dans les marches de l'escalier et firent une abondante récolte de gros sous.   Max était un vieux soldat en retraite, encore vêtu de l'uniforme qu'il portait à la défense de Prague, sous le maréchal de Belle-Isle; mais l'uniforme était en guenilles

Bartémy était aveugle et mendiant de naissance.   Le premier était un bavard, un importun; le second un homme silencieux, qui ne faisait que tendre au passant sa main tremblante.   Pas un ministre de finances, pas un intendant royal n'ont jamais cherché avec autant d'ardeur et autant de succès, peut-être, les moyens de taxer un royaume, que Max et l'aveugle, les moyens de taxer les passants.

C'était une bonne journée pour nos deux mendiants. La nouvelle que l'on faisait une ovation au bourgeois s'était vite répandue, et les habitants montaient par groupes à la haute-ville, les uns suivant la côte escarpée, les autres prenant les grands escaliers bordés des tentes des colporteurs basques, coquins qui avaient la langue bien pendue !

Les escaliers partaient de la rue Champlain, pour aboutir dans la côte.   C'était un casse-cou que les vieillards et les asthmatiques n'aimaient guère, mais ce n'était rien pour les *grimpereaux*, comme les habitants appelaient les petits garçons de la ville, ni pour le pied agile des fillettes qui couraient à l'église ou au marché.

Max Grimau et l'aveugle Bartémy avaient fini de compter leur monnaie.   Les gens arrivaient toujours, et depuis la porte de la basse-ville jusqu'à la cathédrale, la rue était remplie d'une foule paisible qui voulait voir le *Chien d'Or* et connaître le bourgeois.

Alors, des gentilshommes qui chevauchaient à toute vitesse s'engagèrent dans la rue Buade et voulurent se frayer un passage. Ils n'y réussirent pas, et restèrent enfermés.

C'étaient l'intendant, Cadet, Varin et tous les vils hôtes de Beaumanoir qui revenaient à la ville. Ils parlaient, criaient, riaient, faisaient tout le tapage possible, comme font d'ordinaire les désœuvrés, surtout quand ils ont bu.

—Que signifie ce tumulte, Cadet ? demanda Bigot, je crois que ce ne sont pas vos amis. Cet individu voudrait vous voir chez le diable, ajouta-t-il en riant.

Il montrait un habitant qui criait à pleine tête :«A bas Cadet !»

—Pas plus les vôtres, riposta Cadet. Ils ne vous ont pas encore reconnu, Bigot. Laissez faire, vous allez avoir votre tour. Ils ne vous placeront pas moins chaudement que moi.

Les habitants ne connaissaient point l'intendant, mais ils connaissaient bien Cadet, Varin et les autres, et quand ils les aperçurent ils leur jetèrent des malédictions.

—Est-ce que ces gens-là nous arrêtent pour nous insulter ? demanda Bigot. Il n'est pas naturel pourtant de supposer qu'ils connaissent notre retour.

Et tout impatient, il essaya de faire avancer son cheval, mais inutilement.

—Oh ! non, Excellence ! c'est la populace que le gouverneur a mandé pour la corvée du roi. Elle vient présenter ses hommages au *Chien d'Or*. Le *Chien d'Or*, c'est son idole ! J'imagine qu'elle ne s'attendait pas à nous voir la troubler dans ses dévotions.

—Les vils moutons ! ils ne valent pas la peine d'être tondus ! s'écria Bigot avec colère, en regardant le *Chien d'Or* qui semblait le défier.

—Rangez-vous, vilains ! fit-il aussitôt, en éperon-

nant son cheval.   Lancez au milieu d'eux votre vaillant
flamand, Cadet, et n'épargnez pas les pieds.

C'était justement ce que Cadet voulait .

—Venez, Varin, cria-t-il, venez tous ! donnez de
l'éperon et ouvrez-vous un chemin dans cette tourbe.

Tous les cavaliers s'élancèrent frappant de droite et
de gauche avec leurs pesants fouets de chasse.   Il s'en
suivit une violente mêlée.   Plusieurs habitants furent
foulés aux pieds des chevaux et plusieurs gentilshommes
vidèrent les étriers.   L'intendant était furieux: son sang
gascon s'échauffait vite.   Il frappait de son mieux, et on
pouvait le suivre à la trace ensanglantée qu'il laissait.

Il fut reconnu à la fin, et une clameur immense retentit :

—Vive le *Chien d'Or* ! A bas la Friponne !

Quelques-uns des plus hardis se risquèrent à crier :

—A bas l'intendant ! à bas les voleurs de la grande
compagnie !

Par bonheur, les habitants n'avaient point d'armes.
Ils se mirent à lancer des pierres et essayèrent de dé-
monter les gens à cheval.   Ils en renversèrent plusieurs.
L'amour de Jean La Marche, son cher violon, périt
écrasé dans la première charge.   Jean se précipita à la
bride du cheval de l'intendant, mais il reçut un coup qui
le renversa.

L'intendant et ses amis tirèrent l'épée.   Une catas-
trophe était imminente.   Alors, le bourgeois envoya un
messager au château, puis il s'élança au milieu de la
foule, suppliant et menaçant.

On le reconnut aussitôt et il fut acclamé.   Avec toute
son influence, il n'aurait pas réussi, cependant, à calmer
la fureur soulevée par les violences de Bigot; mais les
soldats s'avançaient et le roulement de leurs tambours
couvrit le bruit de la bagarre.

Quelques minutes encore, et une longue file de baïonnettes étincelantes, ondula dans la rue du Fort.   C'é-
taient les troupes du colonel de Saint-Remy.   Elles se

préparèrent à charger la foule. Mais le colonel, qui
était un homme de sens, vit d'un coup d'œil ce qui se
passait, et il commanda la paix avant d'employer la
force pour la rétablir. Le peuple obéit aussitôt, et calme
et silencieux, se retira paisiblement devant les troupes.
Il n'avait assurément pas l'intention de résister à l'autorité. Les soldats ouvrirent un chemin et l'intendant
put s'éloigner avec ses amis.

Ils furent poursuivis par une volée d'imprécations.
Ils répondirent bien, du reste; et jurant, blasphémant,
ils traversèrent la place d'Armes au galop, et se préci-
pitèrent pêle-mêle sous la porte du château Saint-Louis.

Tout entra dans le silence. Quelques-uns des plus
timides avaient peur, cependant, des conséquences de
cet attentat sur la personne de l'intendant royal. Mais
tous s'en allèrent, par groupes ou seul à seul, espérant
bien qu'on ne leur demanderait jamais compte de l'affaire de ce jour.

L'intendant et ses amis arrivèrent à toute bride dans
la cour du château. Ils étaient furieux. Plusieurs
avaient perdu leurs chapeaux; tous étaient ébouriffés,
et dans un état déplorable. Ils descendirent de
leurs chevaux, s'élancèrent dans les corridors, jurant
comme des démons et faisant retentir les dalles sous
leurs pas irrités. Ils entrèrent dans la salle du conseil.

Bigot avait des flammes dans les yeux, dans toute la
figure. Un éclair dans une tempête ! Il s'approcha de
la table, salua le gouverneur et, faisant un violent effort
pour se contenir, il dit d'une voix encore courroucée :

—Votre Excellence et messieurs du conseil nous par-
donneront notre retard, quand ils apprendront que moi,
l'intendant royal de la Nouvelle-France, ai été insulté,
assailli et menacé de mort, même dans les rues de Québec,
par une vile populace.

—Je le regrette beaucoup, et je vous prie de croire que
je partage votre indignation, répondit le gouverneur.
Je me réjouis de vous voir sain et sauf, continua-t-il.

J'ai envoyé des troupes à votre secours, mais j'ignore encore, cependant, la cause de cette sédition.

—La cause de cette sédition ! c'est la haine que le peuple m'a vouée, parce que je fais exécuter fidèlement les ordonnances royales; mais celui qui soulève la foule et lui donne l'exemple de l'insubordination; celui qui est au fond de toutes les insultes que l'on nous fait ici, c'est ce notoire Philibert, Philibert le marchand !

Le gouverneur regarda l'intendant avec assurance, et lui répondit :

—Le sieur Philibert est marchand, c'est vrai, mais il est gentilhomme de naissance, et ses principes sont des plus loyaux. Il serait, j'en suis sûr, le dernier homme qui voulut fomenter quelque trouble. L'avez-vous vu, chevalier ?

—La multitude encombrait la rue, en face de ses magasins, et criait des vivats pour le *Chien d'Or*. Nous essayâmes de passer; cela fut impossible. Je ne l'ai aperçu, lui, qu'au moment où la confusion était à son comble.

—Et je suis certain, chevalier, qu'il n'encourageait pas les émeutiers.

—Je ne l'accuse point ; mais ces canailles-là étaient de ses amis, de ses partisans. Néanmoins, je serai assez juste pour déclarer qu'il a fait son possible pour nous protéger, ajouta-t-il, car il savait bien qu'il lui devait la vie probablement.

Il reprit aussitôt :

—J'accuse Philibert de semer l'esprit de révolte, qui produit les émeutes;je ne le crois pas émeutier lui-même.

—Moi, je l'accuse de ces deux crimes et de tout le mal qu'a fait la populace ! hurla Varin, enragé d'entendre l'intendant parler avec modération. La maison du *Chien d'Or* est un repaire de traîtres, fit-il. Il faudrait la renverser de fond en comble, et en prendre la pierre pour élever un monument d'infamie sur le cadavre de son propriétaire... de son propriétaire que l'on aurait fait pendre comme un chien, d'abord, sur la place du marché.

—Silence, Varin ! exclama le gouverneur avec sévérité. Je ne veux pas que l'on parle en termes injurieux du sieur Philibert. L'intendant ne l'accuse point d'avoir pris part à cette émeute, et vous non plus, n'est-ce pas ?

—Pour Dieu ! Varin, vous ne le ferez point, non! et vous allez me rendre compte des paroles que vous venez de prononcer ! s'écria de la Corne de Saint-Luc, indigné de voir son ami le bourgeois si cruellement outragé.

—La Corne ! La Corne, nous sommes en conseil de guerre, où il ne convient pas de faire des récriminations, dit le gouverneur.

Il parlait presque avec véhémence. Il prévoyait une rencontre, et voulait la conjurer. Il ajouta :

—Asseyez-vous, mon vieil ami, et aidez-moi à faire ce que demandent de nous le roi et la colonie; nous sommes ici pour cela.

De la Corne reprit son siège. Ces paroles l'avaient désarmé.

Le gouverneur continua en s'adressant à l'intendant:

—Vous avez parlé du bourgeois Philibert d'une manière généreuse, chevalier Bigot; cela me fait plaisir. Le colonel Philibert, mon aide de camp, vient justement d'entrer; il sera heureux de vous voir rendre ainsi justice à son père.

—Foin de la justice ! marmotta Cadet. Que j'ai été niais de ne pas profiter de la chance qui s'est offerte ! j'aurais dû lui passer mon épée au travers du corps, à ce bourgeois.

Le gouverneur raconta à Philibert ce qui venait d'avoir lieu. Philibert s'inclina en regardant Bigot :

—Je suis fort reconnaissant à l'intendant, dit-il, mais je m'étonnerais que l'on osât impliquer mon père dans cette affaire. L'intendant n'a fait que se montrer juste.

Bigot n'aimait pas mieux le colonel Philibert que le bourgeois, et cette observation lui déplut.   Il répliqua froidement :

—J'ai dit, colonel, que votre père n'avait pas pris une part active à l'émeute, mais je ne saurais l'excuser de se mettre à la tête du parti qui nous outrage continuellement. Je n'ai pas peur de dire la vérité.   Quand j'ai mon opinion sur un homme, je l'ai.   Je me soucie du bourgeois comme de la dernière tuque bleue de son entourage.

C'étaient des paroles malheureuses; il le comprit bien. Mais il regrettait presque d'avoir rendu témoignage au bourgeois.   Il avait dit la vérité parce qu'elle est plus facile à dire.   Il ne se gênait jamais, c'était son principe.   Il n'était point poltron, n'avait peur de rien et ne respectait personne.   S'il faisait un mensonge, c'était sans scrupule, de propos délibéré et quand la chose en valait la peine.   Mais alors il s'accusait de n'être même pas un homme.

Le colonel Philibert ressentit vivement l'injure faite à son père.   Il regarda Bigot, en face :

—Le chevalier Bigot, dit-il, n'a fait que rendre simple justice à mon père, en cette occasion.   Mais qu'il veuille bien se rappeler, le chevalier, que mon père, bien que marchand ici, est avant tout un gentilhomme normand,—un gentilhomme qui n'a jamais forfait à l'honneur,—un gentilhomme dont l'ancienne noblesse peut rendre jaloux l'intendant lui-même.

Bigot lança un regard courroucé au colonel.   C'était une allusion à sa noblesse de fraîche date.

—J'ajouterai un mot, reprit Philibert, en fixant tour à tour Bigot, Cadet et Varin; quiconque attaque mon père m'attaque moi-même, et nul, s'il le fait, qu'il soit petit ou grand, n'échappera au châtiment que je lui réserve.

La plupart des officiers s'approchèrent de la table en donnant des marques d'approbation à Philibert.   Personne d'entre les amis de l'intendant, ne releva le défi. Ils se bornèrent à se regarder les uns les autres. Bigot dissimula sa fureur, et pour prévenir toute réplique nouvelle, il se leva et pria le gouverneur d'ouvrir la séance.

—Nous perdons, dit-il, en récriminations personnelles, un temps précieux que nous devons au roi. Je saisirai le tribunal de cette affaire, et j'espère que les instigateurs de l'émeute comme les émeutiers, seront sévèrement punis de l'outrage qu'ils ont fait à l'autorité royale.

Ces paroles mirent fin à la dispute, du moins pour le moment.

XIV

LE CONSEIL DE GUERRE

La séance fut régulièrement ouverte et le secrétaire lut les dépêches royales. La lecture fut écoutée avec attention et respect; mais il était facile de voir qu'il y avait divergence d'opinion chez les conseillers.

Le gouverneur se leva et d'une voix calme, presque solennelle, il dit :

—Messieurs, ces dépêches dont vous venez d'entendre la lecture, nous apprennent que notre France bien-aimée est dans un grand danger. Pour lutter contre les puissances alliées, le roi a besoin de toutes les forces; il ne peut donc plus nous envoyer de secours.

—Aujourd'hui la flotte anglaise est souveraine... Demain elle ne le sera plus.—On eut dit qu'il prédisait ses futures victoires sur l'océan.—Des troupes anglaises arrivent à New York et à Boston. Elles vont s'unir aux armées américaines pour attaquer la Nouvelle-France.

—L'ennemi a commencé la construction d'un grand fort à Chouaguen, sur le lac Ontario, pour faire échec à notre forteresse de Niagara. Bientôt aussi l'on saura sans doute si Carillon est capable de protéger la vallée du Richelieu.

—Je ne suis pas inquiet de Carillon, messieurs, car c'est le comte de Lusignan qui en est le gardien,— le comte de Lusignan que j'ai le plaisir de voir au milieu de vous.

Le comte de Lusignan, cheveux gris, air martial, salua respectueusement. Le gouverneur continua :

—Les dépêches nous conseillent de retirer les troupes de Carillon, cependant; je demande au comte quel sera, dans son opinion, le résultat de ce fait, s'il s'accomplit.

—Si nous commettons une pareille folie, s'écria de Lusignan, dans huit jours les cinq nations seront sur le Richelieu, et dans un mois les Anglais seront dans Montréal.

—Alors, comte, vous ne conseillez pas d'abandonner Carillon ? Et le gouverneur sourit en disant cela, car il comprenait bien lui aussi l'absurdité d'une pareille question.

—Pas avant que Québec lui-même soit tombé ! Et alors le vieux comte de Lusignan ne pourra plus aviser Sa Majesté . . .

—Bien dit ! comte, bien dit ! Avec vous Carillon est sauvé ! Si un jour l'ennemi ose l'attaquer, il s'emplira, ce vieux fort, des riches dépouilles de la victoire, et son drapeau deviendra l'orgueil de la Nouvelle-France !

—Puisse-t-il en être ainsi, gouverneur ! Donnez-moi seulement le Royal-Roussillon, et je vous jure que jamais Anglais, Hollandais ou Iroquois ne traversera les eaux du lac Saint-Sacrement !

—Comte, vous parlez comme le croisé, votre ancêtre. Mais, avec regret, je ne puis pas vous donner le Royal-Roussillon.   Ne pensez-vous pas qu'il soit possible de tenir avec la garnison que vous avez ?

—Contre les forces de la Nouvelle-Angleterre, oui; mais peut-être pas contre les réguliers anglais qui débarquent à New York.

—Ce sont ceux que le roi a vaincus à Fontenoy, n'est-ce pas ? demanda l'intendant, qui tout courtisan qu'il était, n'aimait guère, non plus, la teneur des dépêches; car il savait bien que ce n'était point pour l'honneur de la France que la Pompadour voulait la paix.

—Plusieurs de ces réguliers ont en effet combattu à Fontenoy, répondit de Lusignan. Je le tiens d'un prisonnier anglais que les Indiens ont amené au fort Lydius.

—Alors, riposta de la Corne de Saint-Luc, plus il y en
aura de ceux-là et plus ce sera drôle ! Plus le prix est
élevé et plus s'enrichit celui qui le gagne ! Le riche
trésor de la vieille Angleterre va payer pour la besace
de la nouvelle ! Dans l'Acadie, tout ce que nous avons
pu obtenir, ça été du hareng boucané et des jarretières
de peau d'anguille pour nous préserver des rhumatismes !

—Les Anglais de Fontenoy ne sont pas trop à dédai-
gner, observa le chevalier de Léry. Ils ont pris Louisbourg, et ils prendront Québec si nous discontinuons nos
travaux de fortifications.

—Ce ne sont pas eux qui ont pris Louisbourg, riposta
Bigot, fort contrarié. Il n'aimait pas en effet qu'on
parlât de cette place où il avait joué un si déplorable
rôle.

—Louisbourg est tombé par la mutinerie des Suisses !
ajouta-t-il aussitôt avec colère. Ces vils mercenaires
voulaient extorquer l'argent de leurs commandants,
tandis que c'était le sang de l'ennemi qu'ils auraient dû
demander.

De la Corne de Saint-Luc se pencha alors vers un
officier acadien qui était assis à côté de lui :

—Morbleu ! lui dit-il, Satan qui a du toupet, rougi-
rait d'entendre Bigot. Bigot avait les clefs du trésor,
et il refusa de payer aux soldats leur salaire: de là la
révolte et la chute de Louisbourg.

—Toute l'armée sait cela, répliqua l'officier. Mais,
écoutez ! l'abbé Piquet va parler. C'est assez nouveau
de voir les prêtres dans un conseil de guerre.

—Personne plus que l'abbé Piquet n'a le droit de
parler ici, répondit de la Corne; personne n'a trouvé
chez les Sauvages autant d'alliés à la France que ce
patriotique abbé !

Quelques-uns ne partageaient pas les généreux sentiments du vieux soldat. Ils s'imaginaient que c'était
déroger aux nobles coutumes militaires que de permettre
à un abbé de prendre part aux délibérations.

Il y avait là un féroce disciple de La Serre.

—Le maréchal de Belle-Isle ne permettait pas même au cardinal Fleury, dit-il, de montrer ses bas rouges dans un conseil de guerre, et ici nous souffrons que tout un troupeau de robes noires s'en vienne se mêler à nos uniformes. Que dirait Voltaire ?

L'armée n'aimait pas l'abbé Piquet, parce qu'il faisait tout en son pouvoir pour empêcher les troupes françaises de s'introduire dans ses missions. Elles démoralisaient les néophytes. Il déployait un grand zèle pour la répression des abus, et les officiers qui, pour la plupart, avaient des intérêts dans le trafic lucratif des liqueurs, se plaignaient amèrement de l'autorité qu'il s'arrogeait.

Le fameux missionnaire du roi remarqua bien l'air de dédain de quelques officiers. Il se leva. Son maintien, digne et imposant, proclamait qu'il avait le droit d'être là et de parler.

Avec son front haut et basané, son œil vif, son air résolu, il aurait bien porté le chapeau à plume de maréchal. Dans sa soutane noire aux larges plis, il ressemblait à ces graves sénateurs de Venise, qui n'hésitaient jamais à remplir un devoir, si pénible qu'il fût, lorsque le salut de l'État le demandait.

Il tenait à la main un rouleau de wampum. C'était le gage des traités de paix qu'il avait conclus avec les tribus indiennes, et le signe par lequel elles promettaient alliance et secours au grand Onontio, comme elles appelaient le gouverneur de la Nouvelle-France.

«Monseigneur le gouverneur, commença l'abbé, en déposant le rouleau sur la table, je vous remercie de l'honneur que vous faites aux missionnaires, en les admettant au conseil. Ce n'est pas en qualité de ministre du Seigneur, mais en qualité d'ambassadeur du roi que nous sommes ici, maintenant. J'avoue cependant que nous avons travaillé pour la gloire de Dieu et la manifestation de notre divine religion.

«Voici les gages des traités que nous avons conclus
avec les nombreuses et guerrières tribus de l'Occident.
Je vous apporte, Excellence, des garanties de l'alliance
des Miamis et des Shawnees de la grande vallée de la
Belle-Rivière, l'Ohio. Je suis chargé de dire à Onontio
qu'elles sont en paix avec notre roi et en guerre pour
jamais avec ses ennemis.

«Au nom de notre belle France, j'ai pris possession
des terres et des eaux depuis les Alleghanys jusqu'à la
Louisiane. Les Sacs et les Renards du Mississipi, les
Pottawatomis, les Winnebagos et les Chippewas des
cent tribus qui pêchent dans les Grands Lacs et les longues rivières de l'ouest; les belliqueux Outaouais qui
ont porté jusque sur les bords du lac Erié le langage des
Algonquins, enfin tous les ennemis des Iroquois se sont
engagés à marcher contre les Anglais et les cinq nations,
quand vous ordonnerez de déterrer la hache de guerre.
L'été prochain, tous les chefs de ces tribus viendront
à Québec, pour ratifier, dans une assemblée solennelle,
les engagements qu'ils ont pris.»

L'abbé se mit à dérouler alors, avec la lenteur pleine
de dignité des Indiens, les bandes de wampum.   Elles
étaient plus ou moins longues, selon la durée de l'alliance
de chaque tribu. Il donna les explications nécessaires
et montra le sceau, ou la signature de chacun des chefs.
Cette signature était ordinairement une bête, un oiseau
ou un poisson.

Le conseil examina avec beaucoup d'intérêt ce document d'un genre nouveau. Il savait quelle part importante ces Indiens pouvaient prendre dans une guerre
contre l'Angleterre.

—«Vous nous apportez des gages d'une grande valeur,
et nous les acceptons avec reconnaissance, monsieur
l'abbé, répondit le gouverneur. Ils prouvent à la fois
et votre habilité et votre dévouement au roi.   Vous vous
êtes acquittés d'un grand devoir et vous l'avez fait avec
adresse, vous et vos confrères missionnaires. Ce sera

avec plaisir que je dirai ces choses à Sa Majesté. L'étoile
de l'espérance brille à l'Occident, comme pour nous
empêcher de désespérer à la vue des nuages qui s'élè-
vent de l'Orient.

«La perte de l'Acadie, dans le cas où elle serait définitive, se trouverait amplement compensée par l'acqui-
sition de ces immenses et fertiles territoires de la Belle-
Rivière et de l'Illinois.

«Les missionnaires ont gagné les cœurs des tribus de
l'ouest. Nous pouvons donc espérer, aujourd'hui, de
relier, par une chaîne continue d'établissements français, la Nouvelle-France à la Louisiane !

«Acquérir ces vastes contrées couvertes de forêts
vieilles comme le monde, et fertiles comme la Provence
et la Normandie, ah ! c'est le rêve que je fais depuis
que Sa Majesté m'a honoré du gouvernement de cette
province !

«Toute ma vie j'ai servi mon roi, continua-t-il, et je
l'ai servi avec honneur et distinction même, —permettez-moi de me rendre ce témoignage tout intime.»

Il parlait avec une noble franchise et une mâle assurance. Mais aucun sentiment de vanité réelle n'inspirait ses paroles.

«J'ai rendu de grands services à mon pays, continua-
t-il, mais je pourrais lui en rendre de plus grands encore,
en transplantant dans les vallées de l'ouest, dix
mille paysans et ouvriers de France, pour apprendre à
ces solitudes à ne répéter jamais que des accents français !

«La guerre actuelle peut finir d'un moment à l'autre.
Je crois qu'elle achève. La dernière victoire de Lawfelt
a porté aux alliés commandés par Cumberland, un coup
aussi rude qu'à Fontenoy.

«On parle, en Europe, de reprendre les négociations
au sujet de la paix: que les pacificateurs se hâtent et
que Dieu les bénisse ! Si la paix nous est rendue et si
la France reste fidèle à elle-même, elle se hâtera de

peupler la vallée de l'Ohio et de s'assurer la souveraineté
en Amérique.

«Mais il nous faut en même temps garder tous nos
forts, les plus éloignés comme les plus rapprochés, et ne
pas céder un pouce de terrain.   Il faut fortifier Québec
et le rendre inexpugnable.   En conséquence, je joindrai
ma voix à la vôtre, messieurs, pour représenter respectueusement au comte de Maurepas, combien sont inopportunes les dépêches que nous venons de recevoir.

«J'espère que l'intendant royal voudra bien, maintenant, nous faire connaître son opinion sur le sujet, et je
serai heureux d'avoir sa coopération dans une mesure
si importante pour la colonie et pour la France.»

Le gouverneur prit son siège.

L'intendant n'était pas un partisan de la paix: la
grande compagnie avait, en effet, toutes les raisons du
monde de désirer la continuation de la guerre.

Elle avait le monopole du commerce et de l'approvi-
sionnement des armées.   La paix aurait vite tari les
sources de ces immenses richesses que les associés amas-
saient si vite et dépensaient si follement.   Elle aurait
rendu le commerce libre et débarrassé la population du
joug pesant qui l'écrasait.

Bigot prévoyait bien que, dans le calme et les loisirs
de la paix, les plaintes qui pourraient s'élever au milieu du peuple seraient écoutées.   On le dénoncerait à
cause de ses exactions, et qui sait ? ses amis de la cour
ne seraient peut-être pas capables de les sauver de la
ruine, ni même du châtiment, lui et ses compagnons.

Il savait cependant qu'il n'avait rien à craindre tant
que la marquise de Pompadour gouvernerait le roi et le
royaume.   Mais Louis XV était capricieux et infidèle
dans ses amours.   Il avait changé maintes fois de maîtresses et de politique.   Il pouvait changer encore pour
le malheur de Bigot et de tous les protégés de la Pompadour.

Les lettres que Bigot venait de recevoir par le *Fleur de Lys* étaient plutôt alarmantes. On chuchotait à la cour que la maîtresse du roi allait avoir une rivale. La belle Lange Vaubernier avait attiré l'attention de Louis, et les courtisans expérimentés devinaient en elle la future favorite.

Cette petite rieuse de Vaubernier était loin, alors, de prévoir qu'après la mort de la Pompadour, elle deviendrait la comtesse du Barry, la dame du palais. Elle était bien plus loin encore de deviner ce qui l'attendait dans sa vieillesse, sous le règne suivant. Non ! elle ne prévoyait pas qu'elle serait traînée à la guillotine; qu'elle remplirait les rues de Paris de ses gémissements ! qu'au-dessus des hurlements de la tourbe révolutionnaire on l'entendrait s'écrier :«Laissez-moi la vie ! la vie ! et je me repentirai ! la vie ! et je me dévouerai à la république ! la vie ! et je donnerai toutes mes richesses à la nation !»

Supplications inutiles d'une âme passionnée ! La mort ! c'est la mort qui devait lui répondre !

Ces jours de ténèbres étaient encore dans le sein de Dieu.

La jeune étourdie de Vaubernier cherchait alors à prendre le cœur du roi, et cela causait une grande inquiétude à l'intendant. La disgrâce de la Pompadour, c'était le signal de sa ruine et de la ruine de ses associés. C'était à cause des intrigues de cette fille, que la puissante courtisane avait tout à coup incliné vers la paix. Elle voulait garder le roi près d'elle.

Ainsi, le mot paix et le nom de Vaubernier paraissaient également odieux à Bigot, et il ne savait réellement pas comment agir.

Mauvais citoyen, homme d'État corrompu, il était français toujours, et toujours il se montrait fier des succès et de la gloire de sa nation. D'une main il pillait le trésor public et de l'autre, il tenait une épée, pour défendre jusqu'à la mort, s'il le fallait, sa belle patrie.

Il aurait voulu écraser l'Angleterre sur le sol de l'Amérique. La perte de Louisbourg le désola; c'était une victoire de l'ennemi. Pourtant, il y eut beaucoup de sa faute dans ce malheur.

Aux derniers jours de la Nouvelle-France, lorsque Montcalm fut tombé, il céda le dernier; et quand tous les autres conseillèrent de battre en retraite, il ne voulait pas consentir à livrer Québec aux Anglais.

Il se leva pour répondre à l'invitation du gouverneur. Il promena sur le conseil un regard froid mais respectueux, puis, élevant sa main chargée des diamants que lui avaient donnés les favorites et les courtisans, il dit:

«Messieurs du conseil de guerre, j'approuve de tout mon cœur ce que vient de dire Son Excellence, au sujet de nos fortifications et de la défense de nos frontières. C'est notre devoir, comme conseillers du roi dans la colonie, de protester humblement contre les allégués des dépêches du comte de Maurepas.

«Québec, bien fortifié, vaut une armée sur le champ de bataille, et ce n'est qu'en défendant ses murs qu'on peut sauver la colonie. Il ne peut y avoir qu'une seule opinion à ce sujet, dans le conseil, et cette opinion devrait être immédiatement soumise à Sa Majesté.

«Le fardeau de la guerre est bien lourd pour nous aujourd'hui.

«Nos relations avec la France sont devenues bien difficiles, depuis que le marquis de la Jonquière a perdu sa flotte. Le Canada est presque livré à ses seules ressources.

«Mais, Français ! plus le péril est grand et plus grande sera notre gloire, si nous savons nous défendre ! Et je suis plein de confiance !»

Tous se tournèrent vers lui en signe d'approbation. Il les regarda avec orgueil, puis continua :

«Oui, je suis plein de confiance ! et je suis certain que tous les habiles, vaillants et dévoués officiers que je vois autour de cette table, sauront encore repousser l'ennemi, et conduire à de nouveaux triomphes notre royal étendard ! »

Ces paroles flatteuses, dites à propos, soulevèrent l'enthousiasme, et furent couvertes par des applaudissements.

—Bien dit ! chevalier intendant, bien dit ! s'écriat-on.

—Je félicite sincèrement le vénérable abbé Piquet, continua Bigot, sur les succès étonnants qu'il a eus, auprès des belliqueuses tribus de l'ouest. Grâce à lui, les ennemis du roi sont devenus ses meilleurs alliés. Comme intendant royal, je fais des vœux pour que le digne abbé réussisse à bâtir un fort, et à créer une mission à la Présentation. C'est en effet le meilleur moyen de diviser les forces des Iroquois.

De la Corne de Saint-Luc murmura à l'Acadien qui était assis près de lui :

—C'est fort bien dit : le diable lui-même ne parlerait pas mieux. Bigot est comme une cloche, qui résonne harmonieusement si l'on sait comment la frapper. Il est malheureux qu'un homme aussi habile ne soit qu'un fripon.

—Les belles paroles ne mettent pas de beurre sur le pain, colonel, répondit l'Acadien, que nulle éloquence ne pouvait désarmer. Bigot a vendu Louisbourg !

C'était une opinion accréditée en Acadie, mais elle n'était pas fondée.

—Bigot sait bien beurrer son pain, riposta de la Corne. Tout de même j'étais loin de croire qu'il prendrait cette position. C'est la première fois qu'il se déclare contre Versailles. Il y a quelque chose dans l'air. La machine se détraque. Il doit y avoir une femme au fond de l'affaire. Mais, écoutons, il continue.

L'intendant, après avoir examiné certains papiers, se mit à parler des ressources de la colonie, du nombre d'hommes en état de porter les armes, des munitions et du matériel de guerre qui se trouvaient dans les maga-

sins, et de la force relative des diverses provinces. Il
maniait les chiffres comme un jongleur indien, les billes.
Il en arriva à la conclusion que la colonie, laissée à ses
propres ressources, pouvait lutter pendant deux ans
encore contre l'Angleterre.

Ses paroles produisirent une excellente impression,
et quand il s'assit, ses adversaires mêmes avouèrent
qu'il avait parlé comme un administrateur habile et
un vrai Français.

Cadet et Varin donnèrent à leur chef la plus chaude
adhésion. Quelque pervers qu'ils fussent, dans la vie
privée comme dans la vie publique, ils ne manquaient
ni de clairvoyance ni de courage. Ils volaient leur pays,
mais se tenaient prêts à le défendre contre l'ennemi.

D'autres parlèrent à leur tour. Des hommes dont
les noms étaient bien connus déjà ou devaient l'être
plus tard: De la Corne de Saint-Luc, Céleron de Bien-
ville, le colonel Philibert, le chevalier de Beaujeu, les
de Villiers, Le Gardeur de Saint-Pierre et de Léry.

Tous approuvèrent le gouverneur et l'intendant; tous
furent d'accord sur la nécessité de fortifier Québec et de
garder sérieusement la frontière. En effet, le traité
d'Aix-la-Chapelle pouvait être conclu d'un moment à
l'autre,—comme il le fut en effet,—aux conditions de
l'*Uti possidetis*, et en prévision de ces conditions possi-
bles, la Nouvelle-France devait veiller d'un œil jaloux
sur tout son territoire.

Les délibérations du conseil furent longues et animées.
Il fallut examiner attentivement et discuter les rapports
des commandants postés sur la frontière, les plans de
défense, d'attaque et de conquête, les forces et les desseins de l'ennemi. Quelques descendants des partisans
de Cromwell, venus en Amérique, républicains intraita-
bles qui détestaient l'Angleterre, et la trahissaient pour
leur propre compte, échangeaient depuis longtemps avec
les gouverneurs de la Nouvelle-France, des correspondan-
ces secrètes, au sujet de ces forces et de ces desseins.

Les lampes avaient brûlé longtemps, et la nuit était avancée lorsque la séance finit.   La plupart des officiers acceptèrent un réveillon avant de se retirer dans leurs quartiers.   Bigot et ses amis refusèrent.   Ils prirent congé et se rendirent au palais, où les attendaient un dîner plus somptueux et des convives plus gais.

Le vin coula avec abondance à la table de l'intendant. Les souvenirs irritants revinrent en foule à la mémoire des buveurs, et Bigot se laissant tout à coup emporter par la colère, s'écria :

—Que le *Chien d'Or* et son maître aillent au diable tous les deux ! Philibert paiera de sa vie l'outrage qu'il m'a fait aujourd'hui, ou je veux mourir !...Vois-tu, Cadet, continua-t-il en regardant le parement de son habit, il y a encore ici une tache de boue ! Une belle médaille pour porter à un conseil de guerre !...

—Un conseil de guerre ! riposta Cadet en déposant sa coupe qu'il avait vidée jusqu'au fond.   J'aimerais mieux affronter de nouveau cette émeute ! j'aimerais mieux ramer sur les galères de Marseille, que d'être questionné par un charlatan d'herboriseur comme la Galissonnière ! Quel   impertinent ! quelles   vilaines questions ne m'a-t-il pas faites au sujet des magasins du roi ! Il ressemblait à un juge qui interroge un accusé, et non pas à un gouverneur qui demande des renseignements à un officier du roi.

—Vous avez raison, Cadet, affirma Varin, ce lâche flatteur, qui fit un honteux sacrifice d'honneur au duc de Choiseul, pour sauver sa fortune mal acquise.   Nous avons tous des injures à venger ! L'intendant vient de nous montrer la boue que la populace lui a jetée.   Eh bien! je lui demande s'il s'est plaint au conseil de guerre, et quelle satisfaction exigera le conseil.

Cadet jeta un éclat de rire.

Le conseil ? Pouah ! C'est Bigot, lui-même, qui exigera la satisfaction ! Et nous l'aiderons, nous ! Mais j'affirme, moi, qu'il n'y a que le poil du chien qui

l'a mordu qui puisse guérir sa morsure ! Ce qui m'a fait
le plus rire ce matin, à Beaumanoir, ça été de voir, avec
quel sans-gêne, le petit du *Chien d'Or*, Philibert le jeune,
est venu enlever à la grande compagnie, Le Gardeur,
son nouveau membre.

—Nous allons perdre notre néophyte, Cadet; j'ai été
bien fou de le laisser s'en aller avec Philibert, observa
Bigot.

—Bah ! je ne crains pas cela. Nous le tenons par
une triple corde, une corde filée par Satan ! N'ayez pas
peur !

Cadet riait: il était de joyeuse humeur.

—Que voulez-vous dire, Cadet ? quelle est cette
triple corde ? demanda l'intendant.

Et il vida sa coupe d'une façon nonchalante, comme
s'il n'eut attaché aucune importance à la réponse de
son ami.

—Son amour du vin ! son amour du jeu ! son amour
des femmes !... ou plutôt sa passion pour une femme;
c'est toujours la chaîne qui lie le plus fortement les jeunes fous comme lui, qui pourchassent la vertu et ne
confinent qu'au libertinage.

—Ah ! il est épris ! et de qui, s'il vous plaît ? Quand
une femme vous prend à ses appâts c'en est fait; votre
destin se fixe. Vous êtes à jamais sauvé, ou perdu.
Mais qui est-elle, Cadet ? ce doit être en tout cas, une
habile créature, ajouta Bigot en forme de sentence.

—Oui, c'est une habile créature; trop habile pour de
Repentigny. Elle le tient comme un poisson au bout
de sa ligne, et elle le sortira de l'eau quand elle voudra.

—Cadet ! Cadet, achevez, et dites tout ! crièrent
une douzaine de voix.

—Oui ! dites tout, répéta Bigot. Nous sommes tous
des compagnons de plaisir, et il ne doit y avoir ni secret
de vin, ni secrets de femmes entre nous.

—Je ne donnerais pas une aveline pour toutes les
femmes passées, présentes et futures, reprit Cadet ! en

lançant une écale au plafond; cependant, je dois vous
avouer que celle dont je parle est superbe.   Arrêtez !
Pas n'est besoin de crier :«Cadet, achève»; je vais vous
dire ce que je sais.   Que pensez-vous de la belle, de la
joyeuse Angélique des Meloises ?

—Angélique ? fit l'intendant.   Est-ce que Le Gardeur l'aime ?

Il paraissait intrigué.

—S'il l'aime ! Il la suivrait à quatre pattes comme
un chien !

Bigot se porta la main au front et réfléchit un instant.

—Vous avez raison, Cadet, reprit-il, si Le Gardeur
aime cette fille, nous le tenons bien.   Angélique ne
laisse partir ses victimes que pour le bûcher.   Les honnêtes gens vont perdre un des plus beaux poissons de
leur rivière, si Angélique lui a jeté l'hameçon.

Il ne paraissait guère goûter ces menues nouvelles,
cependant.   Il se leva, fit quelques tours pour reprendre
possession de lui-même, puis vint s'asseoir encore.

—Allons ! messieurs ! reprit-il, soyons moins sérieux.
Buvons aux amours de Le Gardeur et de la belle Angélique ! Je serai bien trompé si nous ne trouvons pas en
elle le *Deus ex machina* qui va nous tirer d'embarras,
et nous sauver des honnêtes gens.

On s'assit autour de la table.   Les coupes furent remplies.   On apporta des cartes et des dés.   Le jeu commença et le vin se mit à couler.   Jeu d'enfer ! Fleuve de
vin !

Jusqu'à l'heure matinale où le soleil vint, comme à
regret, inonder les fenêtres de ses rayons roses, le palais
de l'intendant retentit des éclats du plaisir.

XV

Caroline de Saint-Castin s'était jetée sur un sofa.

Les mains croisées sur son cœur, elle se délectait dans les paroles affectueuses que Bigot venait de lui dire. C'était la manne bénie qui ranimait ses affections mourantes. Elle se sentait heureuse, car il ne l'avait pas trompée cette fois ! Il était ému, il l'aimait encore ! C'était ainsi, dans les beaux jours de jadis, en Acadie, c'était ainsi qu'il la regardait, qu'il lui parlait.

—Oh ! j'étais trop fière de mon pouvoir sur lui, en ce temps-là; et je croyais, pauvre insensée, qu'il valait le prix que je le payais ! murmurait-t-elle.

Ses pensées devinrent plus sérieuses et plus tristes.

—Hélas ! se dit-elle, pour lui j'ai oublié Dieu ! ... pour lui et pour moi ! Pour moi ! voilà le châtiment ! Je ne peux pas comprendre le mal que je fais en l'aimant !...Mon regret n'est pas sincère puisque j'aime encore son sourire ! Que je suis malheureuse ! Bigot ! Bigot ! Bigot ! je voudrais pouvoir t'oublier et je ne ne le puis pas !...Je voudrais mourir à tes pieds ! Oh ! ne me méprise pas, ne donne pas à une autre un amour qui m'appartient à moi seule, et qu'un jour je n'ai pas hésité à acheter au prix de mon âme immortelle !

Elle s'abandonna à d'amères réflexions. Peu à peu, le silence envahit la demeure. La bruyante orgie agonisait. Quelques voix encore retentirent, quelques pieds froissèrent le parquet, puis, tout bruit mourut. Le calme se fit profond comme dans un tombeau.

Elle comprit que les convives étaient partis, mais elle ne savait pas que Bigot était parti avec eux.

Un coup léger fut frappé à sa porte. Elle se leva, croyant que c'était lui qui venait lui dire adieu. Elle fut bien contrariée, c'était la dame Tremblay.

—Puis-je entrer, madame ? demanda la gouvernante.

Caroline arrangea du bout des doigts ses cheveux un
peu en désordre, s'essuya les yeux avec son mouchoir
et s'efforça de faire disparaître les traces de ses angoisses.

—Vous pouvez entrer, dit-elle.

Dame Tremblay, jadis la charmante Joséphine du
lac Beauport, était devenue passablement rusée. Cependant sous son corsage antique battait encore un
excellent cœur. Elle plaignait sincèrement cette jeune
fille inconsolable qui passait les jours dans la prière et
les nuits dans les pleurs. Elle aurait pu lui reprocher
de ne pas apprécier davantage l'honneur de rester à
Beaumanoir et l'amitié de l'intendant.

Elle pensait, la vieille, dans sa vanité :

—Elle n'est pas plus belle que moi, au temps où l'on
m'appelait la charmante Joséphine ! Je n'aurais pas
dédaigné Beaumanoir alors ! pourquoi le dédaignerait-
elle aujourd'hui ? Mais elle ne sera pas longtemps
souveraine ici, c'est mon opinion.

A cette réponse : «Vous pouvez entrer» elle ouvrit la
porte, fit un respectueux salut à Mlle de Saint-Castin,
et lui demanda si elle avait besoin de ses services

—Oh ! c'est vous, bonne dame, fit Caroline. Quel
est donc ce silence inaccoutumé dans le château ?

—L'intendant et ses hôtes sont partis pour la ville,
madame. Le gouverneur les a mandés. Un officier
est venu exprès. Assurément, la plupart de ces messieurs n'étaient guère en état de se mettre en route,
mais les bains, la toilette. . Enfin ils sont partis. ' Quel
bruit quand ils se sont élancés au galop ! Je n'ai jamais
rien vu de pareil. Vous avez sans doute entendu,
madame ?

—Oui, j'ai entendu. Et l'intendant est-il sorti en
même temps ?

—Oui, madame, le premier et le plus frais de tous. Les veilles et le vin ne lui font aucun mal. Puis il est si galant, si délicat avec les dames !

Caroline baissa la tête :

—Pourquoi dites-vous cela, dame Tremblay ? demanda-t-elle.

—Je vais vous l'apprendre tout de suite, madame. C'est parce qu'en sortant du château, il m'a appelée et m'a parlé comme ceci :

—Dame Tremblay !...

Il m'appelle toujours «dame Tremblay,» quand il est sérieux; mais souvent, dans ses moments de bonne humeur, il m'appelle encore «charmante Joséphine», comme au temps de ma jeunesse... Ma jeunesse ! Il en a entendu parler... et à mon avantage, j'oserai dire.

—Pour l'amour de Dieu ! dites-moi ce que vous a recommandé l'intendant en laissant le château, fit Caroline impatientée.

Dans l'état de souffrance et d'affaissement où elle se trouvait, le bavardage de la vieille femme ne pouvait que lui déplaire.

—Oh ! il m'a parlé de vous avec attendrissement, m'a recommandé de vous donner les plus grands soins, d'obéir à toutes vos volontés, et de ne laisser entrer personne.

Caroline fut ravie de ces paroles. Son imagination ardente y trouvait des promesses de félicité.

—Il vous a dit cela ? reprit-elle tout anxieuse. Dieu vous bénisse ! Dieu le bénisse lui aussi !

Elle avait des larmes plein les yeux, de l'espoir plein le cœur.

—Oui, continua-t-elle, je resterai seule; je ne veux recevoir personne, personne excepté vous ! Vient-il souvent de la visite au château ? Je veux dire des dames.

—Oui, madame, souvent. Les dames de la ville n'oublieront pas le bal et le dîner de l'intendant, soyez-en persuadée. Ce sera la plus belle fête possible. Aussi

elle est attendue avec une impatience extraordinaire.
Il y a une jeune fille, la plus belle et la plus enjouée de
toutes, qui n'aurait pas d'objection, paraît-il, à devenir
la fiancée de l'intendant.

Le trait fut lancé par inadvertance; il n'en alla pas
moins au cœur de Caroline.

—Quelle est cette jeune fille ? demanda-t-elle, d'une
voix enfiévrée.

—Ah ! madame, si j'allais la nommer, elle pourrait
me le faire payer cher ! C'est la plus grande coquette de
la ville.   Les hommes l'adorent, les femmes la détestent.
Les femmes la détestent mais elles l'imitent; elles co-
pient ses modes et ses manières.   Elles tremblent pour
leurs fiancés quand Angélique des Meloises arrive.

—C'est Angélique des Meloises qu'elle s'appelle ?
je n'ai jamais entendu prononcer ce nom-là   encore,
observa Caroline en frissonnant.

Quelque chose lui disait que ce nom était pour elle
de fatal augure.

—Que Dieu vous garde de l'entendre prononcer de
nouveau ! reprit la gouvernante.   C'est elle qui, un
jour, se rendit chez le sieur Tourangeau et frappa sa
fille Cécile de deux coups de fouet sur le front.   Elle la
marqua d'une croix sanglante qui paraîtra toujours.
Pourquoi ? parce qu'elle avait osé, la pauvre enfant,
sourire un peu tendrement à un jeune officier, Le Gardeur de Repentigny, un beau garçon qu'il est bien par-
donnable d'aimer, je vous l'assure ! Ah ! si Angélique
se met en frais de faire la conquête de l'intendant, je
plains celles qui se trouveront sur son chemin !

Caroline eut peur.   Cette description   de sa rivale
probable, n'était pas faite pour la rassurer.

—Vous en connaissez plus long à son sujet, dame
Tremblay; dites-moi tout, même ce qu'il y a de pire,
supplia-t-elle.

—Ce qu'il y a de pire ? je pense que personne ne
peut ou n'ose le dire.   Pourtant, je ne connais rien   de

mal d'elle, si ce n'est qu'elle veut se faire aimer de tous
les hommes.

—Mais puisqu'elle s'est conduite d'une façon si
brutale envers Mlle Tourangeau, c'est qu'elle aime
beaucoup le jeune officier...

Caroline avait saisi ce rayon d'espérance.

—Oui, madame, elle l'aime beaucoup. Tout Québec
le sait. Si deux personnes connaissent une affaire à
Québec, le secret est éventé. J'en sais quelque chose,
moi ! Quand j'étais la charmante Joséphine, au dîner,
tout le monde de la ville savait ce que j'avais fait le matin,
et les messieurs buvaient un verre de vin à ma santé.

—Vite ! dame Tremblay, parlez-moi du seigneur de
Repentigny ! Angélique des Meloises l'aime-t-elle ?
Pensez-vous qu'elle l'aime ? demanda Caroline en
fixant sur la charmante Joséphine des yeux étincelants
comme des étoiles.

—Les femmes se devinent entre elles, répondit celle-
ci. Or, toutes les dames de Québec jureraient qu'elle
l'aime. Cependant, je sais qu'elle épousera l'intendant
si elle le veut. Elle l'a ensorcelé par son esprit et sa
beauté. Et vous savez qu'une femme adroite aura
toujours le mari qu'elle voudra, si elle est prudente. Les
hommes sont si fous !

Mlle de Saint-Castin s'évanouissait. Un brouillard
s'étendait devant ses yeux.

—De l'eau! madame, de l'eau! murmura-t-elle avec
peine.

Dame Tremblay courut chercher de l'eau et des
sels. Elle ne tarissait pas en paroles de pitié. L'esprit
était léger, superficiel, mais l'âme était bonne.

Caroline revint de son évanouissement. Elle demanda :

—Avez-vous vu ce que vous m'avez raconté, dame
Tremblay, ou n'est-ce qu'une rumeur incertaine ? Oh !
dites-moi que ce n'est qu'un bruit qui court la ville !
que Bigot ne l'épousera point, cette fille !...qu'il

n'oubliera point ces serments...qu'il m'a faits ! fut-
elle sur le point d'ajouter; mais elle ne le dit pas.

—Ces serments qu'il lui a faits, à la pauvre âme !
comprit bien dame Tremblay.

Et elle répliqua :

—Vous connaissez bien peu mon maître, si vous croyez
qu'il se met en peine de tenir des promesses qu'il fait
aux femmes. J'en ai trop vu de ces oiseaux-là pour ne
pas les connaître du bec à la griffe ! Quand j'étais la
charmante Joséphine, j'ai su ce que valaient les décla-
rations de ces messieurs: je ne me suis trompée qu'une
fois. Leurs promesses sont grosses, vides et variables
comme des nuages.

—Ma bonne dame, je suis sûre que vous possédez
un excellent cœur, dit Caroline, mais vous ne savez pas
combien vous êtes injuste envers l'intendant, en prétendant ainsi qu'il va...

Elle hésita un moment et se sentit rougir...

—Qu'il va se marier avec cette jeune fille, acheva-t-
elle. Les hommes se trompent sur son compte.

—Ma chère madame, ce sont les femmes qui disent
cela, et voilà ce qui m'effraie. Les hommes se fâchent
et n'en croient rien; les femmes sont jalouses et croient
tout. En ma qualité de servante fidèle, je n'ai pas
d'yeux pour épier mon maître; mais je ne puis m'empêcher de voir qu'il est dans les serres de l'artificieuse
Angélique. Puis-je vous dire franchement ce que je
pense, madame?

Caroline était suspendue aux lèvres de la loquace
gouvernante. Elle se leva, donna un coup de peigne
à ses cheveux pour les rejeter en arrière, et tout anxieuse
s'écria :

—Parlez ! parlez, bonne dame ! dites tout ce que
vous pensez, quand même vos paroles devraient me
tuer, parlez !

—Oh ! ce que j'ai à vous dire ne vous fera aucun
mal, madame, repartit la vieille Tremblay, avec un

sourire significatif. Fiez-vous à une femme qui connaissait bien les ruses des hommes, quand elle était la
charmante Joséphine ! De ce que le chevalier intendant admire ou même aime Angélique des Meloises, il
ne s'en suit pas qu'il l'épousera. Ce n'est pas la mode
de notre époque. Les hommes adorent la beauté et
ils épousent l'argent. Il y a beaucoup plus d'amoureux que de maris à Québec comme à Paris, à Beaumanoir comme à Versailles, et même au lac de Beauport,
comme je l'ai appris à mes dépens quand j'étais la
charmante Joséphine !

Caroline devint pourpre; et elle affirma d'une voix
tremblante d'émotion :

—C'est un péché que de profaner l'amour comme
cela ! Je sais, néanmoins, qu'il nous faut parfois l'ense-
velir au fond de notre cœur, et sans espoir de le voir
renaître.

—Parfois ? presque toujours, madame ! Quand j'é-
tais la charmante Joséphine...Ecoutez, madame, mon
histoire porte son enseignement. Quand j'étais la
charmante Joséphine, j'avais commencé par croire que
les hommes étaient des anges, envoyés par le ciel pour
sauver les femmes; je pensais que l'amour était, pour
arriver au mariage, un meilleur passeport que l'argent.
Que j'étais sotte ! J'avais toujours bon nombre d'adorateurs. Ils vantaient ma beauté, mes grâces, mon
esprit; ils m'appelaient la charmante Joséphine. J'étais
un objet d'envie. Nul ne me proposa jamais de m'é-
pouser. A vingt ans, je rêvais d'amour et j'étais
oubliée. A trente, je me mariais pour l'argent et j'avais
perdu mes illusions. A quarante, je suis entrée à Beaumanoir comme gouvernante et j'y suis restée. On s'y
fait.

«Je sais parfaitement ce qu'est un intendant. Le
vieux Hocquart portait un bonnet de nuit toute la
journée, prenait la prise toutes les minutes, et il négligea
une femme en France, parce qu'elle n'avait pas

une dot de duchesse à mettre à côté de son tas d'écus.
Le chevalier Bigot attire à lui, par son regard et son
sourire, toutes les filles de la cité, mais il ne se laissera
jamais prendre.   Angélique des Meloises est sa préférée,
mais il ne l'épousera point, je le sais aussi clairement que
si c'était écrit dans ses yeux.   Vous l'en empêcherez
du reste, madame.»

—Moi ? exclama Caroline toute surprise.   Hélas !
vous ne savez pas que mon influence sur lui est aussi
légère que le duvet de chardon qui s'envole au vent !

—Vous êtes injuste envers vous-même, madame.
Ecoutez.   Un jour, vous étiez dans votre oratoire et
l'intendant vous voyait, mais vous ne le saviez pas.
Vrai ! il vous voyait, et je n'ai jamais surpris un regard
plus chargé de pitié que le sien ! Ses lèvres frémissaient,
et une larme brillait sous sa paupière quand il se retira.
Je l'ai entendu alors vous bénir ! je l'ai entendu maudire
la Pompadour, parce qu'elle l'empêchait de suivre l'inclination de son cœur.   Comme fidèle servante je n'a-
vais pas à parler, mais j'ai bien compris qu'il pensait
plus à l'adorable captive de Beaumanoir qu'aux ambi-
tieuses demoiselles de Québec.

Caroline se leva soudain, puis, oubliant sa réserve
habituelle, agitée par une émotion profonde, elle jeta
ses bras autour du cou de dame Tremblay.

—Vrai ? Est-ce bien vrai ? s'écria-t-elle, ô la meilleure des amies ! Le chevalier Bigot m'a bénie ? Il a
maudit la Pompadour ? Il l'a maudite parce qu'elle
l'empêche de suivre l'inclination de son cœur.   L'inclination de son cœur ! vous ne savez pas ce que cela veut
dire; vous ne pouvez pas le deviner !

—Comme si je ne connaissais pas les désirs du cœur
de l'homme ! riposta la gouvernante en souriant.   Je
suis une femme, je suppose ! Ce n'est pas pour rien que
j'ai été la charmante Joséphine !

Caroline, dans son enthousiasme, l'embrassa.

—Est-ce bien vrai ! reprit-elle, qu'il me regardait avec la pitié que vous dites, pendant que j'étais là, en prière, ne soupçonnant point sa présence ?

Et son regard perçant fouillait les yeux de la bonne dame pour voir si elle ne mentait point.

—Je vous dis que c'est vrai, madame ! Il vous regardait comme on fait quand on aime sincèrement. Je sais comment regardent les hommes qui aiment, et comment regardent aussi ceux qui mentent en prétendant aimer. Je ne m'y laissais pas prendre quand j'étais la préférée de tous.

—*Ave Maria* ! fit Caroline avec dévotion, sans s'occuper des réminiscences de la belle du lac de Beauport. Le ciel a écouté mes prières, je puis mourir heureuse !

—Que le ciel vous préserve de la mort, madame! Vous, mourir ? L'intendant vous aime. Il n'épousera jamais Angélique des Meloises. Il se mariera peut-être avec quelque riche marquise, pour avoir de l'or et des châteaux...Cela, si le roi le lui ordonne. C'est ainsi que se font les mariages des grands. Ils épousent une position et adorent une beauté. Le cœur d'un côté, la main de l'autre ! Je ne ferais pas autrement si j'étais un homme. Si une fille ne se marie pas par amour, elle se marie pour son argent; si elle n'a pas d'argent, elle se marie par dépit. C'est ce que j'ai fait quand j'étais la charmante Joséphine.

—C'est une honte et c'est un crime que de se marier sans aimer ! s'écria Caroline avec chaleur.

—C'est mieux que rien, toujours, reprit dame Tremblay, qui regrettait cependant ce qu'elle venait de dire à cause de l'indignation de Mlle de Saint-Castin. Quand j'étais la charmante Joséphine, continua-t-elle, j'avais maints adorateurs, comme je vous l'ai dit, et pas un n'a demandé ma main, comme je vous l'ai dit aussi. Que faire alors ? Prendre une main ou aimer et languir, comme on dit à Alençon, où je suis née.

—On ne parle pas ainsi ! répliqua Mlle de Saint-Castin, en lui jetant un regard de reproche.

Et elle se mit à songer aux paroles de Bigot. Elle les répétait tout bas, tout bas, et son âme exaltée tressaillit comme aux accords d'une mélodie céleste.

—Il m'a bénie ? Il a maudit la Pompadour ? demanda encore Caroline.

Elle n'en doutait pas, mais elle se plaisait à l'entendre affirmer.

—C'est comme je vous le dis! répéta dame Tremblay. Puis elle ajouta :

—Mais pourquoi l'intendant n'écoute-t-il pas son cœur ? cette grande dame de France écoute bien le sien ! J'aurais bien voulu que quelqu'un s'avisât de m'empêcher d'épouser le sieur Tremblay ! je m'en souciais comme d'une épingle, du sieur Tremblay ! et s'il l'eut fallu, je me serais mariée avec lui par malice et sur la branche, comme les corbeaux.

—Mais personne ne vous forçait, ni d'une façon ni de l'autre. Vous étiez libre. Vous étiez heureuse de pouvoir aller où votre cœur vous conduisait, observa Caroline.

Dame Tremblay éclata de rire :

—Pauvre Gilles Tremblay ! le désir de mon cœur ! fit-elle en soupirant d'une manière ironique. Tenez, madame, écoutez : il faut que je vous fasse des confidences, moi aussi. Quand j'étais la charmante Joséphine, j'aimais quelqu'un, un seul de tout un troupeau. Malheureusement, ce quelqu'un avait une femme déjà. Alors, de désespoir, je jetai ma ligne à tout hasard, en eau trouble, et je pêchai ce pauvre Tremblay. Je l'épousai. Je l'enterrai presque aussitôt, gaiement et profondément. Pour l'empêcher de se relever, je fis mettre sur sa tombe une pierre pesante avec cette inscription que vous pouvez lire encore :

Le bonheur est, dit-on, fragile.
Je ne le trouve pas ainsi
Depuis que mon cher mari Gille
S'en est venu dormir ici.

«Les hommes sont comme les chats; aimez-les comme ils veulent l'être, et ils vous feront mille gentillesses; caressez-les à rebours, ils vous égratigneront et se sauveront par la fenêtre.» Quand j'étais...

—O bonne dame, merci ! c'est assez ! merci du bien que vous m'avez fait ! interrompit Caroline. Laissez-moi, maintenant, je vous prie ! j'ai besoin de repos, ajouta-t-elle, en fermant les paupières, et s'appuyant la tête au dossier de son fauteuil.

—Le château est paisible maintenant, et les serviteurs fatigués sont tous plongés dans le sommeil, observa la gouvernante. Madame pourrait entrer dans son appartement qui est plus clair et mieux aéré. Elle y sera mieux qu'ici, dans cette lugubre chambre.

—C'est vrai, je n'aime guère cette chambre secrète. Elle convient, pourtant, à ma tristesse, mais j'ai besoin d'air et de soleil.

Elle suivit la vieille femme. Toutes deux montèrent l'escalier tournant. Caroline entra dans sa chambre et s'assit à la fenêtre. Le parc et les jardins se déroulaient avec magnificence devant elle. Plus loin, sur le flanc de la montagne, la forêt profonde décrivait une ligne sombre sur l'azur du ciel.

Dame Tremblay laissa Mlle de Saint-Castin seule avec ses pensées, et s'en alla pour réveiller les serviteurs, afin qu'ils remissent tout en ordre dans le château.

Sur le grand escalier, elle rencontra le valet de l'intendant, Froumois, un babillard qu'elle aimait bien, qu'elle régalait souvent d'une tasse de thé et d'un biscuit; souvent d'un verre de vin, ou d'une goutte de cognac. Froumois lui racontait des histoires de la vie parisienne, les aventures de son maître et les siennes.

Un valet en livrée a ses prétentions. Elles ne dépassent pas l'antichambre, quelquefois la cuisine; mais elles existent.

Elle l'invita à entrer chez elle. Il accepta.

Ils se mirent à parler, à qui mieux mieux, des faits et gestes de la société québécoise. Tout en parlant ils prirent le thé.

Elle tenait entre ses doigts une coupe de porcelaine chinoise remplie.

—Je l'agrémente, dit-elle.

Et elle y versa du cognac. Elle appelait cela agrémenter son thé.

—C'est une vraie chasse à l'intendant, Froumois, reprit-elle. Depuis que les jeunes filles savent qu'il admire un pied mignon, il n'y en a pas une qui ne pousse jusqu'à la folie le soin de sa chaussure. J'avais moi aussi un pied fort gentil quand j'étais la charmante Joséphine.

—Et vous l'avez encore; je m'y connais, riposta Froumois en regardant sur le parquet.

—Vous devez être bon juge, en effet, Froumois. Un gentilhomme ne vit pas comme vous l'avez fait à la cour, sans rien apprendre.

La vieille était encore sensible aux compliments, tout comme aux beaux jours de sa jeunesse.

—Mais que pensez-vous de nos beautés de Québec ? Ne sont-elles point une bonne copie des beautés de Versailles ? demanda-t-elle.

—Une copie ? Mieux que cela ! Elles n'ont de supérieures nulle part. C'est l'opinion de l'intendant et c'est aussi la mienne, répondit le loquace valet. Et comment ! continua-t-il, en ouvrant sa main chargée de bijoux, elles nous donnent des espérances sans fin, ici. Nous n'avons qu'à étendre les dix doigts, et dix de ces gentils oiseaux viennent s'y percher. C'est comme à Versailles.

—C'est ce qui rend jalouses les dames de Ville-Marie, observa la gouvernante. Tous les personnages qui viennent de France s'arrêtent ici d'abord, et nous les enchaînons. Quand ils partent, ils portent leur servitude écrite sur leur front. Les dames de Ville-Marie voient cela et meurent de dépit.

Je dis : nous. Vous comprenez que je parle du temps où je savais charmer les hommes. Ma seule consolation maintenant, c'est de rappeler mes triomphes de jadis.

—Oh ! je ne sais pas... Vous avez encore des attraits, dame Tremblay !... Mais, dites donc, le maître a-t-il quelque chose aujourd'hui ? la belle inconnue s'est-elle montrée maussade ? Il n'était pas de bonne humeur, j'en suis sûr.

—Je ne saurais dire, Froumois : les femmes ont des mystères qu'il faut respecter.

La confidence de Caroline l'avait touchée, et elle n'aurait pas voulu commettre une indiscrétion, même pour Froumois.

Caroline était assise les mains jointes, dans sa chambre solitaire. Les pensées se pressaient dans son imagination maladive. Elle ne voyait pas le magnifique spectacle que la nature déployait devant elle.

Elle était contente de pleurer et de souffrir pour expier sa faute.

—Je ne mérite pas que le regard des hommes se repose sur moi ! murmura-t-elle.

Elle écoutait les accusations de son âme: elle s'avouait coupable et tremblait comme dans l'attente du jugement. Et puis, la pauvre infortunée ! elle se surprenait à excuser Bigot. Un reflet d'espoir descendit vers elle, doux comme un vol d'oiseau dans des flocons de neige.

Il ne pouvait pas oublier à jamais celle qui avait tout oublié pour lui !

Elle porta ses regards vers l'infini et elle vit des nuages de pourpre et d'or rouler lentement dans un océan de lumière. Le soleil inondait tout l'Occident. Elle fut transportée d'admiration et leva les mains au ciel.

Elle avait été témoin d'un pareil coucher de soleil, au bord du bassin des Mines. Alors, les grives et les loriots chantaient, près de leurs nids légers, leurs douces chansons du soir; les rameaux frémissaient, les arbres semblaient se draper dans un éclatant feuillage d'or, et, sur les eaux paisibles, une traînée lumineuse tombait comme un pont merveilleux qui aurait conduit à des rives célestes.

C'était ce soir-là que l'infidèle...Mais pourquoi ces amères souvenances ?

Le soleil descendait lentement, lentement. Les crêtes de la montagne étincelèrent tout à coup. On eut dit que la forêt dont elles étaient couronnées se tordait dans un immense feu de joie. Les ombres envahirent le pied des montagnes: elles montèrent peu à peu. Puis le sommet le plus élevé resta seul illuminé au milieu de ces flots sombres, comme l'espoir dans une âme endolorie.

Tout à coup la brise du soir apporta, comme une voix d'un monde supérieur, les mélodieux tintements des cloches de Charlesbourg. C'était l'angélus qui invitait les hommes à la prière et au repos.

Les suaves vibrations de l'airain sacré flottèrent mollement sur la forêt et les coteaux, sur les plaines et les rivières, sur les châteaux et les chaumières, disant à tout ce qui vit, aime et souffre, qu'il faut louer le Seigneur et le prier. Elles rappelaient à l'homme la rédemption du monde, par le miracle de l'Incarnation; la gloire de Marie, bénie entre toutes les femmes, de Marie la vierge choisie par Dieu pour être la mère de son Fils éternel !

Les cloches sonnèrent ! sonnèrent !...Et dans les champs et les bois, les hommes élevèrent leurs cœurs

vers Dieu et suspendirent leur travail! Et près du berceau chéri les mères à genoux récitèrent la sainte prière,
comme seules les mères savent la réciter ! Et les enfants
vinrent s'agenouiller à côté de leurs mères pour apprendre comment un Dieu s'est fait petit comme eux, pour
racheter les péchés du monde ! Le Huron qui tendait
ses pièges dans la forêt et le pêcheur qui jetait ses filets
dans les eaux ombragées, s'arrêtèrent un moment. Le
voyageur qui passait en canot sur la rivière profonde,
déposa son aviron, répéta les paroles de l'ange, et reprit
sa course avec une vigueur nouvelle.

Les cloches sonnèrent et elles parurent, à Caroline de
Saint-Castin, remplies de consolations et de pitié.

Elle se mit à genoux, joignit les mains et récita cette
prière que des millions de voix prononcent chaque jour.

Ave Maria, gratia plena !

Elle pria longtemps. On eut pu l'entendre se frapper la poitrine en s'écriant : *Mea culpa* ! *Mea maxima
culpa* !...Qui me délivrera de ce corps de péché et
d'afflictions ?

Les cloches sonnaient toujours. Elles lui rappelaient
des voix   aimées mais perdues à jamais ! voix clémente
de son père, alors qu'elle avait encore sa divine innocence !... voix tendre de sa mère, morte depuis de longs
jours ! Heureuse mort !...La pauvre mère ! elle mour-
rait de chagrin aujourd'hui ! Voix de ses compagnes
d'enfance qui rougiraient d'elle maintenant ! Et parmi
toutes ces voix, la voix irrésistible de l'homme qui lui
avait juré qu'elle serait sa femme !

Et comme quelques notes jetées au hasard rappellent
toute une mélodie oubliée, bientôt toutes ces réminiscences s'envolèrent et seules les paroles de ce matin
vinrent captiver son âme. Au fond des ténèbres qui
l'enveloppaient, elle entendit, comme la douce voix
d'un ange qui va venir, cette bénédiction dont lui avait
parlé la vieille gouvernante.

Les cloches ne sonnaient plus.   Son cœur était profondément touché.   Ses yeux, arides comme les fontai-
nes des brûlants déserts, se remplirent de larmes.   Le
tourment de ne pouvoir pleurer était fini.   Ses pleurs
coulèrent doux et abondants comme les eaux de la
fontaine de Siloé.

Les cloches ne sonnaient plus depuis longtemps et
Caroline priait encore...Elle priait pour lui !

XVI

ANGELIQUE DES MELOISES

De Repentigny était de garde à la porte Saint-Louis. Angélique des Meloises, faisant sa promenade journalière, arriva à la porte et aperçut le jeune officier. Elle arrêta brusquement son cheval tout près de lui.

—Le Gardeur, dit-elle, venez me voir ce soir.

Elle lui tendit la main.

—Venez me voir, dit-elle encore; je ne sortirai pas; je vous attendrai; je ne recevrai personne. Voulez-vous?

Le Gardeur eut-il été le plus indolent et le moins amoureux des hommes, qu'il se serait hâté de promettre, tant cette main frémissante qu'il pressait et cet œil qui le brûlait, lui laissaient peu de liberté.

—Si je le veux? certainement, Angélique, répondit-il tout rayonnant de joie. Mais dites-moi donc...

—Rien! riposta-t-elle en jetant un éclat de rire. Rien avant que vous veniez. Ainsi, bonjour! à ce soir!

Il aurait bien voulu la retenir, mais elle secoua vivement les rênes, et son cheval vigoureux s'élança du côté de la ville. Une minute après,—le garçon d'écurie ayant pris soin de sa monture,—elle montait d'un pied agile le grand escalier qui conduisait à sa chambre.

La maison des des Meloises s'élevait sur la rue Saint-Louis. Elle était grande et d'une apparence prétentieuse. Elle existe encore; mais elle est vieille et triste maintenant. Elle porte le deuil de sa splendeur perdue. Aujourd'hui, le passant ne lève plus les yeux pour admirer sa large façade. Il en était jadis bien autrement, alors que dans les beaux soirs d'été, la ravissante Angélique et ses amies se mettaient aux fenêtres pour échanger des saluts et des sourires avec les jeunes officiers de la garnison.

Au moment où nous sommes, il n'y avait personne dans la maison.   Une fantaisie de la belle jeune fille ! Son frère même, le chevalier des Meloises avec qui elle habitait, venait de sortir pour aller rejoindre ses amis du régiment du Béarn.   Et tous ces bruyants Gascons discutaient avec chaleur, et à la fois, au tintement des verres et au murmure des ruisseaux de vin, la guerre et le conseil, la cour et les dames.   Angélique était assise dans un fauteuil et Lisette, sa servante, lui remettait en ordre ses magnifiques tresses blondes qui tombaient jusqu'à terre.

—En vérité, dit l'espiègle fille, mademoiselle ressemble à une Huronne avec ses longs cheveux sur le dos.

—N'importe, Lisette ; dépêchez-vous ! Arrangez-les à la Pompadour.   Mes idées sont aussi embrouillées que mes cheveux, reprit-elle.   J'ai besoin de me reposer un peu.   Souvenez-vous, Lisette, que je n'y suis pour personne, ce soir, excepté pour le chevalier de Repentigny.

—Le chevalier est venu cet après-midi, mademoiselle, et il a paru bien chagrin de votre absence, répondit Lisette qui venait de surprendre une rougeur subite sur les joues de sa maîtresse.

—J'ai été à la campagne… C'est tout comme !

—Bon ! c'est fini, reprit-elle, en se regardant dans une glace vénitienne.   Ce n'est pas mal comme cela !

Elle était ravissante dans sa robe de soie bleue, garnie de falbalas et de bouillons de dentelles.   Homère aurait dit que ses bras d'ivoire excitaient la jalousie de Junon.   Un petit épagneul, son favori, dormait la tête appuyée sur l'un de ses pieds.

Son boudoir était un petit nid d'une élégance et d'un luxe extraordinaires.   Les meubles, les objets d'art venaient de Paris.   Les tapis ressemblaient à une nappe de fleurs.   Les tables de marbre étaient chargées de vases de Sèvres et de porcelaine remplis de roses et de

jonquilles.   Partout, d'immenses glaces de Vénise où se
reflétait la beauté de l'orgueilleuse déesse du lieu.

Dans un coin de la chambre, une harpe; dans un autre,
une bibliothèque avec des livres magnifiquement reliés.

Angélique n'aimait pas à lire; cependant elle connaissait un peu la littérature de l'époque.   Elle brillait
dans la conversation, même dans les causeries littéraires, tant elle possédait un goût sévère et une concep-
tion vive.   Ses yeux valaient les livres, et il y avait
plus de sagesse dans son rire argentin que dans la science
d'une *Précieuse*.   Ses reparties fines, son tact et ses
grâces comblaient les vides de son instruction, et l'on
était tenté de louer ses connaissances comme sa beauté.

Toute voluptueuse et sensuelle qu'elle fut, elle savait
apprécier les œuvres d'art, et elle aimait beaucoup la
peinture.   Le caractère se révèle dans le choix des
tableaux comme dans le choix des livres.   On voyait
dans sa chambre un Vanloo: des chevaux de race dans
un champ de trèfle.   Ils avaient brisé la clôture et faisaient bombance dans les pâturages défendus.   Un
Le Brun: le triomphe de Cléopâtre sur Antoine.   Elle
prisait fort ce tableau où elle s'imaginait se retrouver
sous les traits de la fameuse reine d'Egypte.   On y
voyait encore des portraits de ses amis intimes.   Il y
en avait un de Le Gardeur; un autre, tout nouveau
celui-ci, de l'intendant Bigot.   Sa tante Marie des Meloises était là aussi, dans son costume d'Ursuline.   Cette
femme avait dit un soudain et irrévocable adieu au
monde, pour s'enfermer dans le couvent.   Elle possédait une voix de soprano magnifique, et quand elle
chantait dans la vieille chapelle, les passants s'arrêtaient
pour l'écouter.   Ils croyaient entendre la voix d'un
ange caché quelque part près de l'autel sacré...Ceux
qui l'avaient connue jeune disaient qu'Angélique lui
ressemblait beaucoup.   Elle était peut-être aussi belle,
mais nulle ne chantait aussi bien.

Angélique, les cheveux tombant sur ses épaules
comme des guirlandes d'or, se regardait dans son miroir.
Elle se mettait en parallèle avec les plus jolies filles de
sa connaissance, et savourait goutte à goutte, jusqu'au
fond, la coupe enivrante de la vanité satisfaite.   Elle
se sentait la plus belle.   Elle regarda le portrait de sa
tante, si beau avec son expression mystique, et elle eut
un ironique sourire.

—Elle était belle aussi, se dit-elle.   Elle aurait dû
être reine et elle est devenue nonne !...pour l'amour
d'un homme ! Moi aussi je suis digne d'être reine ! et
je donnerai ma main à celui qui me portera le plus haut.
Mon cœur...

Elle s'arrêta un moment.   Un léger frémissement
agita ses lèvres !

—Mon cœur expiera la faute de ma main !

Sous sa froide ambition, sous son insupportable
vanité, Angélique gardait encore une étincelle des passions de la femme.   Elle trouvait Le Gardeur beau, et
ne pouvait s'empêcher de l'aimer un peu.   Il savait si
bien flatter son orgueil ! Elle l'écoutait avec complaisance, devinait bien qu'elle était chérie.   Son instinct
de femme le lui disait.   Elle avait pour lui des regards
et des paroles qui troublent l'âme et font de l'homme
un esclave.

Elle n'était point capable d'un grand dévouement,
recherchait l'admiration et se montrait jalouse, mais
avec son cœur de glace et ses passions de feu, elle ne
goûta jamais l'amour dans ce qu'il a de divin.

Elle songeait à épouser Le Gardeur, plus tard, quand
elle serait fatiguée des amusements du monde.   Elle
n'avait pas peur de le voir s'échapper, et le tenait
bien ! Elle pouvait rire, s'amuser, faire la coquette,
l'irriter, le désespérer; elle le ramènerait toujours comme
l'oiseau que l'on tient avec un fil de soie.   Elle inspirait
l'amour si elle ne le ressentait pas, et se disait que
les hommes avaient été mis au monde pour l'aimer,

la distraire, la servir, l'aduler et la combler de présents.
Elle acceptait tout comme chose due et ne donnait
rien en retour.

Quelque chose venait de troubler les amours de Le
Gardeur et d'Angélique.   Pour le jeune officier, c'était
un nuage épais; pour la belle coquette, c'était un coup
de soleil.

Bigot était nouvellement débarqué à Québec avec le
titre pompeux d'intendant royal. Son rang, sa fortune
colossale, ses relations à la cour, son état de garçon:
c'était plus qu'il ne fallait pour réveiller l'ambition
de l'orgueilleuse fille.   Elle fut charmée de son esprit,
de ses belles manières.   Il mit le comble à son enthousiasme en la recherchant de préférence aux autres jeunes
filles.

Angélique regardait l'intendant comme un piédestal
pour monter plus haut, et rêvait déjà des splendeurs
royales. Bigot la présenterait à la cour.   Les nobles
et les princes s'attacheraient à ses pas, et le roi, quand
il la rencontrerait dans les grands salons de Versailles,
le roi lui décocherait ses plus doux sourires !

Cela pouvait arriver; elle le sentait, il fallait seulement trouver le secret; Bigot serait l'instrument.

—Si les femmes gouvernent la France en vertu d'un
droit plus divin que le droit des rois, je régnerai! se dit-
elle en se regardant dans la glace étincelante. Je régnerai ! Mort aux prétendantes !

Et que faut-il pour cela, après tout ? pensa-t-elle en
relevant les boucles blondes qui roulaient sur ses tempes
palpitantes.   Rien, que vaincre le cœur d'un homme !
Que de fois j'ai accompli cette prouesse par plaisir ! Je
vais l'accomplir par intérêt maintenant, et pour faire
crever mes rivales de dépit !

Quand Angélique entreprenait quelque chose, par
caprice ou par ambition, elle ne se laissait pas décourager facilement.

—Je n'ai pas encore rencontré un homme qui ne soit tombé à mes pieds quand je l'ai voulu, se dit-elle; le chevalier Bigot ne sera pas l'exception, c'est-à-dire, s'il en dépend de lui, murmura-t-elle à voix basse.

Et elle ajouta : s'il était délivré de l'influence de cette mystérieuse créature de Beaumanoir ! de cette femme qui se prétend son épouse !... Elle le regardera avec des pleurs, et elle excitera sa pitié peut-être, quand elle ne devrait soulever que son mépris.   Mais les hommes ferment souvent les yeux sur les fautes d'une femme, et se montrent implacables pour la vertu d'une autre ! Tant qu'elle sera là, blottie comme une lionne, dans mon chemin, je ne pourrai devenir la châtelaine de Beaumanoir ! Non jamais !

Angélique tomba dans une rêverie profonde.   De temps en temps elle murmurait :

—Je n'aurai jamais Bigot tant qu'elle sera là... Mais comment l'éloigner ?

C'était l'énigme.   De la réponse dépendait maintenant l'existence rêvée.

Elle tremblait en cherchant la solution du problème. Un frisson courut dans ses veines comme si le souffle glacé d'un esprit malfaisant eut passé sur sa tête.   Quelquefois un mineur, en perçant le terrain, détache une pierre cachée qui l'écrase.   Ainsi Angélique touchait, dans les profondeurs de son âme, une pensée affreuse, redoutable.   Elle fut subitement effrayée.

—Non ! s'écria-t-elle, ce n'est pas cela que je veux ! Mère de Dieu !...

Elle fit le signe de la croix.

—Je n'ai jamais songé à une chose pareille ! je ne veux pas ! je ne veux pas !...

Et elle ferma les yeux et mit ses mains sur ses paupières, comme pour ne pas voir cette mauvaise pensée, cette pensée semblable à l'esprit de ténèbres, qui vient quand on l'évoque et refuse de partir quand on le lui ordonne.

C'est dans une heure d'obscurité morale que les premières suggestions mauvaises rampent vers l'âme.
Elles ressemblent au mendiant qui demande humblement à s'asseoir au coin de notre foyer. Il entre, se
réchauffe et mange notre pain. Oublieux de notre
dignité, nous causons et rions avec lui, sans crainte et
sans soupçon.

Malheur à nous si nous avons donné l'hospitalité à
un assassin !

A l'heure de minuit, il se lèvera furtivement, et
plongera un poignard dans le sein de son bienfaiteur
trop confiant.

Les mauvaises suggestions étouffent la conscience qui
veille sur notre probité.

Angélique voyait passer et repasser devant elle,
comme dans un enchantement, des figures étranges
qu'elle n'avait jamais vues, et parmi toutes ces figures,
la belle et mélancolique Caroline de Saint-Castin. Elle
crut entendre un bruissement d'ailes, un cri aigu, puis
tout rentra dans le silence.

Elle se leva frissonnante, se dirigea vers une table de
marbre, où se trouvait une carafe de vin, remplit une
coupe de la délicieuse boisson et la vida tout entière.
Elle se sentit plus forte. Elle en but une seconde et se
mit à rire de sa frayeur.

Elle s'approcha de la fenêtre et regarda la nuit. Il
y avait des étoiles au ciel, des lumières dans les rues.
Cela lui donna de l'assurance. Les gens qui passaient et
le bruit des voix la rendirent tout à fait à elle-même.
Elle oublia la tentation, comme le patineur téméraire
oublie l'abîme dont le sépare une mince couche
de glace. Elle était redevenue insouciante, comme
l'oiseau dans les vagues de lumière. Mais elle n'avait
point prié !

Une heure encore venait de sonner au beffroi des
Récollets. Les tambours et les trompettes de la garnison donnèrent le signal de fermer les portes de la ville.

La garde se retira pour la nuit. La patrouille sortit
à son tour. On l'entendit passer dans les rues, et les
trottoirs résonnaient sous ses pas lourds et cadencés.

Les bourgeois honnêtes se hâtaient d'entrer, et les
soldats en retard couraient, de peur de ne pas être
rendus à leurs quartiers, lorsque les tambours auraient
fini de battre le rappel.

Le galop d'un cheval retentit sur le pavé de pierre.
Bientôt un officier descendit à la porte; il monta l'escalier d'un pied alerte et son fourreau d'argent tintait sur
l'angle des marches solides. Il frappa. Angélique
reconnut entre mille ces petits coups familiers; elle
s'avança. Le Gardeur entrait dans le boudoir. Elle
le reçut avec un plaisir qu'elle ne cherchait pas à dissimuler, car elle était fière de son amour, et le préférait
à tous.

—Vous êtes le bienvenu, Le Gardeur ! exclama-t-elle,
en lui tendant ses deux mains. Je savais que vous
viendriez. Vous allez être reçu comme l'enfant prodigue !

—Chère Angélique, dit-il, en lui baisant les mains,
l'enfant prodigue devait revenir. Pouvait-il demeurer
longtemps dans ce désert aride où ne croissent que des
souvenirs ?

—Il s'est levé et il est reparu dans cette maison qui
déborde de joie maintenant. Comme vous êtes bon
d'être revenu, Le Gardeur ! Mais pourquoi avez-vous
été si longtemps sans venir ?

Elle oubliait l'infidélité qu'elle méditait. Elle rame-
na les plis soyeux de sa robe et lui fit place près d'elle
sur le sofa.

—Vous êtes bonne, Angélique ! reprit-il; je n'espérais
pas autant, après l'impertinence dont je me suis rendu
coupable au bal du gouverneur. J'ai été méchant, ce
soir-là; pardonnez-moi !

—Je suis plus coupable que vous, Le Gardeur !

Elle se souvenait bien comme elle l'avait blessé, en lui manquant d'égards, et en prodiguant aux autres ses sourires.

—Je vous en voulais, dit-elle, parce que vous portiez trop d'attention à Cécile Tourangeau.

Ce n'était pas vrai, mais elle ne se faisait pas scrupule de mentir à un amoureux. Elle savait bien que c'était par dépit qu'il avait prétendu renouer d'anciennes relations avec la jolie Cécile.

—Mais pourquoi avez-vous fait le méchant, cette nuit-là ? reprit-elle en le regardant fixement.

Elle découvrit une rougeur dans ses yeux: les suites de la dissipation.

—Vous avez été malade ? demanda-t-elle.

Elle se doutait bien qu'il avait bu...pour noyer, peut-être, le chagrin qu'elle lui avait causé.

—Je n'ai pas été malade, lui répondit-il. Voulez-vous savoir la vérité, Angélique ?

—Toujours et tout entière ! Dites-moi pourquoi vous vous êtes fâché.

—Parce que je vous aimais à la folie, Angélique ! et qu'un autre m'a ravi la place que j'occupais dans votre cœur ! Voilà la vérité.

—Non, ce n'est pas là la vérité! s'écria-t-elle, avec chaleur. Ce ne sera jamais la vérité si je me connais bien, si je vous connais bien ! Mais vous ne savez pas ce que sont les femmes, Le Gardeur ! ajouta-t-elle avec un sourire. Vous ne me connaissez pas, moi, la femme que vous devriez si bien apprécier !

Il n'est pas difficile de reconquérir une affection qui n'était point perdue. Angélique avait conscience de son pouvoir et se sentait disposée à l'exercer.

—Voulez-vous faire quelque chose pour moi, Le Gardeur ? lui demanda-t-elle d'un air coquet, en lui tapant les doigts avec son éventail.

—Comment ne voudrais-je pas ? Y a-t-il une chose que je refuserais de tenter sur la terre, au ciel ou dans

les enfers, si vous m'accordiez en retour ce que j'estime
plus que la vie même ?

—Qu'est-ce donc ?

Elle le devinait bien.   Son cœur commençait à répondre à la passion qu'elle allumait.

—Qu'est-ce donc, Le Gardeur ? répéta-t-elle en
s'approchant.

—Votre amour, Angélique ! votre amour, ou je ne
veux plus de la vie ! Votre amour ! et je vous serai le
plus soumis et le plus dévoué des serviteurs !

C'était une parole téméraire, mais ils y crurent tous
deux.

—Et si je vous le donne, Le Gardeur, fit-elle, en plongeant les doigts dans ses riches boucles dorées, si je vous
le donne, serez-vous véritablement mon chevalier ?
porterez-vous mes couleurs et combattrez-vous mes
combats quels qu'ils soient ?

—Oui ! je vous le jure par tout ce qu'il y a de plus
sacré ! Vous serez ma loi, Angélique ! votre plaisir sera
mon devoir ! Vous serez mon but, mon motif et ma fin !

Ainsi s'égarait la raison du malheureux jeune homme.

—Le Gardeur, je vous aime ! fit Angélique avec
transport.

Elle voyait que cet homme disait vrai ; mais elle ne
pouvait pas mesurer la grandeur d'une telle passion.

Elle acceptait son amour, mais elle ne pouvait l'empêcher de déborder.   Ainsi le vase qui s'emplit à la
fontaine ne saurait empêcher le flot de couler toujours.

Angélique oubliait presque ses projets tout à l'heure
caressés.   Elle comprenait que Le Gardeur était peut-
être choisi par Dieu pour la sauver.   Cependant, son
ambition et sa vanité luttaient.   Cet amour solennel
qu'elle venait de promettre, il voltigeait encore sur ses
lèvres, comme un oiseau à la porte de sa cage.   Elle
était tentée de le graver à jamais au fond de son cœur.
Tout à coup, elle le chassa brusquement.

C'était toujours la vieille lutte, la lutte aussi ancienne que l'homme; dans cette bataille du mensonge et de la vérité, l'amour est toujours un peu sacrifié.

L'égoïsme triompha; elle fut infidèle encore. La pensée de Bigot, la perspective d'une vie de triomphes et de plaisirs la rendirent fourbe dans son âme. Elle encouragea les espérances de son ami et résolut de le tromper.

Le sort en était jeté. Cependant elle dit, la charmeuse cruelle, avec un accent de suave douceur :

—Ferez-vous bien tout ce que vous promettez, Le Gardeur ? Ma volonté sera votre loi ? Mon plaisir sera votre devoir ? Vous serez tout à moi et comme je le voudrai ? Un pareil dévouement m'épouvante !

—Mettez-moi à l'épreuve; demandez-moi les choses les plus impossibles ! Ordonnez les forfaits les plus noirs que l'esprit puisse méditer et la main exécuter ! et, pour l'amour de vous, Angélique, je ferai tout !

Décidément, Le Gardeur devenait fou. Le reste de vertu qu'il possédait s'était fondu au feu des regards de l'enchanteresse.

—Mais, croyez-vous, fit-elle en riant, que je vais vous donner la mer à boire ? Peu de chose va me satisfaire. Mon amour n'est pas si exigeant que cela.

—Votre frère a-t-il besoin de moi ? demanda Le-Gardeur. Je lui donne la moitié de ma fortune pour l'amour de vous !

Il savait que le prodigue chevalier des Meloises était souvent dans la gêne; tout dernièrement encore il lui avait prêté une forte somme, pour se débarrasser de ses importunités.

Angélique fit semblant de se fâcher :

—Mon frère ? et pourquoi me parlez-vous de lui, s'il vous plaît ? Je n'y pensais seulement pas. C'est de l'intendant que je veux vous parler. Vous le connaissez mieux que moi.

Ce n'était pas vrai. Angélique avait étudié Bigot
sur toutes ses faces. Elle avait pesé son esprit, jugé
sa personne, estimé ses biens. Son œil inquisiteur et
curieux n'avait pu toutefois pénétrer son âme tout
entière; car il y avait dans cette âme étrange des ténèbres que l'œil de Dieu seul savait pénétrer. Elle s'était
aperçue qu'avec toute sa finesse elle ne l'avait pas encore
compris.

—Vous voulez me parler de l'intendant ? fit Le
Gardeur surpris.

—Oui, une idée bizarre, n'est-ce pas ?

Et elle se prit à rire de l'étonnement de son ami.

—Je pense vraiment que c'est le plus jovial gentilhomme de la Nouvelle-France, répondit Le Gardeur.
Il est franc, généreux avec ses amis, et redoutable à ses
ennemis. Son esprit est comme son vin, il ne fatigue
jamais et ne s'épuise pas. En un mot, j'aime l'intendant, j'aime son esprit, son vin, ses amis, c'est-à-dire
quelques-uns de ses amis. Mais par-dessus tout, je vous
aime, Angélique ! et pour l'amour de vous, je l'estime-
rai davantage, car je sais aussi combien il s'est montré
généreux envers le chevalier des Meloises.

L'intendant avait donné au frère d'Angélique un bon
nombre de parts dans la grande compagnie, et l'avait
enrichi.

—Je suis enchantée de ce que vous voulez bien lui
donner votre amitié, pour l'amour de moi seulement !
ajouta-t-elle avec coquetterie.

—Quelques-uns de vos proches, continua-t-elle, ne
l'aiment pas cependant. Votre sœur Amélie tremble
comme une sensitive quand elle entend son nom, et
votre tante de Tilly s'est armée de ses regards les plus
sévères quand j'ai parlé de lui, aujourd'hui.

Au nom de sa sœur, de Repentigny regarda Angélique
d'un air de doute :

—Ma sœur est un ange, dit-il, et pour qu'un homme
trouve grâce à ses yeux, il faut qu'il soit presque divin.

Quant à ma bonne tante, elle a entendu parler de la joyeuse vie de l'intendant.   Pardonnons-lui si elle a branlé la tête en signe de pitié…

—Le colonel Philibert aussi partage les sentiments de votre sœur et de votre tante, pour ne rien dire de la haine de son père, le bourgeois, continua Angélique un peu piquée de l'air incrédule de Le Gardeur.

—Pierre Philibert ! Il peut se faire qu'il n'aime pas l'intendant. Il a ses raisons. Mais je répondrais de son honneur sur ma vie. Jamais il ne se rendra coupable d'injustice envers qui que ce soit.

Le Gardeur ne condamnait pas ses amis si facilement que cela.

Angélique cacha adroitement le stylet qu'elle venait d'essayer :

—Vous avez raison, dit-elle hypocritement, Pierre Philibert est un gentilhomme digne de vous.   Je déclare que je n'ai jamais vu un plus bel homme, d'abord. C'est un homme comme lui que j'ai toujours rêvé. Quel dommage, Le Gardeur, que je vous aie vu le premier ! ajouta-t-elle en lui tirant coquettement une mèche de cheveux.

—Je pense bien, Angélique, que vous me jetteriez aux poissons s'il devenait mon rival, répliqua de Repentigny en badinant; mais je n'appréhende aucun danger. Je sais où il a porté ses affections et je ne saurais être jaloux de ses succès.

—Je ne serai pas jalouse de votre sœur, Le Gardeur, dans tous les cas ! s'écria Angélique.

Et le souffle parfumé de ses lèvres enivrait Le Gardeur.

—Je ne vous donnerai pas mon amour parce que vous l'avez déjà, ajouta-t-elle…Mais pour aujourd'hui, ne me demandez rien de plus que cela.

Et elle lui passa au doigt un riche diamant.

Ce gage d'un amour auquel d'avance la perfide Angélique était parjure, fut comme un sceau fatal qui scella la destinée du jeune chevalier. Et, durant de longs temps encore, Le Gardeur croyant rencontrer chez Mlle des Meloises un amour sans mesure comme le sien, but à longs traits comme un nectar, les paroles enivrantes qui sortaient de cette bouche astucieuse.

Hélas ! Il eut mieux valu pour lui ne jamais naître, que de boire ainsi le poison de ces lèvres enchanteresses.

—Maintenant, Le Gardeur, répondez-moi, commença-t-elle, après une pause pleine de ravissements.

Nouvelle Dalila, elle jouait avec la chevelure de Le Gardeur et le dépouillait de sa vertu.

—Il y a une femme à Beaumanoir, reprit-elle, dites-moi donc qui elle est et ce qu'elle est.

Le Gardeur n'aurait pas hésité à trahir le ciel pour elle; mais il ne put en aucune façon lui donner les renseignements qu'elle désirait. Il ne savait pas en quelle qualité cette femme vivait à Beaumanoir. Angélique se mit à rire et à causer, avec un sang-froid étonnant, des fantaisies galantes de l'intendant. Elle avait manqué son but. Elle fit promettre à Le Gardeur de bien s'informer et de venir lui rendre compte du résultat de ses recherches.

Minuit sonna à la cloche des Récollets. Angélique regarda son ami avec un sourire qui voulait dire :«Entendez-vous ?» et de son doigt effilé, elle lui donna sur la joue les douze coups de l'heure qui s'en allait.

Elle se leva et jeta un coup d'œil à la fenêtre.

Les étoiles scintillantes paraissaient débordantes de vie. Dans l'hémisphère nord, à l'horizon, on voyait le Charriot renversé; le Bouvier avait conduit son étincelant troupeau dans les plaines éthérées de l'Occident.

Quelques tresses de ses cheveux d'or tombaient négligemment sur ses épaules et sur sa poitrine. Elle s'inclina vers Le Gardeur. Un instant encore, son projet égoïste tomba dans la poussière et elle fut tentée de le fouler aux pieds; un instant elle eut envie d'être ce qu'il la croyait, lui, une femme sincère et dévouée.

—Lisez ma destinée, Le Gardeur, dit-elle vivement.
Vous avez été au séminaire. On dit que les prêtres de
cette maison étudient à fond la science des astres, et que
leurs lèvres y deviennent habiles.

—Je ne regarde que mon ciel à moi : vos yeux, Angélique ! Puis-je le désirer plus beau ? C'est là que je lis
ma fortune et mon destin !

Angélique était tourmentée par des passions diverses.
Elle avait sur les lèvres des paroles de vie et des paroles
de mort. Son cœur battait plus fort que la pendule d'or
qui était là, près d'elle, sur la table de marbre. Le bon
mouvement s'envola encore comme un oiseau effrayé.

—Regardez, Le Gardeur, fit-elle en montrant la
constellation de Persée qui s'élevait à l'Orient, voilà
mon étoile. Mère Malheur... Vous connaissez mère
Malheur ?...Mère Malheur m'a dit que c'était mon
étoile, et qu'elle influerait sur ma destinée.

Comme toutes les personnes qui s'abandonnent à
leurs passions, Angélique croyait à la fatalité.

Elle montrait Algol, cette étrange étoile qui passe en
quelques heures, de l'éclat le plus beau à l'obscurité la
plus incompréhensible, et qui a le pouvoir dit-on de
changer en pierre le cœur de l'homme.

—Mère Malheur en a menti ! exclama Le Gardeur,
en se plaçant entre la fenêtre et la jeune fille, comme
pour la protéger contre la pernicieuse influence de l'astre.

—Cette étoile de malédiction n'a pas présidé à votre
naissance, Angélique ! continua-t-il. C'est un démon !
c'est Algol.

Angélique frissonna soudain.

—Mère Malheur n'a pas voulu me dire ce qu'annonçait cette étoile, reprit-elle d'une voix mal assurée, mais
elle m'a recommandé de veiller et d'espérer, ou de
veiller et de prier, selon que je serais vertueuse ou pé-
cheresse. Que me présage donc Algol, Le Gardeur ?

—Rien, mon amour ! Foin de toutes les étoiles du
ciel ! Vos yeux ont plus d'éclat et votre influence est

plus grande.   L'harmonie des sphères célestes n'a plus
de charmes pour moi, quand j'entends ta voix suave,
ô ma bien-aimée Angélique !

Il parlait encore lorsqu'une bouffée de mélodies
s'échappa de la chapelle des Ursulines.   Les religieuses
offraient des prières et des chants pour le salut de la
Nouvelle-France.

Au milieu de toutes ces voix ravissantes qui flottaient
sur l'aile de la nuit, avec les notes solennelles de l'orgue,
on distinguait la voix merveilleuse de Sainte-Borgia, la
tante d'Angélique.

Elle allait se détachant de plus en plus du chœur
sacré, comme une flamme qui se joue au-dessus du foyer:
elle montait, dans ses fugues saisissantes, comme un
esprit qui vole aux cieux !

Angélique savait cet hymne nouveau, que sa tante
avait composé.   Quand le chœur des religieuses eut fini
de chanter, elle le récita avec un accent ému.   Le Gardeur écoutait avec une religieuse attention.

> Soutenez, grande Reine !
> Notre pauvre pays !
> Il est votre domaine
> Faites fleurir nos lis !
> L'Anglais sur nos frontières
> Porte ses étendards,
> Exaucez nos prières !
> Protégez nos remparts !

Angélique et Le Gardeur demeurèrent silencieux.
L'homme du guet cria l'heure dans le calme de la nuit.

—Que Dieu bénisse la prière de ces saintes femmes !
fit Le Gardeur.   Que Dieu vous bénisse, Angélique!
Bonne nuit ! Maintenant, je me retire.

Il sortit, après avoir glissé une pièce blanche dans la
main de Lisette, qui lui fit une de ses plus belles révé-
rences et lui donna son meilleur sourire.

Angélique se mit à sa fenêtre pour écouter le galop
cadencé du cheval qui s'éloignait.   Quand le dernier

bruit mourut au loin, elle se jeta sur sa couche et se
prit à pleurer en silence. La musique divine l'avait
touchée. L'amour de Le Gardeur était comme une
masse d'or qui l'écrasait. Elle ne pouvait ni la remuer,
ni l'ôter.

Elle s'endormit, et son sommeil fut troublé par des
songes pénibles.

Elle se vit mourant de soif dans une solitude sauvage,
au milieu de sables brûlants. Elle tenait à la main un
vase plein d'eau froide; mais au lieu d'y tremper ses
lèvres desséchées, elle la renversa malicieusement sur
le sol.

Elle allait tomber dans un abîme sans fond, et elle
repoussait l'unique main qui pouvait la retenir.

Elle était dans une rivière profonde : Le Gardeur se
précipita à son secours. Elle s'arracha de ses bras et
fut perdue.

Tout autour de son lit voltigeaient des fantômes, des
formes indéfinies d'esprits mauvais.

Quand elle s'éveilla, le soleil rayonnait dans ses fenêtres, une brise rafraîchissante agitait le feuillage, les
oiseaux chantaient dans le jardin et les rues se remplis-
saient d'animation.

Il était grand jour. Elle redevint ce qu'elle avait été.
Ses rêves d'ambition de la veille surgirent de nouveau,
ses rêves d'amour de la nuit dernière s'envolèrent; ses
craintes s'évanouirent, ses espérances se réveillèrent
toutes pompeuses, et elle se mit à songer au moyen de
forcer Bigot à venir lui rendre visite.

XVII

Splendide Mendax

Au milieu des ruines magnifiques de l'antique palais de l'Intendance, on peut retracer encore la chambre où Bigot se promenait, tout agité, le matin qui suivit la réunion du conseil de guerre. Les lettres qu'il avait reçues de France l'irritaient, et il cherchait, dans son imagination fertile, les moyens de satisfaire la marquise de Pompadour, sans renoncer à ses propres desseins.

Les murs de son cabinet, maintenant dévastés par le souffle de cent vingt hivers, étaient alors décorés de peintures superbes, entre autres du portrait de la voluptueuse Pompadour fait par Vanloo. Cette femme si coupable, qui gouverna la France sous Louis XV, possédait néanmoins un bon cœur et un véritable amour des beaux-arts. Elle admira toujours et protégea royalement les architectes, les peintres, les sculpteurs et les hommes de lettres. Vanloo lui avait peint ce portrait par reconnaissance, et elle l'avait donné à Bigot par amitié.

Le chevalier de Péan, secrétaire et confident de Bigot, écrivait à une table. De temps en temps, il regardait avec une certaine curiosité la figure animée de son maître qui se promenait à pas rapides dans la pièce richement meublée.

Tous deux gardaient le silence.

Bigot aurait été très heureux de s'enrichir lui-même et d'enrichir ses amis. Il se serait fort peu occupé des clameurs des courtisans jaloux ou indignés.

Il se doutait bien que sa politique pouvait ruiner la colonie, compromettre même la royauté, mais il se consolait en pensant qu'il n'y pouvait rien. Il n'était qu'une maille dans une vaste chaîne de corruption.

Laissé à lui-même, il devenait impuissant. Ceux qui étaient avant lui l'entraînaient et il entraînait les autres. Il ne cherchait pas à débrouiller la question de morale.

Il obéissait aveuglément à ses maîtres—à ses maîtresses plutôt—mais commençait par se bien servir.

Il savait bien à quelle épreuve serait soumis son génie inventif, si le monopole qu'il avait établi pour piller la province était tout à coup aboli.

Il ne craignait pas cependant, parce qu'il ne connaissait point le scrupule. Il n'était pas homme à trembler devant l'orage. Il retombait toujours sur les pieds, comme il disait.

Bigot s'arrêta. Une pensée le frappait. Il se tourna vers son secrétaire, le regarda fixement :

—De Péan, dit-il, nous ne sommes pas sûrs du chevalier de Repentigny. Il ne joue pas franc jeu avec nous. Un homme qui dîne avec moi et soupe avec Philibert, au *Chien d'Or*, ne saurait être au-dessus du soupçon. Dans la grande compagnie, on ne connaît pas cette sorte d'associés.

—Je n'ai pas non plus une grande confiance en lui, répondit de Péan; entouré comme il l'est par la gente respectable, il peut trahir notre jeu.

—C'est cela. Vous ne l'avez, vous tous, bridé qu'à demi. Ne vous vantez pas de votre œuvre. Avec quelle impudence ce matamore de Philibert l'a enlevé de Beaumanoir ! Une impudence sublime ! Ha ! ha ! C'était parfait ! Par ma foi, j'aurais voulu lui passer mon épée au travers du corps à ce colonel ! Pas un de vous n'a eu le courage de le faire !

—Mais Votre Excellence s'est montrée d'une telle politesse envers lui, que nous ne pouvions pas deviner cela, répliqua de Péan d'un ton à faire croire qu'il n'aurait pas été le dernier à tirer l'épée.

—Ventrebleu, je le sais bien ! J'étais furieux de voir ce petit chien d'or se moquer de moi avec tant de courtoisie. Philibert exerce une immense influence sur

Le Gardeur.   Il paraît qu'il l'a sauvé des eaux, comme un nouveau Moïse… Il paraît aussi qu'il recherche sa sœur, une charmante fille, de Péan, riche en argent, en terres et en relations influentes.   Il faudrait la mettre dans les intérêts de la grande compagnie.   L'un de vous devrait l'épouser… Mais non, vous n'oserez pas, par Dieu ! lui en faire la proposition

—C'est inutile, répliqua de Péan, je la connais, l'aimable enfant ! C'est un de ces anges qui croient que le mariage est une chose dont le ciel s'occupe, qu'il n'y a qu'un homme pour une femme, et que c'est celui-là et nul autre qui doit être le mari. Les jeunes filles qui ont été au couvent avec elle disent—elles savent tout et plus encore, les jeunes filles du couvent,—disent qu'elle a toujours aimé en secret le colonel Philibert et qu'elle l'épousera un jour.

—Par Satan ! sera-t-il dit qu'une pareille créature épousera ce Philibert que j'abhorre !

Bigot s'emportait.

—Moi, je crois, continua-t-il, que les femmes sont toujours prêtes à s'embarquer sur les vaisseaux chargés d'or, d'argent, d'ivoire, de singes et de paons.   La grande compagnie fera mieux de ne pas se vanter de sa puissance, si pas un de ses membres ne réussit à conquérir cette jeune beauté.   Avec elle, nous aurons Le Gardeur.   Et il nous le faut.

—Excellence, je ne vois qu'un moyen.

De Péan ne paraissait pas attacher une grande importance à ce qu'il disait; cependant il tenait beaucoup à plaire à l'intendant.

—Quel est ce moyen ? demanda Bigot tout anxieux.

Il n'avait pas une très haute opinion de la sagesse de de Péan.

—Je crois, répondit le secrétaire, que la compagnie ne luttera avantageusement contre les femmes qu'avec des femmes.

—Une bonne idée ! si nous pouvons trouver une femme qui veuille combattre et puisse vaincre ! Mais en connaissez-vous une seule qui soit capable de prendre Le Gardeur par la main et de le faire sortir de la compagnie des honnêtes gens ?

—J'en connais une, Excellence, oui ! j'en connais une qui peut faire cela !

—Vraiment ? Alors, pourquoi tant de façons ? Avez-vous quelque arrière-pensée ? Son nom ? fit l'intendant qui perdait patience.

—C'est Mlle des Meloises. Elle le peut, et pas une autre en Nouvelle-France n'a besoin de l'essayer, ce serait inutile.

—Comment ? s'écria l'intendant, mais je le crois en effet ! Des yeux comme les siens mènent le monde des fous— le monde des sages aussi, fit-il, par parenthèse. Les yeux, ce sont des pièges où tous se prennent. Il y avait une femme au fond de toutes les folies que j'ai faites. Mais pour une qui m'a vaincu, j'en ai vaincu mille. Si Le Gardeur s'est débarrassé de la chevelure de Nérée, il ne se débarrassera point des mailles de nos filets! Pensez-vous qu'Angélique soit chez elle, de Péan ?

Il regarda à l'horloge. C'était l'heure des visites de la matinée.

—Elle n'est certainement pas encore sortie, répondit de Péan. Comme bien des jolies femmes, elle aime à rester au lit un peu tard, et elle donne des petits levers comme une duchesse. Elle ne doit pas être debout encore. Je ne sais pas, mais c'est le plus vagabond cotillon de toute la ville. Je la retrouve partout où je passe.

—C'est qu'elle aime à rencontrer Votre Excellence!

Bigot fixa de Péan. Une idée nouvelle venait de jaillir.

—Vrai ! pensez-vous que c'est à dessein qu'elle agit ainsi ?

—Je pense qu'elle aimerait à faire le même chemin que Votre Excellence.

De Péan se mêlait dans ses papiers. L'intendant s'aperçut qu'il était un peu agité.

—Vous pensez cela, de Péan ? lui dit-il.

Il se porta la main au menton et réfléchit une minute. Puis il demanda :

—Vous croyez qu'elle est à la maison ?

—Il était tard quand de Repentigny l'a quittée hier soir. Elle a dû faire de bien agréables rêves ensuite.

—Comment savez-vous cela ? Par saint Nicol ! de Péan, vous la surveillez de près !

—C'est vrai, Excellence : j'ai mes raisons.

Il ne dit pas quelles étaient ces raisons; Bigot ne le questionna point: il ne se mêlait pas des affaires personnelles de ses amis. Il avait trop de choses à cacher pour ne pas respecter les secrets de ses compagnons.

—Bien! de Péan, je vais aller rendre visite à Mlle des Meloises; je suis vos conseils; j'espère qu'elle se montrera raisonnable.

—Je le voudrais aussi, mais je ne l'espère pas. S'il est au monde une femme possédée du démon de la contradiction, c'est Angélique des Meloises.

De Péan dit cela d'un air farouche; on aurait pensé qu'il était instruit par l'expérience.

—Eh bien ! répliqua Bigot, je vais essayer de faire chasser ce démon par un autre plus fort. Faites venir mon cheval.

Le secrétaire obéit aussitôt.

—Souvenez-vous, recommanda l'intendant, que le bureau de la grande compagnie doit se réunir à trois heures pour traiter des affaires du jour. Pas une goutte de vin ! Soyez tous sobres comme des juges, Cadet comme les autres ! La paix nous menace. Pour nous, c'est l'orage! Replions les voiles, jetons la sonde, voyons bien où nous sommes, ou nous donnerons sur quelque rocher.

L'intendant partit suivi de deux écuyers. Il franchit
la porte du palais et entra dans la ville. Tout le monde
le saluait: l'habitude du respect envers les supérieurs.

Il répondit par le petit salut officiel. Sa figure
bronzée s'illuminait quand il rencontrait des dames, des
associés ou des partisans de la grande compagnie.

Cependant, bien des souhaits de malheur l'accompagnèrent jusqu'à la maison des Meloises.

—Sur ma vie ! c'est l'intendant royal lui-même,
exclama Lisette.

Et elle courut avertir sa maîtresse.

Angélique était au berceau, dans le jardin. Un petit
coin gracieusement arrangé, avec des fleurs de toutes
sortes, et de jolies statuettes. Une épaisse haie de
troène, fantastiquement taillée par quelque disciple
de Le Nôtre, séparait ce petit Eden des verdoyants
glacis du cap aux Diamants.

Sous la tonnelle, ce matin-là, Angélique était belle
comme Hébé à la chevelure d'or. Elle tenait un livre
d'heures, mais ne l'avait pas encore ouvert. Son œil
noir n'était ni doux, ni bon, mais brillant, défiant,
méchant même. C'était l'œil du coursier arabe, que
le fouet et l'éperon rendent fou. Elle pouvait, comme
le coursier, voir le mur qui se dressait devant elle et
l'éviter; elle pouvait aller s'y briser la tête.

Tantôt des pensées douloureuses l'oppressaient;
tantôt de folles imaginations la faisaient sourire: la
captive de Beaumanoir dont elle était jalouse, de Repentigny qu'elle regrettait amèrement de tromper,
puis l'intendant magnifique et les indicibles séductions
de Versailles ! Tout cela passait comme des fantômes
dans son esprit malade.

La voix de Lisette la tira soudain de sa rêverie.

—Dites-lui que je reçois, et conduisez-le au jardin,
répondit-elle à la servante.

—Enfin ! pensa-t-elle, mes doutes vont s'éclaircir.
Je saurai quelle est cette femme ! Je vais voir si l'in-

tendant est sincère.   Je vais le juger, ce froid assassin
de femmes ! J'ai honte de mettre son égoïsme en parallèle avec le dévouement de mon beau Le Gardeur de
Repentigny.

L'intendant entra dans le jardin.

Angélique, comme toutes les femmes qui n'ont que
peu de cœur ou qui n'en ont pas du tout, se contrôlait
parfaitement.   Elle échappa, comme d'un coup d'ailes,
aux pensées sombres qui l'obsédaient, et devint toute
rieuse.

—Jamais un ami n'est aussi aimable, fit-elle, que
s'il vient de lui-même, sans contrainte, en tendant au
visiteur distingué sa main légèrement tremblante.

Bigot s'assit près d'elle sur le siège rustique, au milieu
du feuillage.   Il la trouvait adorable.

—Le chevalier fait de longues absences; cependant,
si longtemps qu'il demeure loin de ses amis, il ne les
oublie pas, et j'en suis fort aise, commença-t-elle.

Elle accompagna ses paroles d'un regard aussi redoutable que la flèche du Parthe.

—J'arrive de la chasse, mademoiselle: si quelqu'un
m'a soupçonné de négligence, voilà ma justification.

—De la chasse !

Angélique feignait d'être surprise.   Elles connaissait
bien, cependant, les joviales orgies du château.

Elle reprit :

—On dit que le gibier se fait rare autour de la ville,
chevalier, et que les parties de chasse de Beaumanoir
ne sont plus que de spécieux prétextes aux fines parties
de plaisir.   Est-ce vrai ?

—Parfaitement vrai, mademoiselle ! répondit Bigot
en riant, et les deux vont ensemble comme une paire
d'amoureux.

—Jolie comparaison ! fit Mlle des Meloises avec un
rire argentin.

Tout de même, ajouta-t-elle, je parierais que le gibier
ne vaut pas la poudre.

—Je suis d'avis, moi, que le jeu vaut toujours la chandelle. Sincèrement, la chasse est encore bonne dans Beaumanoir, et vous l'avouerez vous-même, si vous nous faites l'honneur de chasser avec nous quelque jour.

Elle le regarda malicieusement :

—Et que trouvez-vous, s'il vous plaît, dans cette forêt de Beaumanoir ?

—Oh ! des lapins, des lièvres, des chevreuils, puis, de temps en temps, un ours grognard. Il en faut pour éprouver le courage des chasseurs.

—Comment ! pas de renards qui friponnent ces imbéciles de corbeaux ? pas de loups qui mangent les petits chaperons rouges ? Tenez ! chevalier, il y a meilleur gibier que cela !

—Oh ! oui, nous voyons des loups et des renards, mais nous ne sonnons pas du cor pour eux.

—On dit, chevalier, reprit Angélique avec un accent plein de séduction, qu'il y a, dans cette forêt de Beaumanoir, quelque chose de bien préférable aux fauves et aux oiseaux. Parfois les intendants rencontrent des brebis égarées et les apportent avec tendresse au château.

Bigot comprit. Il lui lança un regard foudroyant. Elle resta calme.

—Grand Dieu ! quel regard ! fit-elle d'un ton railleur. On dirait que je vous accuse de meurtre, quand vous avez sauvé la vie à une belle dame ! Je crois, néanmoins, que certains gentilshommes trouvent dans le code de la galanterie que tuer une femme n'est pas un grand mal.

L'intendant bondit. Il perdait patience. Il reprit son siège aussitôt.

—Après tout, pensait-il, que peut-elle savoir au sujet de Mlle de Saint-Castin.

Il lui répondit avec une apparente franchise, jugeant que c'était la meilleure politique.

—Oui, mademoiselle. Un jour, j'ai trouvé dans la forêt une pauvre femme accablée de souffrances et je l'ai conduite au château où elle est encore. Maintes autres femmes sont venues à Beaumanoir. Que d'autres viendront encore et s'en iront, avant que j'en choisisse une pour y demeurer toujours comme la maîtresse de mon cœur et de ma maison, ainsi que dit la chanson.

—C'est bien de votre faute si vous n'en trouvez pas pour cette haute position. Il y en a dans notre jolie ville. Mais il parait que cette beauté perdue et ret'ouvée est une étrangère ?

—Une étrangère pour moi; peut-être pas pour vous.

Angélique comprit l'hypocrisie de cette parole. Elle eut comme un frisson de dépit, elle qui trompait facilement les autres, et riposta hardiment :

—Il y a des gens qui prétendent qu'elle est votre femme, chevalier...ou qu'elle le sera bientôt...probablement lorsque vous serez fatigué des demoiselles de la ville !

Il aurait mieux valu que l'intendant et Angélique des Meloises se fussent expliqués franchement.

Bigot oubliait qu'il était venu pour arranger, dans l'intérêt de la compagnie, un mariage entre cette jeune fille et Le Gardeur. Il s'éprenait aux charmes de l'enchanteresse. Elle était plus forte que lui maintenant avec ses grâces et ses séductions, car il était l'homme du plaisir. Tantôt, quand il reviendra l'homme de tact et le cœur de pierre, il sera peut-être plus fort qu'elle.

—Par Dieu ! pensa-t-il, je m'oublie; elle se joue de moi ! Je n'ai rencontré sa pareille ni à Paris ni à Naples. L'homme qui l'aura, pourtant, s'il est habile, pourra devenir premier ministre de France ! Imaginez un peu ! je viens ici tirer du feu ce joli marron pour mon ami Le Gardeur. Bigot, où s'en va ta galanterie ? Tu me fais rougir !

Ces idées lui trottèrent par l'esprit; mais il dit tout autre chose.

—La dame de Beaumanoir n'est pas ma femme, répondit-il; elle ne le sera peut-être jamais.

—Peut-être ! répéta Angélique fièrement.

—Peut-être dans la bouche d'une femme, c'est presque un consentement; dans la bouche d'un homme c'est bien vague. L'amour ne répond point par des peut-être, fussent-ils mille fois répétés.

—Et comme cela vous épouseriez peut-être un trésor de la forêt ? reprit Angélique en tourmentant le gazon du bout de son joli pied.

—Cela dépend, mademoiselle. Si vous étiez ce trésor, il n'y aurait plus de peut-être.

Bigot parlait crûment, il avait l'air sincère.

Angélique entrevit la réalisation de ses rêves extravagants; elle en frémit de plaisir et pardonna l'allusion familière.

Deux mains se joignirent alors comme pour un serment. La main de Mlle des Meloises était froide; la passion ne la brûlait pas comme le soir de la veille.

C'était la première fois qu'il l'appelait ainsi. Elle tressaillit. Mais le cœur n'y fut pour rien. Elle le regarda en souriant de ce sourire vainqueur qui lui avait gagné déjà tant de victoires.

—Angélique ! dit Bigot, je n'ai vu nulle part de femme comme vous. Vous êtes faite pour embellir la cour. Et je vous prédis qu'en effet, vous en deviendrez l'ornement, si...si...

—Si ?

Le plaisir et la vanité rayonnaient dans sa paupière.

—Est-ce que je ne pourrais pas orner une cour, la cour de France surtout, sans tant de *si* ? fit-elle joyeusement.

—Vous le pouvez certainement, si vous le voulez.

—Si je le veux ? certainement je le veux ! Mais qui va me montrer le chemin de la cour ? Il est long, la France est loin !

—Moi ! si vous le permettez, Angélique. Versailles
est le seul théâtre digne de votre esprit et de votre
beauté !

Angélique crut à ces paroles flatteuses qui étaient, pour
elle, de simples vérités.

Un instant, elle fut éblouie par l'espoir de voir la
main de l'intendant lui ouvrir ces portes d'or qu'entrevoyait son ambition.

Une foule d'images brillantes, vives, légères comme
des oiseaux du paradis, voltigeaient devant ses yeux.

—Je voudrais bien savoir, pensait la vaniteuse des
Meloises, quelle femme pourrait rivaliser avec moi si
je me passais la fantaisie de descendre dans l'arène !
Ce n'était pas pour disputer la place de la Pompadour !
Elle rêvait plus que cela. Elle osait regarder le
trône ! Le triomphe de madame de Maintenon serait
jeté dans l'ombre !

Toutefois, elle n'était pas comme la laitière de La
Fontaine, pour dire oui avant d'être demandée; et elle
avait conscience de sa valeur.

L'ombre de la dame de Beaumanoir ne s'évanouissait
pas cependant.

—Pourquoi dire ces choses plaisantes, chevalier ?
remarqua-t-elle. Vous savez bien qu'un intendant
royal doit toujours être sérieux. Laissez ces badinages
aux jeunes gens de la ville qui n'ont rien à faire qu'à
nous courtiser.

—Des badinages ? Par sainte Jeanne de Choisy !
je n'ai jamais été plus sérieux de ma vie ! exclama
Bigot. Je vous fais l'entier hommage de mon cœur.

Sainte Jeanne de Choisy !

C'était un insolent sobriquet donné à la Pompadour,
dans les petits appartements. Angélique savait cela,
mais Bigot croyait qu'elle ne connaissait rien.

—Les belles paroles sont comme les fleurs, chevalier !
répondit la jeune fille; elles sont douces à sentir et
charmantes à voir. Mais l'amour se nourrit de fruits

mûrs. Voulez-vous me montrer votre dévouement, je vais le mettre à l'épreuve ?

—Très volontiers, Angélique.

Il s'imaginait que c'était une fantaisie, un caprice dont sa galanterie ou sa bourse aurait vite raison.

—Eh bien! je demande que le chevalier Bigot ne me parle amour ni dévouement, jusqu'à ce qu'il ait éloigné de Beaumanoir cette dame mystérieuse qu'il sait bien...

Elle le regardait fixement, fièrement, en disant cela.

—Eloigner cette femme de Beaumanoir ? répliqua l'intendant tout étonné. Assurément, Angélique, cette pauvre ombre ne doit pas vous effrayer, ni vous empêcher d'accepter mes hommages !

—Au contraire, chevalier. J'aime les hommes hardis —la plupart des femmes les aiment,—mais j'étais loin de croire que l'intendant de la Nouvelle-France le serait assez pour oser offrir son amour à Angélique des Meloises, pendant qu'il a sa femme ou sa maîtresse dans sa magnifique retraite de Beaumanoir !

Bigot maudit la malice et la jalousie de ce sexe qui ne se contente pas de la juste part qu'on daigne lui faire, mais veut régner et dominer seul...

Il pensa :«La femme est un despote et n'a nulle pitié de celui qui veut régner sur elle.»

Il répondit à Angélique :

—Cette dame n'est ni ma femme, ni ma maîtresse, mademoiselle. Elle a cherché un abri sous mon toit; elle a sollicité l'hospitalité de Beaumanoir.

—Je le crois bien, fit Angélique, avec une moue charmante, l'hospitalité de Beaumanoir est aussi large que le cœur du maître.

Bigot éclata de rire :

—Vous autres, mesdames, dit-il, vous êtes sans pitié les unes pour les autres.

—Vous l'êtes plus que nous, vous, messieurs les hommes, quand vous nous trompez avec vos menteuses protestations !

Elle se leva.   Son indignation paraissait réelle.

—Vous faites erreur, mademoiselle, répliqua Bigot.

Il commençait à se sentir piqué.   Il ne se leva point cependant.

—Cette femme ne m'est rien, ajouta-t-il.

—Aujourd'hui, peut-être; mais il n'en a pas toujours été ainsi.   Vous l'avez aimée un jour, et elle vit maintenant des restes de cette première affection.   Il n'est pas aisé de me tromper, chevalier…

Elle le regardait de haut et ses longs cils où jouait un éclair, ressemblaient au nuage sombre bordé, en dessous, d'une frange de lumière.

—Mais, par saint Picaut ! comment pouvez-vous savoir ces choses ? questionna l'intendant.

Il commençait à comprendre qu'il n'aurait de succès dans la réalisation de son plan, qu'en obéissant en tout à la capricieuse enfant.   Angélique lui répondit :

—En ces matières d'amour, chevalier, la femme devine avec la plus grande facilité du monde.   Cette faculté de deviner est comme un sixième sens qui nous a été donné pour protéger notre faiblesse.   Un homme ne saurait aimer deux femmes à la fois, sans que toutes deux en soient averties par un instinct infaillible.

—En vérité ! Les femmes sont des livres splendides, écrits en lettres d'or, mais dans une langue aussi difficile à comprendre que les hiéroglyphes.

—Merci de la comparaison, chevalier ! fit-elle en riant aux éclats.

—Il ne conviendrait pas, continua-t-elle, que les hommes pussent aisément scruter la femme. Cependant, nous, nous lisons dans les cœurs les unes des autres comme dans l'abécédaire de Troie, un livre si facile à comprendre que les enfants l'interprétaient avant de savoir lire.

Angélique jetait hardiment le défi à l'intendant.

Elle voyait que c'était le plus sûr moyen de réveiller sa vanité.   Lui qui se vantait de tant de succès, il voudrait sans doute venir à bout de sa résistance.

Elle ne se trompait point. Il lui promit de renvoyer Mlle de Saint-Castin. Il n'était pas sincère cependant.

—J'ai toujours eu la chance d'être vaincu dans les luttes qu'il m'a fallu soutenir contre votre sexe, Angélique, dit-il, radieux autant que soumis. Asseyez-vous là près de moi, en signe d'amitié.

Elle s'assit sans hésitation, lui abandonna sa main et, souriant adorablement dans son incomparable coquetterie, elle lui répondit :

—Chevalier, vous parlez maintenant comme un amant magnifique.

> «Quelque fort qu'on s'en défende
> Il y faut venir un jour !»

—C'est marché conclu, Angélique, et pour jamais ! Mais je suis plus exigeant que vous ne pensez. Rien pour rien, tout pour tout ! Voulez-vous aider la grande compagnie dans une affaire importante ?

—Pourquoi pas ? En voilà une question ! Mais de grand cœur, chevalier ! Je vous aiderai en tout ce que peut faire convenablement une femme, ajouta-t-elle avec un brin d'ironie.

—Bien ou mal, convenable ou non ! Mais rassurez-vous; il n'y a rien d'alarmant. Au reste tout est bien quand c'est vous qui agissez.

—Alors, vite ! chevalier, faites-moi connaître cette épouvantable épreuve qui m'attend…et me vaut pareils compliments.

—Voici, Angélique. Vous avez une grande influence sur le sieur de Repentigny ?

Angélique rougit jusqu'aux yeux.

—Sur Le Gardeur ? répondit-elle avec vivacité. Pourquoi son nom ? Je ne veux rien faire contre le seigneur de Repentigny !

—Contre lui ? Mais pas du tout ! pour lui ! Nous craignons qu'il ne tombe dans les mains des honnêtes

gens.   Vous pouvez l'en empêcher, Angélique, si vous
voulez.

—Je respecte le seigneur de Repentigny, dit-elle,
répondant plutôt à ses propres pensées qu'à la remarque
de Bigot.

Ses joues devinrent pourpres et, de ses doigts nerveux,
elle rompit son éventail dont elle jeta les morceaux à
terre avec violence.

—J'ai fait probablement assez de mal à Le Gardeur,
continua-t-elle.   Il vaudrait mieux peut-être ne plus
le voir.   Qui sait ce qui peut arriver ?

Elle avait l'air d'avertir l'intendant.

—Je suis heureux de voir qu'une amitié sincère vous
unit à Le Gardeur, remarqua Bigot avec artifice.   Vous
apprendrez avec joie que nous avons l'intention de l'élever à une haute et lucrative position dans la compagnie,
si toutefois les honnêtes gens ne le gagnent pas tout entier à leur cause.

—Les honnêtes gens ne l'auront pas si je puis les
prévenir ! répliqua-t-elle avec chaleur.   Personne n'é-
prouverait plus de plaisir que moi à le voir occuper
une belle position.

—C'est ce que je pensais aussi.   C'était un peu pour
vous dire cela que je désirais vous voir.

—Vraiment ! je me plaisais à penser, chevalier, que
vous n'étiez venu que pour moi !

Elle était quelque peu froissée.

—Et c'est pour vous seule aussi que je suis venu, lui
répondit l'intendant.

Il se sentait sur un terrain passablement glissant.

—Le chevalier des Meloises, votre frère, vous a sans
doute consulté au sujet des projets qu'il forme pour vous
et pour lui ? demanda Bigot à Mlle des Meloises.

—Mon frère a fait tant de projets, déjà, répondit
Angélique, que je ne sais vraiment pas auquel de ces
projets vous faites allusion.

Elle prévoyait ce qui allait arriver; elle attendait, respirant à peine tant elle était oppressée.

—Vous devez savoir que l'avenir dépend surtout de votre union avec le chevalier de Repentigny.

Elle ne se contint pas davantage. Elle se leva, saisit Bigot par le bras avec tant de violence, qu'elle lui fit opérer un demi-tour.

—Chevalier Bigot, dit-elle, êtes-vous venu ici pour me faire des propositions de la part de Le Gardeur de Repentigny?

—Je vous demande pardon, mademoiselle! je ne propose rien de la part de Le Gardeur. J'ai sanctionné sa promotion. Votre frère et la grande compagnie en général désirent cette union; moi, je ne la désire pas!

Il dit ce dernier mot de façon à bien lui faire comprendre qu'il préférait ne la voir se marier avec personne.

—Je regrette de vous avoir parlé de ce projet, fit-il avec douceur, puisque cela vous contrarie.

—Oui! cela me contrarie! reprit-elle, en lui laissant le bras. Le Gardeur de Repentigny peut bien parler pour lui-même. Je ne permettrais pas à mon frère de me faire une pareille proposition, à plus forte raison je ne saurais la discuter avec le chevalier Bigot.

—J'espère que vous me pardonnerez, mademoiselle. Je ne vous appellerai plus Angélique, jusqu'à ce que vous m'ayez rendu votre amitié. Assurément, je ne vous aurais pas oubliée, lors même que vous vous seriez rendue aux vœux de votre frère. Je craignais, et je voulais vous mettre à l'épreuve.

—Prenez garde, chevalier! l'épreuve pourrait être dangereuse! répliqua-t-elle avec chaleur. Ne recommencez pas, ou je prendrai Le Gardeur par dépit!

C'était: par amour! qu'elle pensait; l'autre mot n'était dit que des lèvres.

Elle reprit :

—Je ferai tout pour le tirer des mains des honnêtes gens, tout, excepté l'épouser, du moins quant à présent.

Ils parurent se comprendre parfaitement.

—C'est entendu ! fit Bigot.   Maintenant je vous le jure encore, je n'ai pas eu l'intention de vous blesser. Vous frappez fort !

—Bah ! riposta-t-elle en souriant, les blessures faites par les femmes se guérissent vite; il n'y paraît pas longtemps.

—Je ne sais pas. Du bout de son doigt qui n'écraserait pas un moucheron, une femme peut tuer l'homme le plus fort.   J'ai vu cela.

—Heureusement, chevalier, ce n'est pas arrivé tout à l'heure, quand je vous ai touché ! Mais maintenant que je me suis vengée, je sens que je vous dois une réparation.   Vous parlez de tirer Le Gardeur des mains des honnêtes gens; comment puis-je vous aider ?

—De bien des manières.   Quel jour a lieu la grande fête des Philibert ?

—Demain.   Voyez; j'ai été honorée d'une invitation spéciale.

Elle tira un papier de sa poche.

—Le colonel Philibert est bien poli, n'est-ce pas? ajouta-t-elle.

Bigot jeta un coup d'œil plein d'arrogance sur le billet.

—Avez-vous l'intention d'y aller, Angélique ? demanda-t-il.

—Non ! cependant, si je ne consultais que mes goûts, j'irais certainement.

—De qui donc prenez-vous conseil, si ce n'est de vous-même.

—Vous êtes bien flatteur !...De la grande compagnie, chevalier ! Je suis loyale, n'est-ce pas ? La grande compagnie avant tout !

—Tant mieux ! Soit dit en passant, il ne serait pas mal d'empêcher Le Gardeur d'assister à cette fête.   Les Philibert et les chefs des honnêtes gens ont beaucoup d'influence sur lui.

—Naturellement, ce sont tous des parents et amis.
Mais si c'est votre désir, je l'en détournerai. Je ne
pourrai pas l'empêcher d'y aller, mais il n'y restera
point, fit-elle, avec un sourire malicieux, qui laissait
deviner son pouvoir.

—C'est parfait, Angélique, tout ce qui pourra amener
une rupture entre eux !

Il y avait dans la pensée de Bigot, des coins ténébreux
qu'Angélique ne soupçonnait point; mais en retour,
Bigot avait accepté sans défiance, comme une preuve
de dévouement, les propositions de sa nouvelle amie.
Il ne s'était nullement douté qu'en la flattant de la
sorte, elle ne faisait que suivre un plan tout arrangé
d'avance. En effet, en apprenant que Cécile Tourangeau irait à la fête, elle avait décidé d'intervenir. Elle
voulait empêcher, à tout prix, une entrevue entre Le
Gardeur et cette jeune fille qu'elle avait insultée à cause
de lui.

Enfin, après quelques badinages, l'intendant se retira.
Angélique demeurait agitée, embarrassée, et un peu mé-
contente. Elle se rassit sur le banc, cacha sa tête dans
ses deux mains et se prit à songer. Sous son apparente
indifférence, elle était la plus soucieuse des jeunes filles
de Québec en ce moment-là. Elle comprit qu'elle avait
à faire un immense travail, un sacrifice pénible; mais elle
résolut de tout accomplir à quelque prix que ce fût; car,
après tout, c'est elle, et non pas les autres, qui aurait à
souffrir.

XVIII

La cathédrale paraissait comme un autre monde, quand on comparait le calme dont elle était remplie avec le bruit et le tapage de la place du marché, située en face.

Sur le carré, le soleil tombait brûlant et radieux, mais sa lumière ardente s'adoucissait en traversant les verrières de l'église toute pleine de recueillement. Rompant la douce et religieuse clarté, une forte colonnade aux chapiteaux sculptés, supportait une voûte haute où le pinceau avait dessiné le ciel ouvert avec des anges et des saints en adoration devant le Seigneur.

Comme des arcs-en-ciel au-dessus d'un trône, un baldaquin superbe, tout couvert d'or, chef-d'œuvre de Levasseur, s'élevait au-dessus du sanctuaire. Des cierges brûlaient sur l'autel et l'encens montait en spirales odorantes vers les arceaux. Puis des anges et des saints paraissaient regarder avec amour, à travers ces nuages errants, la foule agenouillée dans l'adoration.

C'était l'heure des vêpres. L'orgue solennel et tout le chœur en surplis répondaient à la voix du prêtre. Le vaste temple débordait d'harmonie, et, dans les instants de silence, l'on croyait entendre le murmure mystérieux du fleuve de vie qui s'échappait du trône de Dieu et de l'Agneau.

Les fidèles étaient plongés dans une méditaton profonde. Cependant, quelques-uns de ces indifférents qui semblent ne venir à l'église que pour voir et être admirés, chuchotaient à l'oreille de leurs amis les rumeurs du jour. Le plaisir de se rencontrer valait bien à leurs yeux une petite prière.

Sur le perron se tenaient d'ordinaire, à l'heure des
offices, quelques galants jeunes gens de la haute société.
Ils présentaient l'eau bénite aux dames de leur connaissance.   Cette piété mêlée d'un peu de galanterie n'est
pas encore tout à fait disparue de notre temps, non plus
que de ce lieu.

La porte de l'église était le lieu des assemblées, des
rumeurs, des affaires, des rencontres, des annonces.

Là, les vieux amis s'arrêtaient pour se raconter les
nouvelles, les marchands pour parler commerce. C'était
la bourse et l'échange de Québec.

Là, le crieur public annonçait de sa voix d'airain, les
proclamations royales du gouverneur, les édits de l'intendant, les ordres de la cour de justice, les ventes
publiques et privées.   Toute la vie de la cité semblait
se concentrer là.

Quelques arbres majestueux, rejetons de la forêt
primitive, ornaient la place du marché; un mince filet
d'eau l'arrosait en murmurant, et la croix du clocher y
laissait chaque jour tomber son ombre comme une bénédiction.

Deux jeunes gens fort bien mis flânaient, cet après-
midi-là, près de la porte du couvent, dans l'étroite rue
qui aboutissait au marché.

Ils allaient et venaient sur un court espace, paraissaient impatients et regardaient souvent l'horloge du
beffroi de la chapelle, à travers les ormes du jardin des
Frères Récollets.

La porte du couvent s'ouvrit et une demi-douzaine
de jeunes filles, pensionnaires et externes, se précipi-
tèrent dehors. Elles avaient une heure de liberté.
Elles descendirent vivement les larges degrés et furent
accostées aussitôt par les jeunes gens qui les attendaient. Après l'échange de poignées de main , ils
se dirigèrent ensemble en ricanant vers le marché,
passèrent devant les échoppes, achetèrent des bonbons,
puis se rendirent à l'église par curiosité.

Ils se mirent à genoux pour prier un instant. Les jeunes filles aperçurent de l'autre côté de la nef, le chevalier des Meloises qui leur envoyait des saluts d'une main finement gantée.

Il avait récité à la hâte un ou deux *Avé ;* sa dévotion n'en demandait pas davantage. Il promenait ses regards autour de lui avec un air de condescendance, critiquait la musique et regardait en face les femmes qui levaient la tête. Plusieurs soutinrent bravement son examen.

Les élèves des Ursulines sortirent avant la fin de l'office et le rencontrèrent dans le bas-côté. L'une d'elles lui dit d'un air enjoué :

—Chevalier des Meloises, nous ne pouvons pas prier plus longtemps pour vous. Mère supérieure ne nous a donné qu'une heure pour entendre le salut aux vêpres, et après, visiter quelques magasins. Nous voudrions, de plus, faire une petite course dans la ville, nous vous disons adieu ! Mais, si vous aimiez autant notre compagnie que l'église, vous pourriez venir avec nous. Vous en escorterez deux. Vous voyez, nous sommes six pour deux messieurs.

—Je préfère aller avec vous, mademoiselle de Brouague, répondit galamment des Meloises.

Il oubliait l'importante réunion des directeurs de la grande compagnie ; mais les affaires se réglaient bien sans lui.

Louise de Brouague n'estimait pas fort le chevalier des Meloises, mais enfin, comme elle le disait à l'une de ses compagnes, il faisait une bonne canne quand elle ne pouvait en avoir de meilleure.

—Nous sommes sorties tout un bataillon aujourd'hui, reprit-elle, en regardant le groupe jovial de ses amies. Un magnifique échantillon de la fameuse classe des Louise ! n'est-ce pas, chevalier ?

—Magnifique ! superbe ! incomparable ! exclama le chevalier.

Et il les lorgnait avec admiration.

—Mais comment avez-vous pu obtenir cette faveur ? demanda-t-il. Une Louise suffit pour bouleverser la ville... Et six à la fois ! En vérité, la supérieure est bien complaisante aujourd'hui.

—Oh ! si elle l'est ! Ecoutez. D'abord nous n'aurions pas obtenu la permission de sortir aujourd'hui, si nous n'avions commencé par gagner la bonne Mère des Séraphins. C'est elle qui a intercédé pour nous. Et nous voici errantes dans les rues de Québec, prêtes à toutes les aventures qu'il plaira au ciel de nous envoyer.

La jolie Louise de Brouague pouvait bien exalter la classe des Louise. Toutes les élèves de cette classe portaient ce nom, et toutes étaient remarquables par leur beauté, leur rang et leurs manières.

La plus belle de toutes était Mlle de Brouague. Après la cession du Canada, alors qu'elle était encore dans toute sa beauté, elle suivit en Angleterre le chevalier de Lévy, son mari, et vint à la cour rendre hommage à son nouveau souverain. Georges III qui était jeune encore, fut frappé de sa grâce et de sa beauté, et il lui dit galamment :

—Si les dames du Canada sont aussi belles que vous, j'ai véritablement fait une conquête !

Accompagner les jeunes pensionnaires du couvent quand elles se promenaient dans la ville, c'était pour les galants d'alors un passe-temps agréable, une amoureuse corvée.

Aujourd'hui, ces promenades furtives se pratiquent encore, et les galants renaissent toujours.

Les pieuses sœurs ne soupçonnaient point les ruses mises en jeu par les jolies élèves qui voulaient aller respirer l'air de la ville. Dans tous les cas, elles fermaient charitablement les yeux sur ce qu'elles ne pouvaient empêcher. Sous leur guimpe de neige battait toujours un cœur humain.

—Pourquoi donc n'êtes-vous pas à Belmont, aujour-
d'hui, chevalier des Meloises? demanda tout à coup
Louise Roy, une gentille questionneuse qui ne se
gênait guère. Ses longs cheveux châtains excitaient
l'admiration et l'envie de toutes les femmes. Il n'y en
avait pas de plus beaux. Quand elle les détachait, ils
la couvraient comme d'un voile splendide, et tombaient
jusqu'à ses genoux. Ses yeux gris, profonds, étaient
comme des puits de sagesse. Elle avait l'éclat du lis,
et seules quelques taches de rousseur pâles, comme si
elles eussent été faites par le soleil, ajoutaient à ses
charmes en rompant la monotonie de sa blancheur.
Les religieuses l'appelaient la princesse mérovingienne,
la fille des rois chevelus, et partout elle était reine par
droit de jeunesse, d'esprit et de beauté.

—Je n'aurais pas eu le plaisir de vous rencontrer à
Belmont, mademoiselle Roy, répondit le chevalier des
Meloises, j'ai préféré n'y pas aller.

La question ne lui avait pas plu.

—Vous êtes toujours flatteur, toujours poli, chevalier,
reprit-elle.

Et un vif mouvement de ses lèvres mignonnes simula
la moquerie.

Je ne comprends pas, continua-t-elle, qu'on refuse
d'y aller. Toute la ville y est, j'en suis certaine, car
je ne rencontre personne dans les rues.

Elle s'empara coquettement d'un lorgnon et se mit
à regarder partout :

—Personne ! je ne vois personne.

Ses compagnes prétendirent, plus tard, qu'elle regardait le chevalier en disant cela.

Elle rit aux éclats et avoua que c'était possible.

—Avez-vous entendu parler de la fête de Belmont,
au couvent, mademoiselle Roy ? demanda le chevalier
en faisant tournoyer sa canne.

—Nous n'avons entendu parler, et nous n'avons
parlé que de cela depuis huit jours. Nos maîtresses

ont eu de la besogne, car nous causions toujours, au lieu d'étudier nos leçons comme des filles sages, pour mériter des points de bonne conduite. La fête, le bal, les toilettes, la compagnie, tout cela remplissait nos cœurs et nos têtes ! si bien, chevalier, que Louise de Beaujeu que voici... devinez ce qu'elle a dit ? La maîtresse de classe lui demandait comment se traduit ciel en latin. Vous ne le devinez point ? Elle a répondu : Belmont !

—Pas de ces contes, mademoiselle Roy ! riposta Louise de Beaujeu avec un éclair de joie dans les paupières. Gardons pour nous nos histoires de couvent. Après tout, la traduction n'était pas mauvaise. Une superbe méprise, par exemple ! continua-t-elle, c'est la réponse de cette demoiselle de la classe de grec, à qui la maîtresse demandait le véritable nom de l'Ajax Andron, le roi des hommes de l'Iliade...

Louise Roy regarda son amie avec défiance et malice.

—Continue ! continue, fit-elle.

—Vous ne le devineriez jamais, chevalier, reprit Mlle de Beaujeu; autant vous le dire, tout de suite. L'élève répondit gravement : Pierre Philibert !

Mère Sainte-Christine poussa un formidable soupir; mais Louise fut condamnée à baiser la terre deux fois, pour avoir prononcé avec tant d'onction et si mal à propos le nom d'un gentilhomme.

—Si je me suis rendue coupable de cette distraction, Louise de Beaujeu, riposta Mlle Roy, vous savez que j'en ai subi la peine bruyamment et volontiers. J'aurais bien préféré cependant embrasser l'objet de ma distraction, mais je n'avais pas le choix.

—Et c'est encore ce qu'elle dit. Pas de pénitence qui la fasse changer d'opinion ! jamais ! Elle s'en tient à sa traduction malgré tous les lexiques grecs, affirma Louise de Brouague.

—C'est vrai! je le maintiens. Pierre Philibert est le roi des hommes de la Nouvelle-France !... demande à Amélie de Repentigny.

—Oh ! elle en jurera toujours ! Inutile de le taire, chevalier des Meloises, continua Louise de Brouague, toutes les élèves raffolent de lui depuis qu'il est en amour avec une de nos compagnes. Il est le prince Camaral-zaman de nos contes de fée.

—Quel est ce nom ? fit des Meloises froidement.

Il était passablement ennuyé de cet enthousiasme pour Philibert.

—Je ne suis pas pour vous en raconter plus long; mais je vous assure que si les Louise de notre classe avaient des ailes, elles s'abattraient sur Belmont comme une volée de colombes.

Louise de Brouague s'apercevait bien que le chevalier était froissé; elle se plaisait à le taquiner et à blesser sa vanité, car elle ne l'aimait pas.

Il en avait assez de ces compliments à l'adresse de Philibert. Il se souvint alors qu'il devait se rendre au palais et s'excusa de ne pouvoir passer tout entière, avec les aimables hellénistes des Ursulines, l'heure de récréa-tion accordée par la gracieuse supérieure.

—Mlle Angélique est sans doute allée à Belmont, chevalier, pendant que des affaires pressantes vous retiennent au palais ? demanda Louise Roy. Comme ce doit être ennuyeux d'être accablé de besogne, quand on sent le besoin de jouir de la vie !

Le chevalier se retourna à cette apostrophe de la jeune fille, et répliqua brièvement.

—Non ! elle n'y est pas allée. Elle n'a pas voulu se rencontrer avec la famille des Jourdain, les alliés du bourgeois Philibert, et elle a bien fait. Elle se préparait à faire une course à cheval. C'est le temps. La ville semble toute gaie aujourd'hui, car les gens du commun sont à Belmont.

Louise de Brouague s'emporta.

—Fi ! chevalier, riposta-t-elle avec indignation, c'est mal à vous de parler ainsi du bourgeois et de ses amis ! Comment ! le gouverneur, Mme de Tilly et sa nièce,

le chevalier de la Corne de Saint-Luc, Hortense et
Claude de Beauharnois, et je ne sais combien d'autres
de l'élite de la société y sont allés par respect pour le
colonel Philibert ! Et pas une demoiselle du couvent—
nous valons quelque chose après tout !—pas une demoiselle du couvent qui ne consentirait à sauter par la
fenêtre et à jeûner au pain et à l'eau pendant un mois
ensuite, pour une heure d'amusement à ce bal ! N'est-ce
pas, mesdemoiselles Louise ?

Toutes approuvèrent. Les deux jeunes chevaliers
qui avaient été témoins de cette passe d'armes sourirent,
et des Meloises s'inclina profondément.

—Je suis fâché d'être obligé de me séparer de vous,
mademoiselle, dit-il, mais l'État a besoin de mes services.
L'État ! L'intendant ne saurait procéder à moins que
le bureau ne soit au complet. Il me faut assister au
conseil et je me rends au palais.

—Oh ! vous avez parfaitement raison, chevalier,
affirma Louise Roy. Que deviendrait la nation, que
deviendrait le monde, que deviendraient les pensionnaires des Ursulines si les hommes d'État, les guerriers,
les philosophes, comme vous et les sieurs Drouillon et
La Force que voici, ne s'occupaient de temps à autre
de notre bonheur et de notre sûreté ?

Le chevalier des Meloises s'éloigna sous cette grêle de
traits.

Le jeune La Force n'avait été jusque-là qu'un damoi-
seau voltigeant par la ville; il devait plus tard se rendre
digne de son nom par son esprit et son énergie. Il
répliqua :

—Mille mercis, mademoiselle Roy! C'est rien que
pour l'amour des jeunes pensionnaires que nous avons,
Drouillon et moi, embrassé la profession d'hommes
d'État, de guerriers, de philosophes et d'amis. Nous
sommes prêts à diriger vos pas innocents à travers les
périls de la ville si vous voulez aller plus loin.

—Hâtons-nous ! fit Louise Roy en ajustant son monocle, j'aperçois le père Michel au coin de la côte de Léry. Il a l'air de chercher des brebis égarées, sieur Drouillon.

Le bonhomme Michel était le gardien et le factotum du couvent. Il épiait les élèves qui sortaient. Il portait des lunettes pour mieux voir, mais, quelquefois, il voyait plus mal, quand on lui glissait une pièce blanche dans la main. Il mettait dans un vieux sac de cuir tout l'argent de la propitiation. Il aimait les expressions théologiques. Il y avait là dans ce vieux sac le prix de bien des courses au hasard dans les rues de Québec.

Les annales du couvent ne disent ni ce qu'il vit, ni ce qu'il fit cette fois. Mais comme Louise Roy l'appelait son vieux Cupidon et savait lui mettre le bandeau sur les yeux, on peut en conclure que les bonnes religieuses ne connurent rien de la charmante promenade des Louise ce jour-là, dans les rues de la cité.

Pauvre bonhomme Michel ! Notre récit serait incomplet si nous ne parlions de sa mort. Il expira dans le monastère à l'âge des patriarches. Avant de remettre à Dieu sa bonne vieille âme, et pour la rendre plus légère dans son vol vers le ciel, il secoua son sac de cuir et en fit tomber les pièces de toutes sortes qu'il avait reçues des internes, pour garder le secret de leurs promenades défendues.

Les religieuses ne se montrèrent point inexorables. Elles reçurent son legs expiatoire, lui pardonnèrent de n'avoir pas toujours vu clair autant qu'il l'aurait fallu, et firent dire une messe chaque année pour le repos de son âme. La messe se disait encore et depuis longtemps quand les générations nouvelles des galants et des pensionnaires qui se promenaient dans les rues de Québec, avaient perdu le souvenir de sa bonne figure de Breton !

XIX

METTEZ L'ARGENT DANS LA BOURSE

Le chevalier des Meloises descendit la rue du Palais. Il se hâtait, marchait vite et maugréait joliment. Les Louise joviales voulurent passer le long des remparts pour voir travailler les gens, avant de rentrer au couvent. Les officiers ne manquèrent pas de les saluer avec politesse, et elles répondirent à ces salutations en demoiselles bien élevées ; seulement, les sourires et les regards qu'elles décochaient en passant n'étaient point dans le programme du monastère.

Rien d'inconvenant, rien de répréhensible, assurément, dans ces coquetteries des lèvres roses et des yeux étincelants. Un besoin d'exprimer une grande loyauté envers la patrie, un véritable enthousiasme envers ses défenseurs.

—Plût au ciel que je fusse un homme ! exclama Louise de Brouague. Je porterais l'épée, je prendrais la bêche, tout ce qui peut servir et défendre mon pays ! Je rougis de ne pouvoir que parler, prier et souffrir, pendant que tout le monde se prépare au combat !

Pauvre jeune fille ! elle ne voyait pas encore ces jours d'épreuves terribles pour les femmes de la Nouvelle-France, où les douleurs qui devaient fondre sur elles seraient plus cruelles mille fois que l'épée vengeresse de l'ennemi, alors que, pendant soixante-cinq jours, les batteries de Wolfe devaient faire pleuvoir sur Québec les bombes et les boulets, et que sur un espace de cent milles, la rive sud devait être le théâtre de l'incendie et de la dévastation !

Dans sa bonté, la Providence voilait encore ces douloureux événements, et les jeunes filles du couvent

se promenaient aussi gaîment le long des fortifications
que dans une salle de bal.

Lorsque le chevalier des Meloises passa sous la porte
du Palais, il fut appelé par deux jeunes officiers du régiment du Béarn, qui l'invitèrent à prendre un verre de
vin dans le corps de garde avant de descendre au palais
de l'intendant. Il se rendit à leur invitation. Le
bourgogne lui rendit la bonne humeur, et il fit sa paix
avec lui-même et avec le monde.

—Que se passe-t-il donc au palais ? demanda le
capitaine Monredin, un vif Bavarois; tous les gros
bonnets de la grande compagnie sont descendus cet
après-midi. Je suppose que vous vous y rendez aussi,
des Meloises ?

—Oui, je suis mandé pour affaires sérieuses. Affaires
d'État... Alors Penisault défend le vin. Pas une
goutte ! Des livres, des papiers, des connaissements,
des sommes payées, des sommes reçues ! Doit et avoir !
et tout le satané jargon de la Friponne ! Je maudis la
Friponne, mais je bénis son argent ! La Friponne paie
bien, Monredin ! Elle paie mieux que le commerce de
fourrures dans les postes ennuyeux du Nord-Ouest.

Le chevalier fit sonner une poignée de monnaies dans
son gousset. Cette musique calmait le dégoût qu'il
éprouvait à faire le commerce, et le réconciliait avec la
Friponne.

—Vous êtes tout de même bien chanceux de faire
sonner tant de pièces, riposta Monredin. Pas un
Béarnais ne réuissirait à faire un accompagnement à
l'air que vous jouez là, même en fouillant ses deux
poches. Voyez-vous, continua-t-il, notre fameux régiment qui, j'espère, ne le cède à nul autre? eh bien, tel
qu'il est, il attend après la solde depuis un an. Oui, une
année d'arrérages. Rien que cela. Je voudrais bien
entrer dans les affaires, moi aussi, comme vous dites,
et courtiser cette charmante dame Friponne !

—Nous avons vécu d'emprunts six mois durant. Ces sangsues de Juifs de la rue Sault-au-Matelot, qui osent s'intituler chrétiens, ne veulent pas escompter les meilleurs billets du régiment à moins de quarante pour cent.

—C'est vrai ! affirma un autre officier qui avait, celui-là, du crédit quelque part si l'on en jugeait par sa face rubiconde. Le vieux grippe-sou du cul-de-sac n'a-t-il pas eu l'imprudence de me demander cinquante pour cent d'escompte pour une traite sur Bordeaux! Je suis d'accord avec des Meloises: le commerce peut être profitable à ceux qui le font, mais fait de cette façon, il souille les mains au grand plaisir du diable !

—Il ne faut pas mettre tous les marchands au même rang, Eméric, observa le capitaine Poulariez, un officier à l'air calme mais résolu. Il y en a un, dans la ville, qui reste gentilhomme tout en se livrant au négoce. Le bourgeois Philibert accepte au pair les billets des officiers du roi. Il a des sympathies pour l'armée et de l'amour pour la France.

—Alors je voudrais bien qu'il fût paie-maître des forces de Québec, je pourrais quelquefois m'adresser à lui, dit Monredin.

—Et pourquoi ne le faites-vous pas ?

—Pourquoi ? pour la raison que tant d'autres peuvent invoquer. Le colonel Dalquier endosse mes billets, mais il déteste cordialement le bourgeois, comme c'est le devoir d'un chaud ami de l'intendant. Ainsi, vous comprenez qu'il faut que je me résigne à me faire plumer à la Friponne, par ce vieux fesse-mathieu de Penisault.

—Est-ce qu'il y en a beaucoup d'entre vous, messieurs, qui sont allés aux fêtes de Belmont ? demanda des Meloises, ahuri par cette discussion commerciale, par ce langage des affaires.

—Pardieu ! répondit Monredin, tous les officiers du régiment, je crois, excepté le colonel et l'adjudant qui se sont abstenus par principe, et la présente compagnie

qui s'abstient par devoir mais bien à regret. Il paraît
que, depuis l'arrivée de notre régiment, il ne s'est pas vu
ici pareille agglomération de jeunes beautés. Un vrai
concours.

—Et pas avant votre arrivée, non plus, probablement, n'est-ce pas, Monredin ? fit des Meloises en
présentant son verre pour le faire remplir.

—Ce bourgogne est délicieux, observa-t-il. A part
l'intendant, je crois, personne n'en a de pareil.

—Il vient de la Martinière, répondit Poulariez. Il a
été bien bon, n'est-ce pas, de se souvenir des pauvres
Béarnais relégués sur ce mauvais côté de l'Atlantique.

—Nous soupirions ardemment après ce bon vin,
ajouta Monredin, quand il se mit à pleuvoir sur nous
comme un nuage de la Providence ! Santé et fortune
au capitaine La Martinière et à sa bonne frégate la
Fleur de Lys !

Une autre ronde suivit. Monredin s'écria :

—On parle de ces jansénistes qui menacent de bouleverser la France, par les extravagances auxquelles ils
se livrent sur la tombe de maître Pâris. Moi, je prétends que leurs convulsions ne sont pas aussi contagieu-
ses que ce vin généreux !

—Et le vin produit des convulsions aussi, Monredin,
si l'on en prend trop... et cela sans miracle, non plus,
remarqua Poulariez.

Monredin releva la tête. Il était rouge et bouffi. Il
semblait avoir besoin d'une bride pour modérer son
allure.

Poulariez demanda :

—Il est rumeur que nous allons avoir la paix ! Est-
ce vrai, des Meloises ? Vous devez connaître le dessous
des cartes ?

—Non, je ne sais pas, j'espère que cette rumeur est
fausse. Qui sont ceux qui désirent la paix ?..ce serait,
en Nouvelle-France la ruine des amis du roi.

Des Meloises prenait autant que possible des airs d'homme d'État.

—La ruine des amis du roi ! qui sont-ils ces amis, des Meloises ? répliqua Poulariez qui simulait parfaitement la surprise.

—Les associés de la grande compagnie, assurément ! En connaissez-vous d'autres ?

—Je croyais pouvoir compter le régiment du Béarn, pour ne pas parler du peuple honnête et bon, riposta Poulariez blessé.

—Les honnêtes gens ? exclama des Meloises. Alors, Poulariez, je n'ai qu'une chose à vous dire. Si c'est pour un tas de boutiquiers, de scieurs de bois, de savetiers et de fermiers qu'il nous faut garder la colonie, le plus tôt le roi l'enverra au diable ou aux Anglais, sera le mieux !

Poulariez eut un regard plein de courroux, mais les autres jetèrent un éclat de rire.

Le chevalier des Meloises tira sa montre :

—Je devrais être au palais, dit-il. A l'heure qu'il est Cadet, Varin et Penisault doivent avoir balancé les livres, et l'intendant, qui mène la besogne en diable parfois, a peut-être partagé les dividendes pour le dernier quartier. C'est la seule partie qui m'intéresse.

—Mais ne les aidez-vous donc pas un peu ? demanda Poulariez.

—Non, je laisse cette besogne à ceux qui ont de la vocation. Au reste, je pense que Varin, Cadet et Penisault aiment bien à garder pour eux l'administration intime de la compagnie. J'espère que j'aurai un bon dividende dans ma poche ce soir. Eméric, je vous dois une revanche au piquet, n'est-ce pas ?

—Vous m'avez fait faire *capot*, la nuit dernière, à la taverne de Menut et j'avais trois as et trois rois !

—Mais j'avais un quatorze, moi ! et j'ai emporté les jetons !

—C'est bien, chevalier, je les reprendrai ce soir.
C'est une manière d'avoir ma part des dividendes et
de me mêler aux affaires de la grande compagnie.
Vous partez, définitivement ? Au revoir, alors. Rap-
pelez-moi au souvenir de Sainte-Blague.

C'était un sobriquet de l'intendant.

—Si j'avais un héritier pour le vieux château de
l'Adour, je voudrais l'appeler Bigot, pour la chance.

Le chevalier des Meloises descendit la côte. Les
jardins étaient enveloppés de calme. Quelques flâneurs
seulement se promenaient dans les larges allées bordées
de fleurs, les sentiers tortueux et sur les terrasses élevées. Pas loin de là, s'étendaient les quais du roi et les
magasins de la Friponne, tout grouillants d'un essaim
de travailleurs qui chargeaient et déchargeaient les
vaisseaux, empilaient ou distribuaient les marchandises.

Il jeta un regard de dédain sur les magasins, puis, en
jouant avec sa canne, il monta lentement le grand escalier et entra dans la salle du conseil.

—Mieux vaut tard que jamais, chevalier des Meloises,
lui dit Bigot.

Il alla s'asseoir avec Cadet, Varin, Penisault et les
autres souverains de la compagnie.

—Vous êtes doublement heureux aujourd'hui, reprit
encore l'intendant, l'ouvrage est fait, et dame Friponne
a distribué à chacun des actionnaires un œuf d'or digne
de l'appétit d'un juif.

Le chevalier ne remarqua point ou ne fit pas semblant
de comprendre le léger sarcasme.

—Merci bien ! fit-il. Je vais porter l'œuf chez
Menut, ce soir, et s'il peut éclore, j'espère qu'il me
restera autre chose que l'écale, demain.

—Et qu'importe ? ce que l'un perd l'autre le gagne.
Cela reste dans la famille. Voyez, continua-t-il, en
passant le doigt sur une page du grand livre ouvert
devant lui. Mlle des Meloises est devenue actionnaire
dans la grande compagnie. Le nom de votre char-

mante sœur est bien à sa place, dans cette liste des belles, grandes et nobles dames de la cour qui sont nos associées.

Le chevalier lut le nom de sa sœur. Il y avait une jolie somme à son crédit : cinq chiffres !

—J'espère, reprit Bigot, que Mlle des Meloises daignera accepter ce faible témoignage de notre respect.

Il savait bien qu'elle le priserait à sa valeur.

—Aie pas peur, chuchota Cadet, qui n'en revenait pas de sa mauvaise opinion sur les femmes. Les poulettes de Versailles grattent n'importe quel fumier qui cache des diamants. Angélique des Meloises fera bien de même; elle a des griffes elle aussi.

Personne n'entendit cette judicieuse observation. Au reste, Cadet pouvait tout dire : c'était son privilège. Des Meloises s'inclina profondément en répondant à Bigot.

—Je puis vous assurer que ma sœur sera enchantée de cette marque d'estime, que daigne lui offrir la grande compagnie. Elle appréciera dignement, j'en suis sûr, l'extrême bonté de l'intendant.

Cadet et Varin se regardèrent en souriant. Bigot sourit aussi en ajoutant :

—Oui, chevalier, la grande compagnie est heureuse de payer ce tribut à la plus belle dame de la Nouvelle-France. Nous accordons un prix pour le lin le plus fin, l'animal le plus gras; pourquoi ne récompenserions-nous pas la beauté, la grâce et l'esprit ?

Quelques moments après il demanda :

—Quelles nouvelles, aujourd'hui, dans la ville, chevalier ? Cette affaire de Belmont ?

—Rien ! je n'en connais rien ! Je crois que la moitié de la ville s'y est rendue. A la porte de l'église, cependant, les marchands ne parlaient que de la paix. Est-ce qu'elle nous menace sérieusement, Bigot ?

—Si le roi veut qu'elle se fasse, elle se fera.

266   LE CHIEN

Bigot n'avait pas l'air de mettre de l'importance à cette question.

—Mais selon votre opinion, chevalier Bigot ? Qu'en pensez-vous ?

L'intendant lui répondit avec humeur.

—*Amen ! amen ! quod fiat fiatur !* Le premier fou de Paris peut vous en apprendre plus long que moi sur les faits et gestes des dames de Versailles; or, ce sont elles qui décident de tout.

—Je crains que la paix ne soit conclue. Que ferez-vous en ce cas, Bigot ?

Des Meloises ne s'apercevait point de la répugnance de Bigot à lui répondre.

—Si le roi fait la paix, répliqua celui-ci, *invitus amabam*, comme disait cet homme qui épousait une grondeuse.

Il se prit à rire d'un air moqueur et il ajouta :

—Nous ferons pour le mieux, des Meloises ! Permettez-moi de vous le dire en secret, je me propose de faire tourner les événements à notre avantage.

—Mais si les dépenses de la guerre cessent tout à coup, que va devenir la grande compagnie ?

Des Meloises songeait aux cinq chiffres du dividende.

—Oh ! vous auriez dû arriver plus tôt, chevalier, car vous auriez vu comment, en prévision de la paix ou de la guerre, les affaires de la grande compagnie ont été réglées. Soyez certain d'une chose, la grande compagnie ne criera pas avant d'avoir le mal, comme les anguilles de Melun. Le proverbe dit : «Ruse fait plus que force.» La compagnie doit prospérer, c'est là sa première condition d'existence. Une année ou deux de repos ne seraient point de trop peut-être, pour ravitailler et renforcer la colonie, et alors nous serons prêts encore à crocheter les serrures du temple de Bellone, et à crier avec plus de plaisir que jamais : Vive la guerre ! Vive la grande compagnie !

Bigot, dans son admirable perspicacité, prévoyait le cours des événements. Il devait, d'ailleurs, en rester à peu près le maître après la paix d'Aix-la-Chapelle : une paix qui n'en fut pas une du tout pour l'Amérique, mais qui fut plutôt une trève armée et pleine de trouble entre les Français et les Anglais du Nouveau Monde, dont les intérêts étaient opposés, et les ambitions rivales.

La séance du bureau de direction de la grande compagnie fut levée. Bigot se retira. Il était préoccupé; il avait ses projets à lui, et ses intérêts privés étaient bien autrement importants à ses yeux que ceux de la compagnie. Cadet, Varin et Penisault, les âmes damnées de l'administration, avaient à farder certaines choses pour les rendre acceptables aux associés. Le cercle de la corruption était de plus en plus noir, à mesure qu'on avançait dans cette compagnie, au fond de laquelle Bigot, leur prince à tous, était assis comme sur un trône de ténèbres.

Le chevalier des Meloises était fier de l'adresse et de la beauté de sa sœur, mais un peu inquiet à son sujet. Tous deux vivaient ensemble en parfaite harmonie, tant qu'ils ne s'occupaient nullement l'un de l'autre. Ils vivaient au gré de leurs désirs. Seulement, il y avait bisbille quand elle lui reprochait sa pénurie, ou quand elle lui disait qu'il administrait les biens de la famille avec extravagance.

Il était content d'annoncer à Angélique qu'elle était actionnaire dans la grande compagnie : une bonne fortune qui lui arrivait par la grâce de l'intendant. Angélique en éprouva une immense joie. Les prodigalités de son frère ne l'inquiéteraient plus, et ses espérances prétentieuses pourraient ouvrir leurs ailes. La pensée de ce don généreux soutiendrait son ambition contre les aspirations de son cœur, quand reviendrait Le Gardeur de Repentigny.

Le chevalier des Meloises ne se doutait pas des prétentions de sa sœur. Il se berçait depuis longtemps

d'une folle illusion. Il s'imaginait qu'il aurait la main
de la belle et riche Amélie de Repentigny, s'il la sollicitait. Quelque chose lui disait alors qu'il devait se
hâter ou qu'un autre lui ravirait le doux objet de ses
rêves.

Il avoua donc à Angélique qu'il désirait se marier.

—Mon alliance avec la haute et riche maison de
Tilly est une chose certaine, lui dit-il, si vous voulez
bien m'aider, comme une bonne petite sœur peut et
doit le faire.

—Comment cela ? demanda-t-elle brusquement.

Elle savait bien ce qu'il allait lui proposer.

—En épousant Le Gardeur, ma chère Angélique.
Toute la ville sait qu'il est fou de toi, et qu'il te conduira
à l'autel quand tu voudras, sans exiger d'autre dot que
ta magnifique chevelure.

—Mon cher Renaud, je n'ai nul besoin de vos avis.
Que j'épouse Le Gardeur ou que je ne l'épouse point,
vous n'en obtiendrez pas plus la main d'Amélie. Je le
regrette, mais Amélie n'est point pour vous. Elle sera
la femme de Pierre Philibert ou elle ne sera la femme de
personne.

—Tu n'es pas très encourageante, ma sœur. Je suis
sûr néanmoins que si tu consentais à épouser Le Gardeur
et à mettre à mon service ton adresse et ton dévouement,
j'aurais bientôt ma part de la fortune des Tilly. Les
Tilly ont des coffres pleins d'or dans leur vieux manoir,
et ils possèdent des terres si vastes qu'un corbeau
volerait toute une journée avant de pouvoir en sortir.

—C'est inutile, mon frère ! Amélie n'est pas comme
les autres filles, vois-tu; elle refuserait la main du roi
pour se donner à l'homme qu'elle aime, et elle aime
Pierre Philibert. Je déteste les femmes parfaites et je
ne voudrais pas être un modèle de vertu, mais Amélie
en est un, mon frère, et elle ne s'en doute pas !

—Hum ! je n'ai jamais mis la main sur aucun de ces
parangons, que je trouverais intéressant d'éprouver,

répondit des Meloises avec un sourire plein de suffisance.
Je ne les crois pas plus invincibles que les autres, ces
femmes-là, quand elles oublient de prendre leur bouclier.

—Oui, mais ces femmes-là, comme tu dis, n'oublient
jamais leur armure. Elles semblent nées comme
Minerve. Je sais bien que tu as trop de présomption
pour me croire; mais va ! cours ta chance, et tu m'en
donneras des nouvelles ! Elle ne te donnera ni coups
de langue, ni coups de griffes. Elle est grande dame et
elle te parlera en reine. Elle te renverra si poliment
que tu reviendras avec une haute opinion de notre sexe.

—Moque-toi de moi, comme toujours, Angélique !
On ne sait jamais si tu badines ou si tu moralises. Sois
donc sérieuse une fois. Les fortunes des Tilly et des
Repentigny sont les plus considérables de la Nouvelle-
France; nous pouvons les conquérir l'une et l'autre, si
tu veux m'aider.

—Je te souhaite sincèrement ces coffres plein d'or du
vieux manoir, et ces terres immenses que le vol des
corbeaux ne saurait franchir dans une journée, mais
renonces-y, Renaud, comme j'y renonce moi-même.

Angélique s'étendit paresseusement dans son fauteuil.
Elle était ahurie. Le chevalier ne voulut point lâcher
prise :

—Pourquoi renonces-tu à la fortune des Repentigny,
répliqua-t-il ? Elle sera tienne quand tu voudras. Tu
n'as qu'à donner ton petit doigt à Le Gardeur. En
vérité, tu me mets dans l'embarras.

Angélique sourit, cassa une noix comme par distraction, et savoura quelques gouttes de vin.

—Je le sais bien, Renaud, que je te mets dans l'embarras, fit-elle ensuite tranquillement, mais j'y suis
souvent moi-même, va ! Il y a dans le monde tant
d'hommes... tant de pauvres, si peu de riches, si peu
de cœurs sensibles surtout, qu'une femme est bien
excusable de se vendre au plus haut enchérisseur ! De

nos jours, le bonheur de l'amour ne se trouve que dans les romans et chez les laitières.

—Morbleu ! Angélique, tu lasserais la patience de tous les saints du calendrier ! Je plains le malheureux qui t'épousera ! Voici que la plus belle fortune de la Nouvelle-France va tomber entre les mains de Pierre Philibert, que Satan confonde ! une fortune que j'ai toujours regardée comme la mienne !

—C'est ce qui démontre la présomption des hommes ! Tu n'as jamais dit un mot d'amour à Amélie et tu penses qu'elle va se jeter dans tes bras au premier appel ?

—Oui, si tu le voulais, Angélique ! mais non, tu es dure comme un roc et tu as plus de caprices et de vanité que toutes les femmes ensemble !

Angélique se leva.

—Tu traites courtoisement mon pauvre sexe, dit-elle avec malice ! Je te laisse avec toi-même, ne te sachant en plus mauvaise compagnie.

—Tu es acerbe et sarcastique, aussi. Tout ce que je voulais, c'était de nous assurer à tous deux une belle fortune. Je ne vois pas à quoi servent les femmes, si ce n'est à nous contrarier.

—C'est cela ! j'admets que les femmes méritent tout ce que tu penses d'elles; mais tu devrais être assez poli pour ne pas me le dire en face. Un conseil maintenant, Renaud : étudie le jardinage et peut-être qu'un jour tu deviendras illustre comme le marquis de Vandrière. Cultive les choux si tu ne peux pas cultiver l'amour d'Amélie de Repentigny.

Angélique savait que des Meloises n'était pas fort subtil; sans cela, elle n'aurait pas osé faire cette grosse allusion au frère de la Pompadour. Vandrière venait d'être nommé directeur des jardins du roi, par la grâce de la célèbre courtisane, sa sœur. On peut deviner aisément à quoi pensait la jolie fille en parlant ainsi.

Le chevalier fut blessé de la comparaison, cependant. Il n'aimait pas être mis en parallèle avec un plébéien comme le nouveau marquis de Vandrière. Il répliqua avec feu :

—Le marquis de Vandrière ! comment oses-tu accoler ce nom au mien ? Il n'y a pas dans l'armée une seule table d'officiers où il serait permis à ce fils de poissonnier de s'asseoir ! Pourquoi prononces-tu ce nom, Angélique ? Tu es une véritable énigme !

—Je pensais à quelque chose qui pourrait bien arriver, si jamais je vais à Paris. C'est la solution d'un problème.

—Tu peux décourager la Sorbonne avec tes problèmes! Adieu ! il faut que je sorte.

—Adieu ! mon frère, puisque tu pars. Penses-y ! si tu veux t'élever dans le monde, tu ne ferais peut-être pas mal d'accepter une place de jardinier du roi, comme Vandrière. Il en est temps encore.

Elle se mit à rire, et sa voix argentine tintinait dans l'air, pendant que les pas du chevalier résonnaient sur l'escalier.

Elle s'assit dans son fauteuil.

—Pauvre Renaud ! comme il est fou, pensait-elle! Pourtant, il est peut-être plus sage dans sa folie que moi dans mes habiles combinaisons.

Elle se coucha à demi sur le coussin mœlleux du dossier.

—L'obscurité se répand déjà autour de moi, murmura-t-elle. Le Gardeur va bientôt venir. Les réjouissances de Belmont ne le retiendront pas. Que vais-je faire ?

Son cœur commençait à s'attendrir.

—Accepter ses vœux ? continua-t-elle, impossible ! Le tromper? je ne veux pas! Ne plus l'aimer? je ne peux pas !...pas plus que je puis aimer l'intendant... l'intendant que je hais et que j'épouserai, pourtant !

Elle se couvrit les yeux de ses deux mains et demeura silencieuse pendant quelques minutes.

—Qui sait ? reprit-elle, qui sait si je l'épouserai ?
Elle est encore à Beaumanoir, elle, cette femme !...
Est-ce donc en vain que je vais essayer de l'éloigner ?

Une pensée mauvaise s'élevait en rampant du fond
de son cœur.   Elle frissonna.

—Oserai-je encore lever les yeux sur cet honnête Le
Gardeur ?...Mon sort est à jamais fixé !... Le Gardeur voudra me sauver, mais je ne veux pas; qu'il me
laisse avec mes projets !...

Ces projets ! ils ne venaient pas de la charité d'une
âme pure.

Dans son anxiété, Angélique multipliait les nœuds de
son mouchoir.   C'étaient les nœuds de sa destinée,
disait-elle, aussi difficiles à défaire que les nœuds de son
esprit...

La postérité n'a pas essayé de les dénouer, et ils
restent comme l'emblème de son caractère.

Fatiguée de ses réflexions sur l'inconstance de la
fortune et l'incertitude des événements, Angélique se
mit à songer à sa toilette.   Elle appela Lisette qui se
hâta d'accourir, et qui se mit en frais de l'habiller et
de lui raconter les nouvelles du quartier.

Le quartier, c'était tout un monde pour la loquace
servante, et un petit monde fort agité, fort remuant
en ces temps-là ! C'était un *épitomé* de la France elle-
même, une miniature de Paris, où toutes les provinces,
du Béarn à l'Artois, avaient des représentants; un petit
foyer où, comme dans la grande métropole du royaume,
toutes les passions: l'amour, la haine, la crainte, l'envie,
l'ambition, étaient violemment attisées.

Lisette en savait long ce jour-là.   Elle avait recueilli
tous les babillages que ses congénères s'étaient passés
d'une galerie à l'autre, et il y en avait de merveilleux au sujet de la fête de Belmont ! Le nombre
des carrosses, des hommes à cheval, des écuyères, les
toilettes, le cortège des grands, le peuple ! un dénom-
brement digne d'Homère.

—Qui étaient donc tous ces invités, Lisette ! demanda Angélique.

C'était pour le plaisir d'entendre parler sa servante,
qu'elle lui posait cette question; car elle connaissait
parfaitement les noms de tous les convives, de ceux qui
s'étaient rendus à Belmont, et de ceux qui avaient
décliné l'invitaion.   Toute la ville ne s'était occupée
que de cette fête depuis plusieurs jours.

—O madame ! la bourgeoisie ! presque rien que la
bourgeoisie ! des gens qui sentent les fourrures, le
poisson, la térébenthine et la basse-ville ! Vous voyez
chaque jour ces messieurs descendre à leur négoce, les
mains dans leurs poches où sonnent les pièces blanches,
des habits enfarinés sur le dos, des pantalons graisseux
aux jambes, pendant que leurs femmes et leurs filles, la
tête ornée de plumes et en falbalas, se pavanent sur les
rues de la haute-ville avec tout l'aplomb des gens nobles!

Lisette était une rusée coquine.   Elle savait que sa
maîtresse s'était moquée de la fête des honnêtes gens.

—Mais enfin, vous savez les noms de ces gens,
appuya Mlle des Meloises.   Vous possédez une langue
capable de tout dire.

—Oui, madame, ce que je n'ai pas vu de mes yeux,
je l'ai appris de Manon Nytouche, la servante de Mme
Racine.   Manon a accompagné sa maîtresse jusque
chez Mme de Grand'Maison.   Toutes les dames
étaient là, sur le balcon, pour voir passer les invités.
Elles en ont eu du plaisir ! Elles en ont dit des plaisanteries !

Angélique se jeta en arrière dans sa chaise, d'une
façon un peu nonchalante.

—Continuez, dit-elle, nommez-moi les équipages qui
ont passé.   Peu m'importe avec quels yeux vous les
avez vus...les vôtres ou ceux des autres.

—Eh bien d'abord, comme de raison, il y avait les
Brassard.   Leurs filles étaient mises comme des duchesses.   Elles avaient tout à fait oublié le vieux magasin

sale de la rue Sous-le-Fort, d'où elles avaient tiré leurs
très voyantes toilettes. Les Gravel du Cul-de-Sac,
avec leurs grands pieds qui rappellent les pieds de leur
grand-père, le vieux coureur des bois !

—Pas mal dit, Lisette! C'est dommage que les demoiselles Gravel ne vous entendent point, observa Angélique. Après ?

—Les Huot, ça va sans dire ! avec le cou raide et les
épaules hautes de leur grand-mère, la sauvagesse. Le
sieur Huot la fit sortir de sa cabane avec son trousseau
sur le dos et une lanière sur le front, et il l'amena ici
pour en faire une dame. Le mariage fut célébré. Les
demoiselles Huot portent leurs fourrures d'une autre
manière maintenant. Les Tourangeau, qui se croient
assez riches pour se marier avec les nobles ! et Cécile,
comme de raison, la belle Cécile ! avec ses cheveux
frisés sur le front pour cacher...

Lisette s'arrêta court. Elle s'apercevait qu'elle
mettait le pied sur un terrain glissant.

—Pour cacher quoi ? fit Angélique d'un ton sévère.
Elle savait bien pourquoi sa servante hésitait.

—Une marque rouge en forme de croix, madame!
Lisette avait peur, car elle ne pouvait deviner où
tombait la foudre quand sa maîtresse se fâchait.

Angélique éclata de rire.

—Je gagerais, dit-elle, qu'elle n'a pas reçu cette croix-
là au baptême.

Puis elle ajouta un instant après :

—Le monde a la langue longue, Lisette, et vous en
avez le bout.

Puis elle reprit sa position pleine de mollesse, à la
grande surprise de Lisette.

—Que dit-on de Cécile parmi le peuple ? demanda-
t-elle ensuite.

—On dit, madame, qu'elle donnerait son petit doigt
pour un sourire du chevalier de Repentigny. Mme

Racine prétend que c'est pour le voir qu'elle est allée
à Belmont aujourd'hui.

—Lisette, je vais vous donner un souflet si vous me
tirez les cheveux ainsi, s'écria Angélique, en repoussant
violemment la soubrette, d'une main aussi prompte à
frapper qu'à prodiguer les caresses.

—Je vous demande pardon, madame ! supplia la
servante.

Elle devinait bien ce qui mettait Angélique en colère,
et n'avait pas envie de s'exposer encore.

—Cécile Tourangeau, reprit-elle, peut jeter les yeux
sur le chevalier de Repentigny, mais le chevalier n'a
jamais eu d'amour que pour une femme, et cette femme,
je ne dois pas la nommer.

—Non ? pas même à moi, Lisette ? allons, son nom,
s'il vous plait.

Angélique regardait sa servante de façon à lui ôter
l'envie de désobéir.

—Eh bien, madame, l'autre soir, quand il est parti si
tard, je l'ai entendu s'écrier :

—La porte du ciel n'est pas aussi belle que cette porte,
et je n'habiterai jamais une maison où ne sera pas Angélique ! Je me rendrais à Rome à genoux, pour trouver
un homme qui m'aimerait comme Le Gardeur vous
aime, madame ! ajouta Lisette avec un enthousiasme
qui ravit sa maîtresse.

Lisette savait bien qu'elle venait de dire à sa maîtresse la plus agréable chose du monde.   Un frisson de joie
après une angoisse; une coupe d'ivresse après un calice
d'amertume. Angélique choisit le miel et rejeta
l'amère potion.

—Quand un homme se met aux genoux d'une femme,
dit-elle, il a vaincu; c'en est fait de la femme. N'est-ce
pas vrai, Lisette ?

—C'en serait fait de moi, dans tous les cas, madame!
Pourtant, les hommes sont bien trompeurs ! Nous ne
sommes sûres de les bien tenir que lorsque le bedeau

nous a placés ensemble au cimetière, avec une pierre
au-dessus de la tête !

—Lisette, vous devenez spirituelle comme un démon !
s'écria Mlle des Meloises, en battant des mains, je vous
donnerai une robe neuve pour ce bon mot. Savez-vous
si le chevalier de Repentigny a dit autre chose ?

C'est tout ce que j'ai entendu, madame; mais il est
clair comme la flèche de Charlesbourg qu'il ne donnerait
pas une épingle pour Cécile Tourangeau ! Mme Racine
affirme qu'il est aussi difficile de découvrir l'impression
qu'elle fait sur lui, qu'un trou dans l'eau où vous avez
plongé le doigt.

—Mme Racine parle comme la femme d'un arrimeur,
et ses comparaisons ont la senteur des grèves !

Angélique, fort indulgente pour elle-même, se permettait de tout dire, mais critiquait sans merci la
grossièreté des autres.

—Continuez à défiler votre chapelet, Lisette, ordon-
na-t-elle. Après ces élégants bourgeois, qui allons-
nous voir arriver à Belmont ?

—Les Massots ! comme de raison. Les jeunes filles
en bleu et blanc, pour singer votre costume, madame !

—Cela prouve leur bon goût, et la déférence qu'elles
ont pour nous. Cette déférence est assez rare dans la
basse-ville, où les femmes se donnent bien de grands
airs, mais possèdent peu de grâces.

—Après les Massots ?

—Après les Massots ? Oh ! toute la tribu des
Cureux ! Cherchez une réunion dans Québec où ces
gens-là ne mettent pas leurs nez !

—Ah ! les Cureux ! répéta Angélique, en riant de
grand cœur, je ris toujours quand je les vois montrer
leurs grands nez dans un salon.

—Tout le monde rit, madame, même les serviteurs.
Il paraît que c'est à force de sentir le poisson qu'ils expé-
dient en France, qu'ils ont acquis ce nez magnifique.

Mme Cureux se vante sans cesse de ce que le Pape lui-même mange de leur poisson pendant le carême.

—Leur nez est à eux, personne ne leur en envie la possession. Mais ils ont beau entasser des barils de harengs et empiler de la morue, ils seront toujours des vilains.

Angélique connaissait la richesse des Cureux et s'en vengeait de cette manière.

—Avec tout leur argent, les demoiselles Cureux n'achèteront pas des nobles, observa Lisette, qui avait une pointe de dépit contre les Cureux, sans dire pourquoi.

—Vous vous trompez, Lisette ! L'argent aplanit toutes les difficultés et assortit tous les mariages. Pour de l'argent je me marierais, moi! est-ce assez dire ?

Angélique fit un brusque mouvement des épaules et jeta un court et amer éclat de rire. La servante répondit :

—Presque tout le monde dit cela, en effet, ce doit être vrai. Quant à moi, comme je n'ai pas le sou, j'aimerais bien à assaisonner le potage de la famille avec un peu d'amour. Je ne consentirais jamais à prendre Louis Lepage avec ses cinq cents livres, si je ne l'aimais pas assez pour le prendre pauvre comme Job.

—Bah ! des folies !

Angélique s'agitait comme si elle avait été sur des charbons. Elle ajouta :

—L'amour vous suffit à vous autres; vous n'avez pas d'autres raisons pour vous marier.

—C'est vrai ! et je vais épouser Louis. On dit que Dieu a créé les hommes sages et que ce sont les femmes qui les rendent fous.

—Lisette, vous êtes digne d'être ma servante !... Mais parlons de Belmont, encore. Vous ne m'avez nommé que des bourgeois : il y avait là bien des gens de condition aussi.

—Je pensais que Madame préférait voir défiler la bourgeoisie, répondit Lisette avec naïveté.

Elle pensait aussi que sa maîtresse se plairait à la voir jeter un peu de boue sur tous les convives.

—C'est bien; mais j'en ai entendu assez ! Au reste, les agissements de la bourgeoisie ne valent pas le vol des pigeons.   Les honnêtes gens ne se recrutent pas que chez les bourgeois, chose assez étonnante ! La noblesse, maintenant ! la noblesse !

Lisette reprit, tout heureuse de l'encouragement qu'elle recevait :

—Pendant une heure entière, Mme de Grand'Maison n'a fait que lever les mains au ciel, tant elle était surprise de voir les riches équipages s'élancer vers Belmont, vers la demeure d'un marchand, d'un trafiquant, comme le bourgeois Philibert !

—Mme de Grand'Maison oublie le cordier de Saint-Malo, le cordier qui a filé sa lignée.

Angélique haïssait cette famille. Elle ajouta tout de suite :

—Le bourgeois Philibert est d'aussi bonne origine et aussi fier que le seigneur de Coucy.

Et Lisette ouvrant ses voiles au même vent, se hâta d'ajouter :

—Et le colonel est aussi fier que son père ! et il peut tout aussi bien foudroyer du regard, s'il se sent offensé !

—Je ne connais dans la ville qu'un seul galant plus beau que lui.

—Oui, madame, compléta la servante. Le chevalier de Repentigny prétend qu'il est la perfection même, et lui, le colonel, affirme que Mlle de Repentigny dépasse la perfection ! C'est du moins ce que dit Mme Racine.

—Mme Racine a la langue trop longue, Lisette ! et vous aussi, si vous recueillez ses bavardages !

—Oui, madame, vous avez raison !

Elle était bien accommodante, Lisette. Elle se hâta d'ajouter :

—C'est ce que tout le monde a pensé, quand elle a poussé un cri d'indignation, parce que le gouverneur

se rendait à Belmont. Mme de Grand'Maison aussi
s'est scandalisée ! Il était accompagné, le gouverneur,
de cet étranger de Suède, qui met des fleurs dans son
livre au lieu de les porter à sa boutonnière, et fixe des
phalènes et des papillons sur une planchette avec des
épingles ! Il paraît qu'il est huguenot, et qu'il voudrait
traiter les chrétiens comme il fait des papillons ! Les
gens pensent qu'il est fou. Tout de même, il est fort
charmant quand vous lui parlez, et le gouverneur
l'estime beaucoup, beaucoup ! Les servantes disent
toutes que leurs maîtresses font comme le gouverneur.

—Ensuite, ensuite ! Laissez là votre étranger.

—Ensuite ? Des carrosses ! des carrosses bondés
de nobles : les de Chavigny ! les Le Moine ! les de
Lanaudière ! les Duperron ! les de Léry ! Il fallait
voir cet air qu'ils avaient !... On aurait dit que la
colonie leur appartenait.

—C'est qu'en effet ils en possèdent une bonne partie !
observa Angélique, un peu susceptible aussi comme
Mme de Grand'Maison.

Puis elle demanda :

—Les d'Ailleboust et les de Vaudreuil ? Est-ce qu'ils
n'y étaient pas ?

—Seulement le chevalier Rigaud, madame. J'ai
entendu dire que ce chevalier-là faisait servir à ses
soldats, quand ils étaient bien affamés, un Bostonnais
rôti; mais je ne crois pas cela.

—Allons donc ! en voilà une bonne ! Et les Beauharnois ? Ils n'ont pas suivi les autres ?

—Pardon ! madame, Mademoiselle toute vêtue de
blanc comme un ange !...et quelles plumes ! Mme
Couillard elle-même avouait qu'elle était plus belle que
son frère Claude.

—Oh ! Hortense ? Tout le monde chante ses louanges, exclama Angélique, en agitant violemment son
éventail. Elle devient si aisément familière ! ajouta
t-elle; si peu gênée, je devrais dire ! Elle se croit si fine !

Mais enfin elle réussit à se faire juger telle par les messieurs.   Je ne sais pas si l'héritier de Belmont pourrait
acheter ses grands yeux noirs.

Angélique devenait injuste et cruelle.   Elle était
jalouse de la grâce et de la beauté d'Hortense de Beauharnois, et elle la redoutait comme une rivale dangereuse.

—Votre liste est-elle épuisée, Lisette ? demanda-t-
elle brièvement.   Sans doute que les de Tilly, les de
Repentigny, les de la Corne de Saint-Luc et leurs tribus
du sud et du nord, n'ont pas manqué une si belle occasion de s'unir aux honnêtes gens pour fêter les Philibert !

—Vous devinez juste, madame; ils sont tous à Bel-
mont.   C'est ce qu'a remarqué Mme de Grand'Maison.
La ville est folle de Belmont ! Tout le monde y est allé.
A part ceux que je vous ai nommés, il y a encore. . .

Elle se mit à compter sur ses doigts.

—Il y a les de Beaujeu, les de Contrecœur, les de Villiers, les. . .

—Pour l'amour de Dieu ! arrêtez ! s'écria Angélique, ou retournez à la bourgeoisie ! à la racaille ! à la
lie de la basse-ville !

Angélique lançait quelquefois de ces paroles grossières.
Elle disait qu'elle aimait à cribler un peu la société.   Sa
beauté était pétrie de boue.   Elle pouvait, dans l'occasion, parler argot, dire des injures et fumer avec ses
intimes compagnes dans son boudoir, en discourant
sur les hommes et les chevaux.

Lisette profita de la permission et se mit à faire une
description satirique d'un vieux et riche marchand, le
sieur Kératry, un honnête Bas-Breton, sans oublier
personne de sa famille.

—Il paraît, continua-t-elle, que le sieur Kératry n'a
appris l'usage du mouchoir de poche qu'après son arrivée
ici, sur un vaisseau d'immigrants, et qu'il a toujours
oublié de le mettre en pratique.

—Comment ! mais c'est vrai ! affirma Angélique qui
reprit sa bonne humeur, au souvenir du vieux commerçant de la rue Sault-au-Matelot.

Elle continua en riant :

—Les Bas-Bretons ne se servent jamais que de leurs
manches et de leurs doigts, et vous reconnaîtrez toujours
un bon paysan du Finistère à cette marque infaillible
de l'élégance bretonne. Le sieur Kératry est fidèle à
sa province, et ne peut pas se défaire de l'ancienne
coutume. J'espère qu'il ne se démentira pas à Belmont ! Mais, bah ! laissons cela, Lisette; je me soucie
fort peu de ceux qui sont allés chez Philibert. Mais
j'en connais un qui n'y sera pas longtemps. Marquez
bien ce que je dis ! si le chevalier de Repentigny vient
ce soir, faites-le monter tout de suite; quand tous les
autres resteraient à Belmont, il n'y restera pas, lui !

Elle fit du doigt un signe plus affirmatif encore que
sa parole.

—Maintenant, Lisette, vous pouvez vous retirer;
je désire demeurer seule.

—Oui, madame ! c'est bien.

Lisette aurait voulu babiller encore, mais elle n'osa
pas; seulement, elle dit à la ménagère que la dame était
aigrie et qu'avant le lendemain quelqu'un souffrirait
certainement de sa mauvaise humeur.

XX

BELMONT

De la porte Saint-Jean à Belmont, la maison de campagne du bourgeois Philibert, il n'y avait pas loin; une petite promenade seulement. Cette maison de Belmont regardait, du haut de la côte pittoresque de Sainte-Foy, la profonde et luxuriante vallée de la Saint-Charles. Elle s'élevait au milieu d'un parc taillé dans la forêt primitive, et les érables, les chênes et les pins étendaient au-dessus de son toit pointu des rameaux d'où tombait une ombre rafraîchissante.

Au fond de la vallée, dans les prairies vertes, la rivière luisait comme un serpent d'argent. Et plus loin, les champs et les bois alternaient gracieusement en s'élevant jusqu'au pied des montagnes. Puis les Laurentides fermaient l'horizon avec leurs sommets bleus qui, se mêlant à l'azur du ciel, se drapaient dans les brouillards du matin et du soir, ou se fondaient avec les nuages vagabonds.

Dans le lointain, on voyait le clocher d'un village s'élever au-dessus du bois sombre. Au milieu des prés, comme un chapelet d'ivoire, s'égrenaient les blanches maisonnettes des fermiers; des colonnes de fumée bleuâtre montaient des vergers, et la demeure féodale, assise à l'endroit le plus pittoresque, semblait étendre sa protection autour d'elle.

La journée était belle, et la brise soufflait légèrement. Quelques ondées avaient rafraîchi le sol et purifié l'atmosphère. Tout frémissait d'aise et de vie maintenant dans les chauds reflets du soleil. Le gazon était plus vert et les fleurs versaient des aromes plus doux.

Le parc de Belmont s'étendait jusqu'à Sillery avec ses tapis de fleurs sauvages que la charrue ne déracinait

jamais, et ses bois superbes respectés de la cognée du
bûcheron. Les fougères nouaient leurs dentelles fines
et capricieuses comme des voiles de fées, dans les clai-
rières sombres où descendaient à peine quelques fais-
ceaux de lumière. Dans les baisseurs, au milieu des
arbrisseaux, étincelaient les calices roses de la *Linnée
boréale* et les feuilles étroites de la *Kalmie*, ainsi appelée,
ce jour-là, pour la première fois, par La Galissonnière,
en l'honneur de Peter Kalm, son ami. Au bord des
sentiers, avec leurs fleurs blanches, rouges et pourpres,
s'enchaînaient les orchis, les campanules, les convol-
vulus, et toutes ces plantes exubérantes dont les fleurs
s'épanouissent en guirlandes pour former des couronnes
aux jeunes gens qui viennent danser sur la pelouse au
clair de la lune.

Une foule joyeuse s'était répandue dans le parc ce
jour-là, se promenant sur le tuf rouge des allées ou se
prélassant sur le gazon soyeux des pelouses. Elle
venait fêter Pierre Philibert, de retour de la campagne
d'Acadie. Jamais tant de galanterie et de gaieté, tant
d'esprit et de grâces, tant de politesse et de courtoisie
n'avaient brillé à la fois, sous les rameaux séculaires des
chênes de Belmont; c'est que la réunion était toute
française.

Les communications avec la mère patrie n'étaient
pas faciles, car la flotte anglaise croisait dans le golfe.
La *Fleur de Lys* avait réussi à tromper la vigilance de
l'ennemi, cependant, et le vaillant capitaine de La
Martinière s'était rendu immensément populaire auprès
des dames de Québec en leur apportant les dernières
étoffes et les dernières modes de Paris. Il pouvait voir
maintenant, aux riches et nouveaux costumes que
portaient ces dames, comme il avait eu raison de forcer
le blocus.

Le bourgeois Philibert se tenait debout à la porte
principale, pour recevoir ses invités et les introduire
dans sa riche demeure. Il était magnifiquement vêtu,

mais sans ostentation.   Sa chevelure épaisse et grison-
nante était attachée en arrière avec un large ruban.   Il
ne portait jamais la perruque.   Il souriait à chacun de
ses convives, et ces sourires, sur des lèvres toujours
sérieuses, avaient un charme toujours nouveau.

Comme tous les caractères fermes et solides, il inspirait la confiance et croyait aux autres.   Ses amis
l'aimaient et le secondaient de toutes leurs forces, et ses
ennemis le haïssaient et le redoutaient.   Tous connaissaient sa valeur.

Ce ne sont ni l'intelligence, ni l'activité, ni les richesses qui ont le plus d'empire sur les hommes, mais la
force de caractère, le contrôle de soi-même, la patience
et la volonté.

Le parti des honnêtes gens, ainsi que l'appelaient, par
dérision, ses adversaires, regardait le bourgeois comme
son chef et son protecteur.   C'était le général qui
menait le peuple en guerre contre la Friponne.

L'inimitié qui existait entre le bourgeois et l'intendant
avait pris racine en France.   Plus tard, Philibert s'était
vu cruellement atteint par certains décrets de l'intendant, qui le visait évidemment.   Ces décrets enjoi-
gnaient aux Sauvages de ne faire la traite qu'avec la
grande compagnie.

—C'est une bonne saignée, avait dit Bigot à ses amis,
en se frottant les mains d'aise.

Il venait d'apprendre que le bourgeois fermait son
grand magasin du poste de Michillimakinac.

—C'est une bonne saignée.   Le *Chien d'Or* en mourra!
avait-il répété.

Il était clair que l'ancienne envie du parasite de la
cour n'avait pas perdu ses dents venimeuses, dans le
long intervalle.

Le bourgeois ne parlait jamais des griefs qu'il pouvait
avoir contre les autres, ne mendiait la sympathie de
personne et ne sollicitait ni conseils, ni secours.

Ce n'est pas par charité, d'ordinaire, que l'on s'occupe des affaires du prochain, mais par plaisir ou curiosité.

Aujourd'hui le bourgeois avait banni tous les soucis, tous les ressentiments, pour se livrer à la joie. Il était si heureux du retour de Pierre ! Il était si fier de ses faits d'armes ! si fier aussi des honneurs qu'on lui rendait spontanément, à ce fils bien-aimé !

Il souhaitait la bienvenue à tous ceux qui arrivaient, et nul, à Belmont, n'éprouvait un plaisir plus sincère que le sien.

Un carrosse avec piqueurs et chasseurs vint s'arrêter devant la grande porte. C'était le comte de la Galissonnière qui arrivait avec son ami Peter Kalm et le docteur Gauthier, un vieux garçon, riche, généreux et savant; il était le médecin par excellence de Québec. Les convives accoururent présenter leurs hommages au représentant du roi. La Galissonnière jouissait d'une grande popularité, excepté toutefois parmi les partisans de la compagnie.

Bientôt Kalm fut entouré d'un essaim de jeunes femmes—Hortense de Beauharnois en tête—qui se hâtèrent de le questionner au sujet de quelques plantes rares trouvées dans le parc. Bon autant que savant et enthousiaste, il se laissa conduire volontiers où l'appelaient le caprice et la fantaisie de cette pétulante escorte. Il la charmait par son instructive et charmante conversation tout émaillée d'expressions françaises, latines et suédoises.

Le sieur Gauthier était accueilli de toutes parts avec des marques d'estime et même d'affection. Il possédait une âme sympathique et un esprit vif. Comme tous les hommes de génie, il avait une spécialité. La sienne, c'était l'astronomie, un peu aussi l'astrologie, assurait-on. *Augur, medicus, magus, omnia novit...*

Il avait son petit observatoire sur le toit de sa maison, au sommet de la côte des chiens, et les habitants supposaient que son télescope possédait un pouvoir

magique. Ils n'étaient pas loin de croire qu'il guéris-
sait par secret, et qu'il cherchait ses remèdes dans les
étoiles plus souvent que dans les livres. Il n'en était
que plus populaire.

Il appartenait par tempérament à l'école des médecins *tant mieux*. Il riait du monde et ne se fâchait pas
quand le monde riait de lui.

Ce jour-là même il avait eu avec Kalm une discussion
assez vive, sur les théories de certains philosophes du
vieux monde, qui prétendent que la race européenne
dégénère en Amérique.

Il rencontra Kalm dans le parc et la dispute recommença. Le docteur défendait les enfants du sol et
jurait par les trois Grâces, la chaste Lucine et tous les
pouvoirs de la flore. Il devenait classique lorsque,
enthousiaste, il affirmait que le peuple né en Nouvelle-
France valait mieux que la vieille race. Il le comparait
au vin de Bordeaux qui acquiert du ton, de la force
et du bouquet en traversant l'Atlantique. Il se faisait
fort de le prouver avant qu'un nouveau lustre eut passé
sur sa tête, si cela devenait nécessaire.

—Oui, je démontrerai, s'écria-t-il, en piquant vigou-
reusement le sol avec la pointe de sa canne, je démontrerai qu'un homme de soixante ans, au Canada, n'a
pas moins de cœur ni de capacité qu'un Européen de
trente ans ! je le démontrerai ! je vais me marier !...

Ce fut un éclat de rire. Quelques dames toutes rougissantes le félicitèrent de sa vaillante détermination. Peu
après, le bruit courait que le docteur était sur le point
de se marier.

La discussion fut interrompue, car une foule nouvelle
envahissait les jardins. C'étaient entre autres le chevalier de la Corne avec sa charmante fille Agathe de la
Corne de Saint-Luc, Mme de Tilly, Amélie de Repentigny et les frères de Villiers.

Les frères de Villiers avaient atteint le chevalier de
la Corne sur le chemin et lui avaient demandé la per-

mission de passer devant.   Cette courtoise façon existe
encore.

—Oui ! passez, Coulon ! leur répondit le chevalier.
Et il ajouta :

—Je suppose qu'il ne reste rien de mieux à faire, à un
vieillard qui date des seize cents, qu'à se ranger pour
laisser passer les jeunes.

Et il fit un clin d'œil narquois à Mlle Agathe en disant
cela.

—Pourtant, j'aimerais bien voir un peu mes vaillants
petits poneys normands se mesurer avec vos grands
chevaux anglais ! Où les avez-vous eus, ces chevaux ?
courent-ils ?

—Nous les avons pris au sac de Saratoga, répondit
Coulon.   Ils couraient bien alors ! mais, tout de même,
nous les avons rejoints !

—Heureux jeunes gens ! nobles garçons ! exclama
le chevalier, en regardant passer les deux frères sur leurs
rapides montures.   Un jour, j'en suis sûr, la Nouvelle-
France sera fière de les posséder !

Pierre Philibert aida Mme de Tilly et sa nièce Amélie
de Repentigny à descendre de voiture.

—Comme vous êtes bonnes d'être venues, dit-il, et
que de remerciements je vous dois !

—Nous ne pouvions choisir un meilleur jour, répliqua
la jeune fille.   Il aurait fallu un tremblement de terre
pour retenir ma tante à la maison.

—Et vous, Amélie ? demanda Philibert.

Amélie baissa la tête : le regard de Pierre la brûlait.

—Oh ! moi, je suis une nièce obéissante…et j'ai
accompagné ma tante.   Il est si aisé d'aller où le cœur
nous appelle !

Elle rougit en disant cela, mais après tout, elle n'avait
dit que la vérité.

Elle retira sa main que Pierre tenait toujours.

—J'étais bien heureuse d'être témoin des hommages
que vous recevez aujourd'hui, de la part de tout ce qu'il

y a de noble et de bon dans notre patrie. Tante de
Tilly a toujours prédit votre grandeur !

—Et vous, Amélie, qui me connaissez un peu mieux
que votre tante, vous en avez toujours douté, n'est-ce
pas ?

—Oh ! non.   Au reste, un si bon prophète mérite une
confiance sans bornes.

Pierre sentit courir dans tout son être ce frisson
d'orgueil et d'ivresse, que tout homme éprouve au moment où il s'aperçoit que la femme qu'il aime, espère et
se repose à jamais en lui.

—Vous ne savez pas comme votre présence m'est
douce ! balbutia-t-il.

Rien non plus, n'était doux à Amélie comme cette
parole de l'homme bien-aimé.

Elle ne fit pas semblant d'entendre, cependant, et elle
répliqua avec une apparente indifférence :

—Le Gardeur est bien fier d'être votre ami aujour-
d'hui.

Philibert effleura de ses lèvres la main de la jeune
fille.   C'était cette main angélique, pleine de force sous
son apparence frêle, qui avait façonné sa destinée et
l'avait conduit à sa glorieuse position.   Il s'inclina.

—Je vais m'efforcer de mériter, dit-il, qu'un jour
Amélie de Repentigny soit fière de moi.

Amélie demeura silencieuse une minute, puis elle
répondit d'une voix basse et tremblante d'émotion :

—Je suis fière de vous, Pierre !...Les paroles me
manquent pour vous dire comme je suis heureuse des
honneurs que l'on vous rend aujourd'hui !...je le suis
surtout parce que vous les méritez ces honneurs.

Le jeune colonel était ému jusqu'aux larmes.

—Merci ! Amélie, fit-il; puisque vous m'estimez
c'est que je vaux quelque chose.   J'ai toujours eu le
plus grand respect pour votre opinion, et votre approbation est ma plus douce récompense.

Amélie ne répondit rien, mais elle pensa.

—Si c'était tout !

Le bourgeois vint saluer Amélie et Mme de Tilly.
Dès qu'il se fut éloigné Mme de Tilly remarqua :

—Le bourgeois Philibert a des manières aussi distinguées que les premiers gentilshommes de France.   Il
passe pour être un peu rude, un peu sévère avec ses
ennemis, mais avec ses amis et avec les dames surtout,
il est charmant comme un souffle du printemps.

Amélie eut un signe d'assentiment, mais elle fit une
réserve mentale quant au souffle du printemps.

Pierre les conduisit au salon.   Elles furent accueillies
avec empressement par toutes les dames qui s'y trouvaient rendues déjà.   La conversation roulait bruyante,
vive, animée, sous les riches lambris.

Le joyeux caractère gaulois est indestructible; il est
venu jusqu'à nous dans toute son intégrité.   La conquête qui a changé tant de choses n'a pas altéré la gaieté
des Canadiens français.   Le peuple canadien de l'avenir unira, dans une proportion admirable, les qualités
sérieuses de l'Anglais aux grâces, à l'esprit et à l'abné-
gation des Français, et formera le plus brillant des peuples.

A quelque distance de la maison, dans un enfoncement ombreux, plusieurs tables immenses avaient été
dressées.   Des centaines de personnes pouvaient s'y
asseoir.   Et Dieu sait si une seule place restait vide !
Tous les employés du bourgeois étaient réunis là avec
leurs familles.   Des gens qui mangeaient comme des
Gargantua et buvaient comme des tonneaux... les
tonneaux des Danaïdes ! qui riaient à faire éclater les
arbres, et chantaient à étourdir le ciel.   O les joyeux
convives du plus hospitalier des maîtres, comme ils
s'amusaient bien ! et comme le bourgeois était ému de
leur gaîté ! comme il était content de leur joie !

Gabet, maître Guillot Gabet, le cuisinier de la maison,
avait chargé ces tables des mets les plus nourrissants,
laissant le menu pour des bouches plus délicates.   Les

pâtés abondaient, la collection en était vraiment riche.
Il y en avait un, entre autres, qui aurait pu être comparé
au mont Blanc, supposé, bien entendu, que les autres
pâtés eussent formé les Alpes.   Ce roi des pâtés avait
été destiné, dans l'esprit de son créateur, à une table
plus digne et à des bouches plus nobles.   Il devait être
l'ornement de la grande salle à manger.   Mais dame
Rachel en décida autrement.   Gabet en ressentit du
dépit.

L'un des convives qui possédait une voix de stentor,
se mit à chanter dans son enthousiasme :

> C'est dans la ville de Rouen,
> Ils ont fait un pâté si grand,
> Ils ont fait un pâté si grand
> Qu'ils ont trouvé un homme dedans !

Tout le monde fit chorus et battit des mains.   Guillot
Gabet mit la tête dans la porte de sa cuisine pour écouter
ce chant solennel en l'honneur de son solennel pâté.

—Après tout, pensa-t-il, les dames et les messieurs
du salon n'auraient pas fait un pareil accueil à mon
œuvre.   Puis, ce qui pis est, ils ne l'auraient pas tout
dévoré !

Quel fut le cliquetis des couteaux et des fourchettes,
dès que le bon curé de Sainte-Foy eut récité le *bénédicité*,
avec quelle dextérité les convives maniaient les armes,
dans l'œuvre gigantesque de raser des pâtés hauts
comme des tours et de niveler des montagnes de viandes,
et autres mets, serait chose impossible à dire !

Et combien de flacons de vin de Gascogne et de cidre
de Normandie, toujours vidés, toujours remplis, se
succédèrent, serait encore chose impossible à calculer!

Guillot était rayonnant ! sa figure s'allumait comme
ses fourneaux.   Il se mit à chanter lui aussi le pâté de
Rouen, mais il pensait au sien !

Le bourgeois, son fils et plusieurs des principaux
invités vinrent un instant sous la feuillée, pour dire à

LE CHIEN D'OR   291

ces braves gens quelques bonnes paroles, et leur donner
une marque de respect.   Il furent reçus avec des applaudissements frénétiques et bien des coupes furent vidées
en leur honneur.

Maître Guillot Gabet rentra dans sa cuisine et se mit
à stimuler le zèle des marmitons.   Il fallait remplacer
le pâté perdu pour la table d'honneur.   Il voltigeait de
tous côtés, donnant des ordres, grondant, riant, plaisantant, levant les mains   au plafond ou frappant le
plancher d'un pied fiévreux, tout cela, pour que le dîner
fût digne de Philibert et de lui-même.

Guillot était petit et gras; il portait un nez rouge,
des yeux noirs et une bouche irascible comme la bouche
d'un pâtissier de Lerne.   Son cœur était d'une bonne
pâte cependant, et il gratifiait de ses meilleures sauces
les compagnons qui s'inclinaient humblement devant
son sceptre.

Malheur, par exemple, à l'imprudent qui n'obéissait
pas sur-le-champ ou s'avisait de discuter ses ordres !
Le typhon balayait la cuisine.   Dame Rachel elle-
même n'avait qu'à s'envelopper dans ses jupons et à
déguerpir, pour échapper à la tempête ! Tempête terrible ! mais qui s'apaisait d'autant plus vite qu'elle avait
été plus violente.

Il savait ce qu'il avait à faire aujourd'hui ! Il n'avait
pas coutume, disait-il, de s'esssuyer le nez avec un
hareng.   Le dîner qu'il était en frais de préparer serait
un dîner de Pape après carême !

Il avait un grand respect pour le bourgeois son maître,
mais il déplorait son manque de goût.   Il ne pouvait
pas se le dissimuler, il l'avait sur le cœur ! Le bourgeois
n'était pas tout à fait digne de son cuisinier.   Par
exemple, il adorait le Père de Berey.   Quel jugement !
quelle sûreté de goût possédait le jovial Récollet !...
L'approbation du bon Père valait mieux que les compliments de tout un monde de mangeurs banaux qui font
claquer leurs lèvres en affirmant qu'un mets est excel-

lent, et ne sont pas plus capables que les cent Suisses de
dire pourquoi il est excellent; gens qui ne comprennent
pas les artistes !

Afin d'instruire, de nourrir et de caresser le palais de
la postérité, Guillot Gabet appela Jules Painchaud, son
futur gendre et, avec la solennité d'un ministre qui
récite un extrait de la Bible, la casquette blanche sur
le coin de l'oreille, et le poing sur la hanche, il lui donna
en ces paroles la direction de son pâté :

—Enlevez une muraille de pâte, une muraille circu-
laire épaisse d'un pouce, si riche qu'elle s'affaisse sur
elle-même, et si vaste qu'elle puisse contenir la cour du
roi Pepin. Étendez à l'intérieur de cette forteresse
une épaisse couche d'émincé formée de deux savoureux
jambons de Westphalie. Si vous ne pouvez pas vous
procurer des jambons de Westphalie, prenez des jambons d'habitant.

—Des jambons d'habitant ! s'écria Jules Painchaud
tout consterné.

—Oui ! oui ! ne m'interrompez point s'il vous plaît.
Maître Gabet était déjà tout rouge. Jules se tut.

—C'est cela que j'ai dit : deux jambons d'habitant,
qu'avez-vous à répliquer ? hareng boucané ! hein ?

—Oh ! rien du tout ! rien, reprit Jules avec humilité,
seulement je pensais...

Pauvre Jules, il eut mieux aimé cent fois se rétracter
que de perdre la confiance du père de Suzette.

—Vous pensiez !

Il fallait voir la figure du maître cuisinier, le rond
décrit par sa bouche irritée... il fallait entendre sa
voix ! Un magnifique sujet pour Hogarth. Il continua :

—Si vous me chicanez sur la confection de mon pâté,
Suzette demeurera vieille fille sa vie durant, c'est moi
qui vous le dis !

Jules avait l'air si contrit qu'il s'adoucit aussitôt.

—Eh bien, reprit-il, écoutez maintenant, Jules, je
continue : Sur la couche d'émincé formée de deux
jambons de Westphalie, ou, si vous ne pouvez pas en
trouver, de deux jambons d'habitant, déposez scientifi-
quement un dindon gras découpé avec art, mettez-lui la
tête de façon qu'elle apparaisse plus tard au-dessus de
la croûte supérieure comme une épitaphe, pour faire
comprendre aux dîneurs que là repose maître Dindon !
Entassez deux chapons dodus, deux perdrix succulentes,
deux pigeons, le dos et les cuisses d'une couple de lièvres
juteux; remplissez les vides avec des œufs battus, et je
vous jure que cette pièce ressemblera à ce que les poètes
pourraient appeler des fossiles enfouis dans l'or des œufs
et dans la gelée. Assaisonnez-le tout comme pour un
saint; couvrez d'une pâte légère, faites cuire avec
autant de soin que vous en prendriez pour faire cuire un
ange sans lui griller une plume ! Puis, servez froid, et
mangez! Et alors, je vous dirai, Jules, comme dit
toujours le bon Père de Bérey, après avoir prononcé le
bénédicité sur un bon pâté de Pâques : *Deo gratias!*

XXI

Sic itur ad astra

La vieille demeure de Belmont s'était parée bien
souvent pour des fêtes, depuis les jours de l'intendant
Talon qui l'avait bâtie et qui fut son premier occupant,
mais jamais tant de belles femmes et de vaillants
hommes ne s'étaient trouvés réunis dans ces vastes
salles à la table somptueuse du bourgeois Philibert,
qui fêtait son fils aîné.

Les dames ne se levèrent point immédiatement après
le dîner, mais, suivant la coutume de la Nouvelle-France,
elles se mêlèrent à la conversation des hommes qui
dégustaient les fines liqueurs. Elles prévenaient ainsi
des excès souvent regrettables, et ajoutaient un charme
particulier à la causerie.

Les serviteurs emportaient les plats vides et les splendides restes des pâtisseries de maître Guillot.

Maître Guillot, du fond de sa cuisine, jugeait de
l'esprit et du bon goût des convives par ce qu'ils avaient
mangé. Il se sentait apprécié ce jour-là. Les nobles
hôtes en seraient récompensés, car l'âme du cuisinier
passait dans ses œuvres et se transmettait avec ses
goûts raffinés.

Le bourgeois, à la tête de la table, pelait des oranges
et tranchait des ananas pour les dames, riait et racontait
des anecdotes piquantes qui amusaient beaucoup.

—Les dieux sont joyeux parfois, dit Homère, et leurs
éclats de rire font trembler l'Olympe, observa le Père
de Berey, qui était assis à l'autre bout de la table.
Jupiter n'a jamais ri de si bon cœur que le bourgeois.

Le soleil se coucha dans un océan de splendeur. Des
gerbes de rayons d'or traversèrent une fenêtre et tombèrent comme une auréole sur la tête du beau vieillard.

Il parut transfiguré.   Ceux qui se trouvaient là n'oublièrent jamais, jusqu'à la fin de leur vie, le reflet de bonheur et de majesté qui illumina son front en ce mémorable instant.

Il avait fait asseoir à sa droite Amélie de Repentigny
et le comte de la Galissonnière.   Le gouverneur, charmé
de la beauté et des manières de la jeune châtelaine, l'avait
conduite au milieu des convives.   Il se montrait à son
égard comme envers Mme de Tilly, d'une galanterie
égale à celle du gentilhomme de la plus courtoise cour
d'Europe. A sa gauche, était assise la radieuse Hortense
de Beauharnois.   Hortense avait pris de la Corne de
Saint-Luc par le bras et lui avait déclaré qu'il serait son
cavalier ou qu'elle ne dînerait point.   Le vieux militaire s'était rendu à discrétion.

—Je serai volontiers votre prisonnier, lui avait-il dit,
car je n'ai ni le pouvoir ni le désir de m'échapper.   Puis,
je sais obéir !

Hortense lui donnait de légers coups d'éventail
lorsqu'il regardait un peu trop les autres dames.

—J'ai choisi le plus jeune, le plus beau et le plus
galant des cavaliers, dit-elle, et je ne veux pas qu'on
me le ravisse !

—Tout doux ! Hortense.   C'est par erreur que vous
m'avez pris.   Le cavalier par vous convoité c'est le
grand Suédois que vous vouliez conquérir, s'écria en
riant le vieux soldat.   C'est votre homme ! Les dames
le savent bien et elles voudraient me délivrer de vos
chaînes pour vous permettre de prendre le philosophe.

—Allez-vous chercher à m'échapper, chevalier ? je
suis votre couronne, et vous me portez aujourd'hui !
Le monsieur suédois ! il ne se connaît pas en fleurs...
de notre espèce. Il nous mettrait à sa boutonnière,
comme ceci !

Elle détacha une rose du bouquet qui se trouvait
devant elle et la mit gracieusement à la boutonnière du
vieux chevalier.

—Jalousie et prétention, mademoiselle ! Le grand
Suédois sait comment humilier votre orgueil et vous
inculquer une idée juste de l'esprit et de la beauté des
dames de la Nouvelle-France !

Hortense exprima, deux ou trois fois, par un signe de
tête sa haute désapprobation.

—Je voudrais avoir la philosophie du Suédois, repartit de la Corne, pour juger les femmes; comme lui je les
comparerais à de tendres agneaux...Mais je suis trop
vieux, maintenant, je les mesurerais comme on mesure
les militaires...à la toise !

—La mesure de l'homme doit être celle de l'ange,
ainsi qu'il est écrit. *Scriptum est*, chevalier !

Hortense avait des éclairs de gaieté dans les yeux et
semblait défier le vieux soldat.

—Le savant philosophe suédois y perdrait son latin,
reprit-elle, s'il essayait de m'approfondir. Les filles de
la Nouvelle -France échappent à l'œil du chercheur.
Ecoutez-moi donc, chevalier !

Elle lui donna quelques coups d'éventail sur les doigts.

—Vous me négligez déjà pour une autre !

De la Corne échangeait quelques signes badins avec
une belle jeune fille assise de l'autre côté de la table.

C'était Cécile Tourangeau, avec son front poudré et
ses cheveux épais bouclés sur le front, comme un léger
brouillard de neige, pour cacher la petite croix rouge que
le regard des curieux cherchait toujours à découvrir.

Le Gardeur de Repentigny était à ses côtés et lui
parlait avec une effusion qui semblait la remplir de
félicité.

Les accords de la musique retentirent de nouveau
sous les plafonds sonores. C'étaient les préludes à la
santé du roi.

—Préparez-vous à faire chorus, chevalier ! fit Hortense, le Père de Berey va chanter l'hymne royal.

—Vive le roi ! répondit de la Corne. Jamais plus
belle voix n'a chanté la messe, ni entonné «Dieu sauve

le roi !» J'aime entendre un prêtre du Seigneur redire
tour à tour avec solennité, les odes à la patrie et les
psaumes de David ! Notre premier devoir est de louer
Dieu; après Dieu, le roi.   Jamais la Nouvelle-France ne
faillira à l'un ou à l'autre de ces devoirs !

De la Corne était loyal jusque dans ses fibres les plus
intimes.

—Jamais ! chevalier.   Le droit et l'Évangile règnent
ou succombent ensemble, repartit Hortense en se levant.

Tout le monde se leva.

Le révérend Père de Berey entonna de sa voix riche
et vibrante le chant royal composé par Lulli, en l'honneur de Louis XIV, à l'occasion de la fameuse visite
qu'il fit au couvent de Saint-Cyr, avec Mme de Maintenon.

Les paroles, écrites par Mme Brinon, furent ensuite
traduites en anglais, et paroles et musique devinrent,
par la plus singulière des transpositions, l'hymne natio-
nal de l'Angleterre.

—*Dieu sauve le roi !*

Ce chant-là, la France ne l'entend plus.   Il est enseveli sous les ruines profondes de la monarchie.   Mais il
se répète encore en Nouvelle-France, ce rameau d'olivier greffé sur l'arbre superbe de l'Empire britannique.

Le Père de Berey chanta donc :

> Grand Dieu, sauvez le roi !
> Grand Dieu, sauvez le roi !
>   Sauvez le roi !
> Que toujours glorieux,
>   Louis, victorieux,
>   Voye ses ennemis
>   Toujours soumis !

L'assemblée tout entière fit chorus.   Les gentilshommes levèrent leurs coupes et les dames agitèrent
leurs mouchoirs blancs.   Les vieilles murailles tressail-
lirent de joie au bruit des applaudissements.

Les chansons et les discours se succédèrent ensuite, divisant comme avec une lame d'or les heures rapides du dessert.

Les longs discours n'étaient pas de mode alors, au dîner, et l'on ne gâtait pas le plaisir de la table et les charmes de la conversation par d'interminables périodes sur des sujets éternellement rebattus.

Le bourgeois crut devoir, toutefois, remercier ses hôtes de l'honneur grand qu'ils avaient daigné lui faire.

—Les portes de Belmont depuis si longtemps fermées, dit-il, sont ouvertes aux amis, maintenant que mon fils est de retour.   Belmont ne m'appartient plus.   J'espère que Pierre...

Il se prit à sourire mais il se donna garde de jeter les yeux du côté où ses paroles pouvaient avoir trop d'échos.

—J'espère que Pierre, continua-t-il, trouvera quel-qu'une de nos charmantes Québécoises pour partager avec lui le soin de sa maison, et nous donner une franche hospitalité quand nous y reviendrons.

D'immenses applaudissements répondirent à ces paroles pleines de signification. Les dames toutes rougissantes comblèrent le bourgeois de louanges, les messieurs firent éclater leurs bravos ! Tous jouissaient par anticipation de ce renouvellement de la charmante hospitalité de Belmont.

—Il pleut des gâteaux ! dit le chevalier à sa pétil-lante voisine, et les gouttes d'or du bonheur ne tombent que du cœur de la femme ! Qu'en pensez-vous, Hor-tense ? Quelles sont les jeunes filles de Québec qui con-sentiraient à partager avec Pierre le soin de faire les honneurs du château de Belmont ?

—Toutes ! répondit Hortense. Mais pourquoi le bourgeois Philibert ne parle-t-il que des demoiselles de Québec ? Il sait pourtant que je suis des Trois-Rivières, moi !

—Oh ! il a peur de vous ! vous transformeriez Bel-mont en un paradis ! Ce serait plus beau que la prome-

nade sur le cap, lorsque tout le beau monde de Québec
s'y promène ! Qu'en pensez-vous Père de Berey ?

—J'en pense ce que dit Horace. Et je suis sûr
qu'Horace est ce qu'il y a de mieux après les Homélies:

>   Teretesque suras laudo, et integer ego !

Le chevalier de la Corne pinçant l'épaule opulente
d'Hortense, lui murmura: ne confessez pas au P. de
Berey votre promenade sur le cap. J'espère qu'avant
longtemps, Pierre fera tout de même son choix.

—Nous avons hâte d'opérer une descente journalière
dans les catacombes du vieux sommelier provençal, où
sont ensevelis les meilleurs crus de la France.

Le chevalier disait cela à dessein, pour inquiéter le
vieux Provençal qui se tenait debout derrière sa chaise,
et rêvait à son cellier si bien rempli.

—Et si Pierre ne se marie pas, demanda Hortense,
que deviendra-t-il, que deviendrons-nous ? nous surtout ?

—Il est bon garçon, nous boirons son vin alors.

—Viens ici, Pierre, fit le chevalier familièrement. Il
faut que tu te maries ! c'est ton devoir. Mais je n'ai
pas besoin de te le dire, tu te marieras, c'est visible
comme le chemin de Péronne à Saint-Quentin, un
chemin aussi bon qu'un autre et aussi vieux que Chinon
en Touraine. Québec est un sac de perles. Prends la
première venue et elle vaudra une rançon de Juif !
Si tu as la chance de tirer la plus belle, vends tout ce
que tu possèdes et va l'acheter, comme il est dit dans
l'Évangile ! N'est-ce pas Père de Berey ? Il me semble
avoir entendu quelque chose comme cela tomber de la
chaire des Récollets.

—Chevalier, je n'ai rien à vous apprendre, je vois,
et je ne commenterai point votre parabole. Je garde
mes commentaires pour mes frères de saint François,
afin de leur faire comprendre qu'en renonçant au monde,

ils n'ont pas perdu grand-chose ! Mais quand le colonel
Philibert aura trouvé cette perle précieuse...

Le Père regarda du coin de l'œil Amélie de Repentigny. Il était un peu dans le secret.

—Quand il aura trouvé cette perle d'un grand prix,
je lui promets que les cloches de notre monastère sonneront le plus joyeux carillon qui ait été entendu depuis le
mariage du dauphin, alors qu'à force de tirer sur les
cordes, le grassouillet Frère Le Gros s'est affaissé hors
d'haleine et que le Frère Bref, un petit courtaud, s'est
allongé d'une demi-verge.

Plusieurs répondirent au bon Père par un éclat de rire.

Hortense se mit à plaisanter le chevalier, ce vieux
veuf qui n'osait plus entreprendre de parcourir le
chemin de Péronne à Saint-Quentin !

—Si vous le vouliez, nous le franchirions ensemble,
dit-elle, comme deux bohèmes franchissent le monde
avec tout leur trésor de bonheur sur le dos.

—Mieux que cela, exclama de la Corne, vous êtes
digne de voyager sur un affût de canon dans ma prochaine campagne. Ça vous irait-il ?

Hortense lui tendit la main :

—C'est mon rêve ! dit-elle. Je suis fille de soldat,
j'espère devenir femme de soldat, et mourir veuve de
soldat ! Mais, c'est assez de badinage. Il est plus
malaisé d'être spirituelle que sage. Tiens, mon cousin
Le Gardeur a quelque chose qui l'agace.

Le Gardeur lisait un billet qu'un valet venait de lui
remettre. Il le froissa avec colère et fit un mouvement
comme pour le déchirer, mais il le dissimula dans son
habit. Sa gaieté était disparue.

Une autre personne, la bonne Amélie, avait surpris
avant Hortense de Beauharnois, le geste rapide de Le
Gardeur. Elle aurait bien voulu aller s'asseoir un
moment auprès de son frère, mais elle ne pouvait
rompre le cercle étroit d'amis qui la tenaient prisonnière.

Elle soupçonnait Angélique des Meloises d'avoir écrit ce billet.

Le Gardeur vida, coup sur coup, deux ou trois verres, s'excusa auprès de sa partenaire, qui ne fut pas dupe, et sortit de table.

Amélie se leva vivement, demanda pardon au bourgeois, et le rejoignit dans le parc.   L'air pur et frais du soir invitait à la promenade.

La jolie Cécile Tourangeau qui se trouvait au côté de Le Gardeur, avait jeté un coup d'œil sur le papier et reconnu l'écriture d'Angélique.   Elle n'eut pas de peine à deviner pourquoi son voisin la quittait si promptement.   Le dépit fit monter le rouge à son front, la marque en devint de plus en plus pourpre.

Mais le monde roule toujours avec ses alternatives de tempêtes et de calme, de soleil et d'obscurité.

Les convives sortirent de table et se dirigèrent les uns et les autres vers le salon, vers l'observatoire, ou vers le parc.   Cécile était d'un heureux caractère et se consolait vite de ses chagrins.   Le beau Jumonville de Villiers l'invita à monter au grand balcon où se passait, disait-il, une scène très drôle.   Elle le suivit et le souvenir de son récent mécontentement se dissipa aussitôt.

Une scène très drôle, en effet, avait lieu sur le balcon. Un groupe de jeunes filles demi-sérieuses, malgré leurs rires éclatants, entouraient le docteur Gauthier et le suppliaient de lire leur destinée dans les étoiles.   Les étoiles, ce soir-là, brillaient d'un éclat inaccoutumé.

A cette époque, comme encore de nos jours, et comme dans tous les âges, les femmes, à l'exemple des anciens Juifs, demandaient des signes, tandis que les Grecs— c'est-à-dire les hommes—demandaient la sagesse.

La femme a toujours été curieuse et elle le sera toujours ! Elle essaiera sans cesse de surprendre les décrets du destin, au sujet de la question suprême de son existence, le mariage.

C'est en vain que le docteur protestait, demandait grâce et plaidait les circonstances atténuantes; il invoquait l'absence complète de télescope, mais les dames ne voulaient point accepter ses raisons.

—Il sait le ciel par cœur, se disaient-elles, et peut lire nos destinées dans les étoiles, comme un évêque lit dans son bréviaire.

Il était dans tous les cas d'une bonne nature et d'une extrême complaisance.   Bon nombre de ces hommes dévoués sont ainsi chaque jour la proie de leurs amis.

Hortense insistait plus que les autres.

—Dites-moi ma destinée, répétait-elle en riant, je veux la savoir ! Si les étoiles m'ordonnent de vous épouser, je le ferai ! j'en suis capable, je vous le promets !

Le docteur céda.

—En face d'une semblable promesse, fit-il, je tenterais l'impossible.

—Ne me cachez rien, reprit la jeune fille; n'ayez pas peur de m'annoncer la couronne de reine ou la robe de bure des vieilles filles de Saint-Cyr.   Les filles de Québec accrochent leurs espérances aux étoiles, aux plus brillantes surtout ! Elles sont trop aimantes pour vivre seules et trop fières pour vivre pauvres.   Quant à moi, je n'attendrai pas, pour m'embarquer, un vaisseau qui n'arrivera jamais, et, pour me nourrir, un fruit qui ne saurait mûrir.

Tout le monde s'amusa de la joyeuse plaisanterie. Quelques dames levèrent les épaules et se regardèrent à la dérobée.   Elles auraient voulu, cependant, avoir le courage d'en dire autant.

—Eh bien, ordonna le docteur, placez-vous devant moi, mademoiselle de Beauharnois, l'heure solennelle va sonner, et il faut d'abord que j'étudie vos regards.

Hortense s'avança.

—C'est un des privilèges de cette étude aride, fit-il en souriant.

Et il semblait se complaire à regarder cette belle et svelte jeune fille qui se tenait bravement devant lui.

—La solliciteuse, commença-t-il gravement, est grande, droite, élancée, a les bras longs, les mains et la tête petites, les cheveux presque noirs, les yeux perçants, noirs comme la nuit et pleins de feu; elle est vive, énergique, spirituelle, sensée...

—Oh ! dites-moi ma bonne fortune, docteur, non pas mon caractère. Vos flatteries me font rougir, s'écria-t-elle, frémissante et prête à fuir.

—Nous allons voir ce qui va découler de là, répondit le docteur d'un air sombre.

Et de sa canne à pommeau d'or il fit le geste de diviser les cieux en quatre parties, comme les augures des temps anciens, et il compta les planètes dans leurs maisons.

Il était sérieux; Hortense aussi. Elle suivait son regard parmi les astres brillants

> «Qui roulent en disant la puissance des dieux,
> «En portant humblement leurs ordres en tous lieux !»

—Le seigneur de l'ascendant, dit-il, est dans la dixième maison, avec le seigneur de la septième. En conséquence, la solliciteuse épousera l'homme né pour être son mari, et non pas l'objet de ses premières amours et l'espérance de sa jeunesse.

Il s'arrêta. Mais les étoiles ne mentent pas, continua-t-il, comme se parlant à lui-même. Jupiter dans la septième maison nous annonce que le mariage élève en rang et en dignité, et Mars, dans la sixième, présage des succès sur les champs de bataille. O prodige ! Hortense. Le sang des Beauharnois va devenir un sang royal ! Il coulera dans les veines des souverains de France ! d'Italie ! de Flandres ! mais jamais dans les veines des souverains qui régneront sur la Nouvelle-France... Car Saturne, qui est dans la cinquième

maison, regarde sourdement les gémeaux qui régissent
l'Amérique.

—Viens, Jumonville ! exclama Hortense, félicite
Claude de la grandeur future de la maison de Beauharnois ! mais plains-moi, car je ne verrai rien de ces
choses ! Je me soucie peu des rois et des reines de l'avenir, mais je m'intéresse beaucoup à ceux que j'aime, et
je voudrais les voir au comble des honneurs et de la
félicité !... Viens, Jumonville ! fais parler les augures à
ton tour.   Si le docteur découvre la vérité à ton sujet,
je croirai ce qu'il m'a prédit.

—C'est une heureuse idée, Hortense, répliqua Jumonville.   Il y a longtemps que j'ai accroché mon chapeau
aux étoiles; que le docteur le trouve s'il en est capable !

Il était superbe, Jumonville, avec sa figure martiale
et sa taille forte et souple.   Le docteur, d'humeur
charmante maintenant, l'examina attentivement et
avec un intérêt immense pendant une minute, puis, de
nouveau, avec une solennité digne d'un véritable ponti-
ficat, il leva sa canne et décrivit une figure dans les
cieux étoilés.   Il parut réfléchir, et il abaissa sur   le
jeune homme un regard anxieux.

—Rien de bon ? mauvais signes ? docteur, fit vivement Jumonville.

Et ses yeux brillants semblaient défier la fortune et
les dangers invisibles.

—Le *Hyleg*, celui qui donne la vie est terrassé par
Mars dans la septième maison, et Saturne, dans l'ascendant, est d'un mauvais aspect, dit avec lenteur
l'astrologue improvisé.

—Je suppose, docteur, repartit Jumonville, que cela
sonne comme la guerre et signifie des batailles ! C'est
une bonne fortune pour un soldat.   Continuez.

Le docteur poursuivit en regardant le ciel :

—Vénus est favorable.   L'amour, la renommée,
l'immortalité, vous attendent, Jumonville de Villiers !..
Vous mourrez sous les drapeaux de votre patrie et pour

votre roi !. . . Vous ne vous marierez point. . . Toutes les
femmes de la Nouvelle-France verseront des larmes sur
vous ! Comment cela ? je n'en sais rien.   Mais, *scriptum est*, c'est écrit, Jumonville ! et ne m'en demandez
pas davantage.

Tous les curieux qui écoutaient le docteur, sentirent
comme un fluide électrique, un frisson rapide courir
dans leurs veines.   La joie bruyante se calma, la supers-
tition avait encore à cette époque un grand empire sur
les esprits.

Le docteur s'assit et essuya les verres de ses lunettes.

—Je n'ai plus rien à dire ce soir, affirma-t-il. J'ai
même été trop loin.   J'ai badiné avec des choses sérieuses et j'ai pris au sérieux des badinages.   Je vous demande pardon, Jumonville, de m'être plié à vos fantaisies.

Le jeune soldat se mit à rire de bon cœur.

—Si la renommée, l'amour et l'immortalité doivent
être mon lot ici-bas, pourquoi redouterais-je la mort ?
remarqua-t-il. Le plus ambitieux des soldats ne désire
rien de plus ! Rien que pour être pleuré des femmes de
la Nouvelle-France, je voudrais mourir ! et cela en vaut
bien la peine ! dit-il en regardant Hortense.

Les paroles de Jumonville se gravèrent à jamais dans
l'âme d'Hortense de Beauharnois et la remplirent d'une
douce et triste ivresse.

Quelques années plus tard, Jumonville de Villiers
tombait sur les bords de la Monongahéla, dans les plis
du drapeau blanc.

Et parmi les filles de la colonie qui pleurèrent sa
destinée, nulle ne versa des larmes plus amères que sa
tendre et belle fiancée, Hortense de Beauharnois.

Les prédictions du sieur Gauthier se redirent partout
alors comme une histoire étrange et vraie.   Elles passèrent dans les traditions populaires.   Elles se racontaient
encore quand le souvenir des fêtes de Belmont était
perdu depuis longtemps !

La Nouvelle-France n'avait ni oublié, ni pardonné la mort du brave Jumonville, quand eut lieu la grande révolte des colonies anglaises. Le Congrès fit alors un vain appel aux Canadiens. Les proclamations de Washington furent foulées aux pieds, ses troupes furent repoussées ou retenues prisonnières. Si la mort de Jumonville fit perdre, en grande partie, le Canada à la France, elle le donna, d'autre part, à l'Angleterre. Les secrets de la Providence dans le gouvernement et la vie des peuples sont bien merveilleux ! et souvent la destinée d'un continent entier dépend de la vie ou de la mort d'un seul homme !

Mais tous ces événements reposaient encore dans les mystérieux abîmes de l'avenir. Le vaillant Jumonville qui devait tomber, et Coulon, son frère, qui le vengea si noblement en épargnant la vie à Washington, étaient alors les plus éveillés des gais convives du bourgeois Philibert.

Pendant qu'un groupe de jeunes gens, moitié sérieux, moitié badins, cherchaient ainsi à découvrir, dans les étoiles, ces concordances qui devaient leur assurer le bonheur, Amélie se promenait avec son frère, dans une allée tranquille du vaste parc.

Le ciel de l'Occident gardait encore, à son horizon, quelques lumineux vestiges du soleil disparu depuis longtemps. L'obscurité était profonde sous les chênes et les pins. La vallée paraissait comme un abîme de ténèbres, et l'on pouvait suivre, au fond, la course de la rivière, par le rayonnement des étoiles dans l'eau.

La marée montante apportait du fleuve immense un air frais et encore légèrement imprégné de la senteur du varech.

Le Gardeur se sentait plus calme, Amélie le domptait à force d'affection. Ils s'assirent sur un banc en face de la vallée, loin de la foule et du bruit. Amélie pouvait se risquer à dire ce qui lui faisait tant de mal.

—J'aurais craint de vous offenser, tout à l'heure, fit-elle, en lui pressant les mains, si j'avais dit tout ce que j'éprouve le besoin de vous dire. Je ne vous ai jamais offensé, n'est-ce pas ? mon frère, jamais ?

—Jamais ! adorable petite sœur. Dis-moi tout ce que tu voudras ! demande-moi tout ce que tu désires ! Je ne crains qu'une chose, c'est d'être indigne de ton affection…

—Non ! Le Gardeur, vous n'en êtes pas indigne ! Vous êtes le seul frère que Dieu m'ait donné, je vous aimerai toujours ! Mais d'autres ne vous jugent pas aussi bien et cela me chagrine fort.

Il recula; son amour-propre s'effrayait, mais il savait qu'Amélie avait raison.

—J'ai été faible, Amélie, je l'avoue. Ce message m'a causé du dépit…Elle a choisi le moment…Angélique des Meloises est sans pitié pour ceux qui l'aiment.

—Oh ! mon cœur me le disait bien ! je le pensais ! c'est donc elle, Angélique, qui vous a envoyé le billet que vous avez lu à table ?

—Sans doute; elle seule pouvait me causer ce trouble. Elle déteste le bourgeois et veut m'arracher aux amusements de cette fête qu'il donne en l'honneur de Pierre. Je vais lui obéir, mais elle aussi m'obéira, et cette nuit même ! D'une façon ou d'une autre, il faut que cela finisse…Tu peux lire sa lettre, Amélie.

—C'est inutile, mon frère. Je connais assez Angélique pour redouter son influence. Elle a toujours fait la terreur de ses compagnes. Mais vous ne laisserez pas la fête, n'est-ce pas ? ajouta-t-elle d'une voix suppliante.

Elle savait que ce serait un grand manque de courtoisie envers leur ami Pierre.

—Il le faut, Amélie ! Angélique serait-elle aussi méchante qu'elle est belle, je l'aimerais toujours ! Je l'en aimerais davantage ! Si elle venait à moi, comme Hérodiade avec la tête de Jean Baptiste sur un plateau !

je ferais mieux qu'Hérode, je tiendrais mes serments!

—O mon frère ! mon frère ! soupira la pauvre Amélie. Les de Repentigny n'aiment pas si follement que cela !...Non, jamais ! quel philtre empoisonné avez-vous donc bu pour vous éprendre ainsi d'une femme qui vous traite en esclave ? Non, Le Gardeur ! vous n'irez pas ! vous n'irez pas ! supplia-t-elle encore en se jetant à son cou. Ici, avec votre petite sœur, vous êtes en sûreté ! vous ne le serez plus si vous entrez dans cette maison des Meloises !

—Je dois y aller, j'irai !...je le sais, j'ai bu un philtre enchanté, mais je ne veux point d'antidote ! Le monde ne saurait me guérir de mon amour pour Angélique ! Laisse-moi aller recevoir d'elle mon châtiment pour être venu à Belmont, et ma récompense pour avoir obéi à ses ordres !

—Pauvre frère ! pensez-vous qu'Angélique réponde à votre amour ? Elle est, comme nous toutes, faible et inconstante ! Elle n'est pas, cette Angélique, l'idéal que l'homme cherche dans la femme qu'il aime !

—Pourvu qu'elle me soit fidèle à moi ! Mais elle va me trouver faible et inconstant, moi, si je tarde encore à l'aller rejoindre...Adieu ! petite sœur.

Il se leva. Amélie pleurait. Elle ne voulait pas jeter le désespoir dans son âme. Et pourtant, elle se rappelait avec amertume et indignation les propos d'Angélique, et ses intentions au sujet de l'intendant. Voulait-elle donc, la perverse ! se servir de son frère comme d'une ombre qui ferait mieux ressortir ses charmes aux yeux de Bigot ?

—Mon bon frère, reprit Amélie, je suis femme et je comprends les femmes mieux que vous ne pouvez les comprendre vous-même. Je connais Angélique et son incroyable ambition. Elle ne reculera devant aucun moyen. Etes-vous convaincu, intimement convaincu, de la sincérité de son amour ? Croyez-vous qu'elle vous

aime comme une femme doit aimer l'homme qui sera
son époux ?

Le Gardeur sentit l'amertume de ces paroles comme
un stylet d'argent qui lui aurait fouillé le cœur. Dans
son extrême passion pour Angélique, il éprouvait
souvent de l'angoisse quand l'enchanteresse faisait
pleuvoir autour d'elle ses coquettes agaceries. Sura-
bondance d'amour ! pensait-il.

Cependant, il trouvait bien que cet amour tombait
un peu sur lui comme la rosée sur la toison de Gédéon.
La rosée refraîchissait la terre autour de la toison et
laissait la toison tout aride.

—Amélie, répliqua-t-il, l'épreuve est rude, la tentation est forte. Mais tout est inutile ! Angélique
peut être aussi fausse que *Cressid* envers tous les autres,
elle ne me trompera jamais ! Elle l'a juré devant l'autel
de Notre-Dame ! J'aimerais mieux me damner avec elle,
que monter sans elle sur le plus beau des trônes.

Amélie ne put s'empêcher de frissonner à cette parole
de blasphème. Elle comprit l'inutilité de ses prières et
courba la tête. Ils se levèrent. Quelques branches
de jasmin s'inclinaient au-dessus du siège rustique.
Elle en cassa une qui était toute fleurie.

—Emportez cette fleur, Le Gardeur ! dit-elle, elle
apprendra à Angélique que je suis une rivale redoutable !

Il prit la fleur.

—Je voudrais bien qu'Angélique te ressemblât en
tout ! Je mettrai cette fleur dans ses cheveux pour
l'amour de toi, Amélie.

—Et pour l'amour d'elle ! Puisse-t-elle vous porter
bonheur à tous deux ! Revenez à la maison, Le Gardeur,
après votre visite. Je veillerai, je vous attendrai pour
vous féliciter...ou vous consoler.

—Sois sans crainte, petite. Angélique est franche
comme l'acier avec moi! Demain, tu pourras l'appeler
ma fiancée. Maintenant, va danser et t'amuser jusqu'au jour.

Il l'embrassa, la reconduisit à la salle du bal et partit pour la ville.

Amélie raconta à sa tante ce qui venait de se passer. Mme de Tilly parut surprise et désolée.

—Penser que Le Gardeur va demander la main de cette terrible jeune fille ! exclama-t-elle...j'espère qu'elle le refusera.   Si ce que j'ai entendu dire est vrai, elle le refusera.

—Ce serait le malheur de mon frère, tante ! répondit Amélie, avec tristesse.   Vous ne savez pas comme il est résolu.

—Non, mon Amélie, son malheur serait d'être accepté. Le Gardeur peut trouver le bonheur avec une autre femme, jamais avec elle ! Elle réserve par ses coquetteries une mort sanglante aux insensés qui l'aiment.   Elle est sans affection et se couvre d'un voile impénétrable.   Elle sacrifierait la terre entière à sa vanité ! J'ai peur qu'elle ne sacrifie Le Gardeur aussi froidement que le dernier de ses amoureux.

Pierre Philibert survint.   Mme de Tilly lui présenta les excuses de Le Gardeur.

—Il a été obligé de rentrer pour affaires sérieuses, dit-elle.

Philibert se douta bien de quelque chose, mais n'en fit rien paraître.   Il plaignit Le Gardeur et parla de lui en termes si généreux, qu'Amélie en fut profondément touchée.

Le bal tourbillonnait.   Les vieux lambris vibraient aux accords de la musique et sous la cadence des pas légers.

Mme de Tilly et sa nièce désiraient se retirer avant minuit; de la Corne de Saint-Luc ordonna d'emmener les chevaux et il partit avec elles.

Amélie avait dansé une ou deux fois avec Pierre, et des murmures un peu jaloux, un peu bienveillants aussi, s'étaient élevés de toutes parts parmi les jolies danseuses. Ne serait-elle pas la future châtelaine de Belmont ?

Le gouverneur et plusieurs des plus vieux d'entre les invités prirent aussi congé du bourgeois et de Pierre vers l'heure de minuit. La danse déroula longtemps encore ses capricieuses figures, et la musique, longtemps encore, remplit la somptueuse salle de ses délirants accords.

Quand les derniers convives se retirèrent, les clochers des églises et des couvents commençaient à se dessiner au loin dans les brumes grises du matin.

XXII

Pendant cette fête de Pierre Philibert, Angélique
des Meloises s'était retirée dans son délicieux boudoir,
tout rempli de lumières et de fleurs. Quelques bûches
légères flambaient dans l'âtre, car la nuit était fraîche.
Souvent, en la Nouvelle-France, après une journée
brûlante, la brise qui monte du grand fleuve apporte la
fraîcheur des rochers battus des flots, et des neiges
oubliées dans les ravins.

Angélique regardait rêveusement se dérouler les
spirales de la fumée, fantastiques et capricieuses comme
ses pensées. Elle écoutait les bruits qui venaient de la
rue et tressaillit de temps en temps.

Son instinct lui disait que Le Gardeur allait venir, et
plus aimant que jamais ! Elle devinait qu'il lui propo-
serait encore de l'épouser; que lui répondrait-elle ?
Elle ne voulait ni le blesser, ni lui donner de vaines espérances, se montrer ni trop indifférente, ni trop passionnée. Il fallait garder son amour et rejeter ses propositions. Elle réussirait bien ! Elle éprouvait cependant
une certaine anxiété, car elle l'aimait. C'était par
égoïsme pour elle-même, et non pour lui.

Souvent c'est ainsi que l'on aime.

Fatiguée de la solitude qui l'entourait, elle se leva,
ouvrit sa fenêtre et s'assit en dehors, sur le balcon.
Elle entendit des voix d'hommes et vit deux ombres
sur les marches de l'escalier. C'étaient Max Grimeau
et Bartemy l'aveugle, les deux mendiants de la porte
de la basse-ville. Elle comprit à peu près ce qu'ils
disaient. Ils paraissaient compter la recette de la
journée et arrêter le menu d'un souper dans un bouge
de l'autre quartier de la ville. Tout à coup survint un

troisième personnage. Il passa vis-à-vis une lanterne, suspendue par une corde au-dessus de la rue, et Angélique put le distinguer aisément. Il était court, alerte, et portait un sac de cuir au côté. Les vieux mendiants l'accueillirent avec la plus vive satisfaction.

—Aussi sûr que mon vieux mousquet, c'est maître Pothier ! exclama Max Grimeau, en se levant pour serrer la main au nouveau venu.

Il continua sur un ton plaisant :

—C'est dommage que tu ne voies pas, Bartemy ! Les femmes du sud l'ont bien traité, va ! ses joues sont rondes et rouges comme des pivoines. Il est gras comme un bourgmestre allemand.

Max avait vu le monde quand il marchait dans les rangs du maréchal de Belle-Isle, et il n'était jamais à bout de comparaisons.

Bartemy tendit la main au notaire.

—Je vous vois par la parole et le toucher, maître Pothier, fit-il; je suis sûr que vous n'avez pas dit votre *bénédicité* devant des os nus, depuis que vous nous avez laissés !

—Oh ! j'ai tondu le mieux et le plus légalement que j'ai pu les sujets du roi, cependant je n'ai pas réussi comme vous, j'en suis convaincu.

—C'est que, voyez-vous, reprit l'aveugle en branlant la tête d'une façon pieuse et levant ses grands yeux blancs, nous demandons pour l'amour de Dieu ! Nous autres, mendiants, nous sauvons plus d'âmes que les curés, parce que nous exhortons les gens à la charité. Nous devrions faire partie de la sainte hiérarchie, tout aussi bien que les Frères gris...

—Mais vous auriez dû aller à Belmont, aujourd'hui, maître Pothier ! Il y avait là le plus gros pâté du monde. Vous auriez trouvé moyen de faire un procès au sujet de ce pâté et de vivre à même pendant un an.

—L'infortune me poursuit, soupira le notaire, en se joignant les mains sur la poitrine. Je n'aurais pas

perdu l'occasion de goûter à ce pâté, non ! aurais-je eu
à faire le testament du Pape ! Mais, comme il est dit
dans la *coutume* d'Orléans, tit : 17,, et dans Pothier,
au chapitre des successions: l'absent perd l'usufruit de
ses droits—j'ai perdu ma part du pâté de Belmont !

—N'importe, maître Pothier, riposta Max, consolez-
vous, car vous allez venir avec nous, cette nuit, à la
Fleur de Lys, rue Sault-au-Matelot. Bartemy et moi
nous avons commandé un pâté à l'anguille, et un gallon
du meilleur cidre normand. Nous allons nous mettre
aussi gais que les marguilliers de Saint-Roch après la
quête de l'Enfant Jésus.

—Je suis tout à vous, c'est bien ! je suis complètement libre, je viens justement de remettre à l'intendant
une lettre qu'une dame de Beaumanoir m'a confiée.
Une couronne pour le message ! je la dépose sur votre
pâté à l'anguille, Max !

Angélique avait d'abord écouté avec assez d'indifférence la conversation des deux mendiants, mais les
paroles de maître Pothier l'intéressèrent vivement.

Max demanda au notaire, avec une curiosité assez
surprenante chez un homme de sa position :

—Avez-vous jamais eu la bonne fortune de voir cette
dame de Beaumanoir ?

—Non; c'est dame Tremblay qui m'a remis la lettre
avec un doigt de vin ! c'est l'intendant qui m'a donné la
couronne après avoir lu la lettre ! Je n'ai jamais vu le
chevalier de si bonne humeur; cette lettre a touché et sa
bourse et son cœur. Mais comment se fait-il que vous
ayez entendu parler de la dame de Beaumanoir ?

—Oh ! Bartemy et moi nous entendons tout ce qui se
dit dans la porte de la basse-ville ! Un jour, Mgr l'évêque et le Père Glapion se sont rencontrés justement à
trois pas de nous et se sont mis à parler de cette dame.
Ils se demandaient qui elle pouvait bien être. Bigot
est arrivé. Il ne pouvait pas survenir plus à propos.

Monseigneur lui demanda, sans cérémonie, si c'était vrai qu'il gardait une dame à Beaumanoir.

—Une douzaine, au moins, monseigneur ! répliqua-t-il en badinant.

«Ça prend l'intendant pour enfoncer un évêque ! il recommanda donc à Monseigneur de ne point s'inquiéter. Il lui dit que cette dame était sous sa tutelle. Tutelle, je ne comprends pas plus cela que...que...»

—Que votre *Nomine Domini*, dit Pothier. Ne vous fâchez pas, Max, si j'en infère que l'intendant cita Pigeau, tit : 2, 27; *Le tuteur est comptable de la gestion.*

—Je ne m'occupe point de ce que les Pigeons ont à faire ici, mais ce qu'a dit l'intendant, riposta Max, avec animation; et votre grimoire, je m'en moque comme de ça !

Il fit claquer ses doigts comme le chien de son mousquet quand il était à Prague, pour expliquer ce qu'il entendait par : ça.

—*Inepte loquens* ! vous ne comprenez pas plus la loi que le latin, Max ! exclama le notaire en secouant d'un air de pitié sa vieille perruque.

—Je comprends l'art de mendier ! un art qui s'exerce sans tromperie ou fort malhonnêtement, comme l'on veut, riposta Max, toujours avec chaleur.

—Voyez donc, maître Pothier, continua-t-il, vous êtes instruit comme trois curés, vous, eh bien ! je puis amasser plus d'argent, à tendre la main aux passants, dans la côte de la basse-ville, et à crier : Pour l'amour de Dieu, s'il vous plaît ! que vous à charroyer votre attirail de loi dans tous les coins de la province, jusqu'à ce que les chiens vous aient mangé les mollets comme on dit dans le Nivernois.

—Ne vous occupez point de ce qui se dit dans le Nivernois. Bon coq ne fut jamais gras ! C'est tout comme maître Pothier dit Robin ! Tout maigres que soient mes jambes, elles peuvent porter autant de votre pâté à l'anguille que les jambes du meilleur cocher de Québec.

—Il doit être cuit, le pâté ! Remuons-nous, observa
Bartemy en se levant. Donne-moi ton bras, Max, le
notaire va se ranger de l'autre côté. Bon ! comme
cela ! je marcherai droit conme un clocher jusqu'à la
Fleur de Lys !

La perspective d'un bon souper les rendait heureux
comme des grillons sous la pierre d'un foyer chaud. Ils
allaient clopin clopant, avec leurs gros souliers pleins
de clous, sur les trottoirs sonores, et ne soupçonnaient
pas qu'ils avaient éveillé une flamme de colère dans l'âme
d'Angélique.

Une pensée amère revenait sans cesse à l'esprit
d'Angélique :

Le rude messager de la dame de Beaumanoir avait dit
qu'après la lecture de la lettre l'intendant s'était senti
ému et avait déplié sa bourse...

Qu'est-ce que cela signifiait donc ? Bigot voulait-il
jouer au plus fin avec Angélique des Meloises ? Alors,
malheur à lui ! et malheur à la dame de Beaumanoir !

Pendant qu'elle rêvait à ces choses, quelqu'un frappa
à sa porte. Elle entra dans son boudoir et trouva une
jeune fille de tournure avenante et fort proprette, en
costume de servante, qui désirait lui parler.

Elle ne la connaissait pas.

La servante fit une profonde révérence et dit qu'elle
se nommait Fanchon Dodier; que Lisette était sa cousine, qu'elle avait demeuré à Beaumanoir et venait
justement de quitter le service.

—Il n'y a pas moyen de vivre au château, dit-elle,
dès que dame Tremblay nous soupçonne d'être galan-
tisée, ne serait-ce qu'un brin, par M. Froumois, le beau
valet de l'intendant. Elle s'est imaginée qu'il me recherchait, et vous ne sauriez croire tout ce qu'elle m'a
fait endurer, madame ! A la fin, je me suis décidée à
venir demander conseil à ma cousine Lisette et à chercher une autre maison. Il me semble que la dame
Tremblay ne devrait pas se montrer si sévère pour les

autres, elle qui ne fait que se vanter de ses succès quand elle était la charmante Joséphine !

—Et Lisette vous envoie à moi ? demanda Angélique.

Elle était trop préoccupée pour remarquer ces traits à l'adresse de dame Tremblay. Dans un autre moment, ils l'auraient fort amusée.

Elle regarda la jeune fille avec une intense curiosité. Ne pouvait-elle pas, en effet, lui révéler quelque chose de ce secret qu'elle voulait à tout prix connaître ?

—Oui, madame ! répondit l'étrangère, c'est Lisette qui m'envoie à vous. Elle m'a bien recommandé d'être prudente au sujet de l'intendant et de vous demander simplement si vous avez besoin de mes services. C'était inutile. Lisette pouvait se dispenser de me faire cette recommandation. Je ne révèle jamais les secrets de mes maîtres, jamais ! madame, jamais !

Angélique pensa :

—Vous êtes plus rusée que vous n'en avez l'air, ma petite, quels que soient vos scrupules au sujet de vos secrets.

Puis elle dit tout haut :

—Fanchon, je vous prendrai à mon service à une condition. Vous me direz si vous avez jamais vu la dame de Beaumanoir.

Angélique mettait ses intérêts avant tout, même avant les délicates notions de l'honneur.

—Je vous dirai bien tout ce que je connais, madame, répondit la servante en disponibilité. Aucune des servantes n'est supposée savoir qu'elle est dans le château, cette dame, mais toutes le savent, comme de raison !

Fanchon se tenait là, droite, les mains dans les poches de son tablier, prête à répondre à n'importe quelle question.

—Il était impossible, répliqua Mlle des Meloises, de garder, dans le château, un pareil secret...

Elle demeura pensive un instant.

—Maintenant, Fanchon, dites-moi donc quelle apparence elle a cette dame ? reprit-elle.

Et d'une main frémissante, elle rejeta en arrière ses longs cheveux.   L'étincelle luisait dans ses paupières.

Fanchon eut peur de ce regard de flamme et elle parla plus qu'elle n'aurait voulu le faire.

—Je l'ai vue ce matin, madame, au moment où elle s'agenouillait dans son oratoire.   La porte était entrouverte, et, malgré les ordres de dame Tremblay, j'ai. . .

—Ah ! vous l'avez vue ce matin ! répéta Angélique avec impétuosité, et comment l'avez-vous trouvée ? A-t-elle l'air aussi bien que lorsqu'elle est entrée au château ? paraît-elle plus mal ? Elle doit être plus mal, bien plus mal !

—Je ne sais pas, madame, je n'ai fait que la regarder un instant, malgré la défense de dame Tremblay, quand la porte s'est ouverte. . . Une porte qui s'entrouvre, c'est tentatif ! et puis, l'on ne ferme pas les yeux.   Même, il est difficile de résister à l'appel d'un trou de serrure, quand de l'autre côté, il y a quelque chose que l'on aimerait à voir.   Du moins c'est ce que j'ai toujours éprouvé.

—Je le crois bien ! mais comment est-elle ? fit Angélique en frappant du pied.

Elle s'emportait vite.

—Oh ! bien pâle, madame, bien pâle ! mais je n'ai jamais vu une figure si belle et si triste . . . Presque jamais ! je veux dire.   Elle ressemble aux deux sœurs de la Sainte Vierge, dans la chapelle du Séminaire.

—Etait-elle en prière, Fanchon ?

—Non, madame, elle lisait une lettre de l'intendant.

Angélique était stupéfaite.   Elle soupçonna Caroline et Bigot de correspondre ensemble.   Cette lettre que lisait ainsi la jeune captive, devait être la réponse de l'intendant au message du vieux notaire.

—Comment savez-vous, Fanchon, que cette lettre venait de l'intendant ? demanda-t-elle en fronçant les sourcils.   Elle pouvait être d'une autre personne.

—C'est vrai, madame; mais elle venait de l'intendant,
tout de même, parce que j'ai entendu alors la jeune
dame répéter son nom et prier Dieu de le bénir à cause
de ses bonnes paroles... Il s'appelle Bigot, n'est-ce
pas ?

—Oui, il s'appelle Bigot...

—Je ne veux pas vous faire injure, Fanchon, et je
vous crois sincère.   Mais ne pourriez-vous pas me dire
le sujet de cette lettre ? Parlez franchement, Fanchon,
et je vous récompenserai avec générosité.

—Je tiens parfaitement le sujet de cette lettre; mieux
que cela, je tiens la lettre elle-même !

Angélique s'élança comme pour embrasser l'indiscrète
servante.

—Dans mon empressement, continua Fanchon, j'ai
heurté la porte.   Pensant qu'il venait quelqu'un, la
dame s'est levée vivement et a passé dans une autre
chambre.   Elle a laissé choir la lettre.   Je l'ai ramassée.
Comme j'étais résolue de quitter dame Tremblay, je
ne craignais guère les conséquences de cette action.
Madame voudrait-elle la lire cette lettre ?

A cette proposition, Angélique tendit la main avec
une espèce de frénésie :

—Vous avez la lettre ? fit-elle.   Montrez-la moi tout
de suite ! Vous avez eu bien de l'esprit de l'apporter !
Tenez ! en retour je vous donne cette bague !

Elle tira une bague de son doigt et la passa au doigt
de Fanchon.

Fanchon, enchantée, se mit à l'examiner sur toutes
ses faces.

—Elle vaut un million de lettres comme celle-ci, dit-
elle; je vous suis infiniment obligée, madame !

—La lettre vaut un million de bagues, répliqua Angélique.

Elle l'ouvrit avec crainte et colère, et s'assit pour la
lire.

Le premier mot la frappa comme eut fait une pierre !

Chère Caroline,

C'était bien la main vigoureuse de l'intendant. Angélique connaissait parfaitement son écriture.

"Chère Caroline,—disait la lettre,—vous avez bien
souffert pour moi, mais je ne suis ni insensible ni ingrat.
J'ai des nouvelles à vous apprendre.   Votre père vous
recherche; il est passé en France.   Personne ne se
doute que vous êtes ici.   Demeurez tranquillement au
fond de votre retraite, dans le secret le plus complet,
sinon un orage pourrait fondre sur nous et nous emporter l'un et   l'autre.   Efforcez-vous d'être   heureuse.
Que vos yeux, les plus beaux de la terre, ne perdent pas
leur éclat dans des larmes inutiles ! Des jours meilleurs,
des jours plus beaux viendront, j'en suis certain.   Priez
toujours, ma Caroline ! priez ! La prière vous fera du
bien et me rendra peut-être plus digne de vous !
Adieu !

François.»

Angélique dévora cette lettre plutôt qu'elle ne la lut,
la déchira avec rage, en jeta en l'air les fragments qui
retombèrent comme des flocons de neige sur le tapis, et
se mit à les piétiner comme pour les anéantir.

Fanchon avait déjà vu des colères de femme, et cela
ne l'avait pas surprise, mais maintenant elle était simplement épouvantée.

—Avez-vous lu cette lettre, Fanchon ? lui demanda
Mlle des Meloises d'une voix courroucée.

La servante crut voir une main s'étendre pour la
frapper, si elle répondait affirmativement.

—Non, madame ! je ne sais pas lire, répondit-elle en
tremblant.

—Avez-vous permis à d'autres personnes de la lire ?

—Non, madame ! je n'osais pas la montrer; vous
savez, je n'aurais pas dû m'en emparer...

—Est-ce qu'on ne l'a pas cherchée cette lettre ?

—Oui, madame ! Dame Tremblay a bouleversé tout

le château pour la retrouver. Je n'ai pas osé lui dire que je l'avais.

—Je crois bien que vous dites la vérité, Fanchon.

Angélique se calmait un peu. Cependant, elle était encore agitée comme la mer après une tempête.

—Ecoutez bien ce que je vais vous dire, Fanchon ! reprit-elle, en lui mettant la main sur l'épaule et en la regardant de façon à lui figer la moelle dans les os. Vous avez surpris deux secrets, l'un est à la dame de Beaumanoir, l'autre est à moi; si jamais vous avez le malheur de dire à qui que ce soit au monde, un mot de ces secrets, je vous arrache la langue et la cloue à cette porte ! Souvenez-vous de cela, Fanchon ! Je ne manque jamais de mettre à exécution les menaces que je fais !

—Oh ! pas besoin de me regarder ainsi ! répondit Fanchon, toute tremblante. Je suis bien sûre que je n'en dirai jamais un mot. Je le jure par Notre-Dame de Sainte-Foy ! jamais un chrétien ne saura que je vous ai donné cette lettre.

—C'est bon, fit Angélique en se laissant tomber dans sa grande chaise. Allez trouver Lisette maintenant. Elle vous dira ce qu'il y a à faire. Mais prenez garde !

Fanchon ne se le fit pas dire deux fois. Le doigt menaçant d'Angélique lui paraissait comme un poignard. Elle sortit et se précipita dans les escaliers qui conduisaient à la cuisine. Pour la première fois de sa vie, elle tenait serré entre ses dents un secret qu'elle avait horriblement peur d'échapper.

Angélique, le front appuyé sur sa main, regardait d'un œil vague les flammes légères et vacillantes du foyer. Là même, il n'y avait pas longtemps, elle avait vu surgir une vision étrange, perverse. Elle revenait, cette vision ! Les choses mauvaises ne tardent jamais à paraître quand on les évoque. Le bien peut se faire attendre; le mal accourt !

Les flammes rouges de l'âtre enchanté se transfor-
mèrent en cavernes ténébreuses, en gouffres lugubres.
Elles prirent toutes les formes capricieuses ou terribles
que s'imaginait voir l'esprit malade d'Angélique. Peu
à peu, elles se changèrent en une chambre sombre, basse,
secrète...Une forme triste apparut au milieu de cette
chambre solitaire. C'était une femme !...et cette
femme, c'était la rivale préférée ! la rivale heureuse !...
si la lettre ne mentait point.

Angélique regarda les morceaux de papiers épars sur
le tapis. Il y avait un éclair de fureur dans ses paupières. Elle regretta d'avoir déchiré la lettre, dont
chaque mot cependant s'était profondément gravé
dans sa mémoire.

—Je vois tout maintenant ! s'écria-t-elle: la fausseté
de Bigot et l'effronterie de cette fille qui va le chercher
jusque chez lui !...

La voix d'Angélique ressemblait au cri de la panthère
que la flèche a percée.

—Est-ce qu'Angélique des Meloises va se laisser
humilier par cette femme ? reprit-elle. Jamais ! Et
jamais mes rêves brillants ne se réaliseront tant qu'elle
vivra à Beaumanoir !...tant qu'elle vivra quelque part !

Elle se mit encore à regarder flamber le foyer, et la
chambre secrète de Beaumanoir lui apparut de nouveau.

Elle se leva tout à coup...Son ange gardien, peut-
être, voulait une dernière fois la conduire par la main.

—C'est encore Satan qui me souffle cette pensée à
l'oreille, murmura-t-elle. Sainte Marie, je ne suis pas
si méchante que cela ! L'autre nuit, cette pensée m'est
venue. C'était pendant les ténèbres; elle s'est dissipée
quand la lumière du jour a paru. Cette nuit, elle
revient encore et me caresse comme une main chérie !
Et je ne tremble pas, je ne fuis pas !... Demain aussi
elle reviendra et demeurera avec moi...Elle dormira à
mes côtés ! L'enfant du péché aura vu le jour ! Il sera
devenu démon et je subirai ses embrassements ! O

Bigot ! Bigot, qu'avez-vous fait ? C'est votre faute !
c'est votre faute !

L'insensée essayait d'excuser son crime en accusant
Bigot. Elle était entraînée vers un gouffre inévitable.
Elle se donnait à l'abîme avec une sorte de fureur.

La mort ou l'éloignement de Caroline ! elle ne voyait
pas autre chose. . .«Les plus beaux yeux du monde !»
pensait-elle. Il faut détruire l'influence de ces yeux, si
Angélique des Meloises veut monter sur le char de la
fortune !

Les autres femmes, se disait-elle encore avec amertume, abandonneraient les grandeurs pour l'amour, et
trouveraient dans l'affection d'un mari fidèle comme
Le Gardeur, une heureuse compensation aux tromperies
de l'intendant.

Mais Angélique ne ressemblait point aux autres
femmes. Elle voulait vaincre les hommes et non pas se
laisser vaincre par eux. Dans ses rêves insensés, elle
entrevoyait les marches d'un trône, et elle ne voulait
pas renoncer à la partie parce qu'elle avait perdu le
premier coup.

Bigot la trompait, mais il valait quand même la peine
qu'elle se donnât pour le gagner. Elle n'avait pas
d'amour pour lui, pas une étincelle ! C'étaient son
nom, son rang, sa position, sa fortune, son influence à la
cour qu'elle adorait !. . .la cour ! avec la brillante existence qu'elle y mènerait !

—Jamais rivale ne se vantera d'avoir vaincu Angélique des Meloises ! s'écria-t-elle, en se tordant les bras.

C'en était fait, sa vanité cruelle chassait au loin
l'amour de Le Gardeur, comme le vent chasse un duvet
léger.

Elle se vendait pour de l'or ! Et Le Gardeur qu'elle
avait appelé de toute son âme, allait accourir rayonnant
d'espoir.

XXIII

GAGES D'AMOUR, MAIS GAGES INUTILES !

Elle s'assit. La pensée de Le Gardeur s'emparait de ses esprits. C'était comme un baume odorant sur les blessures mortelles de son imagination. Elle se sentait heureuse d'être aimée de lui.

—Son amour est un trésor, se disait-elle, et il me l'a donné tout entier !

—Il y a des femmes, pensait-elle encore, qui mesurent leur valeur d'après l'estime qu'elles inspirent, moi je n'estime les autres que d'après le bien que j'en attends. J'aime Le Gardeur et je ne veux pas perdre ce que j'aime. Elle ne regardait guère aux inconséquences et aux contradictions. Elle s'accommodait de tout, pourvu que tout servît son égoïsme.

Des pas légers retentirent sur l'escalier et quelques petits coups empressés furent frappés aussitôt.

Le Gardeur parut. Ses habits étaient quelque peu en désordre et son teint fort animé.

Angélique, en l'apercevant, poussa un petit cri de joie et courut à lui. Elle s'était déjà transformée, et il eut été impossible de reconnaître en elle la sombre rêveuse de tout à l'heure.

Elle le conduisit au sofa et s'assit près de lui. Avec Le Gardeur, elle écoutait son cœur; avec les autres, elle n'écoutait que sa vanité ou son ambition,

—O Le Gardeur ! commença-t-elle, en le dévorant des yeux, me pardonnez-vous de vous avoir fait venir ici, ce soir, sans raison aucune...sans aucune raison, Le Gardeur ! excepté pour vous voir ?...Je m'ennuyais de vous; j'en voulais à Belmont qui vous enlevait à des Meloises.

—Et quel motif plus doux et plus pressant à mes yeux, Angélique, pouvait me faire accourir ? je crois que je sortirais du ciel même, si vous m'appeliez ailleurs, ô ma chérie ! Une minute avec vous m'est plus agréable que des heures de réjouissances avec les autres !

—Je n'avais aucune raison de vous faire venir, reprit Angélique, aucune ! si ce n'est pour vous dire une fois de plus combien je vous aime ! pour vous jurer que je vous aimerai toujours ! Allons ! êtes-vous content ? Si vous ne l'êtes pas, continua-t-elle...

—Non ! ce n'est pas assez ! Dites que vous êtes toute à moi, mon Angélique ! Toute à moi pour toujours, ajouta-t-il vivement.

—Oh ! comme vous êtes bien toujours le même, Le Gardeur ! Jamais satisfait des gages d'amour que je vous donne !

Elle s'arrêta.

—Voyons, reprit-elle, qu'est-ce que je voulais dire ? N'importe ! Vous avez tout mon cœur ! Je vous le donne tout ! tout ! Quand vous êtes ici près de moi, je suis parfaitement heureuse !

Elle éprouvait de la répugnance à songer à Bigot, maintenant.

Le Gardeur lui dit :

—Mon contentement serait parfait, Angélique, si vous le vouliez. Oh ! pourquoi me tenez-vous toujours ainsi au seuil de la félicité ou du désespoir ? Décidez sans plus de délai de ma destinée ! J'ai parlé de mon projet à Amélie, ce soir même.

—Oh ! pas tant de hâte, Le Gardeur ! pas tant de hâte !...s'écria-t-elle violemment agitée, et fort anxieuse d'éviter une question qu'elle n'aimait pas à entendre. Pourquoi les hommes ne sont-ils pas satisfaits de se savoir aimés ? Pourquoi, en nous faisant un devoir d'aimer, veulent-ils dépouiller l'amour de ses charmes ? Pourquoi veulent-ils le tuer, enfin, par un prosaïque mariage ?

Pendant qu'elle parlait ainsi, le rouge lui montait au front et un éclair de malice passait dans ses yeux.

Le Gardeur, joliment décontenancé, lui répliqua pourtant :

—O mon Angélique ! il n'en serait pas de même pour nous, et notre attachement ferait de plus en plus notre bonheur !

Elle se leva sans répondre, se dirigea vers un buffet où se trouvait un plateau avec des rafraîchissements.

—Je suppose, dit-elle, que vous ne sentez guère le besoin de goûter à ces choses. Vous arrivez de Belmont...Les dîners sont magnifiques à Belmont !

Elle lui versa un verre de vin d'un cru délicieux que Bigot lui avait envoyé. Elle ne jugea pas nécessaire de mentionner ce détail.

—Vous ne m'avez pas encore parlé de la splendide affaire de Belmont, reprit-elle. Les honnêtes gens, j'en suis sûre, n'ont pas manqué de fêter dignement Pierre Philibert !

—Et Pierre Philibert mérite pleinement qu'on le fête ! Mais pourquoi donc n'êtes-vous pas venue à cette soirée, Angélique ? Pierre aurait été content de vous y voir, assurément !

Le Gardeur se tenait toujours prêt à défendre son ami.

Angélique répondit d'un air moqueur :

—Oh ! j'aurais bien aimé à m'y rendre, mais j'avais peur de manquer de loyauté envers la Friponne. Je suis actionnaire maintenant. Tout de même, Pierre Philibert est un bel homme. Je n'en connais qu'un seul dans la Nouvelle-France qui soit plus beau... J'ai voulu piquer Amélie, un jour, en lui disant cela, et je lui ai fait plaisir. Elle a dit comme moi, et sans même, comme moi, faire d'exception.

—Merci de la bonne opinion que vous avez de Pierre ! merci, Angélique ! fit Le Gardeur.

Il prit la main de la jeune fille dans la sienne, et d'une voix que l'émotion faisait agréablement vibrer, il ajouta:

—Votre vin, vos paroles, vos regards ne sauraient me faire oublier que je suis venu avec la détermination de savoir ce que vous pensez de moi, et de rapporter votre réponse à Amélie.

Il avait, dans le regard comme dans la voix, une affection aussi sincère que profonde. Angélique comprit que la fuite était impossible ; il allait falloir parler franc. Elle tremblait, se trouvait irrésolue; les émotions la bouleversaient. Dernièrement encore, elle aurait été si heureuse de devenir la femme de Le Gardeur, la sœur de la belle Amélie, la nièce de la noble dame de Tilly. Aujourd'hui, elle était le jouet de ses folles rêveries, de ses coupables espérances. L'intendant royal se mettait à ses pieds. La France lui apparaissait dans un tourbillon lumineux avec la cour pleine d'intrigues et de splendeurs. Elle ne pouvait pas, elle ne voulait pas renoncer à tout cela.

—J'ai parlé de vous à Amélie, disait Le Gardeur, et je lui ai promis, je le répète, d'apporter votre réponse cette nuit même. Elle est prête à vous embrasser comme une sœur. . Voulez-vous être ma femme, Angélique ?

Angélique, toujours assise, n'osait lever les yeux sur lui. Elle avait peur de voir sa cruelle résolution s'ébranler. Elle sentait bien qu'il la regardait avec une ardeur extrême, et ce regard lui faisait mal.

Elle devint pâle et fit un effort pour dire non. Sa gorge oppressée ne rendit aucun son, un râle peut-être. Elle ne voulait pas répondre oui, cependant.

Ah ! si l'inhumaine Angélique avait voulu lire un instant dans ces yeux chargés d'amour, de franchise et de dévouement qui s'ouvraient sur elle comme des ailes de flamme pour la couvrir et l'enivrer, tout ce malaise, ce trouble, ce tourment auraient fini dans un assentiment accompagné de larmes de bonheur ! et le tragique récit que nous faisons n'aurait jamais été écrit.

Il ne devait pas en être ainsi.

Elle ne leva point la tête. Elle contemplait les passions de son cœur qui s'éveillaient encore. Elle voyait surgir encore la terrible vision de tantôt. Les pensées mauvaises que l'on a une fois appelées, reviennent aisément et d'elles-mêmes.   Elles s'établissent en souveraines dans nos cœurs et nous devenons à jamais leurs esclaves.

—Angélique ! demanda encore Le Gardeur, d'une voix suppliante et passionnée, voulez-vous être ma femme !...ma femme bien-aimée !...la plus aimée des femmes ?

Elle faiblissait.   La supplication était si touchante, si pleine de sincérité.   Elle cherchait une réponse mais une réponse qui n'aurait rien dit.   Elle voulait répondre : oui, pour faire comprendre : non, ou non, de manière à laisser espérer toujours.

—Toute la Nouvelle-France viendra rendre ses hommages à la châtelaine de Repentigny, reprit Le Gardeur, et ma femme sera la première et la plus belle !

Pauvre Le Gardeur ! il se doutait un peu qu'Angélique regardait la France comme le seul théâtre digne de ses talents et de sa beauté.

Elle était là, toujours muette, et pâlissant de plus en plus.   Elle se transformait en une statue de marbre. Elle n'osait plus décourager une si violente affection. Cependant, il lui semblait qu'elle allait se perdre elle-même.   Un léger frémissement des lèvres trahit les efforts de la lutte, et elle porta une main à ses yeux pour les couvrir, car elle sentait qu'une larme allait couler.

—Angélique ! exclama Le Gardeur, qui pressentait un refus maintenant, Angélique ! pourquoi vous détournez-vous ainsi de moi ? Vous rejetteriez mes vœux ?... Mais je suis un insensé d'avoir une telle pensée !... Parlez, ma chérie ! un mot, un signe, un regard de ces yeux que j'adore, pour me dire que vous consentez à devenir ma femme ! et pour nous deux, ce sera toute une vie de félicité !

Il lui prit la main et lui découvrit les yeux; mais elle se détourna de nouveau.   Elle n'osait pas le regarder.

Alors, d'une voix basse et faible, elle murmura :

—Le Gardeur, je vous aime !...mais je ne puis vous épouser...

Elle ne put rien dire de plus, mais elle lui saisit la main avec frénésie, comme pour le retenir mieux à ce moment cruel où elle le désespérait.

Il se retira vivement comme au contact du feu.

—Vous m'aimez et vous ne voulez pas m'épouser. Angélique ! répéta-t-il avec lenteur. Quel est ce mystère ? Mais c'est une épreuve, que vous voulez me faire subir ! Merci mille fois de votre amour ! Le reste n'est qu'une plaisanterie, n'est-ce pas ? une bonne plaisanterie dont il faut rire !...

Il essaya de rire, en effet; mais elle, ne riait pas.   Elle était pâle et tremblante, comme au moment de défaillir.

Elle posa sa main sur celle de Le Gardeur, une main lourde et implacable, comme un froid acier.   Rien qu'à ce toucher de glace, il comprit que le refus était vrai.

—Ne riez pas, Le Gardeur ! reprit-elle, je ne suis pas capable de rire, moi ! Je ne plaisante pas; je suis sérieuse...mortellement sérieuse ! Je sais la portée de mes paroles...je vous aime, Le Gardeur ! mais je ne serai jamais votre femme !

Elle retira vivement sa main comme pour ajouter de la force à ses paroles.

Les cordes harmonieuses qui vibraient dans le cœur du jeune homme parurent se rompre tout à coup.

Angélique le regarda franc dans les yeux, comme pour voir s'il l'aimait encore.

—Je vous aime, Le Gardeur, vous savez! Je vous aime ! Mais je ne veux pas, je ne peux pas vous épouser maintenant ! répéta-t-elle lentement.

—Maintenant ! s'écria Le Gardeur.

Il se cramponnait à une vaine espérance comme à une paille se cramponne le nageur qui se voit emporté dans le gouffre.

—Maintenant ! je n'ai pas dit maintenant, mais quand vous voudrez, Angélique ! Toute une vie d'attente pour obtenir votre main un jour, et ce serait peu !

—Non ! Le Gardeur, répliqua l'inconstante demoiselle, je ne mérite pas que vous m'attendiez ainsi. Ce que j'espérais ne peut se réaliser...Mais je vous aime, et je vous aimerai toujours !

L'égoïste, la trompeuse enchanteresse osait rejeter ses protestations en redisant toujours :

—Je vous aime, Le Gardeur ! mais je ne veux pas vous épouser !

—Assurément, Angélique, ce n'est pas ce que vous voulez dire ! exclama Le Gardeur hors de lui. Vous ne voulez pas me tuer, n'est-ce pas ? me tuer au lieu de me faire bénir la vie ! Vous ne pouvez pas vous mentir ainsi à vous-même et vous montrer si cruelle pour moi ! Voyez, Angélique ! ma sainte sœur Amélie croit en votre amour ! et elle m'a donné ces fleurs pour que je les mette dans vos cheveux, quand vous aurez consenti à devenir sa sœur ! Vous ne les refuserez point, Angélique !...

Il étendit la main pour lui mettre sur la tête la fleur de jasmin, mais elle se détourna brusquement et la fleur tomba à ses pieds.

—Les présents d'Amélie, Le Gardeur, je ne les mérite point ! dit-elle d'un air résolu. Je le sais, je trahis mon cœur et je torture le vôtre ! J'avoue ma faute. Méprisez-moi, tuez-moi, si vous voulez ! Tuez-moi ! c'est mieux, je pense. Mais je ne suis pas capable de vous tromper comme je tromperais les autres hommes ! Ne me demandez plus de revenir sur ma décision; je ne le puis ni ne le veux !

—Je n'y comprends rien ! Ma tête se perd !...répétait Le Gardeur tout abasourdi. Elle m'aime et ne veut pas être ma femme ! Elle veut donc en épouser un autre ?

La jalousie commençait à se réveiller au fond de son âme désespérée.

—Dites-moi, Angélique, demanda-t-il, après un silence assez plein d'embarras, avez-vous pour m'aimer ainsi et refuser ma main, quelque raison que vous ne pouvez déclarer ?

—Aucune, Le Gardeur ! C'est un caprice, une folie peut-être, mais c'est cela; et je n'y puis rien. Je vous aime et ne vous épouserai point !

Elle avait de la résolution maintenant et parlait avec hardiesse. L'embarras avait été de dire le premier mot.

—Angélique des Meloises, s'écria Le Gardeur, il y a ici un homme, un rival, un amoureux plus heureux que moi ! C'est vous qui parlez, mais c'est lui qui vous inspire ! Vous avez donné votre amour à un autre, et vous m'avez rejeté !

—Je n'ai aimé personne autre que vous et je ne vous ai point rejeté, répondit Angélique.

Elle se donnait garde de dire qu'elle n'attendait que l'occasion de l'avouer, et surtout qu'elle aspirait à la main de l'intendant.

—Tant mieux pour cet homme ! dit Le Gardeur.

La colère le gagnait. Il se leva et fit deux ou trois tours dans la pièce.

Angélique jouait son âme avec Satan, et elle sentait qu'elle allait la perdre.

Le Gardeur lui dit :

—Il y avait autrefois un sphinx qui proposait une énigme aux passants, et celui qui ne pouvait la deviner subissait la mort. Je vais mourir car je ne saurais vous comprendre.

—N'essayez pas de deviner, cher Le Gardeur, lui répliqua-t-elle. Et souvenez-vous que le sphinx devait se précipiter dans la mer, si l'énigme qu'il proposait était devinée. Ce n'est pas ce que je ferais probable-

ment.   Mais vous êtes toujours mon ami, Le Gardeur !
d'une voix câline, en venant s'asseoir à ses côtés.   Regardez ! ces fleurs que je n'ai pas voulu mettre dans
mes cheveux, je les cache sur mon sein, comme   un
trésor !

C'était le jasmin d'Amélie.   Elle le prit, l'embrassa
avec effusion et le mit à son corset.

—Vous êtes encore mon ami, Le Gardeur ! fit-elle
en donnant à son regard ce charme séducteur qu'elle
seule connaissait.

—Je suis plus qu'un ami, Angélique ! plus que mille
amis !...Mais que je sois maudit si je reste ce que je
suis et que vous deveniez la femme d'un autre !...

Il subissait l'aiguillon d'une fureur longtemps rete-
nue.   Repoussant violemment Mlle des Meloises, il se
précipita vers la porte.   Mais soudain il s'arrêta, et se
retournant :

—Ce n'est pas vous que je maudis, Angélique !
s'écria-t-il, pâle et tout agité, mais c'est moi, parce que
j'ai cru sottement à votre amour menteur !...Adieu !
soyez heureuse ! Pour moi, tout est fini désormais !
tout, excepté la douleur et la mort!...

—Arrêtez ! arrêtez, Le Gardeur ! ne me laissez pas
ainsi ! exclama Mlle des Meloises, épouvantée.

Elle courut à lui, essaya de le retenir en le saisissant
par le bras, mais il s'arracha brusquement de ses mains
nerveuses, et nu-tête, sans autre adieu, sans dire un
mot, il s'élança dans la rue.

Elle monta à son balcon, se pencha au-dessus de la
rue sombre et se prit à crier :

—Le Gardeur ! Le Gardeur !...

Ce dernier cri d'amour l'eut fait revenir de chez les
morts s'il l'avait entendu ! Mais déjà il s'était enfoncé
dans les ténèbres.

Et loin, sur le pavé sonore, on pouvait entendre encore
résonner le bruit d'un pas rapide.

C'était Le Gardeur de Repentigny qui fuyait la belle Angélique des Meloises.

Angélique demeura longtemps sur son balcon, écoutant toujours si elle ne l'entendrait pas revenir.

Il ne revint pas.

Son amour aurait pu la sauver encore peut-être : elle se sentait, vaincue et se trouvait plus heureuse de sa défaite...

Il était trop tard !

—O mon Dieu ! s'écia-t-elle, dans une angoisse mortelle, il est parti ! parti à jamais !... Mon Le Gardeur ! le seul qui m'ait aimée véritablement, il est parti ! je l'ai chassé par ma folie et ma malice !... Et pourquoi ?...

Pourquoi ? elle le vit clairement, et, dans son désespoir, arrachant ses tresses d'or et se frappant la poitrine, elle s'écria :

—Que je suis méchante !... Oui ! affreusement méchante ! Je suis la pire, je suis la plus méprisable des créatures ! Comment ai-je osé repousser la main de celui que j'adorais, pour accepter la main de celui que je hais de toute mon âme ? L'esclave qui se vend sur la place publique, vaut mieux que moi ! car elle n'est pas libre, elle ! Moi je me vends corps et âme à un homme que je méprise ! car je sais qu'il me trompe ! Oh ! de quel prix infâme je vais payer la splendeur que je demande !

Elle se laissa tomber à terre et se blessa au front. Mais elle ne remarqua point le sang qui coulait de sa blessure.   Son âme était déchirée par mille tourments.

Par moments elle voulait se lever, et comme la Rose de Saron, courir à la recherche de son bien-aimé, pour se jeter à ses genoux et lui jurer un amour éternel !

Elle ne connaissait guère son pauvre cœur ! Elle avait vu le monde obéir à ses caprices, et n'avait jamais eu d'autre règle de conduite que sa volonté. Elle était devenue la divinité terrestre qui cherche en

vain à réunir dans son cœur des choses qui se repoussent ;
elle s'était faite le jouet de toutes les puissances du mal !

Elle gisait évanouie sur le plancher, ses mains se
crispaient douloureusement.

Elle était comme une reine tombée du trône, et sa
longue chevelure d'or en désordre la couvrait comme un
manteau royal déchiré.

Ce fut bien après minuit qu'elle sortit de son évanouissement, et les brises fraîches du matin commençaient à souffler.

Elle se leva lentement, s'appuya sur son coude, et se
mit à regarder, d'un œil hagard et surpris, les étoiles
impassibles qui luisent dans l'infini, sans se soucier de
nos peines.

Persée atteignait le Méridien. Elle aperçut Algol,
son étoile. Algol, tantôt étincelante et tantôt pâle,
lui sembla, comme son âme à elle, être tour à tour au
pouvoir de l'esprit de lumière et au pouvoir de l'esprit
des ténèbres. Elle se leva tout à fait. Son visage
était souillé de sang ; elle éprouvait des tortures et frissonnait de froid. Le vent qui passait dans le treillage,
l'avait glacée. Elle ne voulut pas cependant appeler
sa femme de chambre. Elle se jeta sur un lit, et fatiguée par les émotions et les souffrances, elle dormit
longtemps.

XXIV

Le Gardeur s'en allait par les rues de la ville, à pas pressés, au hasard, sans savoir et sans se demander où il allait ainsi. Fou de douleur et de colère, il se maudissait, il maudissait Angélique, et le monde, et la Providence même qu'il croyait de complicité avec l'enfer pour lui ravir sa félicité.

Le pauvre insensé ! Il ne songeait pas que mettre son bonheur dans l'amour d'une femme comme Angélique, c'était bâtir sur le sable une maison destinée à être balayée par la première tempête.

—Holà ! Le Gardeur ! Est-ce vous ? cria tout à coup une voix dans la nuit. Quel bon vent vous amène à cette heure ?

Le Gardeur s'arrêta et reconnut le chevalier de Péan.

—Où allez-vous ? continua de Péan, vous marchez comme un désespéré...

—Au diable ! répondit Le Gardeur.

Et il retira sa main que de Péan serrait comme par amitié. Il continua :

—C'est le seul chemin qui s'ouvre devant moi maintenant, et j'y cours comme un garde du corps de Satan ! Ne me retenez pas, de Péan ! Laissez-moi le bras ! Je m'en vais au diable, vous dis-je !

—C'est un beau chemin ! riposta de Péan, un chemin large et bien fréquenté : le chemin du roi, enfin ! Je le suis, moi aussi, ce chemin ! et aussi vite et aussi joyeusement que personne en la Nouvelle-France !

—Filez, alors ! Allez devant ou derrière moi ! mais pas avec moi, de Péan ! Je coupe par le plus court pour arriver plus tôt, et je n'ai besoin de personne !

En disant cela Le Gardeur partit.

De Péan ne le lâcha point. Il se douta de ce qui
venait d'avoir lieu.

—Le plus court que je connaisse, répliqua-t-il, c'est
par la taverne de Menut, où je me rends. J'aimerais
bien votre compagnie, Le Gardeur ! il est fâcheux que
vous n'aimiez pas la mienne. Nous avons une nuit de
gala, chez Menut, et de la musique !...comme les gre-
nouilles de Beauport en font à l'heure qu'il est. Venez
donc, venez.

Il le prit par le bras de nouveau. Cette fois, Le Gardeur ne le repoussa point.

—Peu m'importe où aller, dit-il.

Il oubliait le dédain qu'il ressentait pour cet homme
et se laissait guider par lui. La taverne de Menut,
c'était justement l'endroit où il fallait aller pour noyer
ses chagrins.

Ils se mirent tous deux à marcher en silence. Au
bout de quelques minutes, de Péan dit :

—Qu'avez-vous donc, Le Gardeur ? Du malheur au
jeu ? une fortune rebelle ? une fiancée volage comme
les autres femmes ?

Le Gardeur se fâcha.

—Prenez garde, de Péan ! menaça-t-il, en s'arrêtant,
je vous brise les os si vous continuez ! Je crois bien que
vous n'avez pas l'intention de me blesser, mais encore...

Il avait l'air féroce.

De Péan s'aperçut qu'il ne faisait pas bon de rouvrir
la blessure.

—Pardonnez-moi, Le Gardeur, fit-il avec une sympa-
thie parfaitement feinte, je n'ai pas voulu vous offenser.
Mais vous soupçonnez vos amis, ce soir, comme un
Turc, son harem !

—J'ai mes raisons ! Quant aux amis, de Péan, je ne
trouve plus que des amis comme vous et je commence
à croire que le monde n'en a point de meilleurs.

Ils longeaient le mur du jardin des Récollets. La
cloche sonna l'heure qui s'envolait. Les frères de

saint François dormaient en paix sur leur couche,
semblables aux oiseaux de l'océan qui trouvent dans
l'angle du rocher solitaire, un refuge contre la tempête.

Le Gardeur se tourna brusquement vers son compagnon :

—De Péan, dit-il, pensez-vous que les Récollets sont
heureux ?

—Heureux comme des huîtres à mer haute ! Ils ne
sont point contrariés dans leurs amours...s'ils le sont
quelquefois dans leur dîner ! Mais ce n'est ni votre
sort ni le mien, Le Gardeur !

De Péan tâchait de surprendre quelque chose de ce
qui s'était passé entre Angélique et lui.

—J'aimerais mieux être une huître qu'un homme !
et j'aimerais mieux être mort que vivant ! répliqua
Le Gardeur.

Après une minute de silence, il demanda brusquement :

—Le cognac peut-il tuer un homme bien vite, de
Péan ?

—Jamais il ne vous tuera, Le Gardeur ! répondit
celui-ci, si vous le prenez chez Menut. Au contraire,
il vous rendra vigoureux et indépendant des hommes
et des femmes ! C'est là que je vais boire quand je suis
à l'envers comme vous l'êtes. C'est un spécifique. Il
vous guérira, j'en suis sûr.

Ils traversèrent la place d'Armes. Tout était noyé
dans la nuit, et seules, les sentinelles se promenaient
lentement, silencieuses comme des ombres, devant la
porte du château.

—Tout est calme et grave comme un cimetière, ici,
remarqua de Péan. La vie de ces lieux s'en est allée
chez Menut.

Et comme la cloche achevait de tinter, il ajouta :

—J'aime les *petites heures*. Que l'on veille ou que
l'on dorme, elles passent vite et sont vite comptées.
Elles seules valent quelque chose dans la vie d'un hom-

me ! Deux heures du matin, c'est midi pour l'homme qui a l'esprit d'aller les attendre chez Menut !

Le Gardeur suivait de Péan sans bien songer où il allait, machinalement. Il connaissait les gens qu'il rencontrerait chez Menut. A cette heure-là, tout ce qu'il y avait de plus dissolu, de plus débauché dans la ville et la garnison se réunissait dans l'odieuse taverne.

Maître Menut, un gros et bruyant Breton, se vantait de tenir une maison où régnait l'abondance. Rien n'y manquait, on y trouvait de tout à foison : la maison, remplie d'amusements, les tables, chargées de mets, les pots et les vases, pleins, les convives, pleins ! le maître lui-même, plein !

Cette nuit-là, il y avait encore plus de bruit, d'éclat et de plaisir, que de coutume. Cadet, Varin, Le Mercier et une foule d'amis et d'actionnaires de la grande compagnie s'y trouvaient réunis. On jouait, on buvait, on causait.

L'argot de Paris, avec ce qu'il avait de plus impur, était en grand honneur dans la taverne et parmi ces gens débauchés. C'était une sorte de protestation contre le raffinement un peu trop exagéré de la société d'alors.

De Péan et Le Gardeur entrèrent dans l'auberge, et furent reçus à bras ouverts; de tous côtés, des mains se tendaient vers eux avec des coupes débordantes. De Péan buvait peu.

—Il faut que je garde ma tête, fit-il, car j'ai une revanche à prendre, cette nuit.

Le Gardeur ne refusa rien, but avec chacun et de toutes les liqueurs. Il entra ensuite dans une chambre vaste et bien meublée, où maints gentilshommes, assis à des tables couvertes de tapis, jouaient aux cartes et aux dés. Des tas de papier-monnaie passaient d'une main à l'autre, sans cesse, et sans paraître affecter l'indifférence des joueurs, à la fin de chaque partie, ou après chaque gageure.

Le Gardeur se plongea tête baissée dans le torrent de la dissipation. Il joua, but, parla argot et jeta toute réserve aux quatre vents.

Il doublait l'enjeu, et amenait les dés d'une façon insouciante, comme s'il se fut autant moqué de perdre que de gagner.

Il criait plus fort que les autres. Il embrassa de Péan en l'appelant son meilleur ami, et de Péan le lui rendit en le proclamant le roi des bons lurons.

De Péan suivait avec une maligne satisfaction les progrès de l'ivresse chez Le Gardeur. S'il paraissait se relâcher, il lui proposait de boire à la meilleure fortune, et s'il perdait l'enjeu, de boire en dépit de la mauvaise fortune.

Mais laissons tomber un voile sur l'odieuse taverne de Menut. Le Gardeur, complètement ivre, avait roulé à terre, et des serviteurs complaisants l'avaient porté sur un lit où il dormait d'un sommeil de plomb, profond et affreux comme la mort ! Son regard était fixe et vitreux comme le regard d'un mourant, sa bouche s'entrouvrait, toute frémissante encore des baisers chastes de sa sœur, ses mains pendaient, fermées et rigides comme les mains d'une statue.

—Il est à nous, maintenant ! dit de Péan à Cadet; il ne retournera pas se fourrer la tête sous l'aile des Philibert !

Et ils se mirent à rire brutalement en le regardant dormir.

—Une belle dame que tu connais bien, Cadet, lui a donné la permission de boire jusqu'à se tuer, et c'est ce qu'il va faire, reprit de Péan.

—Qui ? Angélique ?

—Eh ! oui, Angélique. Pourrait-il s'en trouver d'autres ?

Le Gardeur n'est ni le premier ni le dernier qu'elle va coucher sous des draps de pierre, affirma de Péan en levant les épaules.

—*Gloria patri, filioque* ! s'écria Cadet, d'un air moqueur, les honnêtes gens vont perdre leur carte d'atout ! Mais comment l'avez-vous arraché de Belmont, Péan ?

—Oh ! ce n'est pas moi, c'est Angélique des Meloises. Elle a tendu le piège, et à son appel, il est venu s'y prendre.

—C'est bien elle, cela, la sorcière ! exclama Cadet avec un éclat de rire.   Elle rendrait le diable jaloux de ses tours ! Satan n'est pas capable de perdre un homme aussi sûrement qu'elle !

—Je suppose, Cadet, que Satan et elle, c'est à peu près la même chose ?...Mais où est Bigot ? Il devait venir ici.

—Bigot ? il est de mauvaise humeur, cette nuit; il ne viendra pas.   Cette femme de Beaumanoir, vous savez ? c'est une épine qui le déchire, une boule de neige qui le glace...à notre égard. Elle le domine. Par saint Picaut, il l'aime !

—Je vous l'ai déjà dit, Cadet, je m'en suis aperçu il y a un mois, et j'en ai été convaincu, l'autre nuit, quand il a refusé de nous la présenter.

—Faut-il être fou, de Péan, pour s'occuper ainsi d'une femme.   Que veut-il en faire, savez-vous ?

—Comment le saurais-je ? L'envoyer à la dérive, quelque bon jour, jusqu'à la rivière du Loup... C'est ce qu'il fera probablement, s'il est sensible un peu.   Il n'osera jamais se marier sans la permission de la Pompadour.   La joyeuse poissonnière sait brider ses favoris. Bigot peut avoir autant de femmes que Salomon, si le cœur lui en dit, mais en contrebande ! autrement, il faut le consentement de la grande courtisane.   Il paraît qu'elle raffole de lui.   Ce serait la raison.

—Cadet ! Cadet ! crièrent plusieurs voix, vous êtes condamné à payer un panier de champagne pour avoir laissé la table !

—Je le veux bien ! j'en paierai même deux, s'il le faut ! répliqua Cadet.   Mais il fait chaud comme dans le Tartare ici ! Je suis comme un saumon rôti !

En effet, Cadet avait la face rouge, large, ronde, et il paraissait tout en feu.

Il fit quelques pas, sa démarche n'était point ferme: il titubait.   Sa voix était rauque et plus grossière encore que de l'accoutumée.

Mais il conservait toujours passablement son intelligence.

—Je vais respirer un peu l'air frais du dehors, dit-il. Je me rendrai peut-être à la *Fleur de Lys*. On ne se couche jamais à cette bonne vieille taverne.

—Je vais avec vous !... moi aussi !... et moi ! crièrent une dizaine de voix.

—Venez tous ! nous allons entrer dans ce vieux taudis.   C'est là que se trouve le meilleur cognac de Québec.   Comme de raison, c'est du cognac volé!... Mais il n'en est que meilleur.

Le vieux Menut ne fut pas de cette opinion.   Le cognac de la *Fleur de Lys* ne valait pas mieux que le sien. Il avait payé les droits, lui, et sa boisson portait la marque de la grande compagnie.   Il en appelait à tous les gentilshommes présents.

Pour lui plaire et le remettre de bonne humeur, Cadet et ses amis burent une nouvelle ronde.   Le bruit, la confusion, le tapage redoublèrent.   Quelques-uns se mirent à chanter cette fameuse chanson qui exprimait si bien l'esprit railleur et la gaieté de la nation française, à l'époque de l'ancien régime :

> Vive Henri quatre !
> Vive ce roi vaillant !
> Ce diable à quatre
> A le triple talent
> De boire, battre
> Et d'être vert-galant !

Ils sortirent en chantant et se rendirent à la *Fleur de Lys*.

Ils entrèrent sans cérémonie dans une chambre spacieuse, basse, traversée au plafond par des poutres

épaisses.   Les murs de cette pièce, enduits d'une grossière couche de plâtre, disparaissaient sous les proclamations des gouverneurs et des intendants, et sous les
ballades apportées de France par les matelots.   Le
papier jauni de toutes ces uniformes productions remplaçait la peinture.

Au milieu de cette chambre, il y avait une longue
table, et autour de la table, des matelots, des voyageurs,
des canotiers, en chemises et coiffés de tuques bleues ou
rouges. Tous ces gens fumaient leur pipe, causaient ou
chantaient.   Ils paraissaient jouir et s'amuser.   Leurs
faces laides et riantes, légèrement éclairées par la blafar-
de lumière qui tombait des chandelles de suif fixées aux
murs, auraient été dignes d'être reproduites par le vulgaire pinceau de Schalken ou de Téniers.

Maître Pothier occupait la place d'honneur, à la tête
de la table.

D'une main, il tenait un gobelet de terre plein de
cidre, et de l'autre, sa pipe encore fumante.   Son sac
de cuir était accroché dans un coin.   Pour le moment,
son utilité avait cessé !

Max Grimeau et Bartémy l'aveugle, arrivés à point
pour goûter au pâté, occupaient, l'un la droite, et l'autre
la gauche du notaire.   Ils étaient pleins comme des
grives et gais comme des pinsons.

Ils chantaient au moment où Cadet entra.

A l'arrivée des gentilshommes, tous se levèrent et
saluèrent avec politesse.   Ils étaient flattés d'une pareille visite.

—Asseyez-vous, messieurs; prenez nos sièges, fit
maître Pothier fort empressé.

Il présenta sa chaise à Cadet qui l'accepta volontiers.
Il prit aussi un gobelet de cidre normand qu'il déclara
meilleur que le meilleur vin.

—Nous sommes vos humbles serviteurs, et nous
prisons hautement l'honneur que vous nous faites en ce

moment ! reprit le vieux notaire en remplissant le gobelet.

—Joyeux compères que vous êtes ! repartit Cadet en s'étendant les jambes, votre cidre me paraît excellent. Mais, dites-moi donc, buvez-vous cela par goût ou faute de mieux ?

—Il n'y a rien au monde de meilleur que le cidre normand.... après le cognac, affirma maître Pothier, en jetant un éclat de rire qui lui fendit la bouche d'une oreille à l'autre. Le cidre normand, continua-t-il, est digne de la table du roi ; mais quand il est agrémenté d'une goutte d'eau-de-vie, il est digne de la table du pape !

Il fait voir des étoiles en plein midi ! quelle délice ! N'est-ce pas, Bartémy ?

—Comment ! vieux grippe-sous ! te voilà ici, toi ? s'écria Cadet en apercevant l'aveugle de la porte de la basse-ville.

—Hélas ! oui ! votre honneur ! pour l'amour de Dieu ! répondit Bartémy sur le ton plaintif de la profession.

—Tu es bien le plus aimable gueux que je connaisse en dehors de la Friponne ! reprit Cadet en lui jetant un écu.

—Il n'est ni plus éveillé ni plus gueux que moi, votre honneur ! riposta Grimeau, en grimaçant de joie comme un Alsacien devant un pâté de Strasbourg.

C'est moi qui faisais la basse tout à l'heure quand vous êtes entré; vous devez m'avoir entendu ?

—Si je t'ai entendu ? assurément, mon vieux Max ! Il n'y a pas une voix comme la tienne dans Québec. Tiens ! voici un écu pour toi aussi. Bois à la santé de l'intendant ! Un autre écu pour maître Pothier ! ce vieux membre errant de l'ordre judiciaire. Prenez, maître Pothier, et si vous voulez continuer la chanson que vous chantiez tantôt, je vous emplis comme une outre du meilleur cognac !

—Nous étions sur le *Pont d'Avignon*, votre honneur, répondit maître Pothier, gravement.

—C'est moi qui jouais l'air ! interrompit Jean La-Marche, vous devez avoir entendu mon violon ? Un bon violon !

Jean n'aurait pas voulu perdre une si belle occasion de montrer son talent. Il fit glisser l'archet sur les cordes et donna quelques mesures :

—C'était ce ton-là, votre honneur, dit-il.

—Justement ! c'était cela, je connais la vieille romance. C'est bon, va ! exclama Cadet.

Et, passant les pouces dans l'emmanchure de son gilet chamarré, il écouta avec une sérieuse attention. Il aimait, malgré sa couleur rudimentaire, la vieille musique canadienne.

Jean donna deux ou trois nouveaux coups d'archet, puis, appuyant l'instrument à son menton, avec un geste savant, et prenant une pose inspirée, digne de Lulli, il commença à chanter en s'accompagnant :

> A Saint-Malo, beau port de mer,
> A Saint-Malo, beau port de mer,
> Trois gros navires sont arrivés !
> Nous irons sur l'eau, nous y prom' promener.
> Nous irons jouer dans l'île !

—Tut ! tut ! s'écria Varin, pas de ces fadaises ! Il n'y a rien là-dedans qui chatouille. Un madrigal, ou une de ces damnées chansons du quartier latin !

—Je ne sais pas de damnées chansons ! riposta Jean La Marche, et quand même j'en saurais, je n'en chanterais point !

Il était jaloux des ballades de son pays, la Nouvelle-France. Il ajouta avec un brin de malice :

Les sauvages ne jurent pas parce qu'ils ne savent pas ce qu'est un serment, et les habitants ne chantent point de *damnées* chansons, parce qu'ils n'en ont jamais apprises. Mais je puis jouer et chanter *A Saint-Malo*,

beau port de mer, aussi bien que n'importe quel homme
dans la colonie !

Les chansons populaires des Canadiens français sont
d'une poésie simple, presque enfantine ; elles sont chastes comme les hymnes des autres nations.

—Chantez ce qu'il vous plaira, et ne vous occupez
point de Varin, mon brave garçon, dit Cadet, en s'al-
longeant dans sa chaise. J'aime mieux les ballades
canadiennes, que toutes les romances que le diable
fabrique à Paris ! Chantez-les, Varin, vos piquants
couplets si vous les aimez ! mais nos habitants ne les
rediront pas !

Après s'être amusés pendant une heure à la *Fleur de
Lys*, les compagnons de l'intendant reprirent le chemin
de la taverne du père Menut.. Ils étaient moins fermes
encore et plus tapageurs qu'à leur arrivée. Ils avaient
laissé maître Pothier endormi et plein comme Bacchus,
et tous les autres aussi aveugles que Bartémy.

Ils trouvèrent de Péan dans une fureur singulière.
Pierre Philibert avait reconduit Amélie après la soirée,
et il avait vu son inquiétude et ses pleurs au sujet de
Le Gardeur. Il la laissa, bien décidé de rejoindre encore
une fois le pauvre jeune homme.

L'officier qui se trouvait de garde à la porte de la
basse-ville lui donna les renseignements qu'il désirait.
Il descendit en toute hâte à la taverne de Menut, et
malgré de Péan avec qui il échangea quelques paroles
acerbes, il prit son malheureux ami, le porta dans une
voiture et l'emmena.

—Par Dieu ! ce Philibert est un coq, de Péan !
s'écria Cadet, au grand déplaisir du secrétaire.

Il a du courage et de l'imprudence comme dix ! C'est
encore mieux qu'à Beaumanoir.

Cadet s'assit pour rire à son aise aux dépens de son
ami.

—Le maudit ! grinça de Péan, j'aurais pu le trans-
percer !...Je regrette de ne l'avoir pas fait.

—Non, vous n'auriez pas été capable de le tuer, de
Péan, et si vous aviez essayé de le faire, vous le regret-
teriez maintenant, observa Cadet.   N'importe ! il n'y
a pas si mauvais jour qui n'ait un beau lendemain,
continua-t-il, venez faire une partie de cartes avec le
colonel Trivio et moi.   Cela vous mettra de l'argent
dans le gousset et de la bonne humeur dans l'âme.

De Péan ne rit point, mais il suivit cependant le
conseil de Cadet, et passa le reste de la nuit à jouer.

Pierre Philibert se disposait à sortir de chez Mme de
Tilly.   Amélie saisit avec transport la main qu'il lui
tendait, et le regardant à travers ses larmes :

—O Pierre Philibert ! dit-elle, .comment vous remercier assez de ce que vous avez fait pour mon cher et
infortuné Le Gardeur ?

—Le Gardeur mérite notre pitié, Amélie, répondit
le noble colonel. Vous savez comment la chose est
arrivée ?

—Je ne sais rien, Pierre, je n'ose rien demander !
Ah ! vous êtes bien généreux !...Pardonnez-moi cette
agitation...

Elle s'efforçait de se rendre maîtresse d'elle-même.

—Vous pardonner ? allons donc ! Est-ce que l'on a
quelque chose à pardonner aux anges à cause de leur
bonté ?

J'ai une idée, Amélie. Je crois qu'il serait utile
d'emmener Le Gardeur à Tilly pour quelque temps.
Votre excellente tante m'a invité à aller visiter son
manoir. Si j'accompagnais votre frère à cette chère
vieille demeure ?

—Une promenade à Tilly avec vous, serait bien
agréable à Le Gardeur, j'en suis sûre, et l'aiderait peut-
être à rompre ces liens funestes qui le retiennent à la
ville... Tous les médecins du monde ne sauraient lui
faire autant de bien que votre compagnie, ajouta-t-elle,
dans un élan d'espérance.   Il n'a nul besoin de remède;
c'est le bon soin qu'il lui faut, c'est...

—C'est la femme qu'il aime ! Amélie, continua vivement Philibert.

Et il ajouta presque tristement :

—Il arrive quelquefois que l'homme meurt quand il est trompé dans son amour et son espoir !

Il l'avait regardée en disant cette parole.

Elle rougit et répondit vaguement :

—Ah ! Pierre, comme je vous ai de l'obligation ! Comme il la quittait, elle leva sur lui un regard si plein de reconnaissance et d'amour qu'il ne l'oublia jamais.

Dans la suite des années, alors qu'il était devenu indifférent à la lumière du soleil, à l'amour de la femme et aux délices de la vie, il voyait toujours ce regard mouillé de larmes et brûlant de tendresse, descendre sur lui comme un rayon de flamme qui perce le nuage et montre le ciel bleu. Et il soupirait après ce beau ciel où l'attendait sa bien-aimée...

XXV

DE LA DERNIERE VIOLETTE A LA PREMIERE ROSE

—Oh ! Le Gardeur ! je vous en prie, demeurez avec
moi aujourd'hui. J'ai absolument besoin de vous !
dit Amélie de Repentigny, d'une voix tendre et persua-
sive, à son frère le chevalier. Tante part demain pour
Tilly et il faut mettre les papiers en ordre. Dans tous
les cas, j'ai besoin de votre compagnie, fit-elle encore, en
souriant avec douceur.

Le Gardeur s'assit. Il paraissait nerveux, fiévreux,
malade. Rien d'étonnant, après la nuit qu'il avait
passée à la taverne de Menut.

Il se leva, fit quelques tours, et regarda par la fenêtre
ouverte. Il avait l'air d'un fauve qui cherche à s'échapper.

Il mourait de soif. Amélie lui apporta de l'eau, du
lait, du thé,—délicates attentions qu'il avait souvent
reconnues, en baisant les doigts qui le servaient si tendrement.

—Je ne puis pas rester dans la maison; je vais devenir
fou ! dit-il. Tu ne sais pas ce qui m'est arrivé, chère
petite sœur. Hier j'ai bâti une tour de verre aussi
haute que le ciel, mon ciel à moi : l'amour d'une femme !
Aujourd'hui, je suis enseveli sous ses ruines !...

—Ne parle pas ainsi, mon frère ! tu n'es pas de ceux
qui se laissent abattre et désespérer par une femme sans
foi.

—Oh ! pourquoi les hommes mettent-ils en nous cette
confiance exagérée ! Combien petit est le nombre des
femmes qui méritent l'amour et le dévouement d'un
honnête homme !

—Combien petit, aussi, le nombre des hommes qui
méritent de posséder une femme comme toi, Amélie !

—Ah ! si Angélique avait ton cœur !

—Le Gardeur, tu béniras un jour ce chagrin. Il est amer, aujourd'hui, je le sais, mais la vie avec Angélique serait bien plus amère encore.

Il branla la tête en signe de doute.

—Je l'aurais acceptée quand même, reprit-il. Mon amour est marqué d'un sceau fatal et méchant; nul creuset ne saurait le purifier.

—Voici mon dernier mot, fit Amélie, qui jugeait inutile de lutter plus longtemps.

Elle l'embrassa.

—Que se passe-t-il donc au manoir? demanda Le Gardeur, après quelques instants. Tante Tilly s'en retourne plus tôt qu'elle ne pensait.

—On dit qu'il y a des Iroquois sur le haut de la rivière Chaudière, et les censitaires désirent aller protéger leurs maisons. Bien plus, le colonel Philibert et toi, vous êtes commandés de vous rendre à Tilly pour organiser la défense de la seigneurie.

Le Gardeur fit un bond. Il ne pouvait comprendre un ordre qui semblait inutile.

—Pierre Philibert et moi, nous sommes chargés de la défense de la seigneurie de Tilly, répéta-t-il. Mais nous n'avons reçu aucune information, hier, sur la marche des Sauvages. Ils ne sont certainement pas aussi près que cela. C'est une fausse rumeur que les femmes font courir pour faire revenir leurs maris.

Et il sourit pour la première fois, en exposant cette sage raison.

—Je ne crois pas que ce soit cela, Le Gardeur, riposta Amélie, mais tout de même, ce serait, à mon avis, une jolie ruse de guerre. Il est ennuyeux pour des femmes de rester seules si longtemps. Je n'aimerais point cela, moi.

—Oh ! je ne sais pas trop, mais je crois que celles qui craignaient de s'ennuyer ont suivi leurs maris à Québec. Et que dit Philibert de cet ordre ? l'as-tu vu ?

Amélie ne put s'empêcher de rougir un peu en répondant :

—Oui, je l'ai vu.   Il paraît bien content de retourner à Tilly avec toi, mon frère.

—Et avec toi, petite sœur !...Quoi ! tu n'as pas besoin de rougir.   Il est bien digne de toi, et s'il te faisait la proposition que j'ai faite à Angélique des Meloises, hier soir, tu pourrais l'accueillir mieux que je ne l'ai été.

—Assez ! assez, Le Gardeur ! Pourquoi parler de cela ? Pierre n'a jamais songé à moi; il n'y pensera jamais probablement.

—Au contraire, Amélie ! Tiens ! ma chère petite sœur, quand Pierre Philibert te dira qu'il t'aime et te demandera d'être sa femme, si tu l'aimes, si tu as encore quelque pitié pour moi, ne le repousse point !

Amélie ne répondit rien.   Elle était agitée, tremblante.   Elle lui serra la main.

Le Gardeur la comprit mieux que si elle eut parlé. Il l'attira sur sa poitrine et l'embrassa avec tendresse.

Le reste de la journée se passa dans le calme et la joie. Il y avait du soleil dans la maison.   Amélie reçut les confidences de son frère et elle dit, pour le consoler, des paroles affectueuses comme la religion et l'amitié seules peuvent en inspirer.

De nombreux visiteurs vinrent, ce jour-là, frapper à la porte de l'hospitalière maison de Mme de Tilly, mais Pierre Philibert seul put entrer.

Le Gardeur lui témoigna une sincère reconnaissance. La quiétude qui rentrait dans son âme se reflétait sur sa figure et il avait plus que jamais des ressemblances touchantes avec Amélie.   Entre sa sœur et son ami, il se croyait revenu aux jours d'autrefois, au temps heureux de l'enfance !

Bien doux furent les épanchements de l'amitié et les retours vers les scènes du passé ! Bien doux pour Pierre et Amélie surtout, les regards timides et furtifs, les soupirs comprimés, les espoirs naissants !

La besogne de la journée était finie au *Chien d'Or*.

Le bourgeois prit son chapeau, son épée et se dirigea sur le cap pour aspirer la brise fraîche qui montait du fleuve.

C'était au changement de la marée. Le fleuve coulait à pleins bords et, çà et là, quelques étoiles se miraient dans ses flots avec les premiers reflets de la lune qui se levait lentement sur les collines de la rive sud.

Le bourgeois s'assit sur le mur de la terrasse, pour contempler l'indescriptible scène. Il était venu cent fois s'extasier en ces lieux, et le charme était toujours nouveau.

Ce soir, tout lui semblait plus beau que de l'accoutumée. Il était si heureux !

Il songeait à Pierre, son fils, revenu tout glorieux; il songeait à la fête de Belmont où tous les grands étaient accourus avec plaisir. Il se trouvait heureux, heureux dans son fils surtout, le plus grand bonheur d'un père !

Pendant qu'il était plongé dans ces douces réflexions, il entendit une voix bien connue. Il se retourna et aperçut le comte de la Galissonnière et Peter Kalm. Ils venaient des jardins du château et passaient sur le cap, avec l'intention d'entrer chez Mme de Tilly, pour lui présenter leurs hommages, avant son départ.

Philibert se joignit à eux.

La lune éparpillait des flèches d'argent sous leurs pas. Les ombres projetées par les murailles, donnaient à l'immense tableau lumineux des effets saisissants, que Rembrandt seul aurait pu rendre avec quelque fidélité.

Kalm était dans l'enthousiasme. Cette nuit étincelante sur les hauteurs de Québec, lui rappelait les clairs de lune de Drachenfels sur le Rhin, où le soleil de minuit se lève soudain sur le golfe de Bothnie, mais le spectacle de Québec était infiniment plus grand et plus beau, et ce

cap merveilleux où il se promenait avec ses amis méritait
bien, disait-il, d'être appelé le cap aux Diamants.

Mme de Tilly reçut les visiteurs avec sa courtoisie
habituelle.   Elle appréciait surtout la visite du bourgeois qui se rendait si rarement chez ses amis.

—Son Excellence, dit-elle, est tenue, par sa position
officielle, de représenter la politesse française auprès
des dames de la colonie, et Kalm, qui représente la
science européenne, doit être gracieusement accueilli
partout.

Amélie parut dans le salon.   Elle sut, par son esprit,
ses grâces et le charme de sa conversation, se rendre
aimable et même bien intéressante.   Kalm fut assez
surpris de trouver chez une jeune fille des connaissances
aussi sérieuses.

Le Gardeur vint à son tour remercier les nobles vieillards de l'honneur qu'ils leur faisaient.   Il parla peu
cependant, et garda une prudente réserve.

Amélie se tenait à côté de lui, toujours prête à lui
donner l'aide de sa sagesse et de ses ressources.

Félix Beaudoin, en grande livrée, vint annoncer que
le thé était servi.   Mme de Tilly pria les distingués
visiteurs d'accepter une tasse de ce breuvage, tout à
fait nouveau dans la colonie, et qui ne paraissait encore
que sur les plus riches tables.

Le service était en porcelaine chinoise.

C'était cette porcelaine toute couverte de grotesques
peintures, que l'on voit partout aujourd'hui et qui
étaient si rares en ce temps-là; des jardins, des maisons
d'été, des arbres chargés de fruits, et des saules penchés
sur des rivières.   Ce pont rustique avec ces trois indi-
vidus emmanchés de longues robes qui le traversent, ce
bateau qui flotte sur une nappe d'eau, et ces pigeons qui
volent dans un ciel sans perspective, qui de nous ne se
rappelle point cela ?

Mme de Tilly, en femme distinguée, appréciait cette
vaisselle alors de si haut goût, et n'avait que des senti-

ments de bienveillance pour cette race si industrieuse
des fils du céleste empire qui avaient fourni à sa table
un service aussi élégant.

Il n'y avait. pour Mme de Tilly, rien de déshonorant
à ne pas savoir que des poètes anglais avaient redit les
louanges du thé.

A cette époque l'étude des poètes anglais n'était
guère à la mode en France, surtout dans la colonie.
C'est Wolfe qui a fait connaître au Canada le vaste
domaine de la poésie anglaise; Wolfe à qui s'applique
ce vers prophétique de l'élégie de Gray :

> Le chemin de la gloire conduit au tombeau !

Ce Wolfe qui, après avoir descendu le fleuve, débar-
qua, dans le calme d'une nuit d'automne, ses troupes
disciplinées, et escalada secrètement ces fatales hauteurs d'Abraham, dont la possession lui valut la conquête de la ville et la mort d'un héros.

De là partent ces deux glorieux courants d'idées nouvelles et de nouvelles littératures qui sont venus jusqu'à
nous côte à côte, comme deux rivaux ou deux amis !

Le bourgeois Philibert avait exporté en Chine une
énorme quantité de ginseng, que le royaume des fleurs
payait au poids de l'or ou avec son inestimable thé; et
Mme de Tilly fut l'une des premières dames qui osa
servir à ses hôtes la délicieuse boisson orientale.

Kalm ne trouvait rien de comparable au thé. Il
l'étudiait sous tous les rapports et le buvait de toutes
les façons.

—Quand la tasse de thé aura remplacé la coupe de vin,
disait-il; quand le genre humain ne boira plus que de
cette infusion de la plante chinoise, il deviendra doux et
pur. Le thé le délivrera des pernicieux produits de
l'alambic et du pressoir. La vie de l'homme deviendra
plus longue et mieux remplie. Ce sera la réalisation
de la troisième béatitude, s'écriait-il, et «les pacifiques

auront la terre en héritage.» A quoi la Chine doit-elle ses quatre mille ans d'existence ? demanda-t-il à La Galissonnière.

—A sa momification, repartit le comte qui ne savait pas trop ce qu'il devait répondre et qui, dans tous les cas, voulait se dérider un peu.

—Pas du tout ! riposta Kalm, sérieusement. C'est à l'usage du thé ! C'est le thé qui a sauvé les Chinois !

Le thé assouplit les nerfs, purifie le sang, chasse les vapeurs du cerveau, et ranime les fonctions vitales. Donc, il prolonge l'existence de l'homme ! donc, il prolonge la vie des nations! donc, il a valu à la Chine ses quatre mille ans de durée ! Et le peuple chinois lui doit d'être le plus ancien peuple de la terre.

Peter Kalm était un enthousiaste partisan du thé. Il le prenait très fort pour surexciter la dépression de ses facultés mentales; il le prenait faible pour calmer l'excitation.

Il produit les effets les plus contraires ! s'écriait-il. C'est tout comme si je mêlais ensemble Bohée et Hyson, pour me procurer l'inspiration convenable à la composition de mes livres scientifiques et de mes récits de voyage ! Inspiré par Hyson, je tenterais la composition d'un poème comme l'Illiade; sous l'influence de Bohée, j'entreprendrais d'établir la quadrature du cercle, de trouver le mouvement perpétuel et même de réformer la philosophie allemande !

Le professeur était d'une humeur charmante, et gambadait gracieusement à travers les champs fleuris de la littérature, comme un fougueux coursier de la Finlande qui n'a pour fardeau que le bagage scientifique d'une douzaine d'écoliers en vacance.

Mme de Tilly versa une nouvelle tasse de la liqueur qui mettait ainsi en verve le grave Suédois.

—Il est heureux, dit-elle, que nous puissions échanger contre le thé, notre inutile ginseng.

C'était une autre porte ouverte aux observations du savant.

—Je regrette, reprit-il, qu'on ne le prépare pas avec plus de soin et de manière à satisfaire le goût de ces fastidieux Chinois.   Ce commerce du ginseng ne durera pas longtemps.

—C'est vrai, approuva le gouverneur; mais nos sauvages qui le recueillent sont de mauvais travailleurs. C'est dommage, ce serait une source de richesses pour la colonie.

Combien avez-vous fait, Philibert, avec le ginseng l'année dernière ?

—Je ne sais pas au juste, Excellence, mais le demi-million que j'ai donné pour aider à la défense de l'Acadie provenait de la vente de ce produit à la Chine.

—Je le savais, repartit le gouverneur, en tendant la main au bourgeois, et je vous remercie au nom de la France, de votre admirable générosité.

Que Dieu vous bénisse pour ce grand acte de patriotisme !

Sans vous, la Nouvelle-France était perdue.

Il n'y avait plus d'argent dans le trésor, continua-t-il, en regardant Kalm, et la ruine était imminente, lorsque le noble marchand du *Chien d'Or* se chargea de nourrir, de vêtir, et de payer les troupes du roi.   C'était deux mois avant la reprise de Grand-Pré sur l'ennemi.

—Il n'y a rien en cela que de fort naturel, répondit le bourgeois qui haïssait les compliments. Si ceux qui ont des richesses ne donnent pas, comment pourriez-vous recevoir de ceux qui n'en ont pas ? Et puis, je devais faire quelque chose pour Pierre...Vous savez, Excellence, qu'il était en Acadie, alors ?

Un souffle d'orgueil paternel passait sur la figure d'ordinaire si impassible du noble vieillard.

Le Gardeur jeta un regard à sa sœur. Elle le comprit. Ce loyal citoyen, semblait-il lui dire, est digne d'être pour vous un second père. Elle rougit légère-

ment, tout en demeurant silencieuse. Il n'y avait
point de paroles pour la musique qui ravissait son âme.
Mais il arriverait un jour où, pour elle, toutes ces suaves
harmonies rempliraient l'univers.

Le gouverneur qui savait un peu et devinait beaucoup
ce qui se passait dans les cœurs de ses jeunes amis,
reprit en plaisantant :

—Les Iroquois n'oseront jamais approcher de Tilly
quand ils sauront que la garnison se compose de Pierre
Philibert et de Le Gardeur, avec Mme de Tilly pour
commandant et mademoiselle Amélie pour aide de
camp !

—C'est vrai ! répondit Mme de Tilly.   Du reste, les
femmes de notre maison ont déjà porté l'épée, et défendu
le vieux manoir.

Elle faisait allusion à une célèbre défense du château
par une ancienne châtelaine à la tête de ses censitaires.

Elle ajouta en riant :

—Et, tant que nous serons là, nous ne livrerons
jamais ni Philibert, ni Le Gardeur aux peaux rouges ou
blanches qui les demanderont.

Tout le monde se prit à rire, même Le Gardeur, qui
aimait pourtant les peaux blanches, ses compagnons,
mais détestait au fond, leur indigne conduite.

Le gouverneur reprit :

—Le Gardeur et Philibert resteront sous vos ordres,
madame, et ne reviendront pas à la ville avant que le
danger ne soit passé.

—Parfait, Excellence ! exclama Le Gardeur, j'obéirai
à ma tante.

Il devinait bien ce qu'on voulait de lui et se soumet-
tait de bon gré.   Il avait trop d'esprit et de cœur pour
laisser paraître le moindre dépit.   Il respectait si hautement sa tante ! il estimait si fort son ami Pierre ! il
aimait d'une si vive affection sa sœur Amélie !

Après le thé, les visiteurs furent conduits au salon.

Amélie chantait à ravir et le gouverneur était excellent musicien. Il possédait une belle voix de ténor, une voix qui avait pris de l'ampleur dans les luttes contre les vents, sur la pleine mer ! une voix que la bonté, la vertu et l'aspect de la belle nature avaient rendue flexible et suave.

On redisait alors, dans toute la Nouvelle-France, une complainte d'une étonnante tristesse et d'une grande beauté, la complainte de Cadieux.

Cadieux, un voyageur interprète, avait planté sa tente au portage des sept chutes, où se trouvaient déjà quelques familles. C'était à l'époque où les traiteurs apportaient les fourrures.

Les Iroquois vinrent s'embusquer au pied du portage pour tuer et piller les voyageurs attendus. Un jeune Sauvage découvrit leur retraite et donna l'alarme. Il n'y avait qu'un moyen d'échapper : sauter les rapides secrètement. Le danger était extrême. Il fallait cependant que quelqu'un restât pour donner le change à l'ennemi.

Cadieux fut ce brave. Il alla, avec un jeune Indien, attaquer les Iroquois pour les attirer en arrière du rivage et les empêcher de voir les canots fugitifs. Son stratagème réussit. Tout le monde fut sauvé, mais il périt avec son jeune compagnon

Les Iroquois tentèrent de le saisir, mais en vain. Il leur échappa, et revint tomber, épuisé de fatigue et de faim, à l'endroit même d'où il était parti quelques jours auparavant.

N'ayant plus d'espoir, sentant venir ses derniers instants, il arracha une feuille d'écorce blanche au bouleau qui le protégeait, et avec son propre sang il écrivit sa chanson de mort.

Elle fut trouvée peu de temps après, à côté de lui.

Le voyageur qui remonte l'Outaouais jusqu'à l'île du Grand-Calumet, n'oublie pas de s'arrêter au *Petit*

rocher de la haute montagne, au milieu du portage des
sept chutes.   C'est là que se trouve la tombe de Cadieux.

Amélie avait été touchée de la plaintive romance.
En la chantant elle faisait couler des larmes.

A la demande des hôtes de sa bonne tante, au milieu
d'un calme presque douloureux, elle commença :

> Petit rocher de la haute montagne,
> Je viens ici finir cette campagne !
> Ah ! doux échos, entendez mes soupirs !
> En languissant je vais bientôt mourir !

Il y avait des pleurs dans tous les yeux, et l'on aurait
cru que le dernier souffle de Cadieux expirait sur ses
lèvres émues quand elle dit :

> Rossignolet, va dire à ma maîtresse,
> A mes enfants, qu'un adieu je leur laisse !
> Que j'ai gardé mon amour et ma foi,
> Que désormais faut renoncer à moi !

Quelques autres amis de la famille, Coulon de Villiers,
Claude de Beauharnois, de la Corne de Saint-Luc, étaient
aussi venus faire leurs adieux à Mme de Tilly.

De la Corne provoqua les rires par ses allusions aux
Iroquois.   Il était dans le secret.

—J'espère, Le Gardeur, dit-il, que vous m'enverrez
leurs chevelures quand vous les aurez scalpés... ou
qu'ils m'enverront la vôtre.

Les heures passèrent vite.   La cloche du beffroi des
Récollets sonna plusieurs fois dans la nuit tranquille,
avant que la solitude se fît dans la maison de Mme de
Tilly.

Le Gardeur se sentait meilleur et plus fort.   Le bourgeois lui dit en lui serrant la main :

—Courage ! mon enfant, courage ! Souvenez-vous
du proverbe : «Ce que Dieu garde est bien gardé !»

Adieu ! vénérable ami ! s'écria Le Gardeur, dans une
affectueuse étreinte.   Comment ne vous regarderais-je

pas comme mon père, puisque Pierre est pour moi plus que mon frère ?

—Oh ! je serai pour vous un père affectueux si vous me le permettez, Le Gardeur, reprit le bourgeois touché jusqu'aux larmes. A votre retour, faites-moi le plaisir de considérer comme votre maison la demeure de Pierre et la mienne. Au *Chien d'Or* comme à Belmont, le frère de Pierre sera toujours et cent fois le bienvenu !

On hâta les préparatifs du départ et chacun se retira pour prendre quelque repos, se réjouissant dans la pensée de retourner à Tilly.

Il n'y avait pas jusqu'au vénérable Félix Beaudoin qui ne se sentait tout joyeux comme un écolier, le matin d'un jour de grand congé. Puis, il faut bien l'avouer, que de choses n'avait-il pas à raconter, que de sentiments n'avait-il pas à exprimer à l'oreille de Françoise Sans-Chagrin !

Il en était de même des censitaires et des serviteurs. Quel plaisir d'aller dire aux amis de là-bas les aventures dont ils avaient été les héros, dans la capitale où les avait appelés la corvée du roi, pour bâtir les murailles de Québec.

Fin du tome premier

1.—En aucun temps, sous le Régime français, nous n'avons commercé avec Saint-Malo et la Bretagne. A l'époque de M. de la Galissonnière on ne voyait à Québec que des navires de La Rochelle, Bordeaux et Le Hâvre, soit du Poitou et de Normandie. Parfois, une voile venant de la Loire, soit l'Anjou, se mêlait à cette petite flotte. Normandie, Anjou, Maine, Poitou, Saintonge,—et non la Bretagne,—tels sont les pays originaires des Canadiens. En 1865, nous nous imaginions que la colonie s'était formée en bonne proportion de compatriotes de Jacques Cartier. Mais à présent il est facile de voir que nous n'avons jamais commercé avec les Bretons; et, de plus, le *Dictionnaire généalogique* de Mgr. Tanguay ne donne qu'un tout petit nombre de colons de cette provenance, venus tard et un par un, à différentes époques. (*Voir* Sulte, *Les Bretons au Canada*, M.S.R.C., 1910, p. 45).

2.—Rigaud de Vaudreuil était major des Trois-Rivières. Son frère, désigné alors sous le nom de Cavagnac, était gouverneur de la Louisiane et fut le dernier gouverneur du Canada sous le Régime français. Ces deux hommes étaient canadiens; leur père, Rigaud de Vaudreuil, était mort gouverneur de la Nouvelle-France, en 1715. Les Vaudreuil sont restés militaires, mais ils avaient des seigneuries tant soit peu habitées. Après 1760, les deux frères sont repassés en France.

3.—Monseigneur Henri-Marie Dubreuil de Pontbriand, né à Vannes, en Bretagne, arrive dans la colonie en 1741, pour succéder à Mgr de Lauberivière. Il vit la guerre de 1744 à 1748 et celle de la conquête. Le gouvernement et l'évêque étant réfugiés à Montréal en 1760, ce dernier y mourut le 8 juin, trois mois avant la capitulation.

4.—Claude-Charles de Berry, sieur des Essarts, né à Montréal en 1720, était fils d'un lieutenant dans les troupes et d'une Canadienne, Anne Lemaître. Son ordination comme prêtre récollet, sous le nom de Félix, est de 1740, ce qui enlève toute vraisemblance à la légende qu'il aurait servi comme officier de dragons. C'est en 1796 qu'il devint supérieur de son ordre en Canada; il

mourut quatre ans plus tard.   Son esprit caustique et ses allures
libres ont faire croire qu'il avait porté les armes.   En 1748 il n'é-
tait pas encore le personnage qu'il allait devenir par la suite.

5.—Antoine Juchereau de Saint-Denis, seigneur de Beauport,
descendait en quatrième génération de Jean Juchereau, établi
près de Québec depuis plus de cent ans.   Famille anoblie par
Louis XIV.   Seigneurs actifs, militaires, hommes de loi, les Juchereau sont restés parmi nous, après la conquête.

6.—Pierre Le Gardeur de Repentigny et son frère, Charles   Le
Gardeur de Tilly, arrivés en 1636, venaient de Normandie.   Leurs
deux familles avaient déjà fait souche à l'époque du début de ce
roman.   Elles comptaient parmi les plus influentes de la Nouvelle-France.   On les trouve partout comme militaires, seigneurs,
commandants de postes éloignés, gens d'action, en faveur auprès
des autorités.   M. Pierre-Georges Roy a très bien écrit leur histoire.

7.—Les Renaud d'Avesnes des Meloises étaient au Canada
depuis 1685.   Famille militaire.   Elle n'existe plus parmi nous,
mais se maintient en France.   La belle Angélique a fait parler
d'elle.   Kirby a raison de nous montrer certaines familles du Canada qui reproduisaient les agissements de la folle noblesse du
temps de Louis XV, et ne comptaient la colonie pour rien.   Dans
ce milieu, Bigot retrouvait son élément.

8.—Jean-Louis de Chapt. sieur de la Corne, militaire, vint de
France en 1683 et mourut lieutenant de roi à Montréal vers 1733.
Son fils, qui figure dans ce roman, a eu une carrière remplie de combats, de missions diplomatiques et même d'un peu de commerce.
A lui seul il fournirait matière à plus d'un roman.   J'ai connu, en
1850, M. de Niverville qui m'a montré une épinglette à lui donnée,
en 1775, par de la Corne, qui était né en 1706.

9.—Un officier du nom de Philibert, natif de l'Anjou,   était mort
à Québec en 1743, sans laisser de descendance, d'après M. Aegi-
dius Fauteux, bibliothécaire à Saint-Sulpice, à Montréal.   Vers
ce même temps un autre Philibert (voir note 15),   venant de la
Lorraine, s'était établi comme marchand à Québec et avait acheté
la maison du *Chien d'Or*.   Il n'est pas permis de supposer une parenté quelconque entre des deux hommes, parce que Philibert de
l'Anjou et Philibert de la Lorraine nous étaient venus l'un du
nord-ouest et l'autre du nord-est de la France.

10.—Le plus haut grade dans les troupes du Canada était celui de capitaine.   Le capitaine qui agissait comme secrétaire du gouverneur ou adjudant pour correspondre avec les petites compagnies et escouades stationnées en divers endroits de cette colonie, si étendue comme territoire, était qualifié de major, par courtoisie. Nos troupes, de 1683 à 1752, n'étaient composées à peu près que de jeunes Canadiens qui servaient durant trois ou quatre années et retournaient chez eux.   C'était de l'infanterie légère, des tirailleurs, genre *scouts*.

11.—En 1748 nous n'avions que des compagnies franches, c'est-à-dire indépendantes les unes des autres.   Pas de régiments. Au début de la guerre de Sept Ans, Montcalm amena quelques détachements des troupes de France, dont un tiré du régiment du Béarn formant peut-être le tiers de ce régiment.

12.—Royal-Roussillon et Ponthieu étaient de simples détachements arrivés ici après 1754.   Aucun régiment n'est venu avec Dieskau et Montcalm.   Le seul régiment que nous ayons jamais eu au complet est celui de Carignan, arrivé en 1665, retourné en partie en 1668.   (*Voir* Sulte, "Mélanges Historiques" *8ème vol. édition postérieure à ces Notes.*)

13.—Le château de Beaumanoir n'a jamais appartenu à Bigot. Tout ce qui a trait aux fêtes que donnait Bigot se place naturellement dans l'Intendance de Québec, vaste construction située en dehors de la porte du Palais.   C'était une demeure somptueuse dont nous connaissons tous les mesurages d'après un plan officiel très détaillé.   On y menait une vie à «tout casser.»   Kirby n'en dit pas trop sur Bigot et sa clique.   (*Voir* Sulte, "Mélanges Historiques" *vol. 10, pp. 107-117, édition postérieure à ces Notes.*)

14.—Ni Jolliet, ni Marquette et ni La Salle n'ont connu le château de Beaumanoir.   Le témoignage qui en fait remonter la construction jusqu'à l'époque de l'intendant Talon n'est pas fondé.   Le fief, sur lequel a été bâti plus tard le château qui porta successivement les noms de maison de la Montagne, Bégon, Beaumanoir, Hermitage et Bigot, appartenait à Françoise Duquet, épouse de Jean Madry, de qui Bégon l'acheta en 1718.   La maison de pierre a donc été construite par Bégon après 1718.   Elle resta la propriété de la famille jusqu'au 12 octobre 1753, alors que Guillaume Estèbe s'en rendit acquéreur.

15.—Nicolas-Jacquin dit Philibert, né vers 1700, à Martigny, diocèse de Toul, en Lorraine, épousa à Québec, en 1733, Marie-Anne Guérin, issue d'une famille de l'île d'Orléans.   Tué par Le Gardeur, comme il est dit dans le roman, il pardonna à celui qui l'avait frappé et fut inhumé dans l'église, le 23 janvier 1748.   Ce pardon écarte toute idée de vengeance de la part de ses enfants.

TABLE

Préface 5
     I Les hommes de l'Ancien Régime......... 11
    II Les murs de Québec...................... 24
   III Une châtelaine de la Nouvelle-France ... 33
    IV Confidences.............................. 46
     V Le notaire ambulant 60
    VI Beaumanoir.............................. 76
   VII L'intendant Bigot........................ 85
  VIII Caroline de Saint-Castin................. 103
    IX Pierre Philibert.......................... 120
     X Amélie de Repentigny 129
    XI Bienvenue au soldat 137
   XII Le château Saint-Louis 154
  XIII Le Chien d'Or 168
   XIV Le conseil de guerre.................... 185
    XV La charmante Joséphine 199
   XVI Angélique des Meloises 215
  XVII *Splendide Mendax* 232
 XVIII La princesse mérovingienne 250
   XIX Mettez l'argent dans la bourse........... 259
    XX Belmont 282
   XXI *Sic itur ad astra*....................... 294
  XXII Si caressant est le tentateur! 312
 XXIII Gages d'amour, mais gages inutiles 324
  XXIV Rien! rien, que le désespoir!............. 335
   XXV De la dernière violette à la
        première rose 348
Notes historiques.................................... 360

Hubert AQUIN
Blocs erratiques (50)

Gilles ARCHAMBAULT
La fuite immobile (54)
Parlons de moi (17)
La vie à trois (30)

Philippe AUBERT de GASPÉ
Les anciens Canadiens (96)

Noël AUDET
Ah l'amour l'amour (91)

Yves BEAUCHEMIN
L'enfirouapé (72)

Victor-Lévy BEAULIEU
Don quichotte de la démanche (102)
Les grands-pères (86)
Jack Kerouac (95)
Jos Connaissant (85)
Pour saluer Victor Hugo (81)
Race de monde (84)

Jacques BENOIT
Jos Carbone (21)
Patience et Firlipon (37)
Les princes (25)
Les voleurs (32)

Louky BERSIANIK
L'Euguélionne (77)

Marie-Claire BLAIS
David Sterne (38)
Le jour est noir *suivi de* L'insoumise (12)
Le loup (23)
Le sourd dans la ville (94)
Manuscrits de Pauline Archange:
Tome I (27)
Vivre! Vivre! (28)
Les apparences (29)
Pays voilés — Existences (64)
Un joualonais sa joualonie (15)
Une liaison parisienne (58)
Une saison dans la vie d'Emmanuel (18)

Georges BOUCHER de BOUCHERVILLE
Une de perdue deux de trouvées (89)

Chrystine BROUILLET
Chère voisine (55)

Roch CARRIER
La trilogie de l'âge sombre:
1. La guerre, yes sir ! (33)
2. Floralie, où es-tu ? (34)
3. Il est par là, le soleil (35)
La céleste bicyclette (82)
La dame qui avait des chaînes aux chevilles (76)
Le deux-millième étage (62)
Les enfants du bonhomme dans la lune (63)
Il n'y a pas de pays sans grand-père (16)
Le jardin des délices (70)
Jolis deuils (56)

Pierre CHATILLON
L'île aux fantômes (107)
La mort rousse (65)

Marcel DUBÉ
Un simple soldat (47)

Marc FAVREAU (Sol)
«Je m'égalomane à moi-même..!» (88)

Gratien GÉLINAS
Bousille et les justes (49)
Tit-Coq (48)

Claude-Henri GRIGNON
   Un homme et son péché (1)

Lionel GROULX
   La confédération canadienne (9)
   Lendemains de conquête (2)
   Notre maître le passé, *trois volumes* (3,4,5)

Jean-Charles HARVEY
   Les demi-civilisés (51)
   Sébastien Pierre (78)

Jacques HÉBERT
   Les écoeurants (92)

Claude JASMIN
   Délivrez-nous du mal (19)
   Éthel et le terroriste (57)
   La petite patrie (60)

William KIRBY
   ✓ Le Chien d'Or
   2 tomes (111, 112)

Albert LABERGE
   La scouine (45)

Jacques LANGUIRAND
   Tout compte fait (67)

✓ **Louise LEBLANC**
   37½ AA (83)

Félix LECLERC
   L'auberge des morts subites (90)

Roger LEMELIN
   Au pied de la pente douce (103)
   Fantaisies sur les péchés capitaux (108)
   Les Plouffe (97)
   Le crime d'Ovide Plouffe (98)
   Pierre le magnifique (104)

Alain René LESAGE
   Les aventures de M. Robert Chevalier dit de Beau-
   chêne, capitaine de flibustiers dans la Nouvelle-France,
   2 tomes (109, 110)

André MAJOR
  Histoires de déserteurs:
    1. L'épouvantail (20)
    2. L'épidémie (26)
    3. Les rescapés (31)
  La folle d'Elvis (99)
  Le vent du diable (36)

Clément MARCHAND
  Courriers des villages (79)
  Les soirs rouges (80)

Madeleine MONETTE
  Le double suspect (113)

Jean NARRACHE
  J'parle tout seul quand (101)

Jacques POULIN
  Jimmy (68)

RINGUET
  Fausse monnaie (39)

Normand ROUSSEAU
  La tourbière (61)

Gabrielle ROY
  Alexandre Chenevert (11)
  Bonheur d'occasion (6)
  Ces enfants de ma vie (66)
  Cet été qui chantait (10)
  Fragiles lumières de la terre (55)
  La montagne secrète (8)
  La petite poule d'eau (24)
  La rivière sans repos (14)
  La route d'Altamont (71)
  Rue Deschambault (22)
  Un jardin au bout du monde (93)

Jean SIMARD
  Félix (87)

Jean-Yves SOUCY
  Le dieu chasseur (59)

Alain STANKÉ
    Des barbelés dans ma mémoire (106)

Yves THÉRIAULT
    Aaron (44)
    Agaguk (41)
    Agoak, l'héritage d'Agaguk (13)
    Cul-de-sac (40)
    Le dernier havre (53)
    La fille laide (43)
    Tayaout, fils d'Agaguk (42)
    Les temps du carcajou (52)

Michel TREMBLAY
    C't'à ton tour, Laura Cadieux (73)
    La cité dans l'oeuf (74)
    Contes pour buveurs attardés (75)

Sylvain TRUDEL
    Le souffle de l'Harmattan (105)

Pierre TURGEON
    Faire sa mort comme faire l'amour (46)
    La première personne (54)

Jules VERNE
    Famille-sans-nom (7)
    Le pays des fourrures (69)

Ouvrage en collaboration
    Fuites et poursuites (84)
    *Gilles Archambault, Yves Beauchemin, Pan Bouyou-
    cas, Chrystine Brouillet, André Carpentier, François
    Hébert, Claude Jasmin, André Major, Madeleine Mo-
    nette, Jean-Marie Poupart.*

    Premier amour (100)
    *Recueil de textes des auteurs de la collection Québec
    10/10*

Achevé   Imprimerie
d'imprimer Gagné Ltée
au Canada Louiseville